상상력을 키워주고 깨벼지지 않기 위한 당신에게

원제는 독서그래피

원재훈 독서고백

상처받을지라도 패배하지 않기 위하여

1판 1쇄 발행 2016년 1월 4일 **1판 2쇄 발행** 2016년 12월 11일

지은이 원재훈
펴낸이 김강유
편집 이승희 **디자인·사진** 길하나
발행처 비채
주소 경기도 파주시 문발로 197(문발동) 우편번호10881
등록 1979년 5월 17일(제406-2003-036호)
구입 문의 전화 031)955-3100 **팩스** 031)955-3111
편집부 전화 02)3668-3292 **팩스** 02)745-4827 **전자우편** literature@gimmyoung.com
비채 카페 http://cafe.naver.com/vichebooks **인스타그램** @drviche
트위터 @vichebook **페이스북** facebook.com/vichebook

ISBN 978-89-349-7312-6 03810 책값은 뒤표지에 있습니다.

비채는 김영사의 문학 브랜드입니다.
이 도서의 국립중앙도서관 출판시도서목록(CIP)은 서지정보유통지원시스템 홈페이지
(http://seoji.nl.go.kr)와 국가자료공동목록시스템(http://www.nl.go.kr/kolisnet)에서
이용하실 수 있습니다. (CIP제어번호: CIP2015035252)

상처받을지라도
패배하지 않기
위하여

원 재 훈 독 서 고 백

비채

나의 고백

"내게 고민을 안겨주고 나를 괴롭히는 유일한 문제, 내 용기를 북돋아주고 나를 도와주고 내게 이익을 줄 수 있는 유일한 문제는 내 책이 그것을 읽는 사람에게 무엇이 되느냐 하는 것이다."

앙투안 드 생텍쥐페리

어느 해 겨울이었던가, 무척 고통스러운 새벽에 잠에서 깨어 임진강으로 간 적이 있었다. 한 인간에 대한 배반감 때문이었다. 앞뒤 가리지 않고 당장이라도 그에게 달려가 죽여버리고 싶을 정도로 미웠다. 하지만 타고난 성정이 소심해서 사고를 치고 난 후에 일어날 일들을 생각하며 꾹꾹 참으니 병에 걸릴 지경이었다. 나는 깊은 상처를 입은 곰처럼 골방에 웅크리고 있다가 새벽에 깨어 그 녀석의 집으로 가려다, 임진강 쪽으로 차를 돌렸다.

나는 한참 동안 얼어붙은 강물을 바라보고는 동트는 쪽을 향해 세수를 했다. 그러자 시가 떠올랐다. 마침 차 안에 있던 서류 봉투 위에 시 한 편을 쓰고 돌아와, 어느 정도 마음을 추슬렀고, 다시 살았다. 이 책의 서문을 쓰려고 이런저런 생각을 하니 인생이란 사는 동안 겪는 수많은 상처와 그 상처로 인한 고통이라는 생각이 든다. 그날 내가 분노한 것은 어쩌면 내가 보지 못한 그 녀석의 사정, 즉 타인의 상처일 것이다.

그런 생각이 든 것은 허먼 멜빌의 소설 〈필경사 바틀비〉를 읽고 나서였다. 우리가 타인을 이해한다는 것은 불가능한 일이고, 소통 불능의 세상에 살고 있다는 사실. 하지만 저마다 그 안에서 살아가야 하는 이유가 있고, 그것이 바로 문학의 본질이라는 것.

그때 생텍쥐페리의 고민이 나에게 '그 무엇'이 되었다. 나는 바틀비를 생각하면서 수취인이 불분명한 편지를 썼다. 그것을 시작으로, 제법 긴 시간동안 천천히 이 책의 집필이 이루어졌다. 때로는 편지처럼 때로는 일기처럼 때로는 성당에서 고해하는 심경으로 나에게 영향을 준 소설들이 이야기를 빌려 나의 상처와 고통을 이야기하고 있었다. 그러자 적어도, 지금까지는 패배한 인생이 아니라는 생각이 들었다.

돌이켜보면, 십 대 시절부터 읽기 시작한 문학 서적들은 생텍쥐페리가 고민한 '그 무엇'이 되어 나를 살게 했다. 서문의 첫머리에 인용한 글은 세상 모든 작가의 마음이기도 할 것이다. '지금 출판하는 이 책이 독자에게 무엇이 될까?' 그러자 자전거를 타고 달리는 내 모습이 떠올랐다. 그때도 역시 상처받은 마음을 안고 자전거를 탔다. 한강을 따라 난 자전거 전용도로에서 시속 30킬로미터 이상으로 질주했다. 정신적인 고민을 덜기 위해 육체를 학대한 것이다. 그런데 이상한 일이 일어났다. 갑자기 앞에 누군가 있는 듯 착시현상이 일어난 것이다. 나는 급히 브레이크를 당겼고, 순간 교통사고가 난 것처럼 내 몸이 하늘로 붕 날아올랐다 떨어지면서 헬멧이 부서지고 오른쪽 팔이 부러져버렸다. 그때 수술을 하고 나서 병상에서 읽은 책이 바로 잉게보르그 바흐만의 《삼십 세》였다. 마흔이 넘어 다시 읽은 것이었지만 책이 전하는 메시지에 나이가 무슨 상관인가. '삼십 세'는 인생의 고비를 넘기는 순간들을 상징하는 일종의 아이콘인 것을. 작가는 내게 '너의 영혼의 뼈가 부러지지 않았으니 일어나 걸어라'고 말했다. 그 후로도 손목에 남은 수술 흉터를 볼 때마다 그 말이 떠올라 다시 길을 걸을 수 있었다.

이런 식으로 예를 들자면 한도 끝도 없다. 우리는 상처받으며 고통 속에서 살아간다. 사랑하는 시간은 빙산의 일각일 뿐이다. 그리고 비교적 무난한 인생을 살고 있는 나보다 더 고통스럽고 깊게 상처받은 수많은 사람들이 있다. 그들의 상처를 하나하나 어루만져줄 수 없다면 내가 소설에서 받은 감동을 그들에게 전해줄 수는 없을까. 분노를 다스리고 타인을 이해하며, 무엇보다 황금 같은 인생을 낭비하지 않게 하고, 쓰러진 자리에서 다시 일어나 먼 길을 씩씩하게 가게 할 에너지를 나누어줄 수는 없을까.

상처는 삶의 무늬이고 생명의 흔적이다. 또한 그것은 매우 고통스러운 과정이지만 생각해보면 그리 나쁜 것만은 아니다. 시인 랭보의 말대로 상처 없는 영혼이 어디에 있겠는가? 그런 사람을 우리는 '신'이라고 부른다. 예수는 우리 중 가장 많은 상처를 지니고 살다 간 사람이면서 누구에게도 패배하지 않은 위대한 신이었다.

하지만 장삼이사인 우리는 상처 속에서 살고 종종 패배감에 젖는다. 자잘한 일상의 상처에서부터 팔이 부러지는 거친 상처, 시험에 떨어지고 입사를 하지 못하는 마음, 친구에게 밥 한 끼 사지 못하는 경제적인 사정, 사랑하는 사람의 죽음과 같은 절박한 고통의 상처……. 모두 우리를 슬프고 힘들게 하는 흔적들이다. 이러한 우리의 마음에 헤밍웨이는 그의 소설 《노인과 바다》에서 의미심장한 문장 하나를 던지고 있다. 그렇다. 나는 이 문장에서 책 제목을 빌려왔다.

"인간은 파멸할지라도 패배하지 않는다."

매우 강력하면서도 동시에 깊은 성찰에 잠기게 하는 조용한 문장이다. 지금 이 순간, 이 문장을 듣고 자신의 마음의 문을 두들기는 손기척 소리를 듣는다면 정말 좋겠다. 필자와 독자가 공감하고 소통하는 것이 독서의 기쁨 아니겠는가?

이 책을 통해서 이루어졌으면 하는 작은 바람이 있다. 본문 중에서 '노인과 바다' 편을 읽던 독자가 책을 덮고 서점이나 도서관으로 뛰어가는 것이다. 나의 어설픈 경험을 바탕으로 보건대, 소설을 마주한다면 분명 더 깊은 감동을 받을 것이다. 꼭 《노인과 바다》가 아니라도 좋다. 이 책에 실린, 내가 경험한 소설의 세계에서 그 어떤 작품이라도, 단 한 편이라도 읽고 감동을 받고 그 힘으로 버티고 살아가기를 바란다. 이러한 마음이 전해지기를 바란다. 무라카미 하루키는 자신의 소설 《노르웨이의 숲》을 읽다가 한밤중에 연인에게 달려간 독자를 이야기하면서 기쁘다고 했다. 나 역시 마찬가지이다. 상처투성이의 삶일지라도 아무리 고통스러워도 당신은 패배하지 않을 것이다.

이 글을 쓰고 있는데 딸아이가 배가 고프다고 한다. 나는 글쓰기를 멈추고 아이에게 갔다. 우리는 뭘 먹을까 궁리했다. 설렁탕이나 칼국수를 먹을까 했더니 딸은 배는 고픈데 뭘 먹고 싶은지 잘 모르겠다고 한다. 그래서 내가 그럼 김치볶음밥을 만들어 먹자고 했다. 딸은 아빠가 요리를 할 줄 아느냐고 반문했다. 나는 잘한다고 했다. 물론 나의 요리솜씨는 형편없다. 하지만 딸에게 맛있는 밥을 먹이고 싶었다. 나는 김치와 버터, 참치와 청양고추를 넣고 볶음밥을 만들었다. 아내가 요리를 할 때를 생각하면서 정성껏 만들었다. 볶음밥 위에는 달걀 프라이를 하나 얹었다. 그리고 넓은 접시에 볶음밥을 담아 아침에 먹다 남은 김치를 곁들여 식탁에 냈다. 딸의 반응은 놀라웠다. 너무 맛있다는 것이다. 그 한마디에 그날은 종일 행복했다. 그렇다. 문학은 김치볶음밥이다. 아니 적어도 이 책은 그런 책이다. 배가 고픈데 뭘 먹을지 모르겠다는 당신에게 나의 가난한 음식을 볶고 비벼서 맛있게 만들었다. 식은 밥 한 덩어리와 참치 통조림, 김치, 버터, 청양고추 같은 나의 경험이 당신의 잃어버린 인생의 입맛을 되살려주기를 바라는 마음이다.

그리고 이제 2015년이 다 가고 있다. 공교롭게도 연말에 책을 마감한다. 안데르센은 크리스마스이브에 아이들에게 선물처럼 줄 동화를 출판했다고 한다. 그를 생각하니 마음이 조금 따뜻해진다. 참 고마운 사람이다. 하지만 거실에 있는 11월 달력을 뜯어내고 남은 한 장의 달력을 보니 참 막막한 기분이 든다. 더 뜯어낼 달력이 없기 때문일까? 11월만 해도 다음 달이 있었는데……. 그 와중에 문자 메시지 한 통이 도착했다.

'○○○가 죽었다네. 안타까운 일이네.' 청년시절 알고 지냈던 그녀가 죽었다. 참 착한 후배이면서 아름다운 여자였다. 순간, 달력 한 장 뜯어내듯 30년 전의 일들이 느닷없이 다가온다. 이상한 일이다. 그녀에 대한 생각을 하니 소리가 들리지 않고 사진이나 영상처럼 풍경과 장면만이 떠오른다. 이래서 음악이 필요한 것인가. 이런 황량한 기억에 피아노가 있다면 얼마나 좋을까. 적막하고 막막하다. 활짝 웃는 모습, 뭔가 말을 하려다가 주저하는 모습, 그녀의 애인이었던 내 친구에게 함께 면회를 갔던 일. 학교를 졸업한 후로 몇 번 못 보았지만 왠지 어제 만난 사람 같다. 이것이 세월의 힘인가. 갑자기 현기증이 일었다.

올해는 내게 언제 고장 날지 알 수 없는 중고자동차를 타고 하이웨이를 질주하는 것 같은 한 해였다. 연료가 바닥인데 주유소는 보이지 않고, 털털거리는 내 차를 추월하는 멋진 스포츠카를 보는 기분이 들기도 했다. 그래도 살아가다 보면 뭔가 있지 않을까, 하며 묵묵히 달리고 있다. 깨진 유리창으로 찬바람이 스며들어도, 적어도 이렇게 달리고 있으니 죽지는 않겠지.

그녀도 그랬을까. 그녀와 가까이 지내던 친구에게 전해들은 이야기는 충격적이었다. 이혼을 하고 두 아들을 홀로 키우면서 고생을 해도 너무 했다고. 그러다 병을 얻어 세상을 떠났다고. 인생이 참 너무한다 싶었다. 하지만 우리라고 뭐 그리 다른 인생이겠는가. 잠깐 우리는 말을 멈추고 딴 곳을 바라보며 보이지 않는 미래의 불안한 기운을 감지했다. 그때 친구가 말했다.

"그런데 말야, 넌 잘될 거야. 이번에 준비하는 책 원고가 상당히 좋더라. 잘 팔릴 거야. 그리고 네가 퇴고하고 있는 소설로 넌 운명이 바뀔 거야. 그때 나 모른 척 하면 안 된다. 올해 정말 고생 많았지. 다 왔다. 이제 다 온 것 같아. 앞으로 넌 정말 잘될 거다."

참으로 다행스럽게도 친구는 내게 따뜻한 말 한마디를 건넸다. 그것이 글 쓰는 친구를 위한 우정이 담긴 위로라는 걸 잘 안다. 아마 친구의 바람처럼 되기는 힘들 거다. 하지만 그 말은 정말 따뜻했고 넘어진 자를 일으켜 세우는 힘이 있었다. 그 말 역시 나에게는 헤밍웨이처럼 들린다.

마지막 달력을 보면서 막막했던 기분, 갑작스러운 부고로 받은 스트레스, 어려운 생활에서 연유하는 타인에 대한 막연한 증오의 감정과 섭섭함. 이런 앙금들이 지난 달력처럼 마음속에서 떨어져 나간 것이다. 그러자 찻집에 모여 송년회를 하고 있는 중년 여인들의 높고 낮은 목소리가 모차르트의 음악처럼 들렸다. 멀리서 피아노 연주도 들리는 듯했다. 그것은 좋은 책을 읽고 난 후의 기분이기도 했다. 덮자마자 다시 첫 페이지로 돌아가서 한 번 더 읽고 싶은 책처럼, 아직 다 읽지 않은 우리의 삶이 궁금해진다. 나는 타인에게 과연 무슨 말을 남길 것인지 곰곰이 생각해본다. 앞으로 작품을 통해서 내가 해야 할 일들을.

그리고 지금 나의 글을 읽고 있는 당신에겐 이런 말을 해주고 싶다. 당신은 잘될 거다. 그동안 고생 많았다. 지금 준비하고 있는 일들이 당신의 인생을 찬란하게 해줄 것이다. 이제 새로운 시작이다. 우리 힘차게 갈 길을 가자. 한발만 더 앞으로 내디뎌보자. 상처받을지라도 패배는 하지 말자.

2015년 12월

원재훈

차 례

서로 가까이에 있을 때
조심합시다

〈항아리들〉

이솝(기원전 6세기, 파피루스)

"너무 가까이 오지 마.
내가 가장 두려워하는 게 자네란 말일세."

1.

사람들은 적당한 거리를 유지하면서 살아갑니다. 갓 태어난 아기는 엄마의 얼굴과 적당한 거리를 유지하며, 눈의 초점을 맞추면서 세상을 바라보기 시작합니다. 저는 아이가 신생아실에서 저를 바라볼 때의 모습을 잊을 수가 없습니다. 아, 이 '거리'는 정말이지 우주의 모든 비밀이 담겨 있는, 탄생의 거리이기도 합니다. 아이를 품에 안고 있는 엄마의 모습은 미켈란젤로가 조각한 성모 마리아와 예수의 '피에타'를 연상시키는, 구원이고 희망이라는 생각이 드는 것이지요. 햄릿이 오필리어의

17

품에 안기는 장면은 그가 어머니에게 느꼈을 배신감에 대한 치유의 장면이기도 합니다. 그 사랑은 결국 증오와 폭력으로 무너지지만, 그래도 햄릿이 유일하게 안락했던 시기이기도 하지요. 적당한 거리는 이토록 중요합니다.

우리는 시시각각 다가오는 정보와 사건들을 경우에 따라 다른 태도와 자세로 거리를 두고 바라봅니다. 눈동자의 초점을 어디에 두느냐에 따라 같은 사람도 정확하게 혹은 흐릿하게 보이지요. 숲을 이루면서 살아가는 저 나무들을 보십시오. 서로 적당한 거리로 떨어져 있어야 각자 잘 자랄 수 있지요. 시인의 눈으로 바라본 나무들은 서로 떨어져 서로 그리워하며 서 있습니다. 가시가 달린 고슴도치들도 추워지면 서로를 품습니다. 그러면서도 상대방의 살갗에 가시가 닿지 않을 정도의 거리는 유지합니다. 추운 겨울날, 고슴도치가 사랑하는 법은 우리에게 애정의 거리를 생각하게 합니다. 사람들이 유지하는 거리를 보면 두 사람의 관계를 짐작할 수 있습니다. 사람이란 저마다 서로 다른 거리에서 만나 어울려 살아가는 겁니다.

사람과 사람이 어울려 살기 위해서는 적절한 거리가 필요합니다. 문화인류학에서는 대인관계에서 나타나는 거리를 4가지로 분류합니다. 우선 밀접거리입니다. 밀접거리는 두 사람이 45센티미터 이내에 있는 거리입니다. 매우 친밀한 관계라고 할 수 있습니다.

서로의 몸을 밀착시키는 연인들에게 거리는 존재하지 않습니다. 그 사이에서 애정이 싹트고 생명이 탄생합니다. 그들은 몸을 통해서 영혼에까지 이르려고 하기에 거리가 사라진 자리에는 반드시 쾌락과 고통이 동반됩니다. 적절한 거리를 지키기 않았기 때문이지요. 강제로 거리를 좁히려고 할 때 폭력이 발생합니다. 이성의 몸을 강제로 만지거나 성행위를 하려고 할 때 피해자는 심각한 몸과 마음의 상처를 입지요. 사람들이 붐비는 장소인 출퇴근 지하철 안이나 기타 장소에서 신사들은 이 밀접거리를 침범하지 않으려 애쓰는 사람들입니다.

그리고 개체거리입니다. 이 거리는 45센티미터에서 120센티미터 정도입니다. 약 1미터 정도 떨어진 거리인데요, 밀접거리보다는 멀지만 상대방의 눈동자나 표정을 잘 알 수 있어 두 사람의 사적인 관계가 가능한 거리입니다. 이 거리에서 대부분 로맨스나 협상이 이루어지지요. 우리의 일상에서 가장 필요한 거리이기도 합니다. 계약서를 작성하거나 물건을 사거나 혹은 대화를 하면서 상대방을 바라보는 거리입니다. 이 거리를 아름답게 유지할 줄 아는 사람은 인생이 무난합니다.

세 번째는 사회거리입니다. 이 거리는 120센티미터에서 360센티미터 정도입니다. 사무적인 분위기 속에서 지켜지는 거리로 일반적인 비즈니스 관계 속에서 형성됩니다. 마지막은 공중거리, 360미터 이상의 거리로 서로 대화가 불가능해서 강연이나 방송을 통해 의사를 전달해야 합니다.

진실과 지혜를 전해주는 소중한 인생의 선물, 이솝 우화에도 다양한 등장인물 간의 거리가 있습니다. 어떻게 다가가고, 어떻게 멀어져야 되는지를 그들이 알려주고 있습니다. 현실을 살아가기 위해 반드시 필요한 교훈적인 이야기들입니다. 오늘은

〈항아리들〉이라는 우화를 통해서 타인에게 다가가는 방법을 생각해보고자 합니다. 우화는 동화와 달리 이야기가 주는 교훈을 중요하게 여기죠. 전문을 인용하기에 부담스러운 분량이 아니니 먼저 읽어볼까요.

> 흙항아리와 청동항아리가 강을 따라 하류 쪽으로 떠내려가고 있었다. 흙항아리가 청동항아리에게 말했다.
> "내 옆에 있지 말고 멀찌감치 떨어져서 내려가. 네가 나에게 부딪히면 난 산산조각이 난단 말이야. 고의가 아니었다고 해도 말이야."

마치 짧은 시처럼 읽히기도 합니다. 이 이야기를 들으면 어떤 장면이 떠오릅니까? 강의 급류에 휘말려 내려가는 청동항아리가 이리저리 떠다니다가 흙항아리를 부숴버릴 것 같지요. 인생이라는 강물을 따라 떠내려가고 있는 우리에게 이 우화가 삶에 어떤 의미를 주는지, 나는 청동항아리인지, 흙항아리인지……. 이솝의 이야기가 우리에게 주는 교훈을 통해 알아보겠습니다.

2.

이솝은 자신의 생각을 독자에게 정확하게 전달하기 위해 이야기 말미에 설명을 달아놓습니다. 〈항아리들〉에는 "탐욕스러운 지배자를 이웃으로 둔 가난한 사람들에게 인생이란 앞날을 알 수 없는 것이다"라고 쓰여 있군요. 이솝은 청동항아리를 탐욕스러운 지배자로, 흙항아리를 가난한 사람들이라고 친절하게 설명합니다.

탐욕스러운 지배자들은 고대 그리스부터 지금에 이르기까지 다양한 모습으로 등장합니다. 그들의 손이 닿는 곳이면 뭐든 흙항아리처럼 부서져버립니다. 실명을 거론할 수는 없지만 들은 바에 따르면 모 지역 국회의원의 횡포는 참 대단하더군요. 이권이나 권력남용은 말할 것도 없고, 심지어 식당 여주인의 엉덩이를 남편 앞에서 주물러댄다고 하니…… 제가 살고 있는 나라의 이야기가 맞는지 믿을 수가 없었습니다. 이 이야기를 전해준 사람이 과장한 것이길 바랄 뿐입니다.

이솝도 고대 그리스 권력자들의 부패한 모습을 실명을 거론하면서 이야기할 수는 없었을 겁니다. 청동과 흙이라는 물질을 이용해서 우화를 만든 심경이 이해가 됩니다. 만약에 제가 그 국회의원의 이야기를 실명을 거론해서 이야기한다면 명예훼손 운운하면서 모진 송사를 견뎌야 할 겁니다. 저는 작가답게 시나 소설을 쓰는 방법을 택하겠지요.

제가 본 정치인 중 한 사람은 국민의 종이 되겠다고 하면서 사람이 다가오는 걸 무척 불편해 하는 사람이었습니다. 선거철만 되면 시장통에 나가 가난한 사람들에게 먼저 악수를 청하지만 선거만 끝나면 그들 삶에서 배어나는 냄새를 악취처럼 견디기 힘들어 하더군요. 그래서 사람들을 멀리하는 겁니다. 대단한 재산가인 그는 저택에 살면서 가난한 사람들과 철저하게 거리를 유지하고 있었습니다. 마치 자신이 깨지기 쉬운 흙항아리라고 착각하는 건 아닐까 싶었지요. 이런 사람이 정치를 하면서 우리 곁에 가까이 오면 가난한 사람들은 모진 삶을 살아야 할 겁니다.

이솝우화는 현대문학의 원형을 보여주고 있습니다. 이솝은 호메로스와 더불어 문학이라는 기대한 강물의 시원始原처럼 여겨지고 있습니다. 이솝우화를 찬찬히 읽으면서 한강의 발원지인 태백산 검룡소를 생각합니다. 태백산을 올라가 어두운 숲을 헤치고 검룡소 앞에 서니…… 태초의 것이라고나 할까요. 신비스러운 기운이 감도는 공기와 이끼 긴 바위들이 작은 연못을 품고 있었습니다. 그 연못의 가운데에서 방울져 솟아오르는 물방울들은 우주가 탄생하는 모습으로도 보였습니다. 물방울들은 작은 연못을 채우고 시내로 흘러들어가 산을 내려갑니다. 이 물줄기들이 모이고 모여 한강이 되고, 한강이 서해를 통해 바다로 들어가는 모습은 문학이 어떻게 탄생하고 어떤 줄기를 이루는지 보여주었습니다. 나는 이솝의 이야기들을 검룡소의 물방울처럼 느끼고 있습니다.

그의 이야기는 동화를 비롯한 여러 버전으로 다양하게 변주됩니다. 예를 들어 〈항아리들〉도 헤럴드 블룸이 청소년을 위해 편집한 《헤럴드 블룸 클래식》에는 다른 버전으로 실려 있습니다. 여기에 두 버전을 골라 그 전문을 인용합니다.

강가에 함께 놓여 있던 흙항아리와 놋쇠항아리가 조수가 갑자기 밀려드는 바람에 둘 다 떠내려갔다. 흙항아리가 부서질 것이 두려워 안절부절못하자, 같이 떠내려가던 놋쇠항아리가 흙항아리에게 자기가 돌봐줄테니 걱정하지 말라고 했다. 그러자 흙항아리가 대답했다. 아, 제발 부탁인데 가능한 한 나한테서 멀리 떨어져주면 좋겠네. 내가 가장 두려워하는 게 바로 자네란 말일세. 왜냐하면 말이지, 물살이 자네를 나한테로 밀어붙이거나 아니면 나를 자네에게 밀어붙이는 경우, 백발백중 내가 피해를 볼 것이 분명하단 말이야. 그러니까 제발 부탁인데, 우리가 서로 가까이 다가가지 않도록 조심해주면 좋겠어.

《헤럴드 블룸 클래식》 중 〈두 개의 항아리〉

흙항아리와 청동항아리가 강을 따라 하류 쪽으로 떠내려가고 있었다. 흙항아리가 청동항아리에게 말했다.

"내 옆에 있지 말고 멀찌감치 떨어져서 내려가. 네가 나에게 부딪히면 난 산산조각이 난단 말이야. 고의가 아니었다고 해도 말이야."

탐욕스런 지배자를 이웃으로 둔 가난한 사람들에게 인생이란 앞날을 알 수 없는 것이다.

로버트·올리비아 템플이 엮은 〈항아리들〉

두 작품은 같은 작품인데 서로 다릅니다. 헤럴드 블룸의 버전에서는 이솝의 주석을 빼버렸고, 중간에 놋쇠항아리의 말도 추가했군요. 아마도 이솝 이야기는 이런 식으로 우리에게 전해졌을 겁니다. 한 방울 한 방울의 물방울이 모여 시내가 되는 모습이 보입니다.

이 작품을 원본으로 동화작가가 자기만의 개성을 살린 작품을 쓸 수도 있을 겁니다. 우리도 작품을 동화로 만들어보면 재미있겠습니다. 작가의 의도에 따라 원고지 100매 정도의 단편소설도 가능할 겁니다. 이솝의 우화들은 후대에 풍부한 문학적 자양분으로 전해집니다. 문학의 거대한 뿌리라고도 할 수 있겠지요. 그는 비록 기원전 6세기 중반에 살았던 사람이지만 거리감이 전혀 느껴지지 않습니다. 작품이란 독자의 손에 들어오는 순간 세상의 누구보다 밀접거리에 다가오는 존재이기 때문입니다. 이솝의 〈토끼와 거북이〉도 간단한 이야깁니다.

거북과 산토끼가 누가 더 빠른지를 두고 언쟁을 벌였다. 결국 그들은 시간과 장소를 정하고 경주를 했다. 산토끼는 타고난 빠른 발을 믿고 출발을 서두르지 않았다. 산토끼는 길가에 누워 잠이 들었다. 그러나 자신이 느리다는 것을 잘 아는 거북은 쉬지 않고 달려가 잠든 산토끼를 따라잡았고 먼저 도착해 시합에서 이겼다.

타고난 재능이 있어도 게으르면 노력하는 사람을 당할 수 없다.

로버트·올리비아 템플이 엮은 〈거북과 산토끼〉

단 네 문장의 〈거북과 산토끼〉는 동화 〈토끼와 거북이〉로 어린 시절에 읽고 들었던 작품으로 기억합니다. 이솝 우화는 현재 1927년에 출간된 에밀 샹브리 교수의 《이솝우화》를 비롯해여러 가지 버전이 출간되어 있습니다. 샹브리 판본은 그리스어 제목에 따라 358편의 작품이 수록되어 있습니다. 하지만 이 것이 이솝우화의 완역본이라고 할 수는 없을 겁니다. 이 글에 서는 로버트·올리비아 템플 부부의 샹브리 판본 국내 완역본 《어른을 위한 이솝 우화 전집》과《헤럴드 블룸 클래식》을 참고 로 했습니다.

3.

고대로부터 사람들의 입과 손으로 전해진 이솝우화는 시대 의 도덕적인 판단에 따라 원본에 첨삭이 가해졌을 겁니다. 특 히 도덕주의가 엄격하게 작용했던 영국 빅토리아 왕조 이후에 는 원본의 의미가 상당히 왜곡되었다고 합니다. 하긴 기원전 6세기의 구전 작품이 21세기까지 전해지는데 이런 상황을 고 려하지 않을 수 없겠지요.

결론적으로 이솝우화는 복잡한 인간세상의 단면들을 잔혹할 정도로 극명하게 보여주고 있습니다. 하여간 이솝이라는 물방 울들은 지금 우리의 눈앞에 태평양보다도 넓은 상상력의 세계 를 제공합니다. 그의 작품들은 읽는 이의 지적인 능력이나 마 음가짐에 따라 다양하게 변화하면서 우리 삶에 깊숙이 관여하 고 있습니다.

《이솝우화》는 서양문학의 시원으로서 그 긴 세월을 흘러내 려왔습니다. 그동안 이야기에 꽃이 피기도 하고, 여기저기 상처 투성이의 메시지도 남아 있습니다. 이솝의 풍부한 문학적 상상 력은 우리네 삶의 현실과 희망의 거리를 절묘하게 조정하고 있습니다. 이 책은 문학이 제공할 수 있는 최고의 처세술입니다. 회사의 경영자부터 학생, 세상이 도대체 왜 이렇게 엉망진창으로 돌아가고 있냐고 한탄하는 사람이라면 이솝우화에서 도움을 구할 수 있을 겁니다.

세상은 원래 그런 겁니다. 늑대와 여우가 있고, 교활하고 비정한 자가 출세를 하는 것이지요. 그 이치를 깨달은 자가 바로 고대 이솝입니다. 그가 바라보는 세상은 절대 다정한 곳이 아닙니다. 약육강식이 판을 치는, 냉정하고도 비열한 곳입니다. 그 길바닥에서 우리가 어떻게, 얼마나 거리를 유지해야 살아남을 수 있을까? 사자 아가리 같은 이 두려운 세상을 어떻게 살아야 되나?

이 질문에 대해 이솝은 〈사자를 만나보지 못한 여우〉라는 작품에서 이렇게 말합니다.

한 번도 사자를 만나보지 못한 여우가 말로만 듣던 사자와 대면하게 되었다. 사자를 처음 만났을 때 여우는 죽어버릴 것처럼 두려움에 떨었다. 다음에는 겁이 났지만 처음처럼은 아니었다. 세 번째로 사자를 만나게 되자 여우는 용기를 내서 사자와 대화하기 시작했다.

익숙해지면 두려움이 덜해진다.

이솝은 우리 삶에 사자처럼 나타나는 두려움과 어떤 거리를 유지해야 하는지 잘 보여주고 있습니다. 항아리들과는 다른 관점으로 대상에 접근하고 있습니다. 청동항아리와 흙항아리도 박물관에 전시되어 있었다면 갈등은 없을 겁니다. 사자와 여우가 마주하면서 대화하고 있는 모습의 그림이라도 그리고 싶은 마음입니다.

이솝은 우리에게 보이지 않는 거리에 대해서 이야기하고 있습니다. 밀접거리를 포함한 4가지 거리로는 설명할 수 없는 것을 이야기하고 있는 것이지요. 레오나르도 다 빈치로 대표되는 원근법과 정확한 인체비례를 중요시하던 르네상스 미술이 바로크 시대로 넘어가면서 보여준 자유분방한 모습들처럼 말입니다.

아무리 멀리 있어도 손을 잡고 있는 느낌이 드는 거리가 있습니다. 아무리 가까이 있어도 존재감 자체가 느껴지지 않는 경우도 있지요. 이솝은 여러 가지 비유를 통하여 이 거리를 이야기하는 작가이기도 합니다. 이제 우리는 이솝을 통하여 몸의 거리를 잘 유지하면서 마음의 거리, 영혼의 거리로 서로에게 느끼는 사람이 되었으면 좋겠습니다. 문학은 여러분의 다정한 이웃이고, 친구이기 때문입니다.

4.

고대 그리스의 전설적인 작가, 이솝. 하지만 그가 실존인물인지에 대해서는 의견이 분분합니다. 아리스토텔레스와 제자들이 이솝에 대한 연구를 한 기록들이 있습니다. 이솝은 그리스 본토 트라키아에 있는 메셈브리아의 출신이고, 한동안 사모스

섬에서 살았다고 합니다.

그는 전쟁포로로 잡혀 노예의 신분이 되었습니다. 그리스에는 두 종류가 노예가 있었습니다. 노예로 타고난 사람과 전쟁포로가 되어 노예로 팔린 경우입니다. 이솝은 후자의 경우였는데, 노예이면서도 주인의 보좌관과 비서 역할을 하면서 그의 오른팔이 될 정도로 뛰어난 인물이었다고 합니다. 언변이 좋았던 그는 토론과 협상의 자리에서 짧은 동물 이야기를 통하여 상대방을 설득하는 귀재였다고 하지요.

이솝은 《플라톤의 대화편》에서도 여러 번 언급되었습니다. 소크라테스는 감옥에서 사형을 기다리면서 이솝우화를 정리했다고 하죠. 특히 체계적으로 수수께끼와 속담, 민담 등을 수집한 것으로 알려진 아리스토텔레스는 델포이의 신탁이 선포하는 수수께끼들을 집중적으로 연구한 것으로 보아, 분명 이솝의 이야기들 또한 제자들에게 연구대상으로 전해주었을 것이라고 연구자들은 추정하고 있습니다.

《이솝 이야기》는 기원전 4세기에 드미트리우스가 작은 책으로 만들었다고 하는데 지금은 전해지지 않는 책입니다. 하지만 이 책은 그 후에 나오는 책들의 판본이 되었습니다. 1-2세기에 그리스어 산문으로 약 230편의 이야기를 엮어 만든 책이 있습니다. 《아우구스타나본》이라 불리는 편자미상의 책입니다. 오늘날 전해지는 '이솝 이야기'는 이 시기에 바브리오스가 시로 엮은 '이솝 이야기'입니다. 이 책의 일부를 산문으로 개작하여 약 100여 종의 사본이 전해지고 있는 것이지요. 이 사본을 중심으로 뛰어난 작가들의 손에 의해 이야기들이 각색되어 전해졌으리라고 짐작할 수 있습니다.

이런 생각도 해볼 수 있습니다. 이것은 '이솝'이라는 한 사람이 만든 이야기가 아니라, 당대 이집트나 시리아 리비아 등 다른 지역에서 떠도는 이야기들의 모음집이다. 이 이야기들이 '이솝 이야기'에 들어가 지금 우리가 보고 있는 책이 되었다는 겁니다. '이솝'은 한 작가의 이름이면서 동시에 다른 무명작가들을 대표하는 이름이기도 하다는 설이 설득력이 있습니다. 이솝 이야기에 나오는 사자는 당시 그리스에서는 거의 볼 수 없는 동물이고, 낙타와 코끼리, 원숭이 등은 그리스에서 살았던 동물이 아닙니다. 그런데 이솝 이야기에는 자주 등장하지요. 노예의 몸이던 이솝이 그리스를 벗어나 자유롭게 여행을 할 수 있었던 것도 아니고, 그런 문헌도 없는 것으로 보아 이 이야기들은 리비아 쪽에서 흘러들어온 이야기가 분명하니까요.

하지만 이건 학자들이 연구할 분야이겠지요. 우리는 현재 출판되어 있는 '이솝우화'를 재미있게 읽으면 됩니다. 그 이야기들은 우리에게 현실을 살아가는 지혜를 주고, 이리저리 치이면서 살아가는 고단한 삶에 유머를 던져주고 있습니다. 우리의 정신세계를 유혹하는 사이비 교주들의 사탕발림과는 차원이 다른, 삶의 정수를 담고 있습니다. 기원전부터 내려온 이 교훈들이 우리에게 주는 의미는 단순합니다. 현실을 정확하게 보고, 복권당첨과 같은 요행을 바라지 말고, 지혜롭고 강하게 살아남으라는 것이지요.

휘몰아치는 운명의 파도를
타는 방법

〈오이디푸스 왕〉

소포클레스(기원전 5세기, 파피루스)

"그대는 눈이 있어도
보지 못하고 있습니다."

1.

눈을 감아야 보이는 것들이 있습니다. 잠시 두 눈을 감고 고요히 마음속 깊은 곳으로 침잠해볼까요. 거기에 누군가 있습니다. 어떤 기억이 거미줄처럼 쳐져 있기도 하고, 단정하게 정리된 책상에 앉아 있는 사람도 있지요. 우선 사랑하는 사람이 떠오릅니다. 가끔 식탁에서 수능준비를 하는 딸을 기다리기 위해 책을 보고 있을 때가 있습니다. 그땐 비교적 가벼운 독서를 하면서 지루한 시간을 보냅니다. 새벽 한 시쯤되면 오래된 냉장고의 모터 소리가 간헐적으로 들려옵니다. 그 소리는 이 세상을 움직이는 조용한 음악처럼 들리기도 했습니다. 그래, 우리 가족이 먹을 음식을 싱싱하게 보관하기 위해 애를 쓰고 있구나. 참 고마운 소리구나. 저는 읽던 책을 멈추고 두 눈을 감고 그 소리에 집중합니다. 어느 순간, 고3인 딸아이가 "아빠 나 왔다"라고 인사를 하고는 제 방으로 들어가 잠을 자지요.

두 눈을 감고 집중하면 들려오는 소리가 있을 겁니다. 그리고 깊은 어둠을 바탕으로 달처럼 떠오르는 일들과 모습이 있습니다. 태양 아래서는 보이지 않았던 것들입니다. 아름다운 것, 추한 것, 무서운 것, 외로운 것, 고통스러운 것. 그동안 제 인생을 스치고 지나간 순간들이 아버지의 얼굴처럼 구체적으로 나타나기도 합니다. 눈을 감고 정면으로 우리의 삶을 응시할 때 보이는 것들이 정말 중요한 것일 수도 있습니다. 예를 들자면 운명 같은 것들입니다. 그것들은 바로 눈앞에 있어도 절대 보이지 않는 법이지요. 어찌 생각하면 참 무서운 일입니다.

'그대는 눈이 있어도 보지 못하고 있다'는 말은 과연 무슨 의미일까요. 이 말은 소포클레스의 비극 〈오이디푸스 왕〉에서 눈 먼 예언자 '테이레시아스'가 오이디푸스 왕에게 하는 말입니다. 동시에 어리석은 인간들에게 던지는 고대 그리스 현자의 메시지이기도 합니다. 우리는 과연 무엇을 보지 못하고 있는 것인가요? 어떻게 보지 않는 것들을 볼 수 있을까요? 오늘은 이 문장을 염두에 두고 기원전의 한 인간을 만나보려고 합니다. 그의 이 한마디가 21세기를 살고 있는 우리의 밝은 눈동자가 될 수도 있을 겁니다. 자, 이제 두 눈을 뜨고 이 작품 속으로 걸어 들어가겠습니다. 눈을 감아야 보이는 것도 있지만 눈을 똑바로 떠야 읽히는 것이 바로 문학입니다. 두 눈을 똑바로 뜨고 삶을 바라볼 때의 가치도 생각해야겠지요.

2.

우선 이야기의 줄거리를 살펴보지요. 테바이의 왕 라이오스는 아들에게 살해될 운명이라는 말을 듣고, 자신의 아들을 키타이론 산에 버립니다. 이 아이는 목동의 손에 의해 살아나고 코린트의 왕 폴리보스의 양자가 되어 자랍니다. 아이의 이름은 오이디푸스입니다.

청년이 된 오이디푸스는 델포이를 방문하는데, 거기에서 자신이 아버지를 죽이고 어머니와 결혼할 운명이라는 이야기를 듣습니다. 이 무서운 운명을 피하기 위해 그는 아버지가 있는 코린트로 돌아가지 않고 방랑을 하다가 테바이로 향하게 되고, 그 길목에서 친부인 라이오스와 시비가 붙어 그를 죽입니다. 그는 자신이 아버지를 죽였다는 사실도 모른 채, 여행을 계속합니다. 괴물 스핑크스의 유명한 수수께끼를 다들 아실 겁니다. 그 문제를 풀어내는 현자가 바로 오이디푸스이지요. 괴물을 물리친 그는 테바이의 왕이 되어 라이오스의 아내, 즉 자신의 친어머니를 왕비로 맞이하여 자식을 넷이나 낳게 됩니다. 나중에 모든 사실을 알게 된 그의 어머니는 자살을 하고, 오이디푸스는 발광하여 황금브로치로 자신의 두 눈을 찔러 장님인 채로 고통스럽게 떠돌다 최후를 맞이합니다. 한 인간이 감당하기에는 가혹한 운명입니다. 이것을 그는 보지 못했던 겁니다.

소포클레스와 달리 호메로스는 오이디푸스가 왕비였던 어머니가 자살을 한 후에도 테바이를 통치했다고 이야기합니다. 호메로스와 소포클레스의 이야기를 결말 중심으로 비교하면 소포클레스의 비극이 더 극적이라는 생각이 듭니다. 하여간 우리는 이 간단한 이야기만으로도 매력을 느낍니다. 제가 영화 제작자라면 이 대본을 살 것입니다.

이 줄거리를 가지고 우리가 소설이나 희곡을 쓴다면 어떻게 쓸 수 있을까요. 과연 소포클레스는 이 이야기를 어떻게 희곡으로 써서 그리스 최고의 비극으로 만들었을까요? 이 작품에는 자신의 운명을 기어이 감당해내는 인간이 있습니다. 한 인간이 엄청난 운명의 굴레에서 몸부림치면서 보여주는 행동과 태도가 오늘을 살고 있는 우리의 삶에 깊게 관여합니다. 이 세상의 누군들 자신의 운명에서 벗어날 수 있을까요?

오이디푸스는 다의적인 의미를 지닌 문화 아이콘이기도 합니다. 아들이 자신을 죽일 것이라는 예언을 들은 라이오스 왕은 아들의 발에 못질을 해서 버립니다. 발이 부어 있는 모습이었기에 아이에게는 '부어 있는 발'이라는 이름이 붙는데요, 바로 '오이디푸스'입니다. 발에 못질을 한다는 부분에서 십자가에 못 박힌 예수 그리스도를 연상할 수도 있을 것 같습니다. 오이디푸스라는 이름은 결국 이러한 형벌을 견뎌내고 자신에게 다가오는 운명의 이름입니다. 사람들을 괴롭히는 스핑크스와의 대결에서 승리하고 현명한 인간의 표상이 되지만, 그 승리로 인하여 테바이의 왕이 되기 때문에 이 기쁨은 결국 비통의 통로가 되어버립니다.

정신분석학자 프로이트는 이성 부모에 대한 성적 욕구나 동성 부모에 대한 경쟁의식에 대해 '오이디푸스 콤플렉스'라는 이름을 붙였습니다. 프로이트는 약 3-5세 아동들의 특징으로 이 용어를 사용했지만, 20세기에 들어서면서 그것이 가리키는 범주는 더 넓어졌습니다. 영화와 대중매체에서 다양한 소재로 오이디푸스 콤플렉스를 다루고 있지요. 오이디푸스는 신의 운명에서 벗어나려는 인간을 가리키는 말로도 쓰입니다.

근친상간은 신들의 세계에서는 일반적인 이야기입니다. 이건 동서양의 구분이 없습니다. 신과 인간에 대한 도덕적 잣대는 완전히 다르지요. 신화와 종교는 결국 알레고리입니다. 그대로 받아들이기보다는 신화를 바탕으로 한 알레고리, 우화로 이해한다면 우리의 마음자리가 조금은 편해질까요.

이 작품의 내용은 도덕적으로 매우 불편합니다. 어머니와의 근친상간, 친부살해, 왕위찬탈…… 정말 인간으로 할 짓이 아니지요. 현명한 오이디푸스도 이런 짓을 하고 싶지 않았을 겁니다. 스핑크스의 수수께끼를 풀어낸 그는 뛰어난 지성과 따뜻한 감성을 가진 '사람'입니다. 그가 정상적으로 자라서 교육받고 통치자가 되었다면 알렉산더 대왕과 같은 존재로 우리에게 알려졌을 겁니다. 하지만 그는 비극적인 '운명'을 타고 납니다.

과연 우리에게 이런 운명이 다가온다면 어떤 태도를 취해야 할지 갈피가 잡히지 않습니다. 벗어나려고 안간힘을 써도 더 깊이 빠져버리는 늪처럼 운명은 가혹합니다. 신의 뜻인 운명은 당사자인 인간들에게 던져집니다. 그래서 인간이 이 세상에 던져진 존재라는 말이 나오기도 합니다. 알몸으로 세상에 던져진 인간을 운명은 인정사정 볼 것 없이 무자비하게 절망의 구렁텅이로 던져버립니다.

던져진 존재인 인간. 이 개념은 실존주의 철학에서 자주 사용하는 말이지요. '이 세상은 결국 우리 손으로 무엇 하나 바꿀 수 없는, 신의 의지가 실현되는 공터에 불과한 것인가'라는 질문을 하게 합니다. 오이디푸스가 모든 사실을 알고, 가혹한 운명을 저주하면서 자신의 눈을 멀게 하고 절규하는 모습을 볼 때 우리는 공포와 연민을 동시에 느낍니다. 아리스토텔레스가 이야기한 '비극의 쾌감'에 감동을 하는 것이지요.

우리는 이 비극을 통하여 새로운 이야기 하나를 듣는 것이 아닙니다. 이미 그리스 지역에 널리 퍼져 있는 신화 한 편을 통해 소포클레스는 오이디푸스가 어떻게 자신이 저지른 행위에 대해 반응하는가. 즉 어떻게 운명에 대응하는가를 보여주고 있습니다.

이 비극은 오이디푸스가 왕이 되어, 자신이 그동안 저지른 행위와 그 의미를 무섭도록 집요하게 파헤쳐나가는 드라마입니다. 관객들은 극장에 앉아서 자신의 운명에 대응하는 주인공을 봅니다. '내가 오이디푸스라면 어떻게 할까'라는 공감대를 통하여 비극과 내가 연결되어 있는 고리를 찾을 수 있습니다.

모든 사실을 알고 난 오이디푸스는 자신의 운명을 더 이상 보지 않으려고 합니다. 두 눈을 찔러버리고 피를 철철 흘리면서 테바이를 떠납니다. 여러분 같으면 어떻게 하시겠습니까?

이 운명을 투표에 부친다면 당신은 어느 쪽이 더 낫다고 쉽게 표를 던질 수 있겠습니까? 여당을 호메로스로, 야당을 소포클레스로 생각하고 투표해볼까요? 당신의 성향은 여당입니까, 야당입니까? 사실, 운명이란 결코 이런 간단한 문제가 아니지요. 이런 식의 질문은 상당히 폭력적이군요. 곰곰이 그리고 신중하게 생각해보시길 바랍니다. 꼭 이렇게 극단적이고 비극적인 운명은 아닐지라도, 우리 또한 다양한 모습으로 다가오는 가혹한 운명을 맞이해야 할지도 모르니까요. 비극이 우리에게 전하는 감동은 그 가혹한 운명에 대처하는 인간의 모습에서 발현될 것입니다.

3.

이 비극에는 '테이레시아스'라는 눈 먼 예언자가 등장합니다. 그는 눈이 멀었지만 인간의 운명을 '보는' 사람입니다. 테이레시아스는 오이디푸스의 운명에 대해 모든 것을 알고 있습니다. 오이디푸스와 그가 대화를 나누는 장면은 이 희곡에서 매우 긴장감 넘치는 부분입니다. 눈 먼 사람이 눈 뜬 사람이 보지 못한 것을 알려주고 있으니, 참으로 아이러니 합니다.

두 사람의 대화를 들으면 자신의 운명을 보지 못하는 사람은 눈 먼 사람이라는 생각이 들고, 눈 먼 예언자야말로 세상의 누구보다 시력이 좋은 독수리 눈을 가지고 있는 인물이라는 생각도 들지요. '정말 중요한 것은 눈에 보이지 않는다'라는 어린왕자의 말이 떠오르네요. 우리는 이 예언이 진짜라는 것을 알고 있지만, 오이디푸스 왕은 눈 먼 예언자의 말에 화를 내며 자신의 운명에서 고개를 돌리려고 합니다. 하긴 누군들 그런 운명을 바로 믿고 싶을까요. 연민이 느껴지는 대목입니다.

테이레시아스는 왕과 대화하면서 '진리' 속에 힘이 있다는 말을 강조합니다. 과연 어떤 사람이 절대 권력이자 자신의 생사여탈권을 쥐고 있는 왕에게 왕비가 당신의 어머니이고, 당신이 아버지를 죽인 사람이라고 이야기할 용기가 있을까요. 하지만 눈 먼 예언자는 모든 것을 알려줍니다. 진리에는 힘이 있다고 믿기 때문입니다. 오이디푸스는 격노합니다. 절대 권력인 그는 늙은 예언자의 눈이 멀었다는 점을 이용해 조롱하기도 합니다. 운명을 피하고자 하는 몸부림이었을 테지요. 그런 왕에게 예언자는 매우 당당하게 말합니다.

"그대가 나의 눈 먼 것을 조롱하시니 말씀드립니다.
그대는 눈이 있어도 보지 못하고 있습니다."

이 작품을 관통하는 명문장이지요. 이 말을 하고 예언자는 거의 저주에 가까운 진실을 왕에게 직언합니다. 오이디푸스가 인간들 중에서 가장 비참하게 파멸될 것이라고 예언합니다. 이 대목을 읽다보면 불화살이 날아와 가슴에 푹 박히는 느낌이 듭니다. 나도 눈이 있어도 보지 못하는 것들이 많은데, 아니 보려고 하지 않는 것들이 너무 많은데…… 하는 생각이 들더군요.

눈 먼 예언자 테이레시아스는 〈오이디푸스 왕〉의 후속편이라 할 수 있는 〈안티고네〉에서도 주요 인물로 등장합니다. 그는 〈안티고네〉에서 오이디푸스의 후임인 테바이의 왕 크레온과 대화를 나눕니다. 두 사람의 대화를 읽다보면 그가 크레온이 아니라 마치 오이디푸스같다는 생각이 들 정도입니다.

예언자는 '아아. 인간들 중에 누가 알고 있으며, 누가 생각하고 있는가'라고 한 치 앞을 못보는 인간에 대한 탄식을 하지요. 인생유전입니다. 그토록 관대하고 현명했던 크레온도 왕이 되자 폭군으로 변화하고 맙니다. 인간은 자신의 비극적인 운명을 보지 못하고, 그 운명을 보는 순간 두 눈이 멀어버리거나 절망의 구렁텅이로 빠져버리게 됩니다.

오이디푸스의 비극은 신과의 대결, 운명에 파국을 맞은 인간의 모습을 조명하고 있는데, 소포클레스는 여기에서 멈추지 않습니다. 그의 사후에 공연된 비극 〈콜로노스의 오이디푸스〉에서 눈 먼 오이디푸스의 다음 이야기를 그리고 있는데요. 여기에 소포클레스의 비극작가로서의 면모가 드러납니다.

눈 먼 자가 된 오이디푸스는 한 인간이 견디기 힘든 고통과 좌절의 도정에서 다시 태어납니다. 그는 점차로 말하는 능력이 향상되기 시작합니다. 말하는 능력이란 설득, 명령, 예언과 같은 인간으로서의 성장입니다. 세상에서 가장 비극적인 인물인 오이디푸스는 이제 진정한 눈을 뜨고 그동안 보지 못했던 '길'을 보게 됩니다. 그 비밀스러운 장소로 사람들을 안내하고 자신은 그들의 수호신으로 남습니다. 콜로노스는 소포클레스의 고향이기도 합니다. 그는 고향의 수호신으로 오이디푸스를 모십니다. 오이디푸스야말로 인간의 운명과 그 역경을 이겨낸 신적인 존재라고 여기는 것이지요.

오이디푸스는 운명 앞에서 고통스러워하면서 '보아도 즐거운 것은 아무것도 보지 못할진대 / 무엇 때문에 보아야 한단 말인가!'라고 탄식합니다. 이 말은 고통에 직면한 인간의 말이자 어떤 길을 가야 하는지 혼란스러워하는 말입니다.

우리가 살면서 오이디푸스와 같은 일을 겪지는 않을 겁니다. 하지만 가혹한 운명은 인간이라면 누구에게나 다가오는 삶의 조건이기도 합니다. 운명 앞에 신 인간은 어떻게 행동하는가, 신의 뜻을 따르기보단 자신의 운명과 적극적으로 대결하는 인생의 주인공이 되어야 하지 않겠는가 하는 것이지요. 요즘 유행하는 인문학의 핵심이 여기에 있습니다. 우리를 억압하는 모든 조건에 저항하는 인간이 바로 문학의 주인공입니다. 우리는 기원전 5세기의 한 작품을 통하여, 피할 수 없는 운명과 그것에 정면으로 맞서는 주인공의 삶을 통하여, 긴 터널 끝에 보이는 한 줄기 빛을 발견하는 것이지요. 바로 절망과 고통을 통해 성장하는 인간입니다.

4.

문자가 없던 시절부터 사람들의 입에서 입으로 전해져 내려오는 이야기가 신화와 전설입니다. 오이디푸스는 그리스 신화에 등장하는 인물입니다. 이 신화를 바탕으로 꾸준하게 작품이 탄생합니다. 고대 그리스 작가 호메로스, 소포클레스, 철학자 세네카는 물론이고 20세기 프랑스의 지성 앙드레 지드와 시인 장 콕토도 이 이야기를 소재로 다루었습니다.

문학뿐 아니라 이고르 스트라빈스키의 세속 오라토리오를

비롯한 클래식 음악과 화가들의 작품에도 역시 중요한 소재로 오이디푸스가 등장하지요. 이 수많은 작품들 중에서도 백미는 역시 기원전 5세기에 활동한 그리스의 비극작가 소포클레스의 비극 〈오이디푸스 왕〉입니다.

이 이야기의 어떤 매력이 기원전부터 지금까지 예술가들의 마음을 사로잡고, 그들의 이야기를 우리가 듣고 보게 하는 것일까요? 거기엔 어떤 비밀이 숨어 있는 것 같기도 합니다. 바로 인간의 운명과 그 고통스러운 운명을 받아들이고 대항하는 자세를 보여주고 있기 때문입니다. 아리스토텔레스는 자신의 운명과 대결하는 오이디푸스의 모습이 우리에게 공포와 연민을 품게 한다고 말했습니다.

> 공포와 연민의 감정은 장경에 의하여 환기될 수도 있고 사건의 구성 자체에 의하여 환기될 수도 있는데 후자가 더 훌륭한 방법이며 더 훌륭한 시인만이 할 수 있는 일이다. 왜냐하면 플롯은 눈으로 보지 않고 사건의 경과를 듣기만 해도 그 사건의 전율과 연민의 감정을 느낄 수 있게끔 구성되어 있어야 하기 때문이다. 바로 이것이 오이디푸스의 이야기를 단순히 듣기만 해도 느끼게 되는 감정인 것이다. (중략) 비극의 쾌감은 연민과 공포에서 오는 쾌감이다.
>
> 아리스토텔레스《시학》14장

아리스토텔레스의 《시학》에 나오는 문장입니다. 《시학》은 지금까지도 할리우드가 영화를 만들 때 애용되는 책입니다. 아리스토텔레스는 소포클레스의 〈오이디푸스 왕〉이 비극의 전범이라고 극찬합니다. 비극 하면 바로 〈오이디푸스 왕〉이라는 것이지요. 이 전통은 셰익스피어로 이어집니다. 오이디푸스 이야기를 읽으면 〈햄릿〉과 〈맥베스〉를 비롯한 서양 비극의 걸작들을 더 잘 읽을 수 있습니다. 여기에서 우리는 '플롯'과 '공포와 연민'이라는 것들에 주목할 필요가 있습니다. 공포와 연민은 우리가 이야기에 푹 빠지게 하는 장치이기 때문입니다. 그리고 간단한 플롯 또한 중요합니다. 이야기 구조가 복잡하면 독자에게 의미 전달이 어렵고 난해해지기 때문입니다.

세계 영화 시장을 장악하고 있는 할리우드 영화 제작자들은 시나리오를 들고 오는 작가에게 1분 동안 내용을 말해보라고 한다지요. 피칭이라고 부르는데요, 너의 이야기를 나에게 던져보라는 겁니다. 투수가 강속구를 던지듯이 말이지요. 작가가 이야기하는 간단한 줄거리(플롯)를 듣고 제작자들은 수천억 원이 투자되는 영화의 시나리오를 선택하지요. 이것은 바로 아리스토텔레스가 《시학》에서 말한 내용이기도 합니다. 흥행이 되는 좋은 이야기는 단숨에 듣고 매력을 느껴야 한다는 것이지요. 〈오이디푸스 왕〉의 플롯이 바로 그렇습니다. 이 플롯에서 가장 중요한 것은 바로 '비극적 운명과 인간'입니다.

그리스 비극 전문가인 천병희 선생은 '아이스퀼로스의 비극에서는 신이 드라마의 주역이고 인간은 신의 의지가 실현되는 장에 불과하다면, 소포클레스의 비극에서는 자신의 운명과 자발적이고 적극적으로 대결하는 인간 자신이 드라마의 주역이라고 할 수 있을 것이다(《그리스 비극의 이해》 114쪽)'라고 소포클레스의 작품을 해설합니다.

아이스퀼로스는 소포클레스가 사사한 스승이자 선배입니다. 소포클레스는 스승의 자리를 뛰어넘어 당대 최고의 비극작가로 평가받았습니다. 그는 인간을 드라마의 주역으로 만들기 위해 비극의 형식을 바꿉니다.

아이스퀼로스가 1명인 배우의 수를 2명으로 늘려 대화가 드라마의 중심이 되게 했다면, 소포클레스는 무대에 3명의 배우를 등장시켜 인간이 주역인 드라마에 어울리는 형식을 창출하였습니다. 복잡한 인간관계를 나타내기 위해서는 그 관계망이 허술해서는 안 되겠지요. 소포클레스는 전통적으로 전해져 내려오는 비극의 근본적인 기법과 격조를 유지하면서도 틀 자체를 바꾸는 혁신적인 사람이었습니다. 아리스토텔레스가 〈오이디푸스 왕〉을 그의 대표작으로 보는 이유도 이와 같은 완벽한 비극의 형식을 만들어낸 것을 높이 평가하기 때문입니다.

5.

소포클레스는 기원전 496년경(출생연도에 여러 설이 있으나 브리태니커 백과사전을 따름) 그리스 아테네 근처인 콜로노스에서 태어나 기원전 406년 90세를 일기로 아테네에서 눈을 감습니다. 그는 아테네가 문화, 정치, 경제적으로 가장 절정기에 이른 기원전 5세기를 고스란히 살았고, 당대 최고의 작가로 이후 이어지는 서양문학의 한줄기인 비극 작품의 시원으로 존재합니다.

청년 시절의 소포클레스는 준수한 외모에 음악에도 재능이 뛰어났다고 합니다. 부유한 집안(아버지 소필로스는 갑옷 제조업자로 추정)에서 태어나 좋은 교육을 받고, 우아하고 매력적인 사교술도 갖추었다고 합니다. 역사학자인 헤로도토스 같은 사람과 우정을 나누고 귀족 가문들과도 친하게 지내는, 전형적인 도시국가 아테네의 상류층 사람이었습니다.

기원전 480년 그의 나이 16세에는 그리스가 페르시아 군을 물리친 살라미스 해전에서 승리를 축하하는 찬가를 지휘하는 지휘자로 선발되었습니다(선창자로 선발되어 노래를 했다는 설도 있음). 살라미스 해전에서 패퇴한 이후에도 그리스 반도에 남아 있던 페르시아 육군이 완전히 철수한 것을 축하하기 위해서였지요. 아테네는 기원전 479년부터 펠로폰네소스 전쟁이 발발한 기원전 431년에 이르는 50년 동안 최고의 전성기를 누리며 문화적으로도 발전할 수 있었습니다. 이것이 서양 고대사의 결정적인 시기인 아테네의 '50년기(펜테콘타에티아)'입니다. 이 시기는 아테네뿐만 아니라 그리스 최고의 전성기이기도 했습니다. 이 시기는 소포클레스가 비극작가로 왕성하게 활동하는 청장년기와 완전히 일치합니다. 이러한 주변 환경이 그를 고대의 비극작가로 탄생하게 하는 디딤돌이 되었을 겁니다.

이 부유하고 행복한 도시국가에서 그리스 3대 비극작가들의 작품들이 디오니소스 축제를 비롯한 제전에서 공연되었습니다. 이 시기에 헤로도토스의 《역사》가 저술되었으며, 폴리그노토스의 그림들이 벽화를 장식합니다. 유명한 아테네의 파르테논 신전이 세워집니다. 이러한 문화의 배경엔 정치적인 발전도 있기 마련입니다. 전쟁의 승리에 기여한 도시빈민의 세력이 확장되어 페리클레스의 주도 아래 그리스 민주주의가 꽃핀 것이지요. 연구자들은 이 시기를 서양 역사상 문화적인 창의력이 가장 왕성한 시기라고 평가합니다. 문화강국 아테네에서 소포클레스는 군대를 지휘하는 장군, 종교단체의 사제 등으로 활동했고 만년에는 아테네의 10명의 원로 중 한 명으로 선출되어 무너져가는 아테네의 경제회복과 국가발전에 기여했다고 합니다.

아테네의 몰락은 그리스 해상 동맹의 맹주인 아테네가 동맹 국가들을 종속시키면서부터 시작됩니다. 아테네는 스파르타를 비롯한 300여 개의 속국으로부터 공물을 받았습니다. 그 절정의 시기인 기원전 442년, 소포클레스는 도시국가들이 공물로 바치는 돈을 받아 관리하는 출납관으로 일하기도 했지요. 결국 이러한 아테네의 상업적 제국주의적 폭정을 참지 못한 다른 도시들이 들고 일어나 펠로폰네소스 전쟁이 일어났고, 그리스는 27년간의 전란에 휘말립니다. 아테네가 스파르타에게 패배함으로서(기원전 404년) 그 찬란한 문화도 막을 내리지요. 기원전 406년 경 타계한 소포클레스의 생몰연대와 아테네의 흥망성쇠는 참으로 절묘하게도 일치하는 구석이 있습니다.

그의 생애에 대한 몇 가지 정보만 보아도 그는 아테네라는 도시에 애착을 가지고 살았던 사람입니다. 만년에는 외국 궁전의 초청도 물리치고 몰락해가는 아테네를 벗어나지 않았습니다.

소포클레스는 그의 작품을 통해서 아테네라는 도시국가의 울타리를 벗어나 세계적인 인물로 우리에게 각인됩니다. 당시 아테네에서는 해마다 디오니소스 축제가 열렸습니다. 이 축제의 연극 경연대회에서 그는 매년 희곡을 쓰고, 배우들과 합창단을 지휘하고 훈련시켰습니다. 때로는 직접 배우로 출연하기도 했지요. 28살에 당시 위대한 아이스퀼로스를 물리치고 1등을 했고, 디오니소스 축제에서만 모두 18번의 우승을 합니다. 비극 3대 작가인 아이스퀼로스가 13번, 후배인 에우리피데스가 5번의 우승을 했다고 하니. 올림픽으로 치자면 최고의 금메달리스트, 당대 최고의 인기작가였음을 알 수 있습니다.

소포클레스는 모두 123편의 작품을 썼다고 하는데, 그중에 114편이 이름만 남아 있고, 희곡으로 전해지는 것은 후기의 작품인 〈오이디푸스 왕〉을 비롯한 7편뿐입니다. 그의 사망원인에 대해서는 여러 가지 설이 있습니다. 90세의 고령이니 자연사했을 것이다, 포도알이 목에 걸려 질식사했다, 〈안티고네〉의 긴 단락을 쉬지 않고 큰 소리로 읽다가 과로사를 했다, 자신의 작품이 우승한 것을 기뻐하다가 급사했다 등등의 말들이 사람들의 입에서 전해집니다.

그가 죽었을 시기는 아테네가 스파르타 동맹군에게 패배하기 2년 전이었습니다. 당시 스파르타 군의 장군 리산드로스는 아테네의 성 밖에 있는 소포클레스의 가족 묘지로 나아갈 수 있게 성을 포위했던 길을 내어주었다고 하는데요, 비록 전쟁 중이었지만 거장에 대한 적장의 예우는 깍듯했습니다.

우리는 누구나 인생이라는 무대에 선 배우입니다. 내 인생의 무대는 내가 주인공입니다. 오이디푸스의 비극에서 무엇을 느끼셨는지요. 다가오는 가혹한 숙명에 대해 어떤 자세를 취하고 싶으신지요. 당신의 몸과 마음이 신의 뜻을 실현하는 장소인지,

아니면 인간의 의지와 성장 가능성으로 가득한 현장인지 생각해봅니다. 이 작품은 고통과 역경이 다가올 때 인간이 강해진다는 평범한 말씀을 떠올리게 하는 작품이기도 합니다. 우리는 이제 말년의 오이디푸스처럼 새로운 '눈'을 얻었습니다. 그 눈으로 바라보는 세상이 당신의 무대이기를 간절히 바랍니다.

추신

이 비극을 읽고 샤를르 프랑수아 자라베르의 그림 '오이디푸스와 안티고네'를 본다면 좋겠습니다. 눈 먼 아버지를 부축하는 딸 안티고네가 불안한 시선으로 운명을 바라보고 있습니다. 건장한 오이디푸스가 아름다운 공주 안티고네의 손에 의지하여 발걸음을 내디디는 장면, 화가는 등 돌린 사람들을 배경으로 눈 먼 오이디푸스의 고통을 절묘하게 표현하고 있습니다.

더불어 피에르 파올로 파솔리니 감독의 영화 〈에디푸스 왕(1967)〉이 있습니다. 네오리얼리즘에 영화의 출발점을 둔 감독은 후기작에 이르러 신화, 전설, 민담의 세계로 영상을 옮겨갑니다. 〈에디푸스 왕〉은 〈마태복음(1964)〉 이후에 만들어진 파솔리니 감독의 대표작으로 손꼽힙니다. 고대의 비극을 천재 감독이 재해석하여 이데올로기와 신화의 관계를 탐구한 작품으로 유명하니 일견을 권합니다.

지금 사는 곳이
지옥은 아닐까?

《신곡》
단테 알리기에리(1555년 베네치아 판)

"여기 들어오는 너희는
모든 희망을 버려라."

1.

지옥을 믿으십니까? 저는 지옥을 믿는 사람입니다. 다만, 그
지옥이 그리 멀지 않은 곳에 있다고 생각합니다. 가혹한 현실
을 마주할 때나, 뉴스를 통해 참혹한 현장을 볼 때면 그곳이 바
로 지옥이라는 생각이 들곤 하니까요. 2014년은 생지옥의 현
장을 두 눈으로 똑바로 본 해로 우리에게 기억될 것입니다. 바
로 팽목항 앞바다에서 벌어진 세월호 참사입니다. 배에 올라탄
사람들은 모든 희망을 하나씩 잃어야 했습니다. 정부와 해경이
구해줄 것이라는 희망, 가족을 만날 것이라는 희망, 살아날 것

이라는 희망, 이 모든 것이 사라진 자리가 바로 세월호가 침몰한 곳입니다. 그곳이 바로 지옥입니다.

하지만 그곳은 지옥이 아니기도 합니다. 죄를 지을 시간도 없었던 어린 아이들이 사라진, 지상의 순수한 영혼이 무참히 사라진 곳이기에 저는 그곳의 문은 천상으로 통할 것이라고 믿고 있습니다. 아이들은 그 문을 통과해서 이 무간지옥의 세상에서 벗어난 것입니다. 하지만 애통한 마음은 결코 달랠 수 없습니다. 이제 살아남은 우리의 차례입니다. 그 고통을 지고 무간지옥에서 죽지도 못하는 형벌을 받은 우리. 이것은 저주가 아니라 현실입니다.

만약에 우리가 지옥을 믿지 않는다면 세상은 지옥으로 변할 것입니다. 저는 지옥이 점점 우리 곁에 가까이 오고 있다는 느낌을 받곤 합니다. 죄인들을 수감하는 감옥을 생각해봅시다. 사람들은 감옥에 가고 싶지 않아서 죄를 짓지 않기도 하지요. 지옥은 지하에 있는 보이지 않는 감옥이라 할 수 있을 것입니다. 그곳은 보이지 않는 영혼이 가는 곳이기에 살아서는 지옥에 갈 수가 없습니다. 하지만 그곳은 지하 깊숙한 곳에서 우리의 영혼에 영향을 줍니다.

신화와 고대 서사시에서는 지옥에 다녀온 주인공들이 등장하곤 합니다. 살아 있는 사람은 지옥에 갈 수 없다는 불문율을 깬 사람들입니다. 그리스 신화의 오르페우스와 로마의 작가 베르길리우스가 쓴 작품에 등장하는 사람, 불교의 이야기에도 지옥을 다녀온 승려가 등장합니다. 신화와 종교가 지옥을 이야기하고 있는 이유는 그곳이 천국과 대비되는 장소라는 점도 있겠지만, 이 세상 사람들의 악한 마음을 견제하는 도구로서 사용하기 위해서입니다. 지옥은 살아 있는 사람들을 위한 안전장치입니다. 그래서 단테의 《신곡》〈지옥편〉은 우리가 살아가는 동안 반드시 한 번은 다녀와야 할 문학여행 코스라 할 수 있습니다.

단테는 지옥에 들어가기 위해서는 모든 희망을 내려놓아야 한다고 노래합니다. 이런 사실을 알고도 과연 그 안으로 들어갈 사람이 있을까 싶군요. 단테는 산 사람의 몸으로 지옥의 입구에 섰습니다. 산 사람이 지옥으로 들어가려는 이유는 무엇이며, 그는 거기에서 무엇을 보았을까요. 오늘은 단테가 본 지옥 이야기를 통하여 내가 있는 이 자리가 어디인지 살펴보고자 합니다.

아마 우리는 살아 있는 동안에는 지옥도 연옥도 천국도 다녀올 수 없을 겁니다. 자잘한 일상에 시달리면서 보는 지옥은 있겠지요. 하루에도 몇 번씩 지옥과 천당을 왔다갔다 하는 것이 우리의 삶이기 때문입니다. 단테는 중세 기독교 사상의 정수에 있는 사람입니다. 시인이며 철학자이고 누구보다 깊게 인생을 들여다보는 사람입니다. 그가 쓴 작품은 꼭 읽어야 합니다. 정말 고통스러운 순간에는 독서가 되지 않겠지요. 하지만 그 고비를 넘기고 다시 살아갈 마음이 들 때, 내 마음자리가 편안할 때 단테의 신곡을 만나보십시오. 조금은 어려울 수도 있겠지만 말입니다. 잠시 현실에서 벗어나 단테가 보고 온 사후의 세계가 지금 우리와 어떤 관계를 맺고 있는지 여행하는 기분으로 떠나볼까요? 자, 이제 지옥으로 떠납니다.

지옥에 도착하면 보이는 지옥문, 그 꼭대기에 적혀 있는 문장을 읽어보겠습니다.

> 나를 거쳐서 길은 황량의 도시로
> 나를 거쳐서 길은 영원한 슬픔으로
> 나를 거쳐서 길은 버림받은 자들 사이로
>
> 나의 창조주는 정의로 움직이시어
> 전능한 힘과 한량없는 지혜
> 태초의 사랑으로 나를 만드셨다.
>
> 나 이전에 창조된 것은 영원한 것뿐이니,
> 나도 영원히 남으리라
> 여기 들어오는 너희는 모든 희망을 버려라.

2.

제가 이 에세이에서 지옥편만 다루는 이유가 있습니다. 《신곡》은 지옥과 연옥 그리고 천국을 다루고 있는데요, 〈지옥편〉은 문학, 〈연옥편〉은 철학, 〈천국편〉은 신학의 범주를 가지고 있기 때문입니다. 저는 문학을 하는 사람이니까 당연히 문학이 있는 자리인 지옥에 관심이 많습니다. 단테의 《신곡》 중에서 지옥편은 가장 인지도가 높은 작품이기도 합니다. 지옥은 연옥과 천국으로 가는 입구이기도 합니다. 또한 우리가 현재 살고 있는 도시를 상징하기도 하지요.

《신곡》은 모두 100곡으로 이루어져 있습니다. 지옥이 34편, 연옥이 33편, 천국이 33편입니다. 지옥은 34편이지만, 1곡은 《신곡》의 서문과 같은 것이기에 33편으로 노래하는 작품이라 볼 수 있겠습니다. 3이라는 숫자를 중요시하는 것은 기독교 사상인 성부,성자,성령의 삼위일체설에 근거를 두고 있는 숫자 알레고리이기도 합니다. 숫자가 주는 의미는 이 작품의 전체 행과도 관계가 있습니다. 우선 《신곡》의 1곡에 나오는 첫 문장을 살펴봅니다. 이 문장은 단테가 처한 상황을 잘 보여주고 있습니다.

우리 인생길 반 고비에
올바로 난 길을 잃고서 난
어두운 숲에 처했었네.

위에 인용한 문장에서 '올바로 난 길'은 중세 그리스도교의 신에게 이르는 길을 의미하고, 어두운 숲은 그 길을 잃어버린 고독한 상태를 의미합니다. 무성한 숲에는 길도 없고 어둠뿐입니다. 숲과 숲 사이에 만들어놓은 길을 벗어나 그 안으로 들어가면 한낮에도 어두워 방향을 잃기 쉽습니다. 언젠가 친구들과 설악산을 오르다가 길을 잃은 적이 있습니다. 그때 저는 어두운 숲의 모습을 보았습니다. 길을 잃고 만난 숲은 생명의 길을 벗어난 공포의 공간이었습니다. 언젠가는 한밤중에 자동차를 몰고 산길을 올라가다가 길이 없어 후진을 했는데, 뭔가 기분이 이상해서 멈추어 살펴보았더니 바로 뒤가 절벽이었습니다. 말 그대로 절체절명의 순간이었지요. 자동차를 조금만 더 뒤로 나아갔다면 난감한 지경에 처했을 겁니다. 우리의 인생이란 것은 길에서 벗어나면 온갖 위험이 도사리고 있는 여행이라는 생각도 드는 것이지요.

단테는 영적인 카오스의 상태에서 삶의 길잡이를 만납니다. 단테가 가장 존경한 고대 로마의 시인인 베르길리우스입니다. 그의 영혼이 산 자인 단테를 지옥으로 안내하지요. 베르길리우스는 단테를 연옥까지 안내하고, 연옥에서 만난 베아트리체의 안내를 받아 천국으로 향합니다. 지옥은 연옥과 천국으로 가는 문이 되기도 합니다. 지옥에서 벗어나면서 그가 본 별이 그것을 의미하고 있습니다. 〈지옥편〉의 마지막인 34곡의 마지막 문장은 '그렇게 해서 밖으로 나와 별들을 다시 보았다.'입니다.

어둠 속에서 별을 바라보는 시인이 단테입니다. 서양문학에서 별은 이상의 상징입니다. 니체는 '결국 별이 보이지 않는 세계가 오리라. 그러면 이상도 잃을 것이다'라고 세기말을 노래했습니다. 이 별은 어린왕자가 사막에 바라본 별이 되기도 하고, 월스트리트의 빌딩숲에서 근무하는 필경사 바틀비가 보지 못하고 사는 별이기도 합니다.

단테의 《신곡》이 〈지옥편〉에서 대비시킨 별과 숲의 세계, 이것은 지금 현재까지도 모든 문학을 관통하는 정신으로 도도히 흐르고 있습니다. 〈지옥편〉은 지금 우리가 살고 있는 세상, 인간의 가장 어두운 곳을 보여주고 있습니다. 그곳은 두렵고 가련한 세상입니다. 시인은 지옥을 바라봅니다. 철학자는 연옥을,

신학자는 천국을 바라봅니다. 이것은 학문의 우열이나 성향의 문제가 아니라 위치의 문제라고 생각합니다.

지옥과 천국, 연옥은 우리 인간의 눈으로 바라보는 서로 다른 세 장소이기도 합니다. 천국으로 올라가는 길은 도시에 살고 있는 지금의 저에겐 보이지 않습니다. 도처에서 날마다 불화살이 날아오기 때문입니다. 불화살은 돈과 증오, 배신과 폭력입니다. 부처는 '사후에 지옥과 극락이 있느냐'는 제자의 질문에 이렇게 대답했습니다. "지금 너의 몸에 불화살이 날아와 박혀 있는데 도대체 무슨 생각을 하는 것이냐." 현실을 바로 보라는 이야기지요. 지금 살고 있는 곳, 여기에 모든 것이 있습니다.

우리에게 과연 지옥이란 무엇일까요. 왜 타인을 저주할 때 지옥에나 떨어지라고 할까요? 생지옥이라는 말이 있지요. 지옥은 의외로 우리와 가까이 있는지도 모릅니다. 단테는 지옥을 천국과 대비되는 고통의 장소로 볼 것이 아니라, 오히려 천국의 사랑의 의미를 간절히 느끼게 하는 장소로 봐야 한다고 말했습니다. 세상 사람들이 지옥을 믿는 한 오히려 살 만한 세상이 된다는 이야기이기도 합니다. 신이 가련한 인간에게 사랑의 의미를 알려주는 고통이라는 것이지요. 단테는 지옥을 '정의를 소중히 여기는 신의 사랑의 소산'이라는 사상을 가지고 있는 시인이었습니다.

단테는 지옥을 지하의 깊숙한 동굴처럼 묘사합니다. 내려가면 내려갈수록 더욱 무거운 죄를 지은 죄인들이 고통받고 있습니다. 희망을 갖고 들어올 수 없는 공간이지요. 이것은 우리가 삶의 고통을 겪고 나서야 알 수 있는 것이 아닐까 합니다. 해맑은 청소년들에게 세상은 밝고 환한 미래입니다. 그들이 밝게 웃고 뛰어다니는 모습에서 천국의 느낌을 받기도 하니까요. 하지만 우리가 중년을 넘어서면 청년기나 장년기의 고통스러운 관문을 통과한 세월이 고스란히 두 손에 쥐여집니다. 분노와 증오, 질투, 욕망과 색욕. 이 모든 걸 견뎌내면서 살고 있습니다. 그때 지옥은 확연한 모습으로 다가옵니다. 막 태어난 아이의 맑은 눈동자가 천사의 눈동자라면 늙고 병든 몸으로 죽어가는 죄 많은 인간의 눈은 붉게 충혈된 악마의 눈동자처럼 보이기도 합니다. 죽어가는 사람을 바로 앞에서 보신 적이 있습니까. 저는 대학에 입학한 먼 친척 동생이 병으로 죽어가는 것을 곁에서 지켜본 적이 있습니다. 그는 죽어가면서 손을 들어 뭔가를 만지려고 했고, 두 눈은 하늘을 올려다보고 있었습니다. 그러다 뭔가를 본 듯 잠시 멈추었지요. 그것이 천사일 것이라고 저는 믿고 있습니다.

지옥은 지하 깊숙이 존재하는 동굴이 아니라, 바로 우리에게 주어진 비옥한 대지인 삶에 우리 스스로가 파 들어가는 무덤자리입니다. 더 이상 빛이 스며들 수 없는 어둠의 공간이지요. 우리는 두더지처럼 그 땅을 파고 있는 겁니다.

단테가 노래하는 지옥은 이런 공간입니다.

한숨과 울음과 고통의 비명들이
별 하나 없는 어두운 하늘에 울려 퍼졌다.

그 소리를 처음 들은 나는 울음을 터트렸다.

알 수 없는 수많은 언어들, 끔찍한 얘기들
고통의 소리들, 분노의 억양들, 크고 작은 목소리들
그리고 손바닥을 치는 소리들이

마구 엉켜 아수라장을 만들었고
회오리바람에 휩쓸리는 모래알처럼
그 영원히 깜깜한 하늘에 떠돌고 있었다.

나는 무서워서 머리를 감쌌다.

《신곡》의 3곡에 나오는 모습입니다. 어디서 많이 본 풍경이지요. 바로 우리가 살고 있는 세상의 모습과 크게 다르지 않습니다. 세월호 참사 후 일주일의 뉴스만 보아도 《신곡》의 이런 묘사는 가볍게 느껴질 정도지요. 지옥도 이런 생지옥이 없습니다. 이런 세상에서 누가 천국을 노래할 수 있겠습니까. 인간의 역사는 곧 지옥의 역사라는 생각이 드는 것도 지나치지 않습니다.

3.

자신의 모든 희망을 내려놓은 단테는 지옥문을 통과합니다. 아케론 강에서 저승의 뱃사공 카론의 도움을 받아 지옥으로 들어섭니다. 초입인 제1옥, 림보라고 불리는 이 공간에는 우리에게 익숙한 인물들이 등장합니다. 이 공간은 죄인들이 아니라 그리스도를 모르고 살았던 사람들을 위한 곳입니다. 현자 소크라테스와 플라톤, 그리고 단테가 가장 존경한 아리스토텔레스도 이 공간에 있습니다.

제2옥에는 부정한 사랑 즉 간음한 사람들의 공간으로 색욕의 죄인들이 수감되어 있습니다. 이들의 처벌은 비교적 가벼운 편입니다. 제3옥은 음식에 대한 욕심이 많은 사람. 폭식의 죄인들입니다. 여기까지도 그런대로 견딜 만하다고나 할까, 왠지 우리가 아는 지옥 같지는 않습니다.

7곡부터 진짜 지옥이 등장합니다. 제4옥은 걸신들린 듯 돈을 모으는 자와 낭비벽이 심한 사람들의 지옥입니다. 제5옥은 쉽게 격노하는 분노의 죄인들이 감금되어 있습니다. 이런 식으로 제6옥, 7옥, 8옥, 9옥을 지납니다. 깊이 들어갈수록 더 무거운 형벌이 기다리고 있습니다. 그중 죄질이 가장 극악한 자들은 배신자들입니다. 대표적인 인물이 예수를 팔아넘긴 유다이고, 카이사르를 배신하고 암살한 브루투스와 카시우스입니다. 지옥의 대마왕 루시퍼가 세 얼굴에 달린 아가리로 이들을 물어뜯어버리지요. 그들은 죽어도 죽은 게 아닌, 불교식으로 이야기하자면 무간지옥에서 시달리고 있습니다.

단테가 설계한 지옥은 모두 지하 9층의 구조를 가지고 있는 감옥입니다. 철학적으로 심사숙고해서 만든 지옥 설계도이지요. 단테가 지옥에서 만난 죄인들 중에는 교황들도 있습니다.

아무리 교황이라 할지라도 자신의 지위를 이용해 나쁜 일을 한다면 지옥에 떨어진다는 겁니다. 중세 기독교 사상이 지배하는 가운데 나온 작품임에도 파격적인 발상입니다.

이미 《신곡》을 감상한 독자들은 지옥편 28곡에 나오는 이 구절을 기억하실 겁니다.

그러나 나는 분명히 보았다. 아직도 눈에 선하다.
머리가 잘린 몸통 하나가 다른 온전한 몸을 지닌
슬픈 무리들과 함께 태연히 가고 있는 그 모습이

그자는 자신의 잘린 머리를 초롱불처럼
양손으로 받쳐 들고 있었다. 그 머리는
우리를 쳐다보며 "아이고 내 신세야." 하고 말했다.

마치 그 사람의 머리가 우리를 보고 "이 비참한 나의 모습을 보시오." 하고 이야기하는 것 같군요. 자기 머리를 자신의 손으로 들고 다니는 비참한 모습과 고통은 잘 상상이 되지 않습니다. 머리가 잘려도 죽지 않는다니, 차라리 현세의 안락한 죽음이 축복일 수도 있겠군요. 우리는 우리를 보고 있는 이 지옥 속 죄수의 머리를 염두에 두고 살아야 하지 않을까 싶습니다. 그 고통을 염두에 둔다면 죄악에 대한 탐욕스러운 마음은 조금 가실 테니까 말입니다.

단테의 지옥에는 다양한 죄인들의 모습이 등장합니다. 죄질에 따라 고통을 받는 모습을 보고 단테는 하염없이 눈물을 쏟

아닙니다. 우리는 단테와 함께 지옥 여행을 하며 그의 공포와 슬픔을 공감합니다. 그런데 이 여정을 마치고 나면 '과연 우리가 사는 이곳이 어디인가?' 하는 생각이 듭니다.

이제 우리가 있는 자리를 살펴보겠습니다. OECD 가입국 중에서 자살률이 1위인 대한민국. 도시의 곳곳에서는 성매매가 활발히 이루어지고 있습니다. 색욕을 부추기는 각종 영상에, 대중음악의 이름으로 우리 딸 또래의 아이들에게 성적인 몸짓을 강요하고 있습니다. 범죄율이 낮다고는 하나, 강도, 살인과 같은 강력범죄 발생률은 오히려 높습니다. 타인을 불신하는 태도가 이미 사람들의 몸에 배어버렸습니다. 한 동네에서 이웃들이 사소한 주차 문제로, 아파트에서는 층간 소음으로 분노를 참지 못하고 살인까지 하니까요. 더 예를 들 필요가 있을까요?

단테가 전혀 상상하지 못한 극악무도한 죄가 있습니다. 바로 '타인에 대한 무관심'입니다. 스마트폰을 예로 들어보지요. 그곳은 정말 무섭고 고독한 감옥의 공간입니다. 우리는 가족을 앞에 두고도 스마트폰을 손에서 떼지 않습니다. 거기에 도대체 뭐가 있기에, 거기서 어떤 인간적 온기를 느낄 수 있기에? 우리는 뭔가에 홀린 듯 좀비처럼 그 좁고 무서운 감옥의 세계에 들어갑니다. 21세기 첨단 문명은 인간을 몰아내고 기계가 대신하고 있습니다.

이것은 혹시 저 태초부터 존재한 지옥에 대마왕, 루시퍼의 음산한 계략이 아닌지 모르겠습니다. 《신곡》의 도입부에 나오는 어두운 숲은 현대 도시의 빌딩숲이 되었습니다. 이제 60층 이상의 초고층 아파트에서 수만 개의 감옥에 사는 현대인들은 손에 스마트폰을 들고 세상과 소통하고자 합니다. 사람이 바로 곁에 있는데…… 대체 누구를 찾으려 저리도 열심인지요. 사람과 사람이 얼굴을 맞대고 말할 필요가 없는 지금, 세상은 블랙홀에 빨려 들어가고 있습니다.

저는 단테의 《신곡》에 묘사된 지옥의 공포보다 거대한 고층 건물에 갇혀 살고 있는 사람들의 고독이 더 무서워 보입니다. 건물들이 바벨탑처럼 치솟고 있지만 그것은 또한 지하로 머리를 박고 들어가는 괴물처럼 보이기도 하지요. 도시의 건물들이 밝히고 있는 불빛들이 별빛을 가리고 있습니다. 우리는 별을 잃어버린 지 이미 오래입니다. 별을 잃어버리면 어떤 세상이 올까요. 별을 잃은 세상에 대해 니체는 이렇게 말했습니다.

현대는 어떤 시대일까. 현대는 지구가 작아졌고, 그 위로 인간이 벼룩처럼 날아다닌다. 그리고 별은 사라져 버렸다. 사람들은 별을 모른다. 별이 무엇인가. 이상이란 무엇이냐고 말하며 최후의 인간은 서로 눈짓을 건네며 엷은 웃음을 웃는다.

《차라투스트라는 이렇게 말했다》, 니체

우리가 칸트의 말을 이해하기 힘든 날이 오게 될지도 모르겠습니다.

생각하면 할수록 놀라움과 경건함을 주는 두 가지가 있으니, 하나는 내 위에서 항상 반짝이는 별을 보여주는 하늘이며, 다른 하나는 나를 항상 지켜주는 마음속의 도덕률이다.

단테는 프톨레마이오스의 천문학의 시대에 살고 있어서 태양도 지구를 감싸고 도는 위성 중 하나라고 생각합니다. 지구만이 그 중심에서 우뚝하지요. 그런 우주의 중심부, 태양도 별도 없는 그곳이 바로 지옥입니다. 하지만 우리에게는 베아트리체가 있습니다. 단테가 그녀의 인도로 천상의 세계에 들어가듯이 우리 고유한 정신 속에는 지옥에서는 가둘 수 없는 고귀한 덕목들이 분명하고도 강력하게 존재하고 있습니다. 바로 생명에 대한 사랑입니다.

일본의 석학 이마미치 도모노부는 말합니다.

> 단테가 《신곡》이라는 철학시를 완성할 수 있었던 것은 베아트리체에 대한 변함없는 사랑에서 비롯되었을 테지만 그 사랑은 에로스가 아니라 필리아(정신적 사랑, 우정)인 것이다. 그렇다고 한다면 단테는 이 작품에서 필리아를 일관된 테마로 택했으며, 따라서 베르질리오(베르길리우스의 이탈리아 이름)와 단테의 우정이 베아트리체와 단테의 우정에 신의 아가페(무상의 사랑)으로 보완되어 가는 장대한 우정의 시극이 전개되는 것이다. 그런 의미에서 《신곡》은 필리아의 찬미가이며 우정에 대한 찬미이다. 이것이 단테 사상의 중심 기둥이다.

살아 있는 동안 그 누가 지옥에 갈 수 있겠습니까? 하지만 지옥이 우리를 찾아오기도 합니다. 지옥은 대문을 열고 나가면 바로 보이는 현장이기도 하니까요. 지금 이 순간에도 이스라엘이 가자 지구에 무차별 공습을 해서 사람들이 죽어가는군요.

민간인을 학살하는 그들의 신은 과연 어디에서 그 장면을 지켜만 보는지요. 1, 2차 세계대전, 한국전쟁에서 살아 돌아온 군인들은 지옥에 다녀온 것입니다. 죽어야만 갈 수 있는 지옥만 지옥이 아니지요. 생지옥은 그래서, 말이 되지 않는 것 같지만 충분히 가능한 말입니다.

분노와 복수, 욕망과 타락이 만연한 이 세상은 지옥입니다. 그래서 인간으로서 지켜야 할 덕목들이 더욱 소중한 것입니다. 아무리 머리가 좋고 유명한 사람이라도 그 정체가 배신자라면 지옥에 떨어질 것입니다. 살아서는 영광을 누리겠지만 이미 루시퍼의 세 대가리가 입을 벌리고 그의 양심을 뜯어 먹고 있을 겁니다. 가혹한 현실 속에서는 우정이나 사랑도 돈과 명성으로 사고 파는 백화점의 물건처럼 여기기 쉽습니다. 하지만 우리는 이런 세상에서도 단테의 베아트리체, 진짜 사랑을 떠올려야 합니다. 밤하늘의 별처럼 소중히 지켜야 합니다. 그것이 이 가혹한 지옥에서 우리가 살아가는 방법이기도 합니다.

4.
단테는 베아트리체와 함께 기억되는 사람입니다. 마치 자웅동체처럼 두 사람은 한 영혼으로 묶여 있습니다. 단테와 베아트리체를 연결하는 끈은 순수한 '사랑'이자 천국을 향한 '동경'입니다. 단테는 아홉 살 때 한 살 연하의 베아트리체를 처음 만나는데, 처음 본 순간 '영혼의 전율'을 경험했다고 하는군요.

저에게도 잊을 수 없는 한 소녀의 모습이 있습니다. 그 모든 것이 아직도 눈앞에 선명합니다. 부산에서 살았던 유년기에 본 옆집 소녀의 모습은 천사와 같은 것이었습니다. 그 소녀는 장미꽃이 만발한 정원에서 나를 보며 손을 흔들고 웃어 주었지요. 하얀 원피스를 입고 분홍색 머리띠를 한 소녀였습니다. 소녀의 어머니가 정원에 물을 주고 있었고, 진돗개 한 마리가 컹컹 짖고 있었습니다. 오전 햇살이 눈부시게 쏟아지는 장미 정원에 서 있는 소녀. 저는 그때 천사를 본 것 같은 전율을 느꼈지요.

이듬해에 아버지의 직장문제로 이사를 가서 다시는 볼 수 없었지만 소녀의 이름, 얼굴, 소녀를 감싸던 장미향까지 고스란히 간직하고 있습니다. 지금도 가끔 그녀의 이름을 떠올리면 어지러운 현실을 벗어나 먼 이국을 그리워하는 낭만주의 시인의 마음이 되곤 합니다. 누구에게나 이런 추억은 있을 법한 것이겠지요. 저는 그녀에 대해서 더 알아보지는 않았습니다. 추억은 간직할 때 아름다운 법이니까요.

하여간, 단테는 열여덟 살에 다시 길에서 베아트리체를 만납니다. 그녀가 가볍게 눈빛을 보내며 건넨 인사로 인해, 단테에게 베아트리체는 평생 잊을 수 없는 여인으로 남습니다. 그녀는 단지 남성으로서 바라보는 여성이 아니었습니다. 어느 순간 성의 경계선을 넘어 그녀는 단테의 삶의 전부가 됩니다.

두 사람은 현실에서 맺어지지 않고 서로 따로 다른 반려자를 만나 살아갑니다. 이미 그녀를 영원한 동경의 대상으로 삼은 단테에게는 결혼이 어울리지 않을 수도 있습니다. 갈 수 없는 나라를 향한 마음처럼, 그녀를 향한 동경은 거리를 두고 생각하는 감정입니다. 너무 가까이 있으면 그 동경은 사라졌겠지요.

베아트리체는 1290년, 스물네 살에 천상으로 떠나버립니다. 그럼으로 베아트리체는 지상에 남은 시인 단테의 가슴에서 불멸의 존재로 자리하게 되지요. 그에게 베아트리체는 지구에서 바라보는 별과 같은 존재입니다. 훗날, 《신곡》에서 단테를 천국으로 인도하는 역할로 나오는 천사가 베아트리체인 것은 너무나 당연한 일이겠지요.

문학, 종교, 철학을 아우르는 철학자 시인인 단테의 대단한 지성이 하루아침에 형성되지는 않았을 겁니다. 그는 수도승처럼 공부하고 시인의 눈으로 노래했습니다. 그런 단테의 중심에는 베아트리체가 있었습니다. 가혹한 현실을 견디는 에너지는 바로 거기에서 솟구쳐 오릅니다. 두 사람 사이엔 욕망이나 애증의 그림자가 없습니다. 순수한 결정체인 다이아몬드처럼 순백의 영혼으로 마음속에 존재하지요. 천국을 향하는 단테의 여정에 그녀는 수호천사로 함께합니다. 《신곡》이라는 위대한 작품의 처음과 끝에 베아트리체의 후광이 빛나고 있습니다.

단테 알리기에리, 그는 두란테 알리기에리라고 불리기도 합니다. 단테는 그의 세례명인 '두란테'의 축소형입니다. 그 이름엔 '참고 견디는 자'라는 뜻이 있습니다. 유럽 근대문학의 효시인 그가 참고 견뎌낸 생이 문학이라는 결정체가 되었나 봅니다. 하지만 단테는 시인으로만 설명될 수 없는 사람입니다.

그는 시인이자 철학자였습니다. 1265년 피렌체의 부유한 집

안에서 태어나 굴곡진 삶을 보내고 1321년 라벤나에서 56세로 인생을 마감합니다. 요즘 같은 100세 시대에 오십 대 중반의 나이는 한창때나 마찬가지이지요. 그런 젊은 나이에 이런 대단한 작품을 남기고 세상을 떠났다니, 천재라는 말 외에 달리 이 사람을 설명할 길이 있을까요? 요즘엔 이런 생각도 듭니다. 시간이라는 개념은 시대마다 다른 것이 아닐까, 중세의 일 년이 현대의 십 년 정도의 무게가 아닐까. 특히 수도사들의 시간은 더 무겁고 깊은 것이 아닐까 하는 것이지요. 그만큼 단테는 이탈리아 문화의 정수이자 국보입니다.

그는 서른다섯 살의 나이에 피렌체에서 중요한 직책을 맡게 됩니다. '프리오레' 즉 '장관'을 의미하는 자리입니다. 피렌체라는 도시국가의 총리가 된 그는 적극적으로 정치에 관여하게 됩니다. 예나 지금이나 정치는 사람의 몸과 마음을 피폐하게 하나 봅니다. 당시 피렌체는 교황을 지지하는 겔프당이 흑당과 백당으로 나뉘고, 흑당은 교황을 백당과 분리시키는 등 정치적으로 불안정했습니다. 백당에 속한 단테는 정적들의 공격으로 세금문제와 관련된 횡령과 황제에 대한 음모를 꾸민 죄로 벌금과 2년간의 추방형을 선고받습니다.

단테는 이 재판결과에 승복하지 않고 버티다가 1302년에 사형을 선고받기에 이릅니다. 버티다가 부러진 것이지요. 결국 단테는 피렌체를 탈출해서 이탈리아 전역을 돌아다니며 망명생활을 하다 생을 마감합니다. 1318년부터 1321년까지는 이탈리아 라벤다의 영주인 구이도 다 폴렌타의 보호 아래에서 자식들과 함께 인생 말년을 비교적 평온하게 보냈다고 하니 그나마 다행입니다.

라벤다는 그의 고향인 피렌체와 그리 멀리 떨어진 곳이 아닙니다. 피렌체는 단테가 태어나서 자라고, 베아트리체와 만나고, 가정을 이루고 뿌리를 내린 고향입니다. 고향에서 정치적인 문제에 연루되어 화형을 선고받고, 평생을 고향의 주변만 맴돌며 변방에서 떠돌아다닌 그의 영혼을 염두에 두고 《신곡》을 읽어야 할 겁니다. 그가 고향을 그리워하며 쓴 작품은 고통 속에서 탄생했습니다. 만약에 그가 피렌체의 뛰어난 정치인으로 살았다면 《신곡》이라는 작품은 존재하지 않았을 겁니다. 그리움이 간절해야 사랑을 볼 수 있듯, 인생 자체가 고단하고 힘겨웠기에 그의 문학이 깊이 뿌리내릴 수 있었던 것은 아닐까요? 작가의 고통이 작품의 완성도를 높이는 것은 모든 명작의 공통점이니까요.

추신

단테의 《신곡》에 영감을 받아 만들어진 예술작품 중 오귀스트 로댕의 '지옥문'이 있습니다. 단단한 청동의 차가운 질감이 뒤틀린 인체의 포즈와 어울려 있는 작품입니다. 로댕은 정부로부터 당시 세워질 파리 장식미술관의 청동문 제작을 의뢰받아 1884년까지 완성할 계획이었지만, 1917년까지 30년의 작업 끝에 완성하지 못하고 타계하면서 '지옥문'은 미완성으로 남았습니다.

'지옥문'이라는 작품의 제목은 단테의 신곡에서 빌려온 것입니다. 처음의 구상은 15세기 이탈리아 조각가 로렌초 기베르티가 피렌체 성당에 세운 '천국의 문'에서 따오려고 했으나, 영국을 방문하고 나서 구상이 바뀝니다.

그는 영국에서 단테의 영향을 받은 라파엘의 많은 회화와 소묘들, 특히 윌리엄 브레이크의 환상적인 작품을 보고 사랑, 고통, 죽음에 괴로워하는 인간 군상들을 조각했습니다. 이 미완성의 작품은 커다란 사각형의 틀 안에 독립적으로 제작된 인물상과 군상들을 짜 맞추어 만든 것입니다. 이중에는 그 유명한 '생각하는 사람'도 있습니다. 이 조각은 지옥문의 윗부분에 놓을 단테의 좌상으로 구상된 것입니다.

단테가 지옥문의 입구에서 본 문장 '여기 들어오는 너희는 모든 희망을 버려라'와 그 무서운 문장을 보고 '생각하는 사람'을 떠올리면 신곡의 입체감이 살아납니다. 단테는 지옥문 앞에서 어떤 모습으로 생각하고 있었을까요?

복수를 꿈꾸는 자의
고통

〈햄릿〉
윌리엄 셰익스피어(1601년)

"사느냐 죽느냐 그것이 문제로다."

1.

누군가에게 복수하고 싶다는 생각을 해본 적 있습니까? 내가 가지고 있는 모든 생을 포기하더라도 한 인간을 죽이고 싶다는 생각을 한 적은요? 순간적으로 이런 생각이 들 때가 있겠지만, 우리는 대부분 그냥 스쳐 지나가는 분노의 흔적으로 남겨둡니다. 만약에 그 복수심을 통제하지 못하고 실행에 옮겼다간 범죄자가 되니까 말입니다.

우발적으로든 계획적으로든, 살인을 한 사람의 결말은 하나같이 비참합니다. 경찰서에 붙어 있는 수배 전단지를 보십시오.

살인 사건은 참 많이도 일어납니다. 인간이 인간을 죽이는 행위보다 비극적인 행동이 뭐가 있을까 싶습니다. 왜 이런 행동을 하는 걸까요? 이것은 결국 살고 죽는 문제, '죽음'의 문제를 다루고 있기 때문에 고통스럽습니다.

〈햄릿〉의 3막에 등장하는 독백, '죽느냐 사느냐'는 무대를 통틀어 단연 빛나는 대목입니다. 억울한 선왕의 죽음 앞에서 한 나라의 왕자이자 아버지의 아들로서의 고통과 복수심이 치솟습니다. 이때 고민하는 인간의 모습이 이 작품의 정수입니다. 비단 죽음을 염두에 두지 않더라도, 우리 또한 이것과 저것 사이에서 갈등하고, 선택의 기로에 서곤 합니다. 어느 날 문득 찾아오는 불안감을 견디지 못하고 존재에 대해 심각한 고민도 합니다.

문학 속의 주인공 중에서 햄릿만큼 많이 거론되는 인물도 드물 겁니다. 햄릿은 돈키호테와 짝을 이루는, 인간 유형의 거대한 음과 양입니다. 두 작품 모두 르네상스기인 17세기 초에 발표되어 인간의 극단적인 단면을 잘 다루고 있지요. 햄릿이 달빛에 젖은 고독한 왕자의 모습이라면 돈키호테는 태양을 향해 달려가는 중세기사의 모습입니다. 왜 비극적 결말을 향해 치닫는 왕자의 모습을 통해 우리는 깊은 생각에 빠지는 것일까요? 햄릿이 우리 삶과 어떤 연결고리를 가지고 있는지 곰곰이 생각해볼 문제입니다.

저 역시 누군가에게 복수를 하고 싶다는 생각을 한 적이 있습니다. 자잘한 일상에서부터 치명적인 사건에 이르기까지 우리는 크고 작은 복수심에 시달리고 그 마음을 달래기 위해 이른바 '힐링'이라는 약을 찾기도 합니다.

종교는 인간에게 끊임없이 '용서'하라고 합니다. 하지만 그게 얼마나 어려운 일입니까? 진정으로 누군가를 용서하신 적이 있습니까? 그렇다면 당신은 이미 성자의 반열에 오른 사람입니다. 말로만 용서를 하고 마음이 움직이지 않는다면 그 마음은 깨진 항아리처럼 거칠기 마련입니다.

박찬욱 감독의 복수를 주제로 한 영화들이 대중들의 사랑을 많이 받았습니다. 작품성이 뛰어난 작품들이지요. 하지만 볼 때 마음이 불편해지는 것은 어쩔 수가 없는 것 같습니다. 복수심에 불타는 박찬욱 감독 작품의 주인공들. 햄릿의 분신들은 스크린 안에서 다양한 모습으로 변화하면서 꿈틀거리고 있었습니다. 오늘은 햄릿이 복수를 하는 모습을 통해서 우리의 숨어 있는 마음 한구석을 찾아보기로 하지요.

2.

막이 오르면 무대에 유령이 등장합니다. 성을 지키고 있는 보초가 임무교대를 하면서 유령에 대한 대화를 나누면서 시작되지요. 이 비극은 밤의 연극입니다. 갑옷을 입는 유령은 자정에 나타나 창백한 모습으로 그들을 바라보고 있습니다. 누구냐고 물어도 아무런 응답도 하지 않는 유령의 분위기는 무서운 한편 그 모습이 애잔한 구석이 있습니다. 햄릿의 친구인 호레이쇼가 이 기괴한 일을 햄릿에게 알리고, 운명은 소용돌이치기 시작하지요. 그 유령은 바로 햄릿의 아버지였으니까요. 선왕의 유령과 독대를 하면서 햄릿은 자신의 아버지가 삼촌인 클로디어스에게 독살을 당했다는 사실을 알게 됩니다. 그리고 어머니인 왕비가 숙부와 침실에서 뒹굴고 있다는 생각에 복수를 결심합니다.

이들의 대사에 달을 지칭하는 말로 '젖은 별'이라는 표현이 나옵니다. 셰익스피어의 문장은 그 자체가 절묘한 언어 예술로서의 가치가 빛나고 있습니다. 인도 대륙을 준다 해도 셰익스피어와는 바꾸지 않겠다는 말이 나올 정도이지요. 일상적인 문장이나 단어는 아니지만, 셰익스피어의 표현은 작가에게는 상상력을, 독자나 관객에게는 감동을 줍니다. '젖은 별' 역시 그런 예술적인 표현이지요. '젖은 별' 아래에서 햄릿의 온몸은 축축하게 젖어버립니다. 그 자리에서 활활 타올랐더라면 당장 칼을 들고 가 왕위에 앉아 있는 살인자를 처단했을 겁니다.

'과연 내가 본 것이 진실인가?' 햄릿은 고민하기 시작합니다. 일단 그는 선왕의 모습으로 나타난 혼령에 대한 의구심부터 해결하는 것으로 이 사건을 풀어나가려고 합니다.

"내가 본 혼령은 악마인지도 모른다. 악마는 제 모습을 보기 좋게 위장할 힘이 있지. 맞아. 또, 내 허약함과 우울증을 빌미 삼아, 심기가 약할 때 악귀는 힘을 쓰니까, 나를 속여 파멸시킬 수도 있어. 좀 더 설득력 있는 증거를 잡으리라. 연극이 왕의 양심을 사로잡을 바로 그 수단이다."

이 비극의 힘은 햄릿이 고민하는 장면에서 나옵니다. 연극의 3막 1장에 나오는 유명한 대사 "사느냐 죽느냐 그것이 문제로다"를 화두로 삼아 진실을 밝히고자 합니다. ('To be, or not to be'는 가장 널리 알려진 번역 '사느냐 죽느냐'를 비롯해서 김재곤 교수의 '삶이냐 죽음이냐', 이덕수의 '과연 인생이란 살 가치가 있느냐 없느냐', 최재서의 '살아 부지할 것인가, 죽어 없어질 것인가', 가장 최근에는 최종철의 '있음이냐 없음이냐'까지 번역자가 저마다 다르게 해석합니다. 저는 이 글에서 '사느냐 죽느냐'를 선택했습니다. 한나절을 곰곰이 생각하고, 다시 한 번 정독하고 내린 결론입니다. 역자들의 번역에는 각각의 정당한 이유가 있지만, 역시 '사느냐 죽느냐'가 제 가슴에 강렬한 화인으로 남아 있기 때문입니다. 하지만 언제나 번역가들의 치열한 번역작업은 저를 기쁘게 합니다.)

그는 광대들을 이용한 연극을 통하여 선왕의 독살 장면을 왕과 왕비에게 보여줍니다. 선왕의 독살과 더불어 햄릿이 증오하는 것은 왕비인 어머니가 저지른 패륜입니다. 햄릿은 사랑하는 여인 오필리어에 대한 마음과 어머니에 대한 증오심 사이에서 갈등합니다. 사랑에 대한 미움의 감정. '약한 자여, 네 이름은 여자로다'라는 명대사는 이런 햄릿의 마음이 고스란히 발현된 문장입니다.

햄릿은 연극을 통하여 그 연극을 보고 있는 왕의 모습에 주시하고 있습니다. 과연, 유령의 말은 진실이었습니다. 연극은 남아 있는 양심이 비수가 되어 왕의 가슴을 파고들지요. 진실을 두 눈으로 확인한 햄릿은 복수의 칼을 들고 그에게 달려갑니다. 자신의 숙부이자 왕은 잘못을 뉘우치며 기도를 하고 있습니다.

그 모습을 보고 햄릿은 칼을 거둡니다. 속죄의 기도로 그의 죄가 씻기는 걸 원치 않았기 때문입니다. 죄를 뉘우친 그의 영혼이 천국으로 가는 꼴을 볼 수가 없었던 겁니다. 결단의 순간에 우리 앞엔 항상 두 갈래의 길이 나타나지요. 복수냐 용서냐, 햄릿은 용서를 염두에 두고 있지 않았습니다. 오직 복수만을 생각할 뿐이지요. 이러한 태도는 비극적인 결말을 전제하고 있습니다. 어떤 방법이 고통을 더 줄 것인가, 그 고통의 무게가 무거울수록 햄릿의 영혼은 가벼워질 것입니다. 복수에 두 눈이 멀었기 때문입니다. 그는 더 이상 젖은 별처럼 빛나지 않습니다. 차라리 그 자리에서 왕의 가슴에 비수를 박아 복수를 감행했다면 햄릿은 적어도 덜 '불쌍한' 존재로 기억될 것입니다.

셰익스피어는 여기에서 우연한 실수를 통해 주인공의 존재를 더 부각시킵니다. 햄릿이 미치광이 흉내를 내면서 궁의 휘장 뒤에 숨어 있는 오필리어의 아버지, 폴로니어스를 죽이면서 비극은 더욱 깊어집니다. 복수는 복수를 낳는다고 하지요. 폴로니어스의 죽음으로 그의 아들인 레이티즈 역시 부친의 복수를 꿈꾸게 되고, 오필리어는 죽음을 선택해 연못 위에 한 떨기 꽃처럼 떠오르지요. 햄릿이 복수의 도정에서 저지른 살인이 또 다른 복수로 이어지고, 결국 그는 사랑하는 여인의 차가운 시체와 마주하게 됩니다.

무간지옥이 따로 없습니다. 이 비극은 어디까지 굴러가야 바퀴가 멈추어질까요.

결국 왕은 레이티즈의 분노를 이용해 햄릿을 제거할 생각으로 두 사람을 검술 시합장으로 몰고 가 대결하게 합니다. 왕의 계략에 넘어간 레이티즈는 독을 묻힌 칼로 아버지의 복수를 감행합니다. 두 사람의 대결로 모든 비극적인 상황이 끝이 납니다. 독이 묻은 칼이 햄릿의 손으로 넘어가 레이티즈가 죽고, 왕비는 독배를 마십니다. 왕은 결국 햄릿의 칼에 죽지만, 햄릿 역시 부상으로 죽게 됩니다. 참으로 어처구니없는 죽음의 향연입니다. 그나마 다행인 것은 그의 곁에 이 연극의 중심을 잡아주는 호레이쇼라는 친구가 있다는 점입니다. 햄릿은 노르웨이의 왕자 포틴브라스에게 덴마크의 왕권을 넘기는 유언을 남기고 '나머지는 침묵'이라는 대사를 남기고 생의 막을 내립니다.

 덴마크의 궁 안에서 일어난 왕족의 피비린내 나는 비극. 햄릿의 이야기는 16세기에 출판한 삭소 그라마티쿠스의 《덴마크 역사》와 거의 유사합니다. 셰익스피어가 이 작품을 읽고 〈햄릿〉을 쓴 것이라는 정황은 없지만 다른 저자의 작품을 읽었을 가능성은 크다고 합니다. 즉 햄릿의 이야기는 당대의 사람들에게 알려진 것과 비슷한 줄거리라는 겁니다. 셰익스피어의 탁월한 점은 이야기를 창조하는 자가 아니라, 전해져 내려오는 이야기를 작품으로 만들어내는 데에 있습니다. 심청의 이야기를 여러 작가가 쓸 수 있지만 심청이라는 주인공의 모습을 가장 생생하게 만든 작가의 작품이 남게 되는 겁니다.

 3.
 햄릿이 복수를 꿈꾸고 그것을 실행하는 모습에서 우리네 삶에 어떤 식으로든 연결된 복수심을 생각하게 합니다. 이 작품에 교훈적인 내용은 없습니다. 오히려 인간의 가장 강렬한 모습을 고스란히 보여주고 있을 뿐입니다.

만약에 햄릿이 "아…… 복수는 부질없도다. 용서하고 잘 살라." 같은 대사를 했다면 이 작품이 과연 명작으로 남을 수 있었을까요? 사람들에게 '뭐야'라고 조롱당하고 말았을 겁니다. 우리는 햄릿을 통해, 복수심에 사로잡혀 기어이 복수를 하는 사람의 모습을 보게 됩니다. 복수를 하는 것은 각자의 선택입니다마는 쉽게 판단하긴 어렵습니다. 햄릿의 모습을 통해 자신이 꿈꾸는 복수를 생각할 수는 있겠지요.

복수를 하시겠습니까, 안 하시겠습니까. 삶인가요, 죽음인가요. 있음인가요, 없음인가요. 그것은 과연 심각한 문제입니다. 고단한 일상의 수레바퀴를 잠시 멈추어보십시오. 나를 괴롭히는 복수라는 감정을 괴물처럼 보지 말고, 햄릿처럼 한번 고민해보는 겁니다. 그러면 어떤 길이 떠오릅니다. 적어도 저의 경험에 의하면 삶이 진지하게 물어오는 여러 질문에 대한 정답은 세상의 어떤 책에도 없었습니다. 그건 오로지 자신이 풀어내야 할 문제입니다. 이미 그 질문의 방문을 여는 열쇠는 우리가 가지고 있습니다. 이 질문에 정확한 답을 제시하는 자가 있다면, 그는 사기꾼입니다. 우리 주위에 난립하는 각종 사이비 종교 지도자와 부정부패를 일삼는 정치인들, 히틀러와 같은 독재자들은 우리의 문제에 선명한 해답을 갖고 있다고 말합니다. 사람들을 목장의 양 떼처럼 몰아가고 있으니까요.

거기서 빠져나와 고민하면 당장 압력이 가해집니다. 그들은 말합니다. "내 말을 믿고 생각을 하지 마." 이렇게 우리를 억압하는 것이야말로 진짜 '문제'입니다. 햄릿과 돈키호테는 이런 짓을 하지 않았습니다. 적어도 그건 분명합니다. 이것이냐 저것이나 고민을 할 때 인간은 성숙해집니다. 복수를 꿈꾸는 것 자체는 삶의 에너지를 왕성하게 해 건강에 도움을 줄 수도 있습니다. 이런 에너지만 받아들이고 현실로 옮기지 않으면 되지요. 복수에 살인과 같은 극단적인 방법만 있는 것은 아닙니다. 합법적인 범위 내에서 복수심을 풀 방법은 뭘까요?

4.

영국 제국주의 후광이 있긴 하지만, 셰익스피어는 문학에서 거대한 봉우리입니다. 문학이 있는 곳이라면 세계 어디에 있든 한눈에 볼 수 있지요. 셰익스피어는 1564년 4월 26일 잉글랜드 중부 소읍인 스트래트포드 어폰 에이븐 교회에서 세례를 받았다는 기록이 있습니다. 그보다 2,3일 앞선 4월 23일을 생일로 보는데, 그의 사망일 역시 1616년 4월 23일이라는 점을 보면 참 극적이라는 생각이 듭니다. 그는 영국의 시인, 극작가이며 현재까지도 가장 뛰어난 인물로 손꼽힙니다.

16세기말에서 17세기 초에 이르는 기간 동안 그가 쓴 희곡은 당대는 물론이고 오늘날까지 자주 공연되고 있습니다. 동료작가인 벤 존슨은 셰익스피어를 한 시대가 아닌 만세를 위한 작가라고 칭송했고, 그 예견대로 되었습니다. 셰익스피어의 희곡은 뛰어난 시적 상상력과 풍부하고 아름다운 언어, 인간의 내면을 깊숙이 들여다보는 통찰력, 다양한 무대의 형상화 등 모든 면에서 감히 따를 사람이 없다고들 하지요. 특히 〈햄릿〉은 〈로미오와 줄리엣〉과 더불어 지금 이 순간에도 어디에선가 공연되고 있을 겁니다.

셰익스피어는 18세에 고향 처녀 앤 해서웨이와 결혼을 하고 딸과 쌍둥이 남매의 아버지가 됩니다. 이후 그가 어떻게 연극과 인연을 맺게 되었는지 명확하지는 않지만 1594년경부터 '궁내부장관 극단(국왕극단)'의 주요단원이 되어 이곳에서 은퇴할 때까지 활동을 합니다.

사후 7년 뒤인 1623년, 극단동료인 존 헤밍과 헨리 코넬의 편집으로 희곡 전집이 발간되었습니다. 이 전집의 책머리에 실린 동판화 초상이 유명한데요, 마치 흑백사진처럼 정교하게 그려진 초상화입니다. 당대에도 이 전집은 상당히 인기를 끌었을 겁니다. 그는 중세가 근대가 만나 세상이 요동치는 지점에 주로 활동한 작가입니다. 특히 〈햄릿〉에서는 인간, 신조, 부패한 국가, 뒤죽박죽된 세상에 대한 고뇌가 나오는데, 이것은 시대의 불안과 회의주의를 반영한 것이라고 평가됩니다.

그의 최고의 걸작은 역시 1600-1606년 사이에 탄생한 4대 비극입니다. 모두 10편의 비극 중에서 〈햄릿〉, 〈오셀로〉, 〈리어왕〉, 〈맥베스〉가 4대 비극으로 손꼽히고 그중에서도 〈햄릿〉이 가장 성공한 작품이지요. 인간 실존문제를 깊고도 폭넓게 다룬 명작이기 때문입니다. 복수를 염두에 둔 저의 관점은 이 작품을 보는 수많은 시선 중에 하나일 뿐입니다. 실존주의적 입장, 인간의 탐욕 등등 보는 각도에 따라 다양한 프리즘이 형성되는 무지개와 같은 작품입니다.

마지막 작품 〈템페스트〉에는 이제 은퇴를 하려는 그의 심경이 드러나 있습니다. 대가의 말미를 장식하는 걸작으로 평가받고 있지요. 그는 19세기 초 서양에 낭만주의 문학이 대두하면서부터 신격화되기 시작합니다. 이미 독일의 괴테나 실러와 같은 대가들에게 최고의 평가를 받고 영국에서 더욱 그의 명성을 견고하게 다집니다. 20세기에 들어와서 그의 시와 희곡은 학문, 비평, 연극 등 다양한 접근을 통하여 풍성하게 재창조되었습니다. 지금도 세계 거의 모든 나라에서 그의 작품이 번역, 연구, 공연되고 있으며, 해마다 늘어나는 추세라고 합니다. 《닥터 지바고》의 작가 보리스 파스테르나크는 평생 동안 〈햄릿〉을 여덟 번이나 고쳐 번역했다고 합니다.

우리나라에 셰익스피어가 처음 소개된 것은 1923에 문학편집자이자 연극인인 현철이 번역한 〈햄릿〉입니다. 항일 저항기에 암울한 시기를 거쳐 해방이 되자 우리나라 최초로 극단 신협이 1951년 〈햄릿〉을 공연하고 1964년에는 셰익스피어 탄생 400주년을 기념해서 축제까지 열립니다. 같은 해에 김재남 교수가 셰익스피어 전 작품을 번역해서 출판했고, 한국 셰익스피어 협회에서도 정음사에서 전집을 출간합니다. 저는 이 두 가지 책을 다 가지고 있었는데, 정음사 판은 어디론가 사라졌고, 김재남 교수의 1995년 을지서적 판을 소중하게 간직하고 있습니다. 이런 책에는 영혼이 있다고 믿고 있습니다. 글을 쓰다가 힘든 지경이 되면 이 책에 손을 얹고 잠시 쉬곤 하지요.

〈햄릿〉은 우리의 내면을 보는 거울이기도 합니다. 저는 개인이 복수하고 싶은 마음에 기대어 햄릿과 대화하고자 했습니다. 햄릿이 침통한 표정으로 삶과 죽음의 문제를 고민하고 있을 때 왕자를 찾아오는 인물이 바로 오필리어입니다. 햄릿 왕자의 우울증을 치유해주던 그녀 역시 햄릿의 복수심의 희생양이 되고 말지요. 한번 생각해볼 만한 지점입니다. 자신의 모든 것을 내어준 보상을 하나도 받지 못하는 것, 그것이 복수의 진면목이라는 생각이 듭니다.

오필리어야말로 햄릿에서 가장 비극적인 인물이 아닐까 합니다. 햄릿은 자신에게 닥친 불행을 딛고 살아가지만, 오필리어는 그것을 감당하지 못하고 죽어가기 때문입니다. 〈햄릿〉의 무대에는 죽음의 그림자가 유령처럼 떠다니고 있습니다.

그는 달빛 아래서 죽음에 대해 사유합니다. 그에게 있어 삶이란 죽음의 그림자일 뿐이지요. 오필리어는 햄릿에게는 태양과 같은 존재였고, 천사였습니다. 그녀의 죽음을 발단으로 이 연극은 파국으로 치닫게 됩니다.

왕비는 죽은 그녀의 몸에 꽃을 뿌리며 '꽃으로 꽃을 덮는다'는 말을 합니다. 한 송이 꽃이 인간의 광풍을 어떻게 견디겠습니까. 이 이야기는 '로미오와 줄리엣'처럼 '햄릿과 오필리어'로도 읽힐 수 있겠다는 생각이 듭니다. 〈햄릿〉은 이렇게 어떤 관점으로 읽어도 좋은 작품입니다. 19세기 영국화가 존 밀레이가 그린 오필리어의 그림은 우리에게도 잘 알려져 있습니다. 그녀가 푸른 수초가 가득한 연못에 떠 있는 장면은 한 송이 꽃이 연못에 피어 있는 장면처럼 보이지요. 그녀의 손바닥은 하늘을 향하고 있습니다. 그곳에 그녀가 잡지 못한 인생의 행복이 머물러 있는 듯합니다. 이 창백하게 숨을 거눈 아름다운 영혼이 반쯤 눈을 뜨고 바라보는 것은 혹시 햄릿의 비참한 최후가 아닐까요.

어쩌면, 진정한 복수란 존재하지 않고, 단지 하고자 하는 자의 분노한 얼굴이 아닐까 하는 생각이 듭니다. 세상에 어떤 복수도 아름다운 얼굴을 하고 있지 않습니다. 우리 안에 분명히 깃들어 있을 햄릿에게 이렇게 질문합니다. 당신이 원수에게 겨눈 칼날은 과연 그의 심장을 관통했는가? 그것은 오히려 당신의 심장을 관통한 것은 아닌가. 그걸 모르지 않았을 당신의 결정에서 우리는 어떤 의미를 찾을 것인가? 죽은 햄릿은 말이 없습니다. 결국 이 질문은 우리가 살아가는 동안 천천히 생각하고 대답할 문제일 뿐이지요.

인간을 억압하는 괴물과
싸울 준비가 되셨습니까?

《돈키호테》

미겔 데 세르반테스(1부 1605년, 2부 1615년)

"미쳐서 살고 정신 들어 죽다."

1.

　친구의 다락방에는 소설책들이 산을 이루고, 원고지 뭉치들이 굴러다니고 있었습니다. 대학 시절부터 세계의 명작을 쓰겠다고 결심을 한 그는 졸업 후에도 직장에 다니지 않고 오로지 소설만 쓰는 문학청년이었습니다. 세월이 흘러 우연히 인사동에서 그를 만나, 가까이에 있다는 그의 작업실에 갔습니다. 저는 그때 출판사에 근무하고 있었습니다.

　졸업을 한 지 십 년이 지났지만 그는 여전히 소설만 쓰고 있었습니다. 하지만 무명작가인 그는 신춘문예도 통과하지 못한 상태였지요. 그의 좁은 방에는 궁상맞은 살림살이가 어지럽게 널려 있었습니다. 그는 저에게 수염도 깎지 않은 추레한 모습으로, 지독한 악취를 풍기며 원고지 뭉치를 보여 주었습니다.

저는 친구의 작품을 출판하려고 했지만 결국 작품성이 부족하다는 이유로 편집장의 허락을 얻지 못했습니다. 솔직히 저 자신도 공감을 할 수 없었던 터라 출간을 종용할 수 없었습니다. 다른 작품을 보고 싶다는 말을 하고 원고를 돌려주었지요.

그렇게 또 십 년이 지나고 들려온 그의 소식은 아직도 인사동의 한 골방에서 세계의 명작을 포기하지 못하고 있다는 겁니다. 제가 십 년 전에 보았던 모습 그대로였지요. 얼마 전, 그가 뇌졸중으로 쓰러져 입원을 했다는 이야기를 들었습니다. 벌써 이 년 전 이야기네요. 지금은 어떻게 지내고 있는지《돈키호테》를 읽다 문득 떠올려봅니다.

제가 기억하는 그는 라만차의 돈키호테였지요. 만약 제가 지금 그를 만난다면 너의 이야기 그대로를, 세계의 명작을 쓰기 위해 떠돌아다닌 영혼의 순례기를 써보라고 권하고 싶습니다. 한 인간이 간절하게 원하던 목표를 향해 돌진하는 모습은 누구에게나 공감대를 형성할 수 있기 때문입니다.

세상이 자신을 조롱하고 있다는 생각이 들 때가 있지요. 우리 주위에 만연한 온갖 부조리와 부정부패, 후안무치한 유명인들의 만행······. 보아도 못 본 척 지나치고 있는 사람들의 연약한 모습. 돈키호테는 이런 세상의 부조리를 타파하기 위해 태어났다고 말합니다. 그는 편력기사로 자신의 농네 주변을 떠돌면서 미쳐서 살았고, 정신이 들어서는 죽었다고 하지요. 그가 인간을 억압하는 시대의 부조리와 벌였던 싸움을 통하여 우리에게 전하는 메시지를 생각해보겠습니다.

2.

오늘 우리가 만날 주인공 돈키호테는 스페인의 시골 귀족인 '착한 알론소 키아노'라고 불리는 사람이었습니다. 시골서생인 그는 기사소설의 세계에 빠져 자신을 '돈키호테'라고 부르고 중세 기사의 복장과 무기를 갖추고 길을 떠납니다. 그의 모습은 우리가 연상할 수 있는 용맹한 기사의 모습이 아닌, 비쩍 마르고 늙어빠진 미치광이 노인의 모습입니다. 세상의 불의와 맞서 싸우기 위해 떠나는 모습은 우스꽝스럽기까지 합니다.

그는 낡고 녹슨 갑옷을 차려 입고 역시 주인을 닮아 늙고 말라빠진 '로시난테'를 관우의 적토마처럼 타고 편력에 나섭니다. 그의 곁에는 충실한 하인 '산초 판사'가 돈키호테를 모시고 있습니다. 이 두 사람은 극도로 대비되는 인간유형입니다. 우선 생김새부터 홀쭉이와 뚱뚱이이고 지적인 수준은 하늘과 땅 차이입니다. 공통점이라면 둘 다 현실에서는 낙오자라는 점이지요.

우리는 돈키호테의 이야기를 몇 가지 장면으로 기억합니다. 언덕 위의 풍차를 거인으로 착각하고 덤볐다가 나가떨어지는 장면, 시골 주막을 성으로 착각해 주막 아낙네에게 기사 작위를 받는 장면, 양 떼를 보고 적군인줄 알고 달려드는 장면, 시골 사람들을 마귀로 오인하는 장면 등 '미쳐서 살고 정신 들어 죽다'라고 산손 카라스코의 평가를 받은 그의 모험담이 떠오릅니다. 이런 장면들은 동화로 각색되거나 만화영화에서도 인상적으로 표현하고 있습니다.

물론 이런 장면들이 돈키호테를 유명하게 했지만, 이 큰 소설이 가지고 있는 구성 요소를 생각하면 빙산의 일각이라는 생각이 듭니다. 소설은 돈키호테의 빈약한 몸매와 상반되는 풍만한 시대상을 풍자라는 문학 기법으로 절묘하게 이야기하고 있습니다. 사실 자신의 경험을 바탕으로 한 너무 많은 이야기를 모자이크 형식으로 담아 서사의 흐름이 부드럽지 않은 면도 있습니다.

사람들의 비웃음과 연민을 자아내는 그의 말과 행동에는 단단한 뼈가 숨어 있습니다. 돈키호테가 숭배하는 토보소의 둘시네아 공주를 찬미하는 아래의 문장을 보면 그가 과연 광인인지 아니면 광인을 빙자한 현자인지 아리송하기까지 하지요.

"책이나 로망스에 등장하고 혹은 이발소나 극장에서 이름이 거론되는 여인들이 실제로 뼈와 살을 가진 여인들이고, 시인들이 실제로 예찬하고 또 지금까지 예찬해온 여인들이라고 생각하느냐? 절대 그렇지 않다. 대부분이 그를 시의 주인공으로 삼기 위해 가공해낸 인물로, 이는 시인들 스스로 사랑에 빠져버린, 그리고 사랑할 만한 용기를 가진 남자로 그려내고 싶어서였다. 그러니 나 역시 알돈사 로렌소라는 훌륭한 아가씨를 아름답고 정숙하다고 생각하고 믿으면 그걸로 충분한 거야."

그는 행동은 비현실적이고 무모하기까지 하지만, 그의 사상과 말은 어리석은 세상을 향해 던지는 현자의 일성입니다. 그의 충실한 부하 산초에게는 '너 자신을 알라'는 델포이 신전의 한마디를 연상시키는 말을 주지요. "자네가 누구인가 하는 것을 주의 깊게 생각하고 스스로 알려고 노력해야 하네. 이것이야말로 진실로 어려운 지식이요. 지혜일세."

산초는 돈키호테의 인물평을 이렇게 합니다. "남의 팔뚝에 져서 패배하긴 했지만 자기 자신을 이기고 돌아온 아들일세. 그분 말에 따르면 자신을 이기는 게 인간에게 바랄 수 있는 가장 큰 승리라는 것일세." 자기 자신을 알고, 자신을 이기는 것은 동양 사상의 정수인 공자와 부처의 말씀이기도 하지요. 이것은 또한 징기스칸, 알렉산더 대왕, 나폴레옹을 비롯한 영웅들의 정신적인 힘이기도 했습니다.

돈키호테는 광인의 모습을 빌려 인간의 참모습을 보여주고 있습니다. 그는 가면을 쓰고 있는 사람입니다. 당시 반종교개혁 운동과 합스부르크 절대왕조의 통치하에 있던 스페인왕국은 자유롭게 작품을 쓸 수 없었던 곳이었습니다. 우리나라의 유신 정권 시절에 출간된 김지하의《오적》도 같은 맥락으로 읽힐 수 있지요. 인간을 억압하는 시대, '돈키호테'는 풍자와 해학으로 사회를 비판하면서 자신의 유토피아를 꿈꾸는 세르반테스라는 작가의 분신이었습니다.

산초 판사 역시 주인이 제정신이 아닌 사람이라는 것과, 그의 공주가 어디에도 없다는 사실을 알면서도 묵묵히 그의 곁을 따릅니다. 그는 현실적으로 재산을 모으기 위해 주인을 극진하게 모시지요. 이 두 사람은 서로 다른 생각을 가지고 있지만 결국 자신이 꿈꾸는 왕국으로 진입하기 위해 서로의 힘을 필요로 하는 것입니다.

산초 판사는 돈키호테의 어처구니없는 행동에 상처를 입기도 하고 죽을 고비를 여러 번 넘깁니다. 주위 사람들의 조롱에 시달리기도 하지요. 돈키호테는 그 와중에 낡은 갑옷과 투구까지 잃어버리고, 세숫대야를 투구로 착각하기도 합니다. 어느 순간에는 망측한 알몸이 되어버리도 하지요. 그러나 돈키호테는 자신의 신념을 지키기 위해 고군분투하는 거룩한 기사의 모습 또한 보여줍니다.

그는 편력을 하면서 술집 작부와 매춘부부터 귀족들과 아름다운 여인들에 이르는 다양한 사람들을 만납니다. 이 소설에 등장하는 인물은 무려 650여 명입니다. 돈키호테의 순례 여정에 삽입된 다른 이야기가 일곱 편이나 됩니다. 이 방대한 소설을 다 읽고 나면 이야기 구조가 선명하게 정리되지 않지만, 돈키호테만큼은 우뚝하지요.

3.
돈키호테가 우리에게 하고 싶은 말은 단순하고 선명합니다. 그는 우리를 구속하는 세상을 향해 분노하고 있습니다.

"이리 오너라, 이 천박한 놈들아. 쇠사슬에 묶인 자들에게 자유를 주고, 붙잡힌 사람들을 풀어주고, 불쌍한 사람들을 도와주고, 넘어진 사람들을 일으켜주고, 가난한 사람들을 도와주는 사람을 너희는 노상강도라고 부르느냐? 아, 야비한 놈들 같으니라고."

돈키호테가 이렇게 '이 세상의 부조리를 타파하기 위해 태어난 인물'이라고 주장하는 대목에는 가뭄 든 하늘에 비가 내리기를 기원하는 네 명의 수도사들이 등장합니다. 돈키호테는 결국 이들에게 얻어맞아 혼절을 하고 말지요. 지난 시절 법정에서 잘못된 판결을 받고 혼절하는 운동권 학생의 부모님과도 같은 모습입니다. 영화 〈변호인〉에서 배우 송강호의 연기를 보면서 저는 돈키호테를 떠올렸습니다. 그가 무자비하게 구타당하고, 조롱당하는 모습이 연상되었습니다. 꿈꾸는 세상으로 가는 도정이 생각나서 눈물이 날 지경이었지요.

우리는 이런 무모한 행동의 대명사로 돈키호테를 기억합니다. 현실적인 인물 산초 판사는 돈키호테가 기사도의 꽃이고, 이 세상에서 가장 위대한 편력기사라고 찬양합니다. 그의 눈에 돈키호테는 자신처럼 가난하고 보잘것없는 사람들에게 구원의 빛이고 악을 응징하는 정의의 사도로 여겨진 것이지요.

산초 판사가 정신이 나가서 이런 말을 하는 건 아닙니다. 그는 돈키호테가 섬을 줄 것이라는 일말의 기대를 품고 여정을 시작했지만, 이 가여운 노인이 시대의 온갖 악행과 인간을 속박하는 세력에 저항하는 모습에서 희망을 본 것일 겁니다.

지금 우리를 둘러싸고 있는 현실이 17세기 시골 노인이 바라본 현실보다 더 낫다고 말할 수는 없습니다. 생활에 필요한 동력을 생산하는 풍차는 원자로가 되었습니다. 만약 돈키호테가 21세기 원자로를 본다면 그는 원자력 발전소를 향해 돌진할지도 모르겠네요.

세르반테스는 토머스 모어의 《유토피아》에 감동을 받아 이상적인 세계관을 탄생시켰습니다. 종교의 자유, 사랑의 자유, 세습제도 폐지, 정의로운 재판 등등 이상적인 사회실현을 말하는 것은 당시 시대 상황에서는 어려웠습니다. 그래서 검열관들의 눈을 피하기 위해 돈키호테의 광기를 이용한 것이지요.

러시아의 작가 이반 투르게네프는 《햄릿과 돈키호테》를 통해 햄릿형 인간과 돈키호테형 인간을 구분했습니다. 햄릿은 이 세상의 가난한 자를 위하여 기여한 바가 없는 반면, 돈키호테는 자신의 이상을 실현하고자 어떤 형태로든 행동한 사람이라는 것이지요. 이런 유형의 사람들이 인류 역사 발전에 기여하고 우리를 이끈다고 사회주의자다운 통찰력으로 말합니다. 우리는 자신이 어느 유형의 인간인지 성찰할 필요가 있습니다.

문학은 시대에 필요한 인간 유형을 만들어 냅니다. 햄릿과 돈키호테를 비롯해서 카프카나 카뮈, 사르트르, 니코스 카잔차키스 등 대가들의 작품에는 반드시 그 시대의 인간유형이 존재하고, 우리는 주인공의 한마디에 깊은 공감을 합니다.

돈키호테는 결국 그동안의 자신의 행적이 미친 짓이었다고 고백을 하며 죽어갑니다. 그리고 그는 우리의 가슴에 가장 강렬하게 살아 움직이는 인물로 남게 되지요. 돈키호테의 사후에 그의 인생을 평가한 말, '미쳐서 살고 정신 들어 죽다'는 미치광이 노인네가 죽을 때가 되어서야 정신을 차렸다고 읽혀선 안 될 겁니다. 불광불급, 즉 미쳐야 미친다는 말의 실천자로 인생을 살았고, 죽어가는 순간 깨달음을 얻은 대덕고승의 모습으로 보아야 하는 겁니다.

　영원한 사랑 둘네시아에 대한 연정은 바로 이 작품의 중심사상이 되기도 합니다. 노인이 꿈꾸는 공주는 단테의 베아트리체와 같은 모습입니다. 사랑이 없다면 도대체 무슨 이유로 이 세상을 살 수 있을까요? 먼 이국을 동경하는 낭만주의자의 가슴으로 당대 모든 지식을 습득한 노학자 돈키호테는 이상적인 여인을 향해 미친 세상의 들판을 헤치고 나아갔습니다. 요즘 같은 세상에 미치지 않고서 진정한 사랑을 만날 수나 있겠습니까? 나이가 들수록 젊고 건강한 사랑에 대한 열정은 더 강해집니다. 그것이 여생을 견디는 에너지가 되는 것이지요. 저에게도 돈키호테 같은 면이 있는 건 아닌지, 가끔 생각하곤 합니다.

4.

　《돈키호테》는 세계문학 필독서를 꼽을 때면 반드시 상위권을 차지하곤 합니다. 세계 유명 작가 100인이 선정한 소설 중에서도 1위이지요. 이러한 평가를 받는 여러 가지 요인이 있겠지만, 주된 이유는 돈키호테의 사상과 행동일 겁니다.

　스페인의 세르반테스는 영국의 셰익스피어와 같은 해 같은 날에 운명합니다. 위대한 인류의 유산이기도 한 이들의 작품, 특히 《돈키호테》는 온갖 부조리와 자본, 물질 앞에 왜소하게 길들여져가는 우리에게 삶의 강력한 에너지를 제공하고 있습니다. 미국 문화비평계의 거목인 헤럴드 블룸은 "세르반테스는 글 쓰는 방법을 알았고, 돈키호테는 행동하는 방법을 알고 있었다. 이 두 사람은 오로지 서로를 위하여 태어난 하나다"라고 말했습니다. 세르반테스와 돈키호테를 한 몸처럼 여겨야 한다는 탁월한 해석이자, 최고의 찬사입니다. 작가라면 누구나 이런 주인공의 탄생을 위하여 온 생애를 바치는 법이니까요.

세르반테스는 1547년 9월 29일, 스페인의 알칼라 데 에나레스에서 태어났습니다. 그의 아버지는 하급 관리 출신 이발사이자 의사로, 경제적으로는 무능했다고 전해집니다. 어린 시절에는 여기저기 떠돌아다닌 바람에 어떤 교육을 받았는지 알려져 있지는 않습니다. 다만 단편소설에 실린 이야기의 한 대목에서 그가 한때 예수회에서 교육을 받았을 것이라고 유추할 수 있을 뿐입니다. 대학에 다니지는 않았지만 대단한 독서열을 지닌 사람이었던 것은 분명합니다.

그는 젊은 시절엔 뛰어난 군인이었습니다. 1569년에 이탈리아로 건너가 나폴리에 주둔한 스페인 보병 연대에 자원입대합니다. 1571년 10월 7일, 레판토 해전에서 세르반테스는 총상을 입어 평생 왼손을 쓰지 못하고 '레판토의 외팔이'라는 별명을 얻습니다.

그는 대단히 용맹스러운 군인으로, 이후에도 5년간 여러 전투에서 활약합니다. 1575년에 세르반테스는 스페인 왕에게 보내는 상관의 추천장을 품에 안고 고향으로 떠납니다. 하지만 형제 로드리고와 함께 고향으로 돌아가던 중 배가 난파되는 바람에 바이에른 해적의 포로가 되어 알제리로 끌려가 노예시장에서 팔리는 신세가 됩니다. 탈출을 시도한 세르반테스는 그때마다 붙잡혀 혹독한 처벌을 받았습니다. 그의 가족들이 성삼위일체 수도회 수사들의 도움으로 그를 구해내고, 1580년에 마침내 에스파냐로 귀국합니다. 이 일화는 《돈키호테》에도 삽입소설 형태로 나옵니다. 그의 생에서 가장 극적인 일이었으니 여러 작품에 이 경험이 투사되었을 것입니다.

스페인으로 돌아온 세르반테스는 젊은 유부녀인 아나 데 비야프랑카(또는 아나프랑카 데 로하스)라는 여성과의 사이에서 딸 이사벨을 낳았습니다. 이사벨은 세르반테스의 유일한 혈육이지요. 그 후 1584년, 18살 연상인 카탈리나 데 살라사르 이 팔라시오스와 결혼하는데, 그녀는 라만차의 에스키비아스 마을에 작은 영지를 가지고 있는 여인이었습니다.

1585년에 발표된 첫 번째 소설 《라 갈라테아》가 호평을 받았지만 큰 명성을 얻진 못했습니다. 이후 스페인 연극의 황금기가 시작되자 여러 편의 희곡을 집필하지만 극작가로서는 실패합니다. 이 작품들은 1615년에 《8편의 새 희극과 8편의 막간극》이라는 책으로 엮어 출간되었습니다. 이 책의 희극들은 연극에 어울리지 않는 작품들이라는 평가를 받지만, 막간극들은 걸작으로 평가받습니다. 세르반테스는 생계를 위해 10여 년간 스페인 함대의 물자 조달관과 세금 징수관으로 근무하며 살았습니다. 그는 1597년 여름, 3년 전에 맡았던 회계에 차질이 생겨 세비야 왕실 감옥에서 1598년 4월까지 옥살이를 하는데요. 그동안 《돈키호테》를 구상한 것으로 추측하고 있습니다.

세르반테스가 57세 때인 1605년에 출간된 《돈키호테》는 스페인 뿐 아니라 영국, 프랑스 이탈리아에서도 대단한 성공을 거듭니다. 하지만 생활고 때문에 판권을 출판업자에게 넘겨버린 까닭에 경제적 이득을 얻지는 못했습니다. 만년에는 신앙생활에 전념해서 수도회에 들어갔지만, 글쓰기를 계속하여 단편소설집인 《모범소설집(1613)》, 《돈키호테 제2부(1615)》 등의 작품을 출판합니다. 《모범소설집》에 실린 몇 편의 단편들은 돈키호테에 필적하는 수준이라고 평가받고 있지요. 이 소설의 서문에는 유일하게 알려진 작가의 자화상이 실려 있습니다.

독수리 같은 생김새로, 짙은 갈색 머리카락, 부드럽고 훤한 이마, 명랑한 눈매, 균형이 잘 잡힌 매부리코, 20년 전까지만 해도 금발이었으나 하얗게 세어버린 수염, 커다란 콧수염, 작은 입에 크지도 작지도 않은 이들, 이는 이제 6개밖에 남아 있지 않으며 건강하지도 않고 아래윗니가 제대로 맞지도 않는다. 크지도 작지도 않은 중간 정도의 키에 피부색은 흰 편이다.

《돈키호테 제2부》를 출판한 다음 해인 1616년 4월 23일, 세르반테스는 69세를 일기로 세상을 떠나 불멸의 작가로 우리에게 기억됩니다.

모든 시간은 계속해서 이어지는 것이 아닙니다. 아마도 이 끊어진 실을 이으면서, 내가 여기서 쓰지 않은 것들, 그리고 잘 어울렸던 부분들을 언급할 시간이 올 겁니다. 안녕, 아름다움이여. 안녕, 재미있는 글들이여. 안녕, 기분 좋은 친구들이여. 만족스러워하는 그대들을 다른 세상에서 곧 만나길 바라면서 난 죽어가고 있다오!

　이 문장은 작가가 타계한 다음해에 나온《페르실레스와 시히스문다의 사역 : 북방의 이야기》의 헌정사에 나오는 문장으로, 그가 사망하기 사흘 전에 쓴 글입니다. 그의 마지막 한마디는 마치 돈키호테의 유언처럼 들리기도 하는군요.

　이 작품에 대한 평가는 단번에 정리하기가 힘들 정도인데요. 일단 현대소설사의 선구적인 역할을 한 작품이라는 점, 디킨스, 플로베르, 멜빌, 도스토옙스키 등 수많은 19세기 작가들의 주요작품과 연관성이 있다는 점, 제임스 조이스부터 보르헤스에 이르기까지 사실주의 이후의 20세기 작가들에게도 여러 가지 방식으로 영향을 주었다는 점을 들 수 있을 것입니다. 또한 이 작품은 다른 장르나 매체의 예술가들에게도 탁월한 영감의 원천이 되었습니다. 17세기 이래로 연극이나 영화로 많은 작품이 만들어졌고, 고야, 피카소 등의 화가들에게 영감을 주었습니다. 소설 한 편이 이런 영향력을 발휘하는 건 동서고금을 통틀어 흔한 일은 아니지요. 그만큼 세계문학사에 독보적인 위치를 차지하고 있는 작품입니다. 이 소설의 삽화 이야기도 빼놓을 수 없겠지요. 귀스타브 도레의 섬세한 삽화가 참 아름다운 책이기도 합니다.

　저는 이 글의 도입부에서 한 무명작가의 이야기를 꺼냈습니다. 문학이라는 유토피아를 향해 무모하게 도전하는 모습이 돈키호테를 연상시키기 때문이었습니다. 그리고 그에게도 멀리서 지켜보아야만 했던 아름다운 여자가 있었습니다. 제가 알기로는 한 번도 말을 걸지 못했을 겁니다. 그녀가 일하는 술집에 한두 번 간 적이 있었지만, 글쎄요……. 공주다운 모습은 아니었습니다.

세상의 모든 예술가들은 어떤 의미로 돈키호테의 속성을 가지고 있습니다. 우리가 돈키호테를 떠올리면서 반드시 생각해야 할 것은 그 행위의 방향입니다. 그는 세상의 부조리와 싸웠습니다. 이것이 예술가라는 울타리를 벗어나 위대한 인간으로 한 단계 도약하는 모습이 아닐까 합니다. 《돈키호테》 이후, 서양문학은 우리 삶의 부조리 그 자체를 심각하고 고민하는 철학의 영역으로 확대됩니다. 도스토옙스키는 이 작품보다 더 심오하고 힘 있는 작품은 없다고 극찬했지만, 저는 역시 '돈키호테보다 더 살아 있는 캐릭터는 없다'고 했던 밀란 쿤데라의 촌평쪽에 더 공감합니다. 이 작품의 생명력은 돈키호테라는 인간에 있기 때문입니다.

추신

돈키호테와 산초 판사, 돈키호테의 말 로시난테 등의 캐릭터는 음악, 무용, 회화, 연극, 영화를 비롯한 모든 분야에 중요한 소재로 등장합니다. 이들의 모습을 가만히 떠올리면 저절로 입가에 미소가 감돌지요. 참 대단한 캐릭터들입니다. 당연히 대중 예술의 관심을 끌 수밖에요.

오페라, 뮤지컬 등 많은 공연 예술 중에서 저는 이 중에서 발레 〈돈키호테〉를 권합니다. 특히 저는 우리나라의 뛰어난 발레리노 이원국의 공연을 보고 감동을 받았습니다. 뮤지컬과는 다른 느낌이더군요. 발레라는 정통 클래식이 주는 품격이 있고, 발레리노의 역동적인 춤사위가 매력적이었습니다. 이원국의 '그랑파드되'는 '니진스키가 저렇게 춤을 추지 않았을까?' 하는 생각이 들 정도였습니다. 기회가 되면 발레리노 이원국의 〈돈키호테〉를 감상하시길 바랍니다.

귀스타브 도레의 삽화는 이야기 없이 삽화만 따로 떼어놓고 감상해도 즐겁습니다. 그는 프랑스의 화가이자 삽화가입니다. 1832년 프랑스 스트라스부르에서 태어나 파리에서 사망했습니다. 15세인 1847년 〈주르날 푸르리르〉의 삽화가로 활동하기 시작해서 1만 점 이상의 판화를 제작했고, 221권이 넘는 책에 그의 작품이 실렸습니다.

《로마인 이야기》로 유명한 시오노 나나미는《십자군 이야기》에서 '19세기 전반기에 활동했던 역사작가 프랑수아 미쇼의 글에, 귀스타브 도레가 그 세기 후반기에 삽화를 그린《십자군의 역사》를 발견한 것은 당시 내가 뻔질나게 찾았던 베네치아의 고서점에서였다. 이탈리아어로 번역되어 1941년 밀라노에서 간행된 대형 판본이었다. 삽화가 서너 페이지마다 하나씩 들어 있어 합치면 거의 백 장이나 되었는데, 십자군에 별 관심이 없던 당시의 나도 그 그림의 아름다움에 그만 마음을 빼앗기고 말았다'고 말합니다. 귀스타브 도레는《성서》,《신곡》,《돈키호테》의 삽화가로 명성을 날렸습니다. 국내 번역본 중에 손이 먼저 가는 책 또한 도레의 삽화가 실린《돈키호테》입니다.

산타클로스 할아버지와
스크루지 영감은 같은 사람입니다

《크리스마스 캐럴》
찰스 디킨스(1843년)

"메리 크리스마스, 밥!"

1.

서울역 공중전화 박스 근처의 쓰레기 더미에 한 사람이 죽어 있습니다. 사체는 며칠 동안 방치되어 있다가 발견되고, 비정한 도시의 단면을 보여주는 사건은 세간에 화제가 됩니다. 오래전 크리스마스이브에 본 신문기사 이야깁니다.

매일 서울역을 지나치는 인파들이 시체 곁을 그냥 지나쳤다는 것도 충격이었습니다. 그가 어떤 인생을 살다가 그곳에서 버려진 것인지 궁금했습니다. 더불어 공포와 연민의 감정이 교차했습니다. 소중한 생명과 죽음에 대해 궁금하다는 표현이 다소 거칠긴 하지요. 하지만 톨스토이의 걸작,《이반 일리치의 죽음》도 주인공의 부고를 듣고 시작하지 않습니까. 그 사람의 죽음을 궁금해 하는 것, 이것 또한 죽음을 애도하는 한 방법입니다. 우리 중 누군들 이런 생의 주인공이 되지 말라는 법은 없으니까요.

저는 크리스마스 캐럴이 울리면 사람들이 한번쯤은 가난한 사람들을 돌아본다고 믿습니다. 맹자의 측은지심이 사라져버린 곳은 곧 황무지가 될 겁니다. 찰스 디킨스의 소설《크리스마스 캐럴》의 주인공 스크루지 영감은 한겨울에 들려오는 따뜻한 동화 주인공처럼 인식되고 있습니다. 이 이야기를 소설이라기보다는 어디선가 들은 동화라고 생각하는 사람들도 꽤 있더군요. 그만큼 우리에게 널리 알려져 있다는 소리겠지요. 한 작가의 이야기가 소설의 틀을 벗어나 민담처럼 우리 곁을 떠돌고 있으니까요. 현대에 쓰인 전래동화처럼 여겨지는 작품입니다.

오늘은 매우 추운 날입니다. 제가 사는 임대주택 3층의 처마에도 고드름이 날카롭게 얼어 있습니다. 유리창에 스민 성에에 손톱으로 크리스마스라고 써봅니다. 올 크리스마스에는 중년인 저에게도 산타클로스 할아버지가 선물을 주었으면 하는 기대를 걸어봅니다. 그런 생각을 하는 와중에……, 문득 '산타클로스와 스크루지는 같은 인물이 아닐까?' 하는 생각이 드네요. 천하의 구두쇠 영감 스크루지가 산타와 같은 인물이라니 그게 무슨 소리일까? 엉뚱한 생각 같지만, 이 소설을 통해 찰스 디킨스가 하려는 이야기가 바로 그것입니다.

〈최후의 만찬〉을 그리고자 했던 한 이탈리아 화가 이야기를 하고 싶군요. 화가는 젊고 건강한 청년을 예수의 모델로 삼아 그림을 그렸습니다. 그는 누가 보아도 준수하고 영성이 빛나는 청년이었습니다. 흡족하게 예수의 모습을 그리고 나머지 제자들도 그려놓았는데, 사악하게 생긴 배반자 유다의 모델만은 찾을 수가 없었습니다. 결국 그렇게 완성하지 못한 채 몇 년이 흘렀습니다. 우연히 시장을 지나던 화가는 늙고 추한 사내를 발견했습니다.

그는 단돈 몇 푼에 자신의 영혼이라도 팔아먹을 듯 비참한 모습이었습니다. 화가는 그에게 다가가서 자신이 그리고 있는 그림의 모델이 되어달라고 했지요. 당신만 그리면 내 작품이 완성된다고 간곡하게 부탁했습니다. 그때 그 사내가 화가의 손을 잡으면서 말했습니다. '선생님, 접니다. 저를 못 알아보시겠습니까. 수년 전에 선생님이 예수의 모델로 삼았던 사람이 바로 저입니다.'

이 이야기의 행간에 상당히 많은 함의가 있군요. 그 청년이 그동안 어떻게 살았는지 얼굴에 지도처럼 그려져 있었습니다. 저는 그것과는 반대의 경우를 생각해봅니다. 어느 날, 사람들에게 나타난 산타 할아버지에게 아이들이 달려들어 선물을 달라고 할 때, 그가 이런 말을 하는 겁니다. '애들아, 나를 못 알아보는구나, 나는 너희가 그렇게 무서워했던 스크루지 영감이란다.' 생각만으로도 참 기분 좋은 이야깁니다. 거리에서 울려 퍼지는 구세군들의 종소리를 들으면서 기분 좋게 우리 주인공을 만나러 갑니다.

2.

이 소설의 주인공 에브니저 스크루지는 돈밖에 모르는 사람입니다. 그에게 세상의 모든 것은 오로지 돈으로만 계산됩니다. 이웃들은 그를 구두쇠, 수전노, 냉혈한으로 인식하고 있습니다. 소설의 초반에 등장하는 그의 모습은 상상을 초월합니다. '인간이 어떻게 저럴 수 있지?' 하는 의구심을 품게 합니다. 사실 우리 주위에도 이런 사람들을 종종 볼 수 있지요. 이보다 더한 사람도 있을 겁니다. 어쨌든 그는 조카를 비롯한 이웃들과 관계를 단절하고 오로지 돈만 세면서 하루를 살고 있습니다.

스크루지는 19세기 산업혁명의 여파로 점점 빈부의 격차가 심하게 벌어지던 초기 자본주의 시절의 상징적인 인물입니다. 이 시기는 칼 마르크스가 자본론을 집필한 때이기도 하지요. 빈민굴이 창궐하고, 가난한 사람들의 생활은 비참했습니다. 그러면서 사회주의 사상과 공산주의 사상이 힘을 얻게 되었다고 볼 수 있습니다. 이 소설이 발표된 1843년 영국은 이른바 '배고픈 1840년대'였습니다. 소설의 배경에는 실제로 부자들의 온정의 손길을 간절하게 바라는 가난한 사람들이 있습니다. 하지만 그들을 경멸하는 스크루지에게 '메리 크리스마스'는 개가 물어갈 이야기지요. 그는 메리 크리스마스라고 노래하는 사람에게 이렇게 이야기합니다.

"메리 크리스마스라고! 메리 크리스마스라고 떠들고 다니는 놈들은 모조리 푸딩과 함께 푹푹 끓여버려야 해."

우리가 만날 주인공은 이런 사람입니다.

이 소설은 스크루지의 동업자였던 수전노 말리의 죽음으로부터 시작합니다. '말리는 죽었다'로 소설이 시작되는데요. 동업자가 죽고 나자 그는 혼자서 '말리 스크루지 상회'를 운영합니다. 오래전에 폐가가 된 독신자 아파트에서 홀로 살고 있는 스크루지. 그는 그렇게 할아버지가 되었습니다. 세월이 흐를수록 옹고집도 나무의 옹이처럼 깊어져 이제는 세상의 어느 누구도 그에게 자선이나 사랑의 손길을 기대하지 않습니다.

그러던 어느 날 크리스마스이브를 저주하고 집으로 돌아간 스크루지에게 동업자 말리가 나타납니다. 스크루지가 아파트 현관문에 열쇠를 꽂는 순간 문고리에 칠 년 전에 죽은 말리의 유령이 나타난 것이지요. 말리는 자신이 칠 년 동안 쇠사슬을 끌고 다녀야 하는 신세임을 스크루지에게 알려줍니다. 스크루지는 이해를 할 수 없습니다. 스크루지 생각에 말리는 훌륭한 사업가였기 때문이지요. 말리는 진정한 사업이란 자비와 박애, 용서, 자선이라고, 스크루지가 도저히 알아들을 수 없는 말을 합니다. 그리고 자신과 같은 운명에서 벗어날 기회를 주겠다고 하지요. 내일부터 자정의 종소리가 울리면 유령들이 세 번 찾아올 것이라고요.

말리는 과연 스크루지의 진정한 친구라는 생각이 드는군요. 말리의 유령이 사라지자 스크루지는 그가 눈으로 본 것을 믿으려 하지 않습니다. 단지 조금 피곤해서 헛것을 본 거라고 생각하지요.

스크루지에게 첫 번째 유령이 나타납니다. 그는 과거의 유령이라고 자신을 소개합니다. 유령이 보여준 스크루지의 어린 시절과 젊은 시절, 그 시절 스크루지는 지금과 같은 사람인가 싶을 정도로 밝고 맑게 웃고 있었습니다. 사랑하는 아내와 대화를 나누는 젊은 시절의 모습을 보던 스크루지는 표정이 어두워집니다. 이미 그때부터 자신이 돈이라는 우상을 섬기는 존재가 되어가고 있었음을 알게 됩니다. 아내는 그와의 생활을 견딜수 없어 합니다. 자신이 사랑한 건실했던 남편의 모습은 사라지고, 그녀 앞에는 수전노 스크루지가 버티고 있었지요. 그녀는 남편을 놓아주겠다고 합니다. 이제 자신은 필요 없게 되었으니떠나겠다는 것이지요.

스크루지는 괴로워합니다. 고통과 자책감이 들어 집으로 돌아가고 싶어 하지요. 하지만 유령은 멈추지 않고 그의 전처가새롭게 행복한 가정을 꾸리고 사는 모습을 보여줍니다. 사랑스러운 가족들과 함께 아내는 따뜻한 크리스마스를 보내고 있습니다. 그녀의 현재 남편이 이런 말을 합니다.

"오늘 그 사람 사무실 창가를 지나는데 문을 닫지도 않고 촛불을 켜놓았더군. 그래서 볼 수 있었지. 동업자가 죽을 날을 받아놓고 있다더니 정말 혼자 앉아 있더군. 정말로 세상에 혼자인 것 같았어."

스크루지는 고통에 몸부림을 칩니다. 자신이 잊고 있었던 과거의 크리스마스는 악몽과도 같았지요. 세상에 홀로 앉아 있는과거의 모습은 바로 지금의 모습이었습니다. 그때부터 그는 전혀 변하지 않았습니다. 그는 녹초가 되어 유령과 헤어지고 깊은 잠에 빠집니다.

그리고 두 번째 유령이 찾아옵니다. 그는 현재의 유령입니다. 가난하지만 즐거운 크리스마스를 즐기는 사람들을 보여줍니다. 자신의 조카와 조카며느리, 스크루지 상회의 종업원인 밥의 집안 풍경, 광산의 광부와 바닷가 등대지기들이 어떻게 크리스마스를 보내고 있는지 보여줍니다. 그나마 자신이 냉정하게 대했던 조카가 '스크루지 삼촌에게도 축복이 가득하길!' 하고 외치며 술잔을 드는 모습을 보고 마음에 위안을 얻습니다. 세상에 아무도 없다고 생각했는데, 조카의 따뜻한 말 한마디에 마음이 조금 움직입니다. 유령은 자정이 가까워지자 두 명의 아이들을 스크루지에게 보여줍니다. 너무나 끔찍한 몰골의 아이들이 누구냐는 스크루지의 질문에 그는 대답합니다.

"인간의 아이들이지. 나에게 매달려 제 아버지로부터 구해달라고 애원하고 있다. 사내아이의 이름은 '무지'이고 여자아이의 이름은 '궁핍'이다. 이 두 아이들을 경계하라, 그리고 이 두 아이와 비슷한 것들을 경계해라. 내 눈에는 이 아이의 이마에 적힌 '파멸'이라는 글자가 보인다. 그 글자가 지워지지 않는 한 이 아이를 경계해야 한다. 물리쳐야 한다!"

자정이 되자 유령이 안개처럼 사라지고, 세 번째 유령이 다가옵니다. 첫 번째, 두 번째와 달리 그는 침묵하고 있습니다. 미래의 크리스마스 유령은 손을 들어 앞을 가리킬 뿐입니다. 거기엔 시체가 된 스크루지가 있습니다. 외롭게 홀로 죽어 있는 자신의 모습보다 더 비참한 것은 그의 죽음을 이야기하는 타인들의 대화였습니다. 그들은 모두 스크루지 영감의 죽음을 경멸하고 있었지요. 그의 사업파트너였던 사람들은 스크루지를 악마라고 부르고 있었지요.

가난한 이웃 사람들은 그의 유품들을 도둑질하고 있습니다. 그의 방 안에 있던 물건을 비롯해 심지어 스크루지의 수의마저도 고물상에 팔아넘깁니다. 그의 최후는 이렇게 묘사되어 있습니다.

시체는 어둡고, 텅 빈 집 안에 누워 있었다. 이런저런 일로 친절하게 대해주어 고맙다거나 친절한 말 한마디의 기억으로 그를 보내주어야겠다고 말하는 남자나 여자, 어린아이 하나 없었다. 문을 긁어대는 고양이 소리와 난로 바닥에서 찍찍거리는 쥐 소리만 들렸다.

그리고 스크루지는 버려진 묘지에서 자신의 이름을 발견하고 절규합니다.

자신의 생몰을 먼저 본 스크루지는 지옥으로 떨어진 유령친구에 비한다면 행운아라 할 법합니다. 우리는 이런 경험을 할 수 없을 테니까요. 지독한 사람들의 특징 중에 하나가 사후의 세계를 믿지 않는다는 점입니다. 그가 붙잡고 있는 생의 동아줄은 오로지 돈일 따름이니까요.

현실적으로 돈은 많은 것을 제공합니다. 그러다 심지어 사람이나 사랑까지도 살 수 있다고 믿게 되지요. 우리는 점점 돈의 노예가 되어가고 있습니다. 가난은 무서운 것이니, 오로지 세상엔 돈밖에 믿을 것이 없다는 신념으로 하루를 치열하게 사는 사람들이 있을 겁니다. 19세기 영국에 살았던 수전노의 이야기는 그런 우리 이웃의 이야기이거나, 혹은 나의 이야기일 수도 있지요.

매년 크리스마스가 되면 산타클로스가 썰매를 타고 옵니다. 그 모습은 자선을 베푸는 할머니일 수도 있고, 용돈을 모아 구세군 냄비에 넣은 어린아이일 수도 있습니다. 점점 각박해져 가는 세상에 스크루지도, 산타클로스도 다양한 모습으로 우리 곁에 존재합니다.

수전노 스크루지도 자신의 진정한 모습을 보고서, 자선을 베푸는 사람으로 변하는 것이 소설의 결말이지요. 스크루지가 산타로 변하는 데에는 많은 시간이 필요치 않았습니다.

3.
이 소설을 읽고 영국의 시인 로드 제프리는 디킨스에게 "선생의 다정한 마음에 신의 은총이 가득하기를……. 선생도 아시겠지만 1842년 이후로 사람들의 마음에 선한 감정을 불러 일으키고, 자선을 더욱 확실히 행동으로 옮기도록 촉구하는 데 있어 어느 기독교의 성직자나 설교자의 말보다도, 선생의 작은 소설 한 편이 더 큰 힘을 발휘했습니다"라는 편지를 보냅니다.

이 소설이 주는 교훈이 춥고 배고픈 이웃들의 모닥불을 지폈습니다. 남보다 조금 더 가진 사람들이 산타의 마음으로 가지고 있는 것을 나누었기 때문입니다. 가난은 나라도 구제 못한다고 흔히 이야기하는데, 작은 소설 한 편이 사람들의 마음을 움직여 사회가 따뜻해진 것이지요. 마태복음에는 '빵 다섯 개와 물고기 두 마리'로 오천 명 이상의 사람들을 먹인 예수의 이야기가 나옵니다. 이 이야기에는 예수가 기적을 행한 것이 아니라, 예수의 말씀에 감동한 군중들이 자신들이 먹으려던 음식을 다른 사람을 위해 내놓은 것이라는 해석도 있습니다. 신의 아들로서 행한 기적보다 훨씬 더 감동적인 이야기입니다. 가난한 우리 삶에 구세주가 강림하는 기적은 없습니다. 다만 서로 나누고 베풀면 기적이 일어날 겁니다.

거장 찰스 디킨스는 사후에 영국의 웨스트민스터 사원에 안장되었습니다. 그의 소설은 지금까지도 꾸준히 발행되어 많은 사람들에게 감동을 주고 있습니다. 시간이 지날수록 그 가치는 더 빛날 테지요. 그는 1812년 2월 7일 잉글랜드 햄프셔 포츠머스에서 태어나 1870년 6월 9일 캔트 채텀 근처에 마련한 자신의 전원주택 개즈힐에서 수많은 사람들의 애도 속에 눈을 감았습니다. 채텀은 포츠머스를 떠나 디킨스가 행복한 유년 시절을 보낸 장소이기도 합니다. 그는 1869년 이후 이곳에 집을 짓고 살았습니다.

어린 시절, 영국 해군 경리국 사무원으로 근무하던 그의 아버지는 사치와 낭비가 심해 빚을 지고 투옥됩니다. 큰 아들인 그는 가정형편이 어려워지자 학교를 다니지 못하고 12세에 공장의 수공업 노동자로 일하게 되지요. 유복한 집안에서 살다가 하루아침에 노동자 계급으로 전락한 경험은 그가 가난한 사람들의 삶과 고통에 대해 배우고 이해하는 중요한 계기가 됩니다. 올리버 트위스트와 같은 아이들의 모습은 이 시기의 경험이 없었다면 작품에서 잘 살리지 못했을 겁니다.

아버지의 출옥과 함께 다시 학교에 들어간 그는, 15세에 학업을 끝내고 변호사 사무실 속기사를 거쳐 의회 및 신문사 기자 생활을 합니다. 연극에 관심이 많았던 디킨스는 1833년부터 잡지와 신문에 단편소설과 수필을 발표하기 시작합니다. 신문에 〈피크위크 클럽의 기록〉을 연재하면서 대중적인 인기를 얻기 시작하고, 이후 집필에 몰두해 많은 연재물을 소화하고 대중작가로 명성을 쌓아갑니다. 1836년에 결혼한 아내 캐서린과 9명의 자녀를 둡니다.

소설 《크리스마스 캐럴》은 수년간 염두에 두고 있던 착상을 어느 날 단숨에 풀어낸 그의 걸작입니다. 소설을 쓰는 동안 울고 웃기를 반복하면서 일필휘지로 써내려갔다고 합니다. 이 작품은 예수의 사랑을 표면에 드러낸 교훈적인 작품입니다. 이러한 소설 내용은 빈민구제를 위해 노력하던 국가에 많은 도움이 되었고, 작가에게도 크리스마스의 기념비와 같은 작품으로 남게 됩니다. 이후 《두 도시 이야기》, 《위대한 유산》과 같은 걸작을 남기며 셰익스피어와 비견되는 19세기 영국작가로 대중들의 사랑을 듬뿍 받았습니다. 그는 저널리즘에도 관심을 보여 〈데일리 뉴스〉의 창립 편집자로 활동했고, 주간물인 〈가정담화〉, 〈시사사철〉과 같은 매체를 발행하여 대성공을 거둡니다. 몇몇 크리스마스 특집호는 30만 부 이상이 팔렸다고 하니 대단한 일입니다.

그는 '이야기 낭독자'로도 유명합니다. 대중들을 한손에 휘어잡은 훌륭한 공연자이기도 했습니다. 한평생 471회의 낭독 공연을 했습니다. 애초에 자선사업을 돕기 위해 시작한 공연은 인기가 높아지자 유료낭독회로 발전합니다. 낭독 공연에서 제일 인기가 있었던 작품은 단연 《크리스마스 캐럴》이었습니다. 낭독 공연으로 인기를 끌었던 미국의 소설가 마크 트웨인은 낭독 공연의 선구자로 디킨스를 손꼽았다고 합니다.

디킨스는 27살의 연하 여배우 엘렌 터너와 사랑에 빠져 죽을 때까지 사귀었습니다. 그녀는 디킨스가 세상을 떠나자 학교를 경영하며 목사와 결혼해서 살았다고 하지요. 엘렌 터너의 존재로 인해 그의 단란했던 가정에 금이 가기 시작합니다. 디킨스는 이러한 사실을 당연히 숨기고 싶었을 겁니다. 아내와 성격이 잘 안 맞는다고 사람들에게 이야기했을지도 모르지요. 그 진짜 속내를 말할 수는 없는 일이었겠지요. 그녀와의 관계는 1930년대까지 일급비밀처럼 다루어졌습니다. 초창기에 행복했던 가정생활이 금이 가기 시작했고, 그 공허감을 낭독 공연으로 풀려 했다는 평도 있습니다. 디킨스는 무리한 미국 순회낭독 공연으로 건강이 많이 나빠졌다고 합니다. 그가 얼마나 낭독에 공을 들였는지 알 수 있는 대목입니다.

그는 소설가이자 낭독공연자, 저널리스트로 국민의 사랑을 받는 위대한 작가로 살았습니다. 보스턴에서 열린 디킨스의 낭독을 보고 에머슨은 박장대소를 하면서 공연을 관람했다고 하는데요. 후에 디킨스에 대해 이런 말을 남깁니다.

"천재인 그는 너무나 많은 재능을 지닌 것 같다. 그 재능은 그에게 묶여져 있는 무서운 기관차 같아서 그는 거기에서 벗어나 자유로울 수도, 그것을 멈추게 할 수도 없다. 그는 나를 압도한다! 그토록 왕성한 창작력과 다채로운 재능을 지닌 한 예술가에 대해서, 또한 한 인간으로서 그가 가진 복합적인 성격에 대해 제대로 이야기할 방법이 없다."

그는 생의 말년에 소설을 집필하면서 런던에서 짧은 고별 낭독 공연을 합니다. 이 공연은 "이 눈부신 불빛으로부터 나는 영원히 사라집니다"라는 말로 끝나는데요, 이 말은 3개월도 지나지 않아 그의 부고장에 적힌 문장이 됩니다. 그의 부고를 들은 영국 사람들은 위대한 작가가 사라졌다는 고통과 함께 자신들의 '친구'가 세상을 떠난 슬픔에 잠겼다고 합니다. 영국의 한 소년은 "디킨스가 죽었다고요. 그럼 크리스마스 할아버지가 돌아가신 건가요?" 하고 외쳤다고 합니다. 디킨스는 유작으로 미완성 소설 《에드윈 드루드》를 남겼습니다.

내일이 크리스마스입니다. 저는 스크루지 영감이 유령을 만나 개과천선하는 이 단순한 플롯이야말로 문학의 본령이라고 생각합니다. 문학은 사람들에게 감동을 주고, 교훈을 주어 스스로 가난한 자들을 돌아보게 하는 기능을 가졌으면 좋겠습니다. 문학의 효용성이 무용성 때문에 빛난다고도 하지만, 지금 우리에게 필요한 것은 지치고 힘든 사람들에게 손길을 내밀어 주는, 기부하는 손이기도 하니까요. 이것이 비문학적인 것일까요? 절대 그렇지 않습니다. 산타클로스는 언제나 우리가 지금 가장 필요로 하는 선물을 주기 때문입니다.

창문에 걸린 은행나무 사이로 눈이 내리고 있습니다. 이 아름다운 순간, 어딘가에는 추위에 떨며 굶주리고 홀로 죽어가는 사람이 있을 겁니다. 서울역 공중전화 박스 쓰레기 더미에서 죽은 사람은 죽어가면서 얼마나 많은 하늘의 별을 보았을까요. 그 별들이 눈이 되어 쏟아져 내릴 때 그는 눈을 감았을 겁니다.

그들에게 한 끼의 식사를 대접하고, 내가 가지고 있는 것을 나누어준다면. 당신은 이 세상에서 가장 아름다운 문학작품을 당신의 온몸으로 쓰고 있는 겁니다. 이른바 대중의 사랑으로 '공인'이 되어 부와 명예를 누리고 있는 사람이 '스크루지'로만 머물게 되지 않기를 간절히 바라는 마음입니다.

추신

《크리스마스 캐럴》의 초판본은 연한 갈색 표지에 금박을 입힌 제목, 색지를 사용한 속지, 금박 테두리에 디킨스의 동료인 삽화가 존 리치의 삽화를 넣어서 당시 5실링에 판매되었다고 합니다. 이 책에는 8개의 삽화가 있는데, 4개는 본문 중간에 삽입되었고, 4개는 전면 채색 삽화로 실렸다고 합니다. 당시 독자들이 이 책을 읽는 모습을 상상해봅니다. 영국의 한겨울을 견디고 있는 독자가 난롯가에 책을 읽고 있습니다. 그가 독서 중간 중간에 만나게 되는 삽화는 소설의 극적인 긴장감과 함께 재미를 더했을 겁니다. 좋은 삽화는 영상이 제공하지 못하는 상상의 공간을 우리에게 보여주기 때문입니다.

디킨스는 이 작품을 낭독할 때 스크루지의 젊고 건강한 시절을 묘사한 페치위그의 축제 대목을 자주 읽었다고 합니다. 페치위그 부부가 행복하게 춤을 추는 장면과 이웃의 처녀 총각들과 아이들이 모여 크리스마스를 즐기는 부분인데요. 이때만 해도 스크루지는 행복한 청년이었습니다.

세상이 춥고 힘들어도 우리에게는 '메리 크리스마스'로 상징되는 사랑의 손길이 있습니다. 예루살렘의 작은 마을에서 태어난 작은 아이가 세상 사람들에게 이토록 밝은 빛을 주었습니다. 위기의 순간, 따뜻한 사람들이 한 편의 채색 삽화처럼 우리 인생의 책에 등장했으면 좋겠습니다. 이들이 바로 황무지와 같은 인생에 피워진 모닥불이니까요.

우울과 몽상 | 에드거 앨런 포 소설 전집

인간은 어떻게 광인이
되어가는가?

〈검은 고양이〉

에드거 앨런 포(1845년)

"도끼를 그녀의 머리에
내리꽂았다."

1.

오늘은 좀 섬뜩한 문장으로 글을 여네요. 도끼로 아내의 머리를 내리찍는 한 광인의 모습입니다. 물론 이것은 우발적으로 일어난 사고이지만, 이런 끔찍한 짓을 묘사한 문장만 들어도 공포가 몰려옵니다.

희대의 살인마를 비롯한 죄인들의 수감생활을 들어보면 한 인간으로서 연민을 느낄 때도 있습니다. 그들을 관리하는 교도관들은 저렇게 '착한 사람'이 어떻게 연쇄살인과 같은 끔찍한 짓을 저질렀을까 의구심을 품기도 한답니다. 악인을 주인공으

117

로 하는 '피카레스크' 소설은 한 인물이 어떻게 악마가 되어가는지를 다루면서 그의 선한 면을 찾습니다. 그 과정에서 독자는 인간에 대한 이해를 하게 되지요. 아사다 지로의 소설 《지하철》에 등장하는 주인공의 아버지 같은 사람이 그렇습니다. 사람은 참으로 다양한 모습을 갖고 있지요. 지하 깊숙한 곳의 금맥처럼 숨어 있는 인간의 모습을 발견하기 위해서는 문학이라는 연장이 필요한 것인지도 모르겠습니다.

사람을 변화시키는 감정 중 가장 강력한 것은 분노입니다. 분노하는 사람은 악마의 광기를 품고 있습니다. 그 광기는 때로 끔찍한 사고로 나타나지요. 얼마 전 주차 문제로 시비가 붙은 한 주민이 잠시 편의점에 다녀오겠다고 양해를 구한 뒤, 칼을 구해와 경찰의 목을 찔러 절명케 했다는 보도를 보았습니다.

'월하의 공동묘지'를 찾아가야 공포를 만날 수 있는 것이 아닙니다. 그것은 집 안의 거실에 있기도 하고, 주차장과 골목길에 가로등처럼 서 있기도 합니다. 서서히 주위의 공기를 냉각시키면서 심장마저 얼어붙게 하는 공포……. 그 공포를 몰고 오는 한 인간의 이야기를 통하여 우리 안의 광기를 생각해보겠습니다. 광기는 삶에 반드시 필요한 조건입니다. 때로 광기는 예술가들이 걸작을 탄생시키는 에너지원이기도 합니다. 하지만 광기는 한 인간을 완전히 파멸시키고 패배하게 만들기도 합니다.

에드거 앨런 포의 소설에서는 검은 고양이가 공포의 영매처럼 등장합니다. 평소 고양이를 사랑하는 저에게조차 무서운 사형집행인처럼 보이는데요. 가장 가까운 존재가 공포를 몰고 오고, 결국 죄를 저지른 주인공이 파멸하는 모습에서 우리는 인과응보를 생각하게 됩니다.

열대야가 계속되는 밤입니다. 여름밤, 잠시 더위를 물러가게 하는 공포소설 한 편을 이제 함께 보겠습니다. 에어컨 바람 같은 종류는 아니지만, 문학은 잠시 마음 한구석을 서늘하게 만들기도 하지요. 더운 공기에 내 마음이 비뚤어지지는 않았는지 한번 살펴보는 일도 필요합니다. 오늘 우리의 주인공은 마음이 무척 비뚤어진 사람이었습니다. 그를 통해 자꾸 비뚤어지려는 우리 영혼의 가닥을 바로잡는 계기가 되었으면 좋겠습니다.

2.

이 소설은 내일이면 생을 마감하는 남자의 고백체로 이루어져 있습니다. 그에게 남은 시간은 단 하루. 독자는 그가 왜 내일이면 죽는 것인지 알 수가 없기에 호기심이 일지요. 병으로 죽는 것인지, 누군가에게 살해 위협을 받는 것인지 알 수가 없습니다. 하긴 누군들 내일 죽을 일을 알 수 있겠습니까? 그는 내일 죽을 것이므로 오늘 무거운 영혼의 짐을 내려놓겠다고 합니다. 그의 영혼의 짐은 얼마나 무거운 것일까요. 영혼의 짐이 무겁다면 가까이 보이는 길도 멀기만 할 것입니다. 또 먼 길에는 가벼운 짐이란 것도 없는 법이지요.

우리의 주인공은 어린 시절에는 인정이 많고 유순한 소년이었습니다. 그는 동물을 사랑해서 부모님의 배려로 애완동물과 교감하면서 자란 사람이지요. 자상하고 성실한 그는 착한 아내를 만나 가정을 꾸리고 삽니다. 그는 안락한 집에서 새, 금붕어,

개, 토끼, 작은 원숭이, 그리고 고양이 한 마리를 기르고 있었습니다. 그중에서 플루토라는 검은 고양이는 주인공이 제일 사랑하고 아끼던 생명체입니다.

이런 그에게 작은 변화가 일어납니다. 폭음을 계속하고 성격도 조금씩 변해갑니다. 자신의 본성에서 벗어나 성격이 비뚤어지기 시작합니다. '폭음'이라는 악마를 매개로 상태는 점점 더 악화됩니다. 주인공은 그것은 무서운 질병이라고 고백하고 있습니다. 술만큼 무서운 병이 없다는 것이지요. 주인공은 자신의 애완동물들을 학대하고 아내에게는 폭언과 신체적인 폭력까지 가하게 됩니다.

어느 날 밤, 단골 술집에서 만취하여 돌아온 주인공은 고양이를 우악스럽게 움켜잡습니다. 고양이는 보호본능으로 주인의 손에 가벼운 상처를 내고, 이에 격분한 주인공은 고양이의 한쪽 눈을 도려내고 맙니다. 자신도 이해할 수 없는 이러한 행동에 스스로 공포를 느끼고 후회하는 주인공이지만, 그것도 잠깐입니다. 다시 술독에 빠진 그는 인간의 당연한 감정을 금방 잊고 맙니다. 애꾸눈이 된 검은 고양이는 주인공을 피하기 시작합니다. 처음엔 고양이를 보고 가슴이 아팠지만 점점 짜증이 난 주인공. 그는 자신의 성격이 '비뚤어짐'을 알게 됩니다. 그는 이렇게 자신의 심경을 토로했지요.

그러나 나는 내 영혼이 살아 있음을 확신하는 것만큼이나 비뚤어짐이 인간 마음의 원초적인 충동 가운데 하나임을- 인간 성격의 향방을 결정하는 불가분의 본원적 기능이나 감정 가운데 하

나임을- 확신한다. 다른 이유 때문이 아니라 오로지 그렇게 해서
는 안 된다는 것을 알고 있기 때문에 나쁜 짓이나 어리석은 짓을
수차례 저질러보지 않는 사람이 있을까?

우리 사회에 금기된 것들을 저질러버리는 사람들은 공통적
으로 그 순간에 엄청난 쾌감을 느낀다고 하지요. 가만히 돌이
켜보면 저 자신도 하지 말라는 걸 할 때, 짜릿한 쾌감을 느끼
곤 했습니다. 도시마다 넘치는 러브호텔에서 불륜이 만연하
고 있는 것도 이러한 이유 때문은 아닐까요? 프랑스의 작가 스
탕달의 작품에 등장하는 한 여인은 달콤한 아이스크림을 먹으
며 "아, 이것을 먹지 말라고 금지한다면 얼마나 더 달콤할 것인
가?" 하고 말하고 있습니다.

남자의 광기는 점점 더 심해져 그는 고양이를 마당의 나뭇
가지에 목매달아 죽입니다. 교수형에 처해진 사형수처럼 고양
이는 죽어버리지요. 고양이의 목에 올가미를 걸고 죽이면서 그
는 인간의 범죄 심리를 잘 묘사하고 있습니다. 자신이 죄를 저
지르고 있다는 사실을 알고 있기 때문에 죄를 짓는다는 것입니
다. 정말, 무서운 일입니다.

고양이를 죽인 그날 밤, 주인공의 집에 불이 나 모조리 타버
립니다. 화재 현장에서 주인공은 자신의 침대 머리에 있던 칸
막이벽에 마치 부조처럼 새겨진 고양이의 형상을 봅니다. 목둘
레에 밧줄이 감겨 있는 모습이지요. 주위에 있던 사람들에게도
보이는 이것은 주인공의 죄책감에서 오는 착시현상이 아닙니
다. 어떤 징조처럼 느껴지는 고양이의 모습이 공포가 되어 주

인공을 옥죄기 시작합니다.

3.

어느 날 주인공은 술집에서 고양이 한 마리를 발견합니다. 자신이 죽인 플루토를 빼닮은 검은 고양이였습니다. 술집 주인도 그 고양이가 어디에서 나타났는지 모른다고 합니다. 주인공은 그 고양이를 집에 데려옵니다. 부부는 고양이를 애지중지 키우면서 서로 잘 지내게 됩니다. 자신의 범죄에 대한 보상심리가 작용한 것이지요.

그런데 이상한 점이 있습니다. 술집에서 데려온 고양이가 플루토처럼 애꾸눈이라는 점이죠. 그의 착한 아내는 자신이 사랑했던 고양이를 잃은 슬픔으로 새로 온 고양이를 더욱 소중하게 다루고, 주인공은 혐오감과 애정이 교차하는 마음으로 고양이를 대하게 됩니다. 검은 고양이는 주인공이 집에 있으면 한순간도 떨어지지 않습니다. 밀착방어를 하는 축구 수비수처럼 그에게 달라붙어 기어오르고 맴돌지요. 주인공은 점점 두려움에 시달립니다. 급기야 고양이의 가슴에 있는 흰 털 부분이 점점 교수대의 형상으로 변하고 있다고 생각합니다.

주인공은 '한 마리 미개한 짐승' 때문에 신의 모습으로 창조된 인간인 자신이 이토록 고통스러울 수 있는지 한탄하지요. 자신도 이해할 수 없는 분노와 우울을 아내에 대한 폭언과 폭행으로 분출합니다. 이 모든 것을 감내하는 아내는 천사와 같은 마음으로 마귀처럼 변해가는 남편을 돌봅니다.

어느 날 집안일로 지하실에 내려가던 주인공과 그의 아내를 따라 고양이가 내려옵니다. 고양이 때문에 가파른 지하실 계단에서 넘어질 뻔한 주인공이 도끼를 들어 고양이를 내리치려고 합니다. 그때 아내가 그를 저지하고, 순간 '악령보다 더한 분노'가 치밀어 오른 주인공은 아내의 손을 뿌리치고 그녀의 머리에 도끼를 내리꽂지요.

살인을 저지르고 정신이 든 주인공은 용의주도하게 아내의 시신을 처리합니다. 토막 내서 버릴 것인가, 불에 태워 없앨 것인가를 놓고 고민하고 있습니다. 착한 아내의 시신을 앞에 놓고 처리 방법을 고민하는 그의 모습은 우리 내면에 잠재하고 있는 악령의 존재를 확연하게 보여줍니다. 그것은 검은 고양이가 내린 저주일까 싶지요.

그는 허름한 지하실의 한쪽에 시신을 세워놓고 벽을 쌓아버립니다. 중세의 수도사들이 그런 짓을 하기도 했다면서 말입니다. 회반죽으로 벽을 마무리한 주인공은 검은 고양이가 사라진 것을 발견합니다. 아내가 죽자 감쪽같이 그의 곁을 떠나버린 것입니다. 그는 그날 밤 평온하게 잠들지요. 그동안 고양이 때문에 겪은 모든 공포와 번민으로부터 벗어난 것처럼 보입니다.

하지만 주인공이 일을 저지른 지 나흘째 되던 날, 경찰이 부인의 실종에 의구심을 품고 가택수색을 합니다. 주인공은 침착하게 경찰의 수색에 동행하지요. 낡은 집의 지하실까지 샅샅이 조사한 경찰이 돌아가려 하자, 주인공은 자신의 승리를 만끽합니다. 등을 보인 경찰들에게 과시하기 위해 지팡이로 자신이 만든 지하실의 벽을, 그 완전범죄의 현장을 지팡이로 두들기면서 떠들어댑니다. 그리고 그때, 벽에서 고양이 울음소리가 들려오지요. 작가는 이 장면을 이렇게 묘사합니다.

하느님, 마왕의 독이빨로부터 나를 지켜주시고 구해주소서! 지팡이 두드리는 소리의 울림이 침묵 속에 가라앉자마자 무덤 내부에서 응답하는 한 목소리가 들렸다. 처음에는 어린애의 흐느낌처럼 숨죽인 듯 간헐적이던 소리가 나중에는 순식간에 아주 기이하고 사람소리라 할 수 없는 길고 크고 지속적인 비명소리-울부짖음-로 바뀌었다. 그것은 공포와 승리감이 반반씩 뒤섞인 구슬픈 비명소리였다. 지옥의 고통에 빠져 있는 저주받은 자들과 그런 저주를 보고 기뻐 날뛰는 마귀들의 목소리가 합해진 것으로, 오로지 지옥에서만 나올 법한 소리였다.

아마 고양이는 야옹 하고 울었을 뿐일 겁니다. 그런데 주인공의 귀에는 지옥의 소리로 들렸나 봅니다. 고양이 울음소리를 듣고 경찰이 벽을 단숨에 허물자 '시체의 머리 위에 시뻘건 입을 크게 벌리고 불타는 외눈을 한 그 섬뜩한 고양이가 앉아 있었다'고 합니다. 그렇습니다. 고양이가 떠난 것이 아니라, 주인공이 아내의 사체를 고양이와 함께 벽에 가두었던 것이지요.

4.
에드거 앨런 포는 1809년 1월 19일 보스턴에서 태어나 시와 소설, 평론과 에세이 등 다양한 장르에 위대한 작품을 남겼습니다. 그의 생활은 가난, 음주, 광기, 마약, 우울, 신경쇠약 등 불운함의 연속이었습니다. 1835년 스물여섯이 된 포는 열세 살인 사촌 버지니아 클렘과 결혼합니다. 그가 신혼이었던 1836년은 미국의 대공황이었고, 그와 아내, 장모는 극도로 궁핍한 생활을 견뎌야 했습니다. 1842년경부터 버지니아는 병을 앓기 시작해 5년 뒤 죽을 때까지 가난과 결핵으로 큰 고통을 겪었습니다. 명작이 탄생하려면 작가의 고통은 과연 필수일까요. 포의 걸작 대부분은 이 시기에 탄생합니다. 그는 아내가 세상을 떠난 후, 고통스럽게 방황하다가 3년 후에 절명합니다.

공포소설 〈검은 고양이〉는 1843년 미국 필라델피아의 한 잡지에 발표되었고, 단편집 《이야기들(1845)》에 수록되었습니다. 우리는 포의 문학을 통해서 인간의 가장 아름다운 면과 추악한 면을 동시에 봅니다. 마치 동아시아 문화의 핵심인 음양의 조화처럼 그것들은 서로 스며들면서 한 덩어리를 이룹니다. 그게 우리의 참모습입니다.

프랑스의 시인 보들레르는 '내가 쓰고 싶었던 것들이 모두 포의 글 속에 있었다'고 말했습니다. 수많은 걸작을 탄생시킨 포의 인생과 〈검은 고양이〉에 나오는 사내의 비참한 인생이 겹쳐 보이는데요, 어떻게 한 인간의 삶과 문학이 먼 거리를 넘어 이처럼 공존할 수 있는지 모르겠습니다.

그는 볼티모어의 거리, 불 꺼진 가로등 아래에서 지나던 사람에게 발견됩니다. 만취상태였지요. 병원으로 옮겨진 그는 심한 정신착란과 흥분 증세를 보이다가 잠시 안정을 찾습니다. 1849년 10월 7일이었습니다. 새벽의 여명이 밝아오자 포는 의

사가 지켜보는 가운데 '신이여, 내 불쌍한 영혼을 구원하소서' 라는 한마디를 남기고 세상을 떠났습니다. 그는 볼티모어 웨스트민스터사원의 묘지에 아내와 나란히 묻혀 있습니다. 그의 묘지를 둘러싼 유명한 미스터리가 있습니다. 1947년 이후부터 포의 생일인 1월 19일이면 누군가 그림자처럼 나타나 코냑 한 병과 장미 세 송이를 놓고 사라진다는 것이지요.

문학에 '천재'란 과연 있는가? 하는 질문에 '나는 여기 포가 있다'고 대답하겠습니다. 그의 뇌가 문자로 만들어져 있는 것은 아닌지 의구심이 들 정도입니다. 포는 시인으로도 명성이 높은 작가입니다. 그의 시중에서 가장 대중적으로 널리 알려진 〈애너벨 리〉는 어린 아내를 위한 서정시입니다. 아내가 죽기 일 년 전, 밸런타인데이에 쓴 시입니다. 아내에 대한 헌사이자, 사랑을 주제로 한 시의 절창입니다.

아주 오래전.
바닷가 어느 왕국에
당신이 알지도 모르는 소녀가 살았다네
그녀의 이름은 애너벨 리
날 사랑하고 나의 사랑을 받는 일 말고는
아무런 생각 없이 살았다네.
바닷가 그 왕국에서는
그녀도 어렸고 나도 어렸지만
나와 나의 애너벨 리는

사랑보다 더한 사랑을 하였다네
천상에 날개 달린 천사도
그녀와 나를 부러워할 그런 사랑을

달도 내 아름다운 애너벨 리의 꿈을 꾸지 않으면
비치지 않으리
별도 내가 아름다운 애너벨 리의 빛나는 눈을 보지 않으면
떠오르지 않으리
그래서 나는 밤이 지새도록
나의 사랑, 나의 사랑, 나의 생명, 나의 신부 곁에
누워만 있다네
바닷가 그곳 그녀의 무덤에서
파도 소리 들리는 바닷가 그녀의 무덤에서

　포는 버지니아가 죽은 뒤에도 몇 주 동안 그녀의 무덤가를 배회하며 울곤 했다고 전해집니다. 아내의 장례식 때 그녀가 덮고 있던 것은 포의 낡은 외투뿐이었고 그 곁에는 기르던 고양이 한 마리가 있었습니다. 일설에는 그녀가 굶주림과 추위로 죽었다고도 하지요. 이런 슬픔에 대해 포는 어떤 생각을 하고 있을까요. 그는 문학과 슬픔에 대해 이런 말을 합니다.

　슬픔의 주제 가운데 보편적으로 가장 슬픈 것은 무엇일까? 명백히 그것은 죽음이다. 그리고 이 슬픔의 주제는 언제 가장 시적일까? 이 또한 명백하다. 아름다움에 가장 근접해 있을 때이다. 그

렇다면 물을 것도 없이 아름다운 여인의 죽음이 세상에서 가장 보편적인 슬픔의 주제이며, 그것을 말하는 주체는 상을 당한 여인이 가장 적합하다.

에드거 앨런 포의 시 〈갈가마귀〉 시작노트에서

그의 문학세계는 상상력과 서정성을 겸비한 시세계, 정교하고 모범적인 단편소설, 날카롭고 독창적인 문학이론과 에세이들로 20세기 현대문학에 지대한 영향을 미쳤습니다. 공포소설의 대가인 스티븐 킹과 같은 작가의 뿌리라고도 할 수 있지요.

그가 현대소설에 남긴 업적을 살펴봅니다.

우선 그의 단편 〈모르그가의 살인사건〉에 등장한 탐정 '뒤팽'은 코난 도일에게 영향을 주어 '셜록 홈스'라는 희대의 명탐정을 탄생시킵니다. 개인적 강박 관념을 소설의 주제로 써서 도스토옙스키 등에 영감을 주었지요. 프랑스 천재 시인 보들레르에게 절대적 지지를 받았고요. 중세의 성과 숲으로 대표되는 고딕소설과 공포소설이 아닌, 미국을 배경으로 한 새로운 공포 문학의 자리를 마련했습니다. 현대의 공포란 인간 내면의 공포임을 보여주며 공포, 범죄, 심리소설 및 미스터리문학의 새로운 개척자로서 그의 위상을 충분히 보여줍니다. 19세기에 이룬 포의 문학적 업적은 현대소설의 아버지라 칭해도 과하지 않습니다.

에드거 앨런 포가 행려병자처럼 쓰러져 누운 병원을 생각합니다. 이틀간 사경을 헤매고 정신착란과 흥분의 상태가 조금 가라앉고 나서 잠시 안정을 찾았다고 했지요. 그건 아마도 어둠 속을 헤매는 것 같던 그의 머릿속에 떠오른 한 줄기 빛이 아니었을까요. 지옥과도 같았던 이승의 삶을 마감하는 순간 찾아온 단테의 베아트리체, 신의 형상으로 떠오르는 그의 애나벨리가 아니었을까요.

추신

포의 소설을 읽으며 캐나다의 소설가이자 음유시인 레너드 코헨의 음반을 들으면 어떨까 합니다. 〈애너벨 리〉를 비롯한 그의 노래는 특유의 시적 감성으로 우리의 마음을 위로할 겁니다.

공포소설에는 어떤 매력이 있기에 우리를 이토록 열광시키는 것일까요? 여기에 대해 공포소설의 대가인 미국의 스티븐 킹은 자신의 저서 《죽음의 무도》에서 이런 말을 합니다.

우리가 허구의 공포 속으로 피신한 덕분에 현실의 공포는 우리를 압도하지 못하고, 우리를 꽁꽁 얼어붙게 하지 못하고, 일상생활을 제대로 살아가려는 우리를 방해하지 못한다. 우리가 나쁜 꿈을 꾸기를 '희망'하며 극장의 어둠 속으로 들어가는 것은 나쁜 꿈이 끝났을 때 우리가 평범한 인생을 사는 현실 세상이 훨씬 더 좋아 보이기 때문이다.

그렇습니다. 공포와 광기를 다룬 작품 덕분에 우리가 사는 그저 그런 세상이 더욱 아름답게 보일 수도 있으니까요. 그런 뜻에서, 오늘 밤에는 호러소설이나, 공포영화 한 편 감상해보시는 것이 어떨까요?

우리가 할 수 있는 것은
무엇인가?

〈필경사 바틀비〉

허먼 멜빌(1856년)

"그렇게 안 하고 싶습니다."

1.

여러분은 살면서 하고 싶지 않은 일은 무엇이 있었습니까? 사람이 하고 싶은 것은 것만 하고 살 수는 없겠죠. 오히려 하기 싫은 걸 하지 않을 수 있는 사람이 얼마나 될지도 의문입니다. 저는…… 우선 초등학교 시절 구구단이나 국민교육헌장을 외우라는 선생님에게 이렇게 말하고 싶었습니다. '그렇게 안 하고 싶습니다.' 입대영장을 받았을 때, 젊은 시절 여자 친구가 헤어지자고 할 때, 부도를 낸 아버지께서 야반도주를 하며 집 앞에 세워진 용달차에 타라고 서두를 때, 정부에서 밀린 세금을 내라고 보낸 압류서류와 마주할 때…… 그럴 때에도 이 말을 하고 싶었습니다. '그렇게 안 하고 싶습니다.' 행복한 가장이 된 후에도 하고 싶지 않은 일은 종종 있었지만, 모두 꾸역꾸역 하면서 살았습니다. 저만 그런 것은 아니겠지요. 이 도시에 살고 있는 누구나 그럴 겁니다.

이 말을 가장 자연스럽게 하는 건 아이들입니다. 유치원에 들어가기 전 아이들은 '싫어'라는 말을 입에 달고 삽니다. 그 시절 제 딸의 별명은 '싫어공주'였지요. 어른들은 그런 모습을 떼를 쓴다고 하지만, 아이는 자기가 하기 싫은 것은 하지 않을 특권이 있는 존재로 세상에 저항하는 것일 뿐입니다. 그런 유아기를 보내고 좀 더 자라면 하기 싫은 걸 참아낼 줄도 알게 되지요. 그렇습니다. 성장한다는 건 하기 싫은 걸 참아내게 된다는 의미도 조금은 포함되어 있는 겁니다. 하지만 저는 가끔 그때가 그리워지곤 합니다. 그 상태야말로 가장 자유로운 상태이기 때문이지요.

성경에 나오는 아담과 이브도 처음엔 이런 자유로운 상태였을 겁니다. '하기 싫어'라는 말을 하고 싶을 때 하고 살 수 있다면 그곳이 바로 유토피아가 아닐까요? 하고 싶은 것을 하는 것뿐만 아니라, 하고 싶지 않은 일을 안 할 수 있어야 진정한 유토피아라는 생각이 드는군요. 여러분의 생각은 어떠십니까?

조직 사회를 견뎌내기 위해서는, 혹은 유연한 인간관계를 위해서는 어쩔 수 없이 해야 하는 일이 있습니다. 하지만 누군가의 말도 안 되는 지시에 '그렇게 안 하고 싶습니다'라는 저항의 마음이 드는 것은 어쩔 수 없지요. 그런 지시를 할지언정 혼자 앉아 가끔 이렇게 반항하는 것을 떠올리면 어떤 통쾌한 기분이 들기도 합니다. 상상만으로도 기분이 좋아 웃음이 나기도 하지요. 하지만 이 말을 실제로 한다면, 사회 부적격자 취급을 받을지도 모릅니다. 다른 사람들이 이해하고 감당하기 힘든 존재로 보일지도요. 만약 이런 말을 자주 하는 어른이 있다면, 그는 사회에서 고독한 사람일 것입니다.

저는 이 말을, 아니 문장을 허먼 멜빌의 소설 〈필경사 바틀비〉에서 만났습니다. 이 문장이 주는 울림이 커서 읽는 동안 내내 주인공이 제 귀에 대고 속삭이는 것 같았습니다. 우리가 소설을 읽고 감동을 받을 때, 소설 주인공은 선명하게 떠올라 생명을 얻습니다. 〈필경사 바틀비〉는 그렇게 제게 다가왔습니다. 바틀비는 자본주의와 시장경제가 왕성하게 뿌리를 내리면서 인간을 움직인 19세기 미국의 사람이지만, 저에게는 우리 시대를 살아가고 있는 인물처럼 보였습니다.

2.

소설이나 시를 읽다가 만나는 주인공들은 우리의 삶에 깊숙이 들어와 살고 싶어 합니다. 시공을 초월한 클래식 작품들은 읽을 때마다, 혹은 언제 읽느냐에 따라 그 모습을 달리합니다. 신기하게도 그들은 그때그때 모습을 바꾸면서 들어옵니다. 제 가슴속에 머물러 있는 주인공들은 제가 어려울 때에 다감하게 손길을 내밀어줍니다. 필경사 바틀비도 그런 인물이지요. 우리 인생에 그런 존재가 있다는 건 참 고마운 일입니다. 이제 소설

이야기를 해봅시다.

이 소설의 화자는 뉴욕의 월스트리트에 사무실을 내고 살아가는 '나이가 꽤 지긋한' 변호사입니다. 그는 바틀비와 만나는 장면을 이렇게 회상합니다.

구인광고를 보고 어느 날 아침 젊은이 하나가 여름이라 문을 열어놓은 사무실 문간에 꼼짝 않고 서 있었다. 지금도 그 모습이 눈에 선하다! 창백할 정도의 단정함, 애처로운 기품, 그리고 치유할 수 없는 고독. 그가 바틀비였다.

바틀비는 매우 뛰어난 필경사입니다. 밤낮을 가리지 않고 일을 합니다. 그는 필사한 원고의 대가로 월급을 받는 원고노동자입니다. 그가 법률문서를 필사하는 모습은 마치 굶주린 사람이 문서를 먹어치우는 것 같습니다. 화자는 그가 '말없이, 창백하게, 기계적으로 필사를 계속했다'고 묘사하지요. 어느 날 변호사는 바틀비에게 서류를 검토하는 일을 지시합니다. 법률문서를 다루는 일이니 오탈자를 비롯한 사소한 실수 하나가 소송에 결정적인 요인이 될 수 있기 때문입니다. 변호사가 바틀비에게 필사한 문서를 직원들과 같이 검토하자고 하자 그는 '온화하면서도 단호한' 목소리로 이렇게 대답합니다.

"그렇게 안 하고 싶습니다."

어떤 부탁을 했을 때 도저히 예상할 수 없는 대답을 상대로부터 듣는 경우가 있습니다. 그럴 경우에는 상대가 나의 이야기를 잘못 들었거나 뭔가 오해가 있을 것이라고 자기 기준으로 판단하지요. 변호사 또한 자신이 뭔가 잘못 들은 것이라고 생각하고 어서 와서 검토하자고 이야기 하지요. 그러나 바틀비는 "그렇게 안 하고 싶습니다"라고만 할 뿐입니다. 어떤 이유도 평계도 대지 않고 오로지 하고 싶지 않다는 것이지요.

이 소설은 '그렇게 안 하고 싶은 사람'이 주인공입니다. 고용주인 변호사는 여러 가지 방법을 동원해 일을 지시하지만 바틀비는 끝까지 거절하고 필사를 계속합니다. 간단한 문서 대조작업은 물론 걸어서 3분 거리에 있는 우체국에 가는 일도, 심지어 곁에 있는 동료직원을 불러달라는 부탁도 그는 거절합니다.

변호사는 바틀비의 마음을 돌리기 위해서 아주 사소한 업무지시도 간절한 목소리로 부탁해야 합니다. 참 이상한 일이지요. 지시가 아니라 부탁입니다. 처음에는 다정하게, 두 번째는 큰 소리로, 세 번째는 포효하는 목소리로 지시를 해도 소용이 없습니다. 급기야 부탁을 하고 애원을 해도 그에게서 돌아오는 것은 똑같은 한마디뿐입니다.

"그렇게 안 하고 싶습니다."

작가는 바틀비의 모습을 이렇게 적습니다. "플루트 같은 어조로 대답했다. '그렇게 안하고 싶습니다.'" 어느 순간부터 그의 단조로운 한마디는 반복되고 변주하는 음악소리처럼 들리기 시작합니다. 그러던 바틀비는 어느 날 '필사'도 하지 않겠다고 선언합니다. 이제 더 이상 그의 존재가치가 없다고 판단한 변호사는 그를 사무실에서 내보내려고 하지만 그것마저 하고 싶지 않다는 바틀비를 설득하는 것에 실패합니다. 결국 그를 해고하지 못한 변호사는, 자신이 다른 곳으로 옮길 수밖에 없었습니다. 하지만 바틀비는 계속해서 원래의 사무실에서 버티고 있지요. 결국 새로 입주한 사무실 주인의 신고에 의해 구치소에 수감된 바틀비는 구치소에서도 '그렇게 안 하고 싶습니다'는 태도로 일관하다 결국 굶어 죽습니다.

지금까지 들은 바틀비의 이야기에서 어떤 생각을 하셨습니까? 이상한 사람이라는 생각이 드셨습니까? 혹시 '까불면 죽는다'라는 협박에 무저항으로 맞서는 사람의 고독이 느껴지지는 않습니까? 뉴욕의 법률 사무실을 배경으로 한 딱딱한 사무실 공간, 변호사와 직원들이 생계유지를 위해 매일 반복되는 일상을 견디고 살아가는 모습은 지금 우리의 모습과 다르지 않습니다.

도대체 바틀비는 왜 그랬을까요? 뉴욕이라는 거대 도시에 저항하는 모습은 무모하게까지 보입니다. 간디의 비폭력 무저항이라도 하려던 것이었을까요? 하지만 바틀비는 식민지의 독립 투사가 아닌, 흔하게 볼 수 있는 사무원일 뿐입니다. 그에게는 거창한 이념도 없어 보입니다. 그저 열심히 일하고 있는 우리와 다름없는 사람입니다. 그가 왜 그런 선택을 하고 나중에는 고독하게 굶어 죽어야 했을까요. 이것 참 궁금한 일입니다.

멜빌은 소설의 마지막 단락에서 바틀비가 워싱턴의 '배달 불능·우편물 취급소'의 말단 직원으로 근무하다 쫓겨났다는 소문을 들었다고 하면서 독백을 합니다. 참 고독한 문장들입니다. 바틀비의 '배달 불능 우편물 취급소'를 통해서 작가는 이 소설에서 우리에게 전하고 싶은 메시지를 던집니다.

이 소문을 곰곰이 생각할 때면 나를 사로잡는 감정을 표현할 길이 없다. 배달 불능 편지라니! 죽은 사람 같은 느낌이 들지 않는가? 천성적으로 혹은 불운에 의해 창백한 절망에 빠지기 쉬운 사람을 생각해보라. 그런 사람이 계속해서 이 배달 불능 편지를 다루면서 그것들을 분류해서 태우는 것보다 그 창백한 절망을 깊게 하는 데 더 안성맞춤인 일이 있을까? 그 편지들은 매년 대량으로 소각되었다. 때때로 창백한 직원은 접힌 편지지 속에서 반지를 꺼내는데, 반지의 임자가 되어야 했을 그 손가락은 어쩌면 무덤 속에서 썩고 있을 것이다. 또한 자선헌금으로 최대한 신속하게 보낸 지폐 한 장을 꺼내지만 그 돈이 구제할 사람은 이제 먹을 수도 배고픔도 느낄 수도 없다. 그리고 뒤늦게 용서를 꺼내지만 그것을 받을 사람은 절망하면서 죽었고, 희망을 꺼내지만 그것을 받을 사람은 구제되지 못하고 재난에 질식당해 죽어버린 것이다. 삶의 심부름에 나선 이 편지들이 죽음으로 질주한 것이다.

아, 바틀비여! 아, 인간이여!

3.

그렇습니다. 불통의 세상에 살고 있는 바틀비는 그 극단의 모습을 우리에게 보여 주고 있습니다. 자연과 인간이 사라진 자리에서 그는 자연스럽게 살아가고자 하는 인간의 한 단면이기도 합니다. 바틀비가 취하는 극단의 행동은 월스트리트, 즉 '벽의 거리'에 살고 있는 사람의 고독을 단적으로 보여주고 있습니다. 카프카의 《변신》처럼 읽히기도 하는데요. 필경사 바틀비는 19세기, 자본주의가 급속도로 발달하는 과정에서 탄생한 '비뚤어진' 인물이기도 하지요. 법률사무소나 월스트리트에서는 살아남을 수 없는 유형의 인간입니다. 이것이 바로 도시의 벽이기도 할 겁니다. 사실, 허먼 멜빌은 바다를 소재로 한 대중소설가로 살다가 당대 미국문학의 거장 호손과 만납니다. 이후에 인간의 내면에 도사리고 있는 '선과 악'이라는 양면성을 그려낸 걸작《모비딕》을 쓰고, 육지로 올라와서는 뉴욕으로 상징되는, 폐허와 같은 공간에서 살아가는 인물들을 그려냅니다.

어쩌면 그에게는 19세기의 뉴욕이 고래 배 속보다 더 절망적으로 보였을 것입니다. 바다에서 만난 고래에게는 작살을 던지면 그만이지만, 무엇을 던져야 할지 알 수 없는 도시라는 공간에서 바틀비는 죽어가고 있습니다. 자본주의의 유아기에 있던 바틀비는 '싫어'라는 말로 떼쓰는 아이의 모습이기도 합니다. 유아기에 이미 죽음을 품고 있는 존재는 얼마나 무섭습니까. 아이들은 그런 단계를 거쳐 성장하고, 자본주의도 19세기를 거쳐 20세기, 21세기에 이르면서 세상에서 가장 잘생긴 어른으로 성장합니다. 겉은 멀쩡하지만 내시경으로 들여다보면 몸 여기저기에 암덩이가 자라고 있는 병든 어른 말입니다. 이 도시의 불통과 비정함은 바로 절망이고 죽음입니다.

이 절망은 21세기의 예견과도 같습니다. 스마트폰의 작은 화면에서 벗어나지 못하고 사는 21세기의 삶이란, 배달될 수 없는 우편물을 끊임없이 어디론가 보내는 것과 같습니다. 온 하늘을 뒤덮은 보이지 않는 디지털 신호로 연결된 인간들. 서로 소통하고자 하는 그 몸부림들. 간절하게 마음을 담아 보낸 연서이거나, 용서를 구하는 화해의 편지부터 선물을 담은 소포에 이르기까지 한쪽에서는 배달되지 않는 우편물을 보내고, 다른 한쪽에서는 배달할 곳 없는 우편물들을 수거하고 분류하고 소각하는 도시에서 우리는 살고 있지요.

바틀비가 침착하게 그 편지를 분류하고 소각하는 모습을 생각해봅니다. 그는 결국, 거대한 물신에 종속된 삶 자체가 배달 불능 편지라고 생각하게 되지 않았을까요. 소설의 마침표 문장인 '아, 인간이여'는 책 속에서 이명처럼 들려오는 통곡소리입니다. 그렇다면 인간들은 어떻게 해야 하는가. 그건 소설가가 이야기할 내용이 아닙니다. 소설가는 질문하는 사람이지 대답하는 사람이 아니기 때문입니다. 이런 질문에 대한 대답은 우리가 각자 알아서 하는 수밖에 없습니다.

비평가들은 바틀비의 유순하되 비타협적인 거부 방식과 변호사의 온정적이고 타협적인 면모를 통해 다양한 의견을 개진합니다. 노동자와 자본가, 자본주의와 불화하는 예술가 혹은 소외된 인간과 그 복잡한 관계를 이용하는 자본가의 대립. 자본주의 체제를 혁명적으로 거부하는 인물로서의 바틀비……. 저는 바틀비에게서 아나키스트의 모습을 봅니다. 그는 무정부주의자의 고독을 품고 견고한 자본주의 체제 안에서 견디다가 죽었습니다.

저는 자신이 좋아하는 것을 남에게 권하는 사람보다, 자신이 하기 싫은 것을 남에게 강요하지 않는 사람을 신뢰합니다. 바틀비는 한 번도 타인에게 자신의 생각을 강요하지 않았습니다.

이 소설의 주인공은 뭐든지 '하고' 싶어 안달이 난 사람들에게 하고 싶지 않은 일은 하지 말라고 합니다. 그의 선택은 오로지 하고 싶은 일만으로 일관되었습니다. 결국 자신을 가두고 억압하는 교도소에서 바틀비는 식사마저 거부하고 죽습니다.

바틀비는 여러분에게 어떤 사람인가요? 내 안에 바틀비는 죽었는가, 혹은 겨우 살아 있는가, 하고 자문해봅니다. 여기저기 눈치보고, 살기 위해 도망가고, 더럽게 몇 푼 벌어 소주 한잔 마시고, 하고 싶은 말 한마디 하지 못해 울화병이 도져 어느 날 급사하는 사람들에게 '아, 바틀비여! 아, 인간이여!' 하는 이 소설의 마지막 문장이 종소리로 울립니다. 멀리서 들려오는 허먼 멜빌의 종소리는 '그렇게 하지요. 그럼요. 그렇게 하고말고요'라는 대답을 남발하는 나의 가슴에 천둥소리로 울려 퍼집니다.

4.

이 소설은 여러 출판사에서 여러 번역자의 손에 의해 번역되어 출간되었습니다. 이 소설의 열쇠문장의 원문은 'I would prefer not to'입니다. 이 문장을 '문학동네'에서는 '안 하는 편을 택하겠습니다'로 '창비'에서는 '그렇게 안 하고 싶습니다'로 '바다 출판사'에서는 '안 하겠습니다'로 번역했습니다. 저는 창비의 번역을 '선택'했습니다. 이것이 좀 더 우리에게 가깝게 다가와 말하는 것 같다는 단순한 이유에서입니다. 실은, 이 소설에서 하고 안 하고는 우리가 일상생활에서 마주하는 선택의 문제가 아니라, 바틀비라는 특이한 인물이 보여주는 존재의 고독으로 보기 때문입니다.

〈필경사 바틀비〉는 바다를 소재로 한 작품으로 유명한, 19세기 미국의 시인이자 소설가인 허먼 멜빌의 단편소설입니다. 1853년 뉴욕 〈퍼트넘즈 먼슬리 매거진〉의 11월, 12월호에 익명으로 연재되어 진가를 드러내지 못하다가 20세기 초 멜빌이 재조명되면서 가치를 인정받지요. 그가 사망했을 때에도 신문에는 단 한 줄의 부고가 났다고 합니다. 당대에는 제대로 인정받지 못하고 살던 멜빌을 현대 비평은 위대한 작가의 반열에 올려놓았습니다.

이 작품을 이해하려면 작가의 성장배경을 알 필요가 있습니다. 한 편의 작품은 그 작가의 가계와 어린 시절의 조각난 체험들이 인고의 과정을 거쳐 형상화되기 때문입니다. 멜빌의 조상은 뉴욕에 정착한 스코틀랜드와 네덜란드 출신으로, 미국독립전쟁을 비롯한 역동적인 미국의 발전에 기여한 인물들로 알려져 있습니다. 아버지는 모피사업을 하는 수입상이었는데, 상점이 망하자 집안 형편이 어려워진 탓인지 1832년에 유명을 달리했습니다. 기록에 따르면 그는 아들인 허먼 멜빌에 대해 '말이 늦고 이해력도 다소 느린 편이나 유순하고 붙임성 있는 성격의 아이'라고 생각했습니다.

부친의 부재는 아직 열세 살의 소년에게는 큰 시련이었겠지요. 집안의 장남인 갠즈보트가 가업을 이어받고 멜빌도 형을 도와 가장의 역할을 하게 됩니다. 가족을 책임져야 하는 어려운 청소년 시절을 보낸 셈입니다. 이후 독서학교에 다니면서 공부를 계속하고, 여러 직업을 전전하지요.

멜빌의 생애는 '방황과 항해'로 정리할 수 있습니다. 한 집안의 가장으로 안정적인 직업을 원했지만 가난한 집안 출신들이 으레 그러하듯 이것저것 일을 해도 고생만 하고 제대로 되는 일이 없었지요. 그 와중에도 글은 쓰고 싶어서 항상 책상에 붙어 있는 젊은 허먼 멜빌의 모습이 떠오릅니다. 그는 비정하고 난감한 도시생활에서 벗어나 바다를 만납니다. 그의 문학에서 바다는 매우 중요한 장소입니다.

멜빌은 1841년 1월 포경선 에큐시넷 호를 타고 남태평양으로 항해를 합니다. 고래잡이 선원으로 작살을 들고 바다에 나간 것은 생계를 유지하기 위해서이지 작품을 쓰기 위해 택한 직업은 아니었습니다. 일단 살아야 하니까 고래를 잡기 위해 태평양으로 떠난 겁니다.

그런데 절묘하게 그는 이 지점에서 문학이란 '고래'를 만납니다. 1842년 6월 에큐시넷 호가 폴리네시아 마르케자스 제도에 정박하는데요, 이 경험을 바탕으로 소설《타이피족(1846년)》을 쓴 것입니다.《타이피족》은 식인종인 타이피족에게 포로로 잡힌 일을 바탕으로 한, 일종의 해양모험소설입니다. 이후에도 선원으로 살면서 선상반란에 가담했다 실패하자 허겁지겁 도망친 타히티 섬에서의 경험을 살려 소설《오무》를 씁니다.

멜빌은 자신의 세 번째 소설인《마디》를 내면서《타이피족》,《오무》의 작가라는 말을 쓰지 말아달라고 출판사에 부탁합니다. 동시에 문예지에 평론이나 에세이를 쓰면서 작가로서 변신을 시도했지만 별로 성공하지 못하고, 결국 독자들이 자신에게 기대하는 해양소설인《레드번(1849)》,《하얀재킷(1850)》 등의 작품을 출간합니다.

1850년 멜빌은《주홍글씨》의 작가 너대니얼 호손을 만나게 됩니다. 이때 그는 자신의 대표작이라고 할 수 있는《모비딕》을 집필중이었는데, 호손의 작품을 탐독하고 그와 대화를 하면서 인간의 심연을 들여다보는 작업을 시작합니다. 멜빌의 이전의 작품들과 확연히 구분되는 걸작들이 이때부터 탄생합니다.

《모비딕》은 물론이고 사회에서 소외된 예술가의 이야기를 다룬《피에르, 혹은 모호함》, 오늘 제가 이야기하는 〈필경사 바틀비〉, 비열한 상업주의로 무장한 미국을 비판한《사기꾼》과 같은 작품을 통하여 박진감 넘치는 대중 모험소설 작가에서 인간의 심연을 들여다보는 진지한 작가로 변신합니다. 우리는 이때의 작품을 주로 다루고 있는 것이지요. 이 시기 멜빌을 지켜본 친구들의 증언에 의하면 그는 은둔하면서 거의 미친 사람처럼 소설에만 몰두했다고 합니다. 작가로서는 가장 빛나는 시기였지만 경제적으로 가장 어려웠던 시기였지요. 1957년에 발표한《사기꾼》은 그가 생전에 발표한 마지막 소설이 됩니다.

생활고에 지친 그는 이후 뉴욕 부두의 세관검사원으로 근무하면서 가정을 안정적으로 유지하기 위해 소설 쓰기를 포기하고 시를 씁니다. 이후 19년 동안 세 권의 시집을 자비로 출판합니다. 그리고 1891년 4월 19일, 그의 마지막 소설《빌리 버드》를 탈고하고 그로부터 오 개월 후에 타계합니다. 이 유고는 1924년에야 빛을 보게 됩니다.

간단하게 그의 작품과 인생에 대해 이야기했습니다. 다른 작가들에 비해 행복하지도, 불행하지도 않았던 것 같습니다. 동시대 미국 작가 에드거 앨런 포에 비한다면 평범하다고 할 수도 있겠네요. 누군들 이런 인생유전에서 크게 벗어나겠습니까.

그가 〈필경사 바틀비〉를 집필하던 시기는 작가로서의 예지가 날카롭게 드러난 시기로, 당대 뉴욕을 중심으로 한 미국 자본주의를 냉정하게 바라보던 때였습니다. 그의 대표적인《모비 딕》의 출간 후, 태평양으로 상징되는 바다를 떠나 뉴욕에서 안정적으로 근무하고 살아갑니다. 일정한 수입도 있었고, 그가 쓰고 싶었던 시를 쓰면서 자비로 출판하기도 합니다. 그리고 뉴욕을 무대로 한, 도시를 다룬 작품들을 남깁니다.

남북전쟁을 비롯한 혼란기를 겪는 미국의 중심부, 월스트리트에 고층 빌딩이 솟아오르면서 사람들 사이에 하나둘 벽이 생기고, 그 벽이 도시를 이루는 현상을 멜빌이 쓴 것입니다. 이 작품이 가지고 있는 에너지는 작가가 처한 고통스러운 상황, 그리고 '치유할 수 없는 고독'에 있습니다. 고독은 고치 속에서 자라는 신비스러운 마음의 작용입니다. 예술가들은 고독의 고치 속에서 저마다의 창백한 마음을 가지고 있는 것입니다.

추신

이 소설을 읽고 나서 에드워드 호퍼의 그림 '뉴욕의 방 (1932)'을 보고 있습니다. 그의 평전에 프린트되어 있는 그림입니다. 사무원으로 보이는 사내가 흰 와이셔츠에 넥타이를 매고 신문을 보고 있습니다. 옆에는 붉은 옷을 입은 여자가 피아노에 손을 올리고 있습니다. 벽에 걸려 있는 문은 절대 열리지 않을 것 같군요. 과연 저 공간에서 그림 속 주인공은 무엇을 읽고 있을까요. 여자는 어떤 음악을 연주하려고 건반에 손을 대고 있을까요. 모두 고독하고 외로워 보입니다.

알랭 드 보통은 《동물원에 가기》라는 에세이집에서 호퍼의 그림에 대해 '화가 에드워드 호퍼의 그림은 슬프지만 우리를 슬프게 하지는 않는다'고 말합니다. 이것을 〈필경사 바틀비〉에 적용해도 될 것입니다. 그는 이렇게도 말했습니다.

> 호퍼의 작품은 잠시 지나치는 곳과 집으로부터 멀리 떨어진 곳을 보여주는 것 같지만, 가만히 보고 있노라면 마치 우리 자신 내부의 어떤 중요한 곳, 고요하고 슬픈 곳, 진지하고 진정한 곳으로 돌아온 듯한 느낌을 받게 된다. 이것이 호퍼 그림의 또 하나의 특징이다.

19세기의 단편소설과 20세기의 그림이 뉴욕에서 공존하고 있습니다. 이제 뉴욕, 도쿄, 서울 등 현대의 대도시들은 같은 방식으로 존재하고 있습니다. 어쩌면 바틀비는 도시에서 살아가는 우리의 내면에 존재하고 있는 고독한 '나'일 수도 있지요. 지금 우리가 살고 있는 이 도시에서 바틀비는 어떤 죽음을 기다리고 있을까요. 심야의 오피스텔 창문을 스치고 지나가는 달빛이 나에게 묻고 있습니다.

'아, 인간이여!' 나는 탄식합니다. 깊은 밤입니다.

죄를 지으면
벌을 받아야 한다

《죄와 벌》

표도르 미하일로비치 도스토옙스키

(1866년)

"살인자……
네놈이 살인자란 말이다."

1.

동아시아 신화에서 천지창조의 신 '반고'는 도끼를 들고 있습니다. 카오스의 상태에 있는 우주에서 웅크리고 자던 그가 깨어나 마치 여인의 자궁과도 같은 공간을 도끼를 들고 찍어 가르자, 하늘과 땅, 해와 달, 나무와 짐승, 인간이 돌아다니는 세상이 만들어지는데요. 이 창세 신화에 등장하는 신의 도끼는 도구를 쓰는 인간 즉 호모 사피엔스의 상징이기도 합니다.

심경호 교수의 설에 따르면 도끼는 상형문자인 한자에서 국가의 최고 권력자인 '왕'을 뜻합니다. 왕은 신하의 생사여탈권을 쥐고 있는 권력의 상징이고, 문학작품에서도 중요한 상징으로 등장합니다. 소설《죄와 벌》에서도 도끼는 중요한 역할을 합니다. 주인공이 도끼를 드는 순간엔 타인의 생사여탈권을 쥐고 있지만, 결국 어둡고 암울한 자신의 마음과 사상을 절단 내는 폭력으로 남게 되는 것이지요.

여담이지만, 우리는 도스토옙스키를 줄여서 '도끼'라고 부르곤 했습니다. 톨스토이가 아름드리 큰 나무처럼 여겨지는 작가라면, 도스토옙스키는 인간이라는 나무를 찍어내는 도끼처럼 묵직한 힘이 느껴지는 영혼의 작가입니다. 그는 '영혼의 리얼리즘' 작가라는 평가를 받기도 하는데요. 이제는 기억마저 희미한 고교 문예반 시절, 반드시 읽어야 하는 책으로 여겨진 러시아의 걸작 소설들 중에서도 도스토옙스키는 독보적인 존재였습니다. 이제 막 문학에 눈을 뜬 소년의 눈에 그것은 책이라기보다는 일종의 '문'과도 같은 것이었지요. 그 문을 통하지 않고서는 아무 곳에도 갈 수 없는, 문학의 '좁은 문'이었습니다.

한동안 이 문은 견고하게 열리지 않아 그냥 벽인가 보다 하고 지나치기도 했습니다. 그러다가 문득 뒤를 돌아보기도 했습니다. 그의 작품들, 분명히 문인데 열지 않고 지나가면 그냥 벽으로 남는 겁니다. 분명 그의 문학은 한동안 벽이기도 했습니다. 꼭 문학이 아닐지라도, 우리는 살면서 만나게 되는 사람들을 통하여 그런 경험을 합니다.

필자가 알고 있는 어떤 소설가는 젊은 시절 손에 연필을 쥐고 노트에 이 소설을 필사함으로서 작가로서의 길을 보았다고 합니다. 이 긴 소설을 옮겨 연필로 적으면서 그는 참으로 많은 것을 보았을 겁니다. 위대한 작가가 그려놓은 인생 지도를 답사하고, 그 길을 가고자 하고, 조금이라도 실행에 옮기며 작가란 무엇인가를 진지하게 생각했겠지요. 동시에 인간을 바라보는 따뜻한 시선을 가질 수 있었을 겁니다.

2.

단순하게 생각합시다. 어려운 문제일수록 의외로 단순한 해답이 존재하는 법이니까요. 이 소설은 '죄를 지으면 벌을 받는다' 혹은 받아야 한다고 말하는 단순한 소설입니다. 이 단순한 논리가 바로 우리의 '삶'이라는 겁니다. 한동안 손에서 떨어져 있던 이 소설을 다시 읽어 내려가는 동안 먼저 느낀 감정은 '공포'입니다. 일상에 지쳐 나태했던 저의 마음을 손톱으로 긁어대면서 엄습하는 공포감을 어쩔 수 없었습니다. 《죄와 벌》은 무서운 소설입니다. 정말 무서운 소설입니다.

유럽 작가 카프카가 비유한 '얼어붙은 강물을 도끼로 내리찍는 것과 같은 책'이 있다면 바로 이 소설일 겁니다. 러시아 19세기를 살았던 주인공이 도끼로 노파의 정수리를 내리찍는 순간, 20세기 세계문학은 개안을 하게 됩니다. 이 소설을 읽고 나면 도끼를 들고 고민하고 있는 한 인간의 고독한 모습이 보입니다. 그렇습니다. 이 소설은 세상의 무엇이라도 절단 낼, 날이 잘 벼려진 '도끼'입니다.

그럼 도끼가 상징하는 것은 무엇일까요? 도스토옙스키는 우리 인간에게 영혼이 있고, 그 영혼에 깊은 심연이라는 것이 있다면, 그것을 감싼 견고한 껍질을 도끼로 찍어, 갈라내 보여주고자 했습니다. 거기엔 진정한 인간의 내면이 있습니다. 연민과 애정이라는 순수한 감정이 있습니다. 이 소설의 가치와 힘은, 점점 고갈되어가는 기계의 부품 같은 21세기의 인간들에게 잃어버린 영혼을 보여주는 데 있습니다. 도대체 깊이와 너비를 알 수 없는 그 강력한 인간의 모습 말입니다. 그동안 우리의 예술은 그림으로 그려낸 인간, 음악으로 창조된 인간, 문자로 탄생하는 인간을 끊임없이 생산하고 있고, 우리는 감상자의 자세로 작품을 대면하면서 무한한 감동을 받고 있습니다. 위대한 작품들은 형식과 내용이 서로 다를 뿐 언제나 인간을 다루고 있습니다. 이런 작품들의 아름다움은 베토벤의 음악을 들으면서 느끼는 뭔가 강력하게 밀려오는 숭고미와도 비슷합니다.

인간은 과연 절대적인 존재일까, 아니면 신분제도와 빈부격차처럼 서로 상대적인 존재일까. 인간이 인간을 죽이면 왜 안되는 것일까 하는 의문이 드는군요. 물론 안 될 일입니다. 이유는 그 또한 '인간'이기 때문입니다. 이런 문제에 대해 한번 심각하게 고민해본 적이 있는지요. 우리는 때론 사회의 악으로 여겨지는 벌레 같은 인간들을 처단하는 것이 과연 불의인가? 하고 고민하기도 합니다. 정치범이나 확신범의 경우는 조금 다를까요? 아닙니다. 죄를 지은 자는 벌을 받아야 마땅하지요. 지금부터 그 이유를 찾아봅시다.

사회와 격리되어 있는 죄수들 역시 죄를 짓기 전에는 소중한 사람이었습니다. 죄를 지었기 때문에 벌을 받는 것이고, 벌을 받는 것은 그럼으로써 그들이 새로운 인간으로 거듭나길 바라기 때문입니다. 그렇다면 죄라는 것은 무엇이고 그 죄에 맞는 벌은 무엇인가? 누군가에게 벌을 줄 수 있는 것은 누구인가? 도스토옙스키는 이 문제에 대해 이야기하고 있습니다.

말씀드렸듯이 작품에 대해서는 아주 단순하게 접근하겠습니다. 인간은 어떻게 살아야 하는 것인지, 그것에 대해 한번 생각해보겠습니다. 혹시 누군가를 죽일 계획이 있는데 이 글을 만났다면 당신은 축복받은 사람입니다. 화가 치밀어 하게 되는 생각들은 대부분 망상으로 마감되지만, 간혹 실행에 옮기는 죄인들이 있기도 하니까요. 그들은 내면 깊숙한 곳에서 자신을 향해 소리치는 도스토옙스키의 무서운 목소리를 분명히 듣게 될 겁니다.

"살인자…… 네놈이 살인자란 말이다."

3.

19세기 러시아의 상트페테르부르크에 거주하는 가난한 대학 휴학생 라스콜니코프(로지온 로마노비치 라스콜니코프)가 이 소설의 주인공입니다. 법학을 전공한 이 청춘은 이런저런 생각이 많은 섬세한 사람입니다. 그가 전당포 노파(알료나 이바노브나)를 죽일 생각을 하고 실행에 옮깁니다. 더불어 범행 현장에 있던 노파의 여동생(리자베타 이바노브나)마저도 희생됩니다.

그가 범행 도구를 도끼로 선택한 이유는 간단합니다. 이 젊은이는 너무나 병약한 나머지 칼로 사람을 제압할 힘이 없기 때문이었지요. 손도끼는 그저 들어서 머리를 향하기만 하면 노인 하나 정도는 제압할 수 있습니다. 도끼는 칼과 달리 제 스스로 힘이 넘치는 무기입니다. 칼은 사용자의 힘과 기술을 요구하지만 도끼는 그것을 들 수만 있다면 툭 떨어뜨려도 사람의 두개골이 파열됩니다. 그는 공동주택 문지기의 도끼를 품에 감추고 다가가 전당포 노파를 살해하는데요, 그녀에게 특별한 원한이 있는 것은 아닙니다. 그런데 왜 칼로 사람을 찌를 힘과 담력도 없으면서 전당포의 노파를 죽였을까. 총 6부로 구성되어 있는, 두 권 분량의 장편소설에서 라스콜니코프가 노파를 살해하는 1부를 제외한 나머지 원고가 모조리 그 원인을 찾아가는 긴 여정에 할애되어 있습니다.

그에게는 확실한 살인 이유가 있습니다. 그가 생각하기에 노파가 세상을 좀먹는 존재이기 때문이지요. 그녀는 오로지 돈밖에 모르고, 연민이나 사랑의 마음 따위는 거친 피부만큼이나 메말라버린 사람입니다. 그녀가 세상에 존재해야 하는 이유를 도저히 찾을 수가 없었던 것이지요. 그저 방바닥에 기어 다니는 바퀴벌레를 눌러 죽이듯, 이 세상에서 사라지게 하려는 겁니다.

그는 지성인답게 어떤 명분을 만들어냅니다. 의사가 병을 치료하기 위해 암덩어리를 제거하듯, 자신의 행동도 가난한 사람들을 위해 혁명하는 나폴레옹과 같은 것이라 생각합니다. 이른바 메시아 콤플렉스의 전형을 보여주는 셈입니다. 훗날 철학자 니체가 미쳐 죽어가면서 생각한 일종의 초인정신이랄까요? 일종의 과대망상과 같은 논리에 시달리면서 그는 나름대로의 이론을 정립합니다. 하지만, 정작 실행에 옮기는 그의 모습은 영옹 나폴레옹이 아니라, 그저 병약한 대학생이고 혼란스러운 정신병자의 모습과 다름없습니다.

그는 치밀하게 계획을 세우고 실행에 옮겼다고 생각하지만, 실제로는 전당포의 문도 닫지 않고 노파를 살해하고, 그 열린 문으로 들어온 노파의 동생마저 살해할 정도로 허술합니다. 경찰서에서 부채와 관련된 사소한 일로 소환한 것에도 자신의 살인이 발각되었을까 두려워하고, 홀로 방구석에서 떨며 환청과 환상을 봅니다.

거리를 걷는 그의 앞에 알 수 없는 행인이 나타나 자신에게 '네놈이 살인자'라고 말하곤 안개처럼 사라져 버립니다. 혼자 있는 관과 같은 골방의 한구석에 분명히 자신의 손으로 죽인 노파가 의자에 앉아 우두커니 자신을 바라보고 있어 도끼를 휘두르지만 히죽거리면서 자신을 조롱하는 노파의 환영은 사라지지 않습니다.

노파는 죽일 수 있었지만, 인간의 내면에 웅크리고 있는 죄의식은 어쩔 수 없었습니다. 시간이 갈수록 그는 더욱더 병이 깊어집니다. 생각대로라면 노파를 제거하고 난 그는 나폴레옹처럼 인생의 개선문을 통과해야 할 텐데, 오히려 그 앞에는 절망과 질병과 괴로움의 가시밭길이 펼쳐져 있습니다. 그는 마치 죽을 것처럼 살아가고 있습니다. 괴물을 죽이고 돌아보니 자신이 괴물이었다고나 할까요? 니체가 남긴 말이 있지요.

괴물과 싸우는 사람은 자신이 괴물이 되지 않도록 조심해야 한다. 심연을 너무 오래 들여다보면 심연이 당신의 영혼을 들여다보기 시작하는 것이다.

《선악의 피안》, 니체

4.

세상에 오로지 혼자인 것처럼 살아가는 주인공은 사실 외톨이가 아닙니다. 어려운 살림에도 불구하고 사랑으로 다가오는 어머니와 여동생이 있고, 그가 대학 시절 알고 지내던 진솔한 친구가 있습니다. 또한 술집에서 우연히 만난 술주정뱅이 퇴역 관리의 딸인 소냐라는 가여운 매춘부가 있습니다. 결국 소냐로 인해 그의 영혼은 구원받습니다. 적어도 그는 많은 사람들의 사랑을 받는 행복한 사람입니다. 그 자신만이 그것을 모를 따름입니다.

이 소설이 빛나는 이유는 한 인간의 심리를 여러 등장인물을 통하여 다각도로 이야기하는 탁월함 때문입니다. 고교 시절 이 소설이 어려웠던 이유는 복잡한 심리묘사 때문이었습니다. 소설이라면 마치 영화처럼 재미있는 이야기로만 모든 것을 설명해야 한다는 선입견이 있다면 이 소설을 읽어낼 수 없을 겁니다. 때론 논문이나 에세이처럼 치밀하게 보여주는 인간의 모습이 압권입니다. 전문용어를 사용하지 않고 오로지 우리가 먹고 마시는 일상적인 언어로 이야기를 하는 것이 다행입니다.

확고한 신념에도 불구하고 원인을 알 수 없는 불안감과 공포에 시달리는 주인공. 예심판사 포르피리(포르피리 페트로비치)의 등장으로 그의 괴로움은 한층 깊어집니다. 예심판사가 하는 말을 들으면 그는 이미 체포된 것이나 다름없지요. 그는 결정적 증거를 쥐고 있다고 하지만 소설 속에서는 밝혀지지 않습니다. 포르피리는 마치 쥐를 가지고 노는 고양이처럼 주인공에게 말합니다.

> 그(범인)는 심리적으로 제 손아귀에서 도망치지 못하는 겁니다. 헤헤! 표현 한번 멋지죠. 자연의 법칙상 그는 제 손아귀에서 도망치지 못하며, 설령 어디 도망칠 데가 있다고 하더라도 그렇습니다. 촛불 앞을 맴도는 나방을 보신 적이 있습니까? 자, 그는 바로 그렇게 촛불 주위를 맴돌듯 계속, 계속 제 주위를 맴돌 겁니다.

주인공의 친구 라주미힌(드미트리 프로코비치 라주미힌)의 친척이기도 한 삼십 대의 뚱뚱한 사내인 포르피리는 그가 범인임을 직감하고 다양한 방법으로 접근합니다. 주인공과 포르피리의 심리 대결은 아주 볼만하지요. 범죄 용의자를 슬슬 구석까지 몰고 가 결국 두 손을 들게 하는 예심판사의 놀라운 통찰력은 주인공의 강인한 자의식과 치열하게 대결합니다. 마치 서부의 총잡이들이 서로를 겨누고 있는 느낌마저 듭니다.

살인자에게 논리적으로 접근하는 포르피리에게 주인공은 더욱더 광적인 모습을 보이면서 저항을 하는데요. 상대의 논리에 자신의 논리를 펼치면서 범행 사실을 감추려는 주인공은 거의 발광의 지경에까지 이르게 됩니다. 그러다 마침 사고 당일 전당포 아래층에서 작업을 하고 있던 페인트공이 자신의 범인이라고 횡설수설하면서 자수를 하는 바람에 주인공은 혐의에서 벗어나는 듯 같지요.

그는 자신과 비슷한 처지에 있다고 생각하고 다가오는 소냐에게 연민과 애정을 느낍니다. 과대망상증이 분명한 메시아 콤플렉스에 시달리는 지식인 청년이 유일하게 마음을 열고 만나는 가여운 여인 소냐. 그가 그녀에게 자신의 범행 사실을 말하는 결정적인 순간을 설명한 문장을 보겠습니다.

이 순간은, 그 감각에 있어서, 노파 뒤에 서서 이미 올가미에서 도끼를 빼들고 '더 이상 단 한순간도 허비해서는 안 된다'라고 느꼈던 순간과 무섭도록 비슷했다.

전당포 노파를 죽이려던 그 순간이 아이러니하게도 천사와 같은 소냐에게 고해성사를 하려던 순간과 비슷했다는 문장은 전율이 일어나게 합니다. 인간은 이런 존재이기도 하지요. 주인공은 결국 자신이 살인자임을 고백합니다. 청년의 고백을 듣고 너무나 놀란 그녀는 '어쩌자고 그런 짓을 저질렀냐'고 절규하며 그를 끌어안습니다. 그 순간, 라스콜니코프의 마음속에 메말라 있던 '눈물 두 방울'이 흘러나옵니다.

소냐는 라스콜니코프가 도대체 왜 그런 일을 했는지 이해할수가 없었습니다. 세상에 버림받고 가족을 부양하기 위해 몸을 팔아야 하는 그녀의 입장에서 보자면 그는 '좋은 환경'에 사는 사람이었기 때문입니다. 그에게는 사랑이 넘치는 가족이 있고, 든든하고 현명한 친구가 있습니다. 누구보다 뛰어난 지성과 타인을 향한 희생이 넘치는 현명한 대학생이 왜 끔찍한 도끼 살인자가 되었는지 알 수가 없었습니다. 그런 행동은 지독한 가난 때문이었을 거란 그녀의 말에 그는 단언합니다. 오로지 굶주림 때문에 사람을 죽였다면, 그랬다면 그는 지금 행복했을 거라고 말입니다. 소냐의 앞에서 자신을 살인에 이르게 한 신념을 피력해보지만 그것은 허공에 맴도는 메아리처럼 공허하기만 합니다. 그녀의 순수한 영혼 앞에서 개똥철학 따위는 아무것도 아니었던 것이지요. 그는 결국 그녀 앞에서 절규합니다.

내가 과연 노파를 죽인 걸까? 나는 나 자신을 작살 낸 거야. 단번에 영원토록……! 그 노파를 죽인 것은 악마지. 내가 아니야……. 됐어, 됐어, 소냐 됐다고! 나를 내버려둬.

이후에 두 사람은 어떠한 일이 있어도 함께할 것을 다짐하지요. 사랑을 확인한 소냐는 어떤 경우에도 살인자인 그를 버리지 않겠다고 맹세합니다. 서로의 상처를 끌어안고 어루만지면서 치유하는 이 과정은 그의 어두운 내면에 빛처럼 스며듭니다. 그가 자신의 잃어버린 영혼을 찾아가는 과정이기도 하지요. 소냐는 자신의 삼나무 십자가를 라스콜니코프에게 주려고 하지만, 그는 나중에 받겠다고 합니다.

이 삼나무 십자가는 그가 노파를 살해하고, 전당포 물건을 뒤지고 있을 때 등장하기도 했지요. 그때 그는 노파의 몸에서 나온 삼나무 십자가와 청동 십자가 성상 따위를 시체가 된 노파에게 아무렇게나 던져놓았습니다. 그 십자가가 이렇게 살인자의 손으로 돌아오는군요. 참 인생은 알 수 없는 일들로 가득

합니다.

5.

그는 경찰서로 걸어가 자수를 합니다.

"바로 제가 그때 관리 미망인인 노파와 그 여동생 리자베타를 도끼로 살해하고 금품을 훔쳤습니다." 결국 그는 이 말을 하기 위해 시골 장터의 노새처럼 겨우겨우 걸어온 것이지요. 참 멀고도 험한 길입니다. 마부에게 매질을 당하며 죽어가는 노새가 떠오르는군요. 이 문장은 자연스레 니체의 일화 하나를 생각나게 합니다.

말년에 장터를 지나던 니체 앞에서 채찍을 맞으며 무거운 짐을 끌고 있던 노새 한 마리가 한 걸음도 옮기지 못하고 쓰러져버린 겁니다. 니체는 그 노새에게 다가가 어루만지며 뭐라 알 수 없는 말을 방언처럼 중얼거리면서 울었다고 합니다. 어디에서 읽었는지 정확하게 기억나지는 않아도 그 일화를 읽는 순간의 전율을 잊을 수가 없습니다. 니체는 도스토옙스키에게 상당한 영향을 받은 것으로도 알려져 있지요.

이 소설의 등장인물은 모두 가난하고 불쌍한 사람들입니다. 책을 읽다 보면 그들의 생활과 슬픔이 고스란히 전해집니다. 작가는 당대를 살았던 가난한 사람들을 바라보는 시선이 매우 깊은 작가였고, 이것은 작가로서의 그를 규정하는 큰 틀 중의 하나이기도 합니다.

소설의 에필로그에서 그는 담담하게 모든 것을 털어놓고 팔

년간 시베리아로 유형을 떠납니다. 재판관은 피고가 진심으로 자신의 죄를 뉘우치고 벌을 기다리고 있으며, 그동안 주위 사람들에게 한 선행 등을 참작하여, 2급 살인죄를 적용한 것입니다.

수감된 지 일 년 후, 아직 칠 년의 형기가 남아 있는 라스콜니코프에게 유형지 근처에 살고 있는 소냐가 면회를 옵니다. 옥사에 수감된 죄수들은 그녀를 천사처럼 여깁니다. 둘의 만남은 인류를 구원하는 예수의 희생, 부활, 사랑이 이 세상에 현현하는 순간이기도 하지요. 어찌 보면 예수는 인류를 구원하고자 한 것이 아니라, 라스콜니코프 같은 단 한 사람, 그 가난하고 비천하며, 과대망상에 빠진 절름발이 사상가 단 한 사람을 구원하고자 기꺼이 십자가에 매달린 것이 아닐까요.

작가는 이렇게 그들의 이야기를 우리에게 전합니다.

> 그녀가 깨달은 사실, 더 이상 의심의 여지가 없는 사실이란 그가 자기를 사랑한다는 것. 무한히 사랑한다는 것, 마침내 이 순간이 도래했다는 것이었다……
>
> 그들은 말을 하고 싶었지만 그럴 수가 없었다. 눈에는 눈물이 고였다. 둘 다 창백하고 여위었다. 하지만 병색이 완연한 이 창백한 얼굴에서 이미 새로워진 미래의 아침놀이, 새로운 삶을 향한 완전한 부활의 아침놀이 빛나고 있었다. 사랑이 그들을 부활시켰고, 한 사람의 마음이 다른 사람을 위해 무한한 생명의 원천이 되어주었다.

'한 사람의 마음'이란 다름 아닌 소냐를 지칭하는 것이지만,

행간의 의미를 파고 들어가면 그녀가 바로 참나무 십자가이자 희생양이며, 성모 마리아이며, 부활이었던 겁니다. 라스콜니코프는 병든 인류입니다. 이 소설이 크고 깊은 이유는 역설적으로 소설이 너무나 작고 보잘것없는 것을 다루고 있기 때문입니다. 그것은 작은 이야기인, 소설이 할 일이기도 합니다.

소설은 영웅 나폴레옹을 그리는 것이 아니라, 나폴레옹의 전투에서 죽어간 이름 없는 한 병사의 고통을 다루기 때문이지요. 도스토옙스키는 라스콜니코프라는 병들고 가난한 청년을 통하여 잘 보이지 않는 인간의 심연으로 다가가고 있습니다. 거기엔 러시아의 청년이 아니라 한국에 살면서 고통받는 내가 절규하면서 몸부림치고 있지요. 그 순간 우리는 문자를 통해 감동을 받는 겁니다.

6.

러시아의 상트페테르부르크는 표트르 대제가 만들어낸 도시입니다. 요즘 식으로 설명하자면 일종의 신도시입니다. 신도시의 특징은 그곳이 어디가 되었든 매우 역동적이지요. 이 도시는 도스토옙스키 문학에서는 중요한 장소입니다. 상트페테스부르크에 대해서는, 아래에 브리태니커 백과사전의 설명을 인용합니다.

러시아 연방 제2의 도시. 러시아 연방의 북서부 끝에 있으며 모스크바에서 북쪽으로 약 640킬로미터, 그리고 북극권에서 남쪽으로 불과 7도 정도 떨어져 있다. 이 도시는 지난 2세기 동안 제정 러시아의 수도로서 러시아 역사의 중심무대를 이루었으며, 지금도 공업, 문화 도시, 항구로서 중요한 역할을 한다.

1703년 표트르 대제가 네바 강의 하구에 세운 페트로 파블로프스크 요새에서 비롯된 도시로 처음엔 상트페테르부르크라고 했다가 1914년 페트로그라드로 개칭되었고, 1924년 레닌이 죽자 그의 이름을 기념하여 레닌그라드로 명명되었다. 그 후 1991년 11월 7일 사회주의 개혁의 와중에서 시민들의 요구에 따라 본래 이름인 상트페테르부르크를 되찾았다. 이 도시는 1917년 2월 혁명과 10월 혁명의 현장으로, 그리고 제2차 세계대전 중에는 독일군의 극심한 포위공격을 끝까지 버텨낸 곳으로 유명하며, 건축적인 면에서 유럽에서 가장 아름답고 조화로운 도시의 하나로 명성이 높다.

광활한 대지와 유서 깊은 문화를 자랑하는 러시아의 두 도시, 모스코바와 상트페테르부르크는 러시아의 두 기둥입니다. 마치 음과 양, 태양과 달, 이성과 감성의 교묘한 결합으로 러시아의 두뇌와 심장의 기능을 하고 있지요. 두 개의 수레바퀴처럼 이 도시들이 러시아의 역사의 축이 되는 것입니다. 표트르 대제가 상트페테르부르크를 만들었다면, 이 도시를 세계문학사에서 매우 중요한 도시로 각인시킨 것은 도스토옙스키입니다.

7.

이 소설은 고리대금업자인 알료나 이바노브나와 리자베타 이바노브나의 살해 사건이 큰 줄기이지만, 라스콜니코프를 뒤쫓는 포르피리 페트로비치와 그의 유일한 친구 브라주미힌과 라스콜니코프의 여동생인 두네치카의 이야기도 흥미롭습니다. 그리고 여기엔 두네치카와 결혼하고자 하는 두 남자인 스비드라가일로프(이르카지 이바노비치 스비드라가일로프)와 루쥔(표트르 페트로비치 루쥔)의 관계가 얽혀 있습니다. 특히 스비드라가일로프는 라스콜니코프의 성격과 묘한 대비를 이루면서 소설의 극적인 긴장감을 더하고 있지요. 복잡하고 이해하기 힘든 성격인 스비드라가일로프의 모습도 인상적이었습니다.

유럽의 문명이 몰려오는 상트페테르부르크에서 가난한 자와 부자, 권력자와 소시민, 귀부인과 매춘부가 뒤섞여 마치 부글부글 끓고 있는 용광로처럼 타오르고 있습니다. 그 용광로에 불을 지피는 것이 인간의 죄와 벌, 선과 악이라는 장작들입니다. 이러한 이분법으로는 도저히 설명할 수 없는 인간의 심연에 대한 이야기입니다. 이러한 장작을 패서 태운 에너지가 도시를 움직이는 것이지요.

작가 도스토옙스키는 주로 가난한 사람들과 비천한 사람들을 통해 19세기 인간의 내밀한 해부도를 그리고 있습니다. 펜촉을 예리한 메스처럼 들고 인간의 영혼을 해부하는 이 위대한 작가는 어떻게 탄생하게 된 것일까요. 도스토옙스키에게 꼬리표처럼 따라다니는 것이 있습니다. 간질병과 가난, 그리고 도박벽과 시베리아 유형입니다.

필자는 이 꼬리표를 다 떼어버리고, 1849년 12월 22일을 바로 이 위대한 작가의 탄생일이라고 여기고 있습니다. 이 날은 아이러니하게도 그의 사형집행일이었지요. 그는 세묘노프스키 연병장에서 형이 집행되려던 직전에 황제 니콜라이 1세의 칙령에 의해 구사일생으로 살아납니다.

이후 4년의 감옥 생활을 하고, 포병장교였던 신분에서 사병으로 강등되어 군 생활을 합니다. 이 두 시기를 합쳐 8년간의 시베리아 유형기간이라고 하는데요, 소설의 주인공에게 선고한 8년간의 유형생활과 묘하게 일치하지요. 사형을 면하게 되는 순간의 감정을 그는 소설에서 이렇게 쓰고 있습니다.

그는 온통 열에 들떠 있으면서도 그것을 의식하지 못한 채 서두르지 않고 조용히 내려갔으며, 갑자기 밀려든 완전하고 강력한 삶의 감각, 어떤 새롭고 한없는 감각으로 충만해 있었다. 이 감각은 뜻밖에도 갑자기 사면을 받게 된 사형수의 감각과 비슷할 법했다.

작가는 이 시절을 분기점으로 완전히 다른 인간으로 탄생합니다. 작가로서 성장기가 끝나고 완전히 다른 인간으로 말입니다. 앙드레 지드는 그의 책 《도스토옙스키》에서 도스토옙스키와 톨스토이를 두 개의 거대한 산맥으로 비유하는데요, 세계문학을 멀리서 바라보면 거대한 톨스토이의 산맥이 있는데, 그 산맥을 따라 올라가다 보면 정상 너머로 또 다른 산맥이 보인다는 것이지요. 바로 도스토옙스키입니다. 더 이상 이 작가에 대해 무슨 설명이 필요할까 싶습니다. 러시아 대륙의 웅혼한 기운이 이 작가에게 집중되었다고나 할까, 가혹한 형벌의 세계를 경험하고 반성과 성찰을 통하여 한 작가가 탄생하는 과정은 경이롭기까지 합니다.

한 인간으로서는 가혹하기만 한 시베리아 수형생활을 마치고 난 후, 그는《죄와 벌》,《카라마조프의 형제들》,《악령》 등의 걸작들을 탄생시킵니다. 이 작품들은 '사면을 받게 된 사형수의 감각'을 경험한 데서 나온 것입니다. 그가 이 과정을 거치지 않았다면 지금 우리가 알고 있는 도스토옙스키는 없었을 것입니다. 인간의 영혼을 들여다보는 심안은 감각이나 지성으로 만들어지는 것이 아니기 때문입니다. 죽음의 끝자락까지 가는 경험과 수용소 안에서 함께 생활하면서 죽음의 공기를 나누어 마신 러시아 가난한 사람들에 대한 이해가 바탕이 되었을 겁니다.

이 소설은 주인공이 소냐가 건네주는 복음서와 만나면서 대단원의 막을 내립니다. 작가는 말합니다. 이것은 한 인간이 점차 새로워지는 이야기이자 다시 태어나는 이야기라고요. 그리고 주인공의 이야기는 여기가 끝이라고 말입니다. 이런 생각은 어떨까요. 라스콜니코프는 바로 작가의 분신이다. 죄와 벌은 끝이 났지만, 이후 새롭게 탄생하는 라스콜니코프는 위대한 작가로 성장한다. 작가는 소설의 주인공처럼 도끼를 들고 노파를 살해하지는 않았지만, 인간의 가장 내밀한 혼돈의 상태를 도끼로 두 동강 내고 우주와 세상을 만들어낸 동아시아의 창조신 반고와 같은 인물이라고 말입니다. 그로 인해 세계문학에 새로운 해와 달이 뜨고, 숲과 바다가 생기지 않았습니까.

그는 제임스 조이스, 버지니아 울프를 비롯한 수많은 작가들을 비롯해, 니체와 같은 철학자와 아인슈타인과 같은 과학자에게 영감과 감동을 준 작가로 빛나고 있습니다. 문학의 좁은 문을 통하여 심리, 철학, 윤리, 종교의 영역을 끌어안은 거장이었습니다.

표도르 미하일로비치 도스토옙스키는 1821년 10월 20일 모스크바의 마린스키 병원 의사의 둘째 아들로 태어나, 1881년 1월 28일 환갑의 나이에 폐동맥 파열로 사망합니다. 상트페테르부르크의 알렉산드로 네프스카야 대수도원 묘지에 안치되었습니다. 간단하게 기록된 작가 연보만 살펴보아도 인생 60년은 격동하는 러시아 19세기처럼 극적인 사건 사고로 점철되어 있습니다. 그의 이력 중에서 러시아 격동기에 형과 함께 잡지를 창간하고, 여러 매체에 다양한 칼럼을 기고한 저널리스트로서의 중요한 활약도 간과해서는 안 되겠지요. 의미를 부여하자면 그의 죽음은 문학의 부활이며, 상트페테르부르크의 골목길처럼 비천해 보였던 세계문학의 영토를 확장시킨, 정복자 나폴레옹과 같은 인물로 남게 한 대전환의 사건과도 같았습니다.

추신

연극배우가 꿈이었던 한 청년이 극단 생활을 하면서 지독한 가난에 시달렸습니다. 월급 한 푼 안 나오는 생활을 하던 그는 이 년 만에 연극을 포기하고, 대기업 입사시험에 합격을 합니다. 부산에 살던 그는 다음 날 서울에 있는 회사의 연수원에 가기 위해 준비를 하던 중 서울의 유명 극단에서 걸려온 전화를 받게 됩니다.

연극 〈죄와 벌〉의 주인공 라스콜니코프 역을 찾고 있는데 와서 오디션을 한번 보라는 전화였지요. 참 공교로운 선택의 기로에 서게 되었습니다. 얼마나 힘든 결정이었을까요. 말 그대로 선택의 기로에 서서 밤을 꼬박 지새웠겠지요. 여러분 같으면 어떤 결정을 하시겠습니까? 쉽지 않지요. 이 쉽지 않은 인간의 마음을 잘 표현한 소설이 바로 《죄와 벌》입니다.

그의 고민은 다음 날 기차역에 가서까지 이어집니다. 부산 출신인 그는 서울로 가는 기차를 탑니다. 기차 안에서까지 고민은 이어집니다. 기차에서 내린 그는 극단까지 걸어갔다고 합니다. 그가 극단의 문을 열자, 오디션 준비를 하고 있던 감독이 그가 걸어 들어오는 모습만 보고 그 자리에서 주연으로 발탁했다고 하지요.

이 원고를 쓰던 와중에 경향신문 기자에게 들은 이야기입니다. 저는 속으로 생각했습니다. 그 갈등과 고통이 바로 라스콜니코프의 모습이었을 거라고 말입니다. 표정과 걸음걸이만 보면 그 사람의 내면을 짐작할 수 있습니다. 감독은 그것을 한눈에 파악했고 고민하던 청년의 인생은 연극배우의 길을 걸어가게 됩니다. 그때의 청년이 바로 지금은 연극계에서 유명한 배우 박지일입니다. 2004년 동아연극상, 2003년 꽃봉지회 올해의 배우상을 받았고, 연극, 뮤지컬, 영화, 드라마 등에서 왕성하게 활동하고 있지요.

고민을 두려워하지 말고, 선택을 과감하게 하십시오. 그 결정에 따라 '벌'을 받을지 '상'을 받을지는 당신이 도저히 알 수 없는 인생이 선택할 것입니다.

우리가
사람이 되는 과정

《피노키오》
카를로 콜로디(1881년)

> "내가 꼭두각시였을 때는
> 참 웃기게 생겼었구나!"

1.

오늘은 《피노키오》에 대해서 이야기하겠습니다. 피노키오라? 성장기 아이를 둔 부모 입장에서는 이 이름만 들어도 만감이 교차합니다. 이 작품은 부모들이 반드시 읽어야 할 책이라는 생각이 드는데요, 아이들을 비롯해서 장년, 노년에 이르기까지 폭넓은 독자층을 가진 고전입니다. 그림 형제와 안데르센 같은 걸출한 작가들의 동화가 많이 있지만 《피노키오》의 위상은 우뚝합니다. '인간의 성장'에 대한 성찰에서 나온 작품이기 때문입니다.

아이들은 '천방지축'입니다. 어디로 튈지 모르는 럭비공처럼 한 자리에 가만히 있지 않습니다. 그 역동성이 아이를 자라게 하지요. 노인이 되면 편의점에 라면 하나 사러 가기도 힘들어 합니다. 그저 그 자리에서 나무처럼 인생을 반추하지요. 그 중간 지점에 있는 부모들은 양손 가득 짐을 들고 우왕좌왕하는 형국입니다.

저 역시 한 아이가 성장하는 모습을 옆에서 지켜보고 있는 부모인데요. 아이를 보고 있자면 어찌나 피노키오 같은지요. 우리의 전래동화 〈청개구리〉도 떠오릅니다. 부모라면 아이들이 뭐든 반대로 하려는 행동유형을 관찰할 수 있을 겁니다. 그래서 '이 청개구리 같은 녀석아!' 같은 말을 하지요. 피노키오와 청개구리는 아이들의 마음을 이해하는 두 가지 열쇠입니다. 프로이트의 말대로 인간의 유년 시절은 나머지의 전 생애를 결정하는 결정적인 순간입니다. 아이들과 더불어 자신의 마음을 다스리는 데 《피노키오》는 참 좋은 책입니다.

오늘도 우리 아이는 자정을 넘어 귀가하고 있습니다. 이 녀석이 밖에 나가서 놀고, 먹고, 사랑하고, 상처받고, 성장하는 모습이 그려지는군요. 전 아이가 말을 듣지 않아 화가 날 때마다 피노키오를 떠올립니다. '그래, 누구나 그럴 수 있지, 우리는 피노키오야'라고 마음을 다스리곤 하지요. 꼭두각시 피노키오가 사람이 되는 순간이 있습니다. 이것이 과연 어린아이만의 문제일까 생각해봅니다. 우리 역시 피노키오가 아닐까요. 나이 오십이 넘은 저 역시 가끔 제가 피노키오인지 사람인지 생각할 때가 있습니다. 저 또한 어린 시절에는 부모님의 속을 썩인 아이였을 겁니다. 그런데 그런 행동은 기억하지 못하고 아이에게만 뭐라고 하니 참 한심한 노릇이지요.

우리는 한평생 피노키오와 사람 사이를 왔다갔다하며 사는 것 같기도 하지요. 어릴 적에 읽어 이 작품의 디테일이 잘 기억이 안 날지라도 거짓말을 하면 피노키오가 코가 쑥 늘어나는 건 기억하시지요. 명작의 효과입니다. 지금부터 우리의 가슴속 깊이 숨어 있는 말 안 듣는 피노키오를 불러봅시다.

야, 이 녀석아! 빨리 나오란 말이야!

2.

이 이야기는 이상한 나무토막에서부터 시작합니다. 안토니오 할아버지가 탁자 다리를 만들기 위해 도끼를 들고 나무토막을 찍으려는 순간, '너무 아프게 때리지 말라'는 목소리가 들려옵니다. 안토니오는 자신이 헛소리를 들은 줄 알고 사방을 둘러보지만 주위엔 아무도 없습니다. 이번에는 대패질을 하는데, 어디선가 간지럽다고 그만하라고 하네요. 나무토막에서 들려오는 목소리에 안토니오는 혼비백산하는데, 그때 그의 친구인 제페토 할아버지가 문을 열고 들어옵니다. 이것이 피노키오와 제페토의 첫만남이었습니다.

제페토 할아버지는 꼭두각시 인형을 만들기 위해 안토니오의 나무토막을 가지고 집으로 돌아옵니다. 가난한 노인의 작은 지하방에는 의자, 침대, 탁자 하나가 있고, 벽에는 그림으로 그려진 벽난로가 있을 따름입니다. 그는 나무토막으로 꼭두각시 인형을 만들어 세상을 돌아다니면서 공연을 할 생각을 합니다. 그렇게 빵과 포도주를 마련할 궁리를 하지요. 나무 인형을 만들자 그는 피노키오라는 이름을 불러줍니다. 이름을 부른 그 순간, 불완전한 생명체 피노키오가 탄생합니다.

하지만 피노키오는 도무지 말을 듣지 않는 나무인형입니다. 다리를 달아주자 그대로 줄행랑을 치고 말지요. 화가 난 제페토가 잡으러 가지만 따라잡을 수가 없을 정도입니다. 피노키오는 경찰에게 잡히지만 사람들은 괴팍한 제페토가 학대를 하진 않을까 걱정합니다. 오히려 경찰은 피노키오를 풀어주고 제페토를 감옥으로 끌고 갑니다. 자유를 얻은 피노키오. 이렇게 나무 인형의 모험이 시작됩니다.

방에 홀로 있는 피노키오에게 백 년을 살았다는 귀뚜라미가 교훈적인 이야기를 들려줍니다. 공부를 하거나 기술을 익혀야 살 수 있다는 충고였지요. 먹고, 놀기 위해 태어난 피노키오는 그 잔소리가 듣기 싫어 귀뚜라미를 향해 망치를 던지는데요, 공교롭게도 귀뚜라미는 그 망치에 맞아 즉사합니다.

처음부터 피노키오는 대단한 말썽꾸러기에 공부하기 싫어하는 아이입니다. 하긴 누군들 여기에서 자유롭겠습니까. 어린 시절 공부하고 싶었던 사람이 얼마나 있겠습니까. 망치에 맞아 죽어 벽에 달라붙어 있는 귀뚜라미는 다음에 등장하는 '달걀 요리'에서 달걀을 깨고 나와 하늘로 날아가는 병아리와 대비되면서 우리에게 두 가지 모습을 보여줍니다. 귀뚜라미의 말처럼 올곧은 양심의 소리에 망치를 던지는 태도와 허황된 꿈을 좇는 욕망의 모습이지요. 이러한 모습이 비단 아이들의 모습이라고

만 할 수는 없겠지요.

구치소에서 나온 가난한 독거노인 제페토 할아버지는 자신의 외투를 팔아 피노키오에게 글공부 책을 사줍니다. 하지만 피노키오는 그것을 팔아서 꼭두각시 인형극을 보러 갑니다. 다행스럽게도 유랑극단에서 만난 인형공연자 '불꽃 먹는 사나이'의 자비로 금화 다섯 닢을 받아 집으로 돌아가는 피노키오. 녀석은 그 돈으로 제페토에게 외투도 사주고 글공부 책도 사려는 참입니다. 그때, 절름발이 여우와 눈 먼 고양이가 등장합니다. 그들은 피노키오의 금화를 갈취하기 위해 사기를 치는데요. 경고를 하려는 흰색 지빠귀를 고양이가 잡아먹어버리고, 피노키오는 일확천금에 눈이 멀어 '기적의 밭'을 향해 갑니다. .

바보들의 나라에는 축복받은 밭이 있어. 모두들 기적의 밭이라고 부르지. 이 밭에 구덩이를 파고, 이를테면 금 한 닢을 그 안에 넣는 거야. 그런 다음 흙으로 살짝 구덩이를 다시 덮어. 샘물 두 양동이를 구덩이에다 뿌려주고 소금 한 움큼을 그 위에다 뿌려. 그런 다음 넌 저녁에 조용히 자러 가면 돼. 그러면 밤사이 금화에서 싹이 올라오고 꽃이 피어. 다음 날 아침 일어나서 밭으로 돌아가 보면 어떻게 돼 있는지 아니? 금화가 주렁주렁 달린 아름다운 나무 한 그루가 자라 있어. 낟알이 잔뜩 달린 6월의 멋진 밀 이삭 같지.

이제부터 피노키오의 수난이 시작됩니다. 돈에 대한 욕심이야말로 모든 불행의 근본이라는 생각을 하게 합니다. 욕망은 다양한 모습으로 변신하는 마술사입니다. 아무런 대가 없이 재산과 외모, 명예와 건강을 바라는 어리석은 우리를 유혹하지요. 뭐든 단숨에 이루어지기를 바라는 마음은 '금화가 열매처럼 열리는 나무'를 기대하게 합니다.

피노키오가 일확천금을 노리는 마음은 제페토 할아버지를 위한 일이라고는 하지만, 그것 역시 어설픈 자기 변론이고 저속한 욕망일 따름입니다. 피노키오가 꿈꾸는 '기적의 밭'은 21세기의 도시에도 창궐하고 있습니다.

당신을 그곳으로 이끄는 자들은 고양이와 여우로 나타나는데요, 이들은 마법사처럼 모습을 바꾸면서 당신도 백만장자가 될 수 있다고 꼬드깁니다. 씨앗 대신에 금화를 심고 있는 피노키오의 모습에 우리의 모습을 대비시켜 보면 뭔가 보이는 것이 있을 겁니다. 어리석은 피노키오를 도와주려는 목소리가 들려오지만 그것을 듣지 못하는 피노키오. 결국 기적의 밭에 간 피노키오는 사기꾼들에게 금화를 모조리 털리고 갖은 고생을 시작합니다.

기적의 밭에 가기 전에 피노키오는 강도로 위장한 고양이와 여우에게 쫓기게 되는데요. 결국 그들에게 붙잡혀 목을 매달린 피노키오는 숲속의 하얀 집에 살고 있는 '파란 머리 요정'을 만나 기사회생하게 됩니다. 제페토 할아버지가 부성을 상징한다면, 파란 머리 요정은 모성을 보여줍니다. 피노키오를 사람으로 만드는 조력자이지요. 동시에 우리가 잘 간직해야 할 순수한 영혼의 상징이기도 합니다.

피노키오는 자신의 목숨을 구해준 요정의 말도 듣지 않고 행패를 부립니다. 거짓말만 반복하지요. 여기서 모두가 기억하고 있는, 피노키오의 코가 늘어나는 이야기가 등장합니다. 거짓말을 반복하던 피노키오의 코가 점점 늘어나더니, 결국 벽에 닿을 정도가 됩니다. 저는 지금도 거짓말을 하고나서 코를 만져보는 버릇이 있습니다. 혹시 저와 대화하시다가 제가 코를 만지고 있다면 그건 거짓말이라고 여겨도 될 것입니다. 하긴, 거짓말을 하는 사람들은 자신도 모르는 어떤 액션을 취한다고 하지요.

길을 나선 피노키오는 자신의 금화를 털어간 고양이와 여우를 법정에 고발하지만, 판사는 오히려 피노키오를 감옥으로 보내버립니다. 감옥에서 나온 피노키오는 배가 고파 포도송이를 따먹으려고 하다가 주인에게 들켜 목에 개 목걸이를 걸고 경비견 노릇을 하는데요. 밭을 지키는 개가 그날 아침에 죽었기 때문이랍니다. 개집에 갇혀 있는 자신의 신세를 한탄하면서 '아, 한 번만 다시 태어날 수 있다면……'이라고 후회를 하면서 잠이 들지요. 참 인상적인 장면입니다.

개집에서 만난 족제비를 통해 피노키오는 자신의 정체성을 깨닫습니다. 족제비와 대화를 하던 중 너도 개냐고 물어보는 질문에 '난 피노키오야'라고 대답하지요. 그나마 이런 정체성의 뿌리가 있어 피노키오는 세파를 견딜 수 있습니다. 이는 어찌 보면 개보다 더한 인간에게 보내는 경고의 종소리일 수도 있습니다. 세상엔 '난 패배자다, 난 개다. 난 바보다'라는 사람들이 참 많이 있지요. 광화문 사거리에 설치되어 있는 뉴스 전광판을 보면 한눈에 들어옵니다.

피노키오는 닭장에 들어간 족제비들을 모조리 가두어버리고 주인에게 이 사실을 알리지요. 개소리를 내면서 말입니다. 감격한 주인에게 피노키오는 '나는 꼭두각시이고 이 세상 사람들이 가진 단점은 다 갖고 있어요. 하지만 파렴치한 녀석들과 한패가 되어 꿍꿍이를 벌이는 일 따위는 하지 않아요'라고 대답합니다. 피노키오가 제법 사람다워지고 있습니다.

3.

한편 제페토 할아버지는 집 나간 피노키오를 찾기 위해 조각배를 타고 바다로 나갔다가 거대한 상어에게 잡아먹힙니다. 그 소식을 들은 피노키오는 회한의 눈물을 흘리면서 아버지를 찾기 위해 바다에 뛰어들어 헤엄을 치다가 어떤 마을에 도착하는데요. 그곳에서 푸른 요정의 도움으로 개과천선해 학교에 다니기 시작합니다. 피노키오는 열심히 공부해서 진짜 사람이 될 날만 기다리고 있습니다.

푸른 요정은 피노키오에게 이렇게 충고합니다. '꼭두각시들은 절대 자라지 않아. 꼭두각시로 태어나, 꼭두각시로 살다, 꼭두각시로 죽는단다.' 이 말은 어리석은 우리의 미숙한 자아를 향한 말이기도 하지요. 피노키오는 이 운명에서 벗어나기 위해, 사람이 되기 위해 노력합니다. 드디어 하루만 더 있으면 피노키오는 '사람'이 될 수 있습니다. 하지만 이야기는 피노키오의 어리석은 행동을 다음과 같이 예견하고 있습니다.

불행히도 지금까지 피노키오가 살아온 삶에는 번번이 모든 것을 물거품으로 만들고 마는 '하지만'이 있었답니다.

피노키오는 사람이 되기 위해 필요한 그 '하루'를 참지 못합니다. 나쁜 친구의 유혹에 빠져 '장난감 나라'에 가서 당나귀로 변하고 말지요. 피노키오는 서커스단에게 팔려가 당나귀로 재주를 부리다가 다리가 부러지고, 가죽이 벗겨져 북으로 만들어질 위기에 처하지만, 구사일생으로 살아나 바다로 도망칩니다. 그리고 상어에게 잡아먹히게 되지요. 거대한 상어의 배 속에서 피노키오는 한 줄기 빛을 발견합니다. 어둠 속에서 발견한 한 줄기 빛은 그동안 피노키오가 찾아 헤매던 사람의 불빛이었습니다.

앞으로 나아갈수록 불빛은 더욱 환하고 밝아졌어요. 걷고 또 걸어서 결국 불빛이 있는 곳까지 왔어요. 그런데 그곳에서 무엇을 보았을까요? 여러분이 한번 알아맞혀 보세요. 작은 식탁이 하나 있었고, 식탁 위에는 불 켜진 양초가 녹색 유리병에 꽂혀 있었어요. 식탁 앞에는 눈처럼, 아니 생크림처럼 머리가 하얗게 센 조그만 할아버지 한 분이 앉아 있었지요.

상어의 배 속은 제페토 할아버지의 누추한 지하방과 닮았습니다. 피노키오가 들어간 상어의 배 속은 나비의 고치와도 같습니다. 이토록 어둡고 무서운 곳에서 불빛을 밝히고 있는 제페토는 삶의 에너지입니다. 우리는 고치 속에서 탄생하는 나비의 화려한 비상을 알고 있습니다. 그리고 그곳에는 자신의 힘으로 열어야 하는 문이 있는데요. 그 문을 열게 하는 열쇠가 바로 불빛입니다. 우리를 사람의 길로 인도해주는 우주의 영혼입니다.

피노키오는 제페토를 다시 만나자 난생 처음으로 타인을 위해 생명을 건 모험을 감행합니다. 피노키오는 그동안 자신이 겪은 모험담을 아버지에게 이야기하고 상어의 배 속에서 탈출합니다. 제페토를 업고 상어의 배 속을 빠져나와 헤엄쳐 육지로 향합니다. 말썽쟁이 피노키오가 제페토 할아버지의 조력자가 됩니다.

여러분, 짐작하시겠습니까? 상어의 배 속은 바로 어머니의 자궁입니다. 바닷물은 양수이지요. 한 아이가 거대한 자궁에서 빠져나오는 모습은 눈물겨운 것입니다. 바다에서 두 사람을 구해주는 참치는 산파라 할 수 있습니다. 참치의 도움으로 피노키오는 무사히 육지에 도착합니다. 참으로 힘겹게 세상을 만나는 것이지요. 부모라면 이것이 얼마나 아름다운 장면인지 절감하실 겁니다. 인간은 이렇게 힘겹게 태어나는 것인데, 이토록 많은 인연과 이야기를 품고 세상으로 나오는 것인데. 이 세상에서 우리는 왜 또 길을 잃어버린 것인지…….

피노키오는 오두막에서 아빠 제페토를 부양합니다. 주경야독으로 성실하게 살아갑니다. 돈을 모아 새 옷을 사기 위해 시장으로 가던 피노키오는 푸른 요정이 아프다는 소식을 듣게 되는데요, 피노키오는 옷을 사는 것을 포기하고 요정을 위해 돈을 더 모으려고 합니다. 비로소 피노키오가 타인을 위한 삶을 시작하는 겁니다. 사람이 살아야 할 길이지요. 자정을 알리는 종소리가 울릴 때까지 부모를 보살피기 위해 일을 하는 피노키오. 이제 그는 기적의 밭이나 장난감 나라에 유혹당하지 않습니다.

꿈속에 나타난 푸른 요정이 피노키오에게 '너는 이제 사람이 되었다'는 말을 남기고, 다음날 아침 꿈에서 깨어난 피노키오는 거울을 통해 '사람'이 된 자신을 발견합니다. 이 동화는 마지막이 인상적인데요. 사람이 된 피노키오가 의자에 기대어 있는 꼭두각시에게 이런 말을 하지요.

"내가 꼭두각시였을 때는 참 웃기게 생겼었구나!"

지나간 시절을 되돌아보면서 이런 말을 하는 순간이 있습니다. 그때 왜 그걸 몰랐을까, 하는 생각들이지요. 이건 무한히 반복되는 인간의 어리석음입니다. 우리 고통의 뿌리이기도 합니다. 부처가 말한 '인생유전'의 고리를 끊어버리는 순간 우리는 진짜 사람이 되는 것이 아닐지요. 이러한 의미에서 저는 아직도 피노키오입니다. 아직도 여기저기 기웃거리고, 유혹당하고, 놀러 가기를 좋아하지요. 이제부터 공부할 것이 너무나 많군요.

4.

'난 달팽이란다. 달팽이는 절대 서두르지 않아.' 머리 위에 양초를 밝히고 있는 달팽이가 피노키오에게 한 말입니다. 진짜 사람이 되기 위해서는 달팽이처럼 가야겠지요. 우보천리, 소걸음으로 천리를 가는 겁니다.

이 동화는 아이의 성장에 부정적인 요인들에 대해서 이야기하고 있습니다. 그것을 하지 말라고 하는 대신에 스스로 깨닫게 하고 있습니다. 동시에 어른도 공감할 수 있는 인생의 길이 보입니다. 죽어서 철드는 사람이 되어서는 안 됩니다. 사실 어린 시절에는 피노키오라는 캐릭터가 좋았습니다. 말하는 나무인형의 생김새가 귀엽고 사랑스러웠지요. 소유하고 싶은 인형이었습니다. 하지만 피노키오 인형을 옆에 두고 보는 지금은 간혹 이런 생각이 들지요.

저것이 지나간 내 모습이 아니었을까?

이 동화는 우리의 인생 매뉴얼을 정리해보는 즐거움을 선사합니다. 성공을 위해서도 좋고, 우리 사회에서 성숙한 교양인이 되기 위해 필요한 요소를 생각해도 좋습니다. 아이들에게 읽어주다 보면, 오히려 읽어주는 사람이 배우는 동화이기도 하지요.

피노키오 이야기를 통하여 어린아이들과 가슴높이를 맞추면서 내 삶의 위험요소를 생각해봅니다. 꼭두각시 피노키오처럼 어리석고 비뚤어진 마음자리를 바로잡아봅니다. 피노키오가 발견한 교훈적인 메시지들은 상어 배 속에서 앉아 있는 우리에게 언제고 큰 도움이 될 겁니다. 바로 문학이 필요한 순간이기도 하지요.

상어 배 속은 구약 성경에 등장하는 요나의 상징과도 직결되어 있습니다. 기독교 문명국가의 문학적 전통을 발견할 수 있지요. 요나와 피노키오는 많은 화가들이 즐겨 다루는 그림의 소재가 됩니다. 상어 배 속이나 고래 배 속이나 그것은 인생의 바다에서 우리가 만나게 되는 절망을 상징합니다. 그곳에 들어갔다가 살아 나와야 사람이 되고, 선지자 요나가 됩니다.

동화 《피노키오》는 로베르토 인노첸티의 그림과 함께 보시면 색다른 경험을 하실 수 있을 겁니다. 피노키오 이야기를 그림으로 표현한 아름다운 작품입니다. 마치 나무인형과 같은 등장인물들의 표정이나 동작. 분명히 정지화면처럼 그려져 있는데, 거기에서 뿜어져 나오는 역동성이 돋보입니다. 대가의 작품과 마주하는 즐거움도 있습니다.

《피노키오》는 1881년 어린이 잡지에 '피노키오의 모험, 꼭두각시 이야기'라는 제목으로 연재된 작품입니다. 이 작품으로 카를로 콜로디(본명: 카를로 로첸치니, 콜로디는 어머니의 고향 마을 이름)는 동화작가로서 명성을 얻게 됩니다.

1826년 이탈리아 피렌체의 가난한 가정에서 태어난 콜로디는 주위의 도움을 받아 학업을 마치고 이탈리아 통일 운동에 참여했습니다. 피렌체의 신문과 잡지에 기고하는 문필가로 왕성한 활동을 하는 중에 빚을 갚기 위해 하룻밤 만에 피노키오의 초고를 썼다고 하는데요. 발등에 불이 떨어져야 되는 일이 있다곤 하지만 아무리 그래도 하룻밤은 좀 너무한 것 같지요. 하여간 연재를 할 때 생각했던 결말은 피노키오가 나무에 목매달려 죽는 것이었는데, 편집자의 요구로 파란 요정을 만나 되살아나는 것으로 바뀌었다고 합니다.

19세기는 이탈리아가 통일국가로 자리 잡고 나서 어수선해진 국가의 정비가 필요한 시기였습니다. 통일 운동에 참여했던 콜로디는 피노키오를 통하여 국민들에게 애국심과 도덕심을 심어주고자 했습니다. 아이들을 위한 동화가 아니라, 국민의 교육을 위한 이야기를 쓰고자 한 것이지요. 보통 이런 어용문학은 졸작으로 남기 쉬운데《피노키오》만은 사정이 다릅니다. 역시 무엇을 쓰느냐보다 어떻게 쓰느냐가 중요하다는 이야기지요. 때문에 작가의 집필동기와는 별개로 이 동화는 세계문학의 고전으로 자리 잡았습니다.

19세기의 어린이 문학은 안데르센과 그림 형제, 미국의 찰스 디킨스의 작품들을 비롯해서 당대의 비참한 시대상을 고발한 작품과 아이들에게 꿈과 희망을 심어주는 몽환적인 세상이 공존하고 있는데요. 콜로디는 이 두 가지 요소를 적절히 사용해 걸작을 탄생시켰습니다.

땔감으로 쓰기 위해 가져온 나무토막을 인형으로 만들고, 그 인형을 사람으로 만드는 이야기는 우리가 어떤 과정을 거쳐 사람이 되는지를 잘 보여주고 있습니다. 우리는 과연 사람일까, 피노키오일까, 아니면 나무토막일까? 오늘은 그런 생각으로 잠시 시간을 보낸다면 좋겠습니다.

지는 지금 그의 그림 한 편을 보고 있습니다. 제페토 할아버지와 꼭두각시 그리고 사람이 된 피노키오가 그려져 있는 마지막 그림입니다. 이 동화가 끝난 자리에 있는 각성의 마음이 그림 속에 고스란히 담겨져 있습니다. 참 아름답습니다……. 피노키오처럼 좌절하고, 성장하는 우리 인생이 말입니다.

메멘토 모리,
누구나 죽는다는 사실을 기억하라

《이반 일리치의 죽음》
레프 니콜라예비치 톨스토이(1886년)

"여러분, 이반 일리치가
사망했다는군요."

1.

우리는 타인의 죽음을 볼 때 일정한 거리를 둡니다. 생전에 그와 어떻게 지냈느냐에 따라 애도하는 마음이 다른데요. 누군가의 부고를 들으면서 원근법으로 정확하게 그려진 다빈치의 그림을 떠올립니다. 지금 내가 어떻게 살고 있는지를 생각하기도 하지요. 하지만 그 순간도 잠깐이고, 시간이 지나면 각박한 삶에 치여서인지 죽음을 염두에 두지 않습니다. 그것을 떠올리는 것이 삶에 아무런 도움이 되지 않는다고 생각하거나, 혹은 재수 없는 일이라고 생각하기도 하지요. 죽어가는 순간에도 더 살고 싶다고 발버둥치는 것이 인간의 모습입니다. 왜 우리는 죽음을 바로 보지 않으려고 할까요. 그것이 과연 그렇게 두려운 것일까요? 저는 이런 의문이 듭니다. 죽음은 과연 멀리 있는 것인가.

죽음은 우리의 삶을 달걀처럼 접시에 놓고 껍질을 깨는 순간입니다. 그 순간, 살아서는 알 수 없었던 비밀이 단숨에 드러나지요. 오늘 이야기하려는 19세기 러시아의 판사 이반 일리치의 경우가 그렇습니다. 이 소설은 평범한 사람의 부고처럼 읽힙니다.

생전에 매우 건강하고 밝았던 후배 생각이 나는군요. 서울대학교 입원실에 누워 있는 후배의 병문안을 다녀오고 나서 일주일 후에 그의 장례식장에 간 경험이 있습니다. 아직 돌이 지나지 않은 아이와 젊고 예쁜 부인을 남기고 떠난 후배를 생각하니 암담한 마음이 들었습니다.

워낙 오래전의 일이라 기억이 가물하지만 두 가지 생각은 선명합니다. 하나는 나와 함께 사무실에서 근무하던 시절의 건강한 모습, 또 하나는 말 그대로 피골이 상접한 앙상한 몰골로 나를 보고 미소 짓던 병상에서의 모습입니다. 그가 투병하던 모습은 오랫동안 잊을 수 없었습니다. 저는 사무실에서 일을 하고 있다가 '아무개가 죽었답니다'라는 담담한 목소리의 전화를 받았습니다. 결국 그렇게 되었구나 하는 생각이 들었지요.

1인 출판사를 운영하던 한 선배의 부고도 기억납니다. 그때도 '야, 아무개 선배가 아침에 돌아가셨다'라는 연락을 받았었지요. 선배가 돌아가시기 전날 통화한 기억이 나서 견디기 힘들었습니다. 그 며칠 전 선배는 모 유명 작가의 원고를 받았다면서 제게 저녁을 먹자고 했었지요. 그땐 제가 출장을 다녀와서 먹지 못하고, 다음주 월요일 날 만나기로 약속을 미뤘는데 그전에 그만 운명해버린 겁니다. 기가 턱하니 막혔습니다. 선배는 그동안 고생한 형수를 위해 그 원고로 책을 잘 만들어 많이 팔 거라고 했습니다. 잘되면 가족과 해외여행이라도 다녀와야 되겠다면서 너털웃음을 지었지요. 선배의 웃음이 오랫동안 기억에 남았습니다. 그땐 사는 게 뭐 이런가 하는 생각이 들었지요. 선배는 새벽까지 원고를 검토하고 아침에 출근 준비를 하다가 화장실에서 쓰러졌다고 했습니다.

여러분은 곰곰이 생각해보신 적이 있습니까? 내가 죽고 나서의 일들을…… 죽음이 어떤 얼굴로 나에게 다가올지를 말입니다. 이것은 지금 우리에게 주어진 삶을 가장 아름답게 살 수 있는 한 방법이기도 합니다. 참 이상한 일입니다. 죽을 때가 되어야 진짜 삶을 발견하기도 하니까 말입니다.

톨스토이의 소설 《이반 일리치의 죽음》은 우리에게 들려오는 부고에 대한 깊은 명상의 소설이고, 타인의 일이 아닌 우리 자신의 죽음을 정면으로 다루고 있는 '메멘토 모리'의 소설입니다. 메멘토 모리는 중세의 수도사들이 항상 외우고 다녔다는 말입니다. 《이반 일리치의 죽음》을 통해서 우리가 살고 있는 모습을 그려볼 수 있을 것 같습니다.

2.

오늘 우리가 이야기할 주인공 이반 일리치 골로빈은 평범한 사람입니다. 그는 항소 법원 판사 일을 하고 있고, 좋은 집안의 아내를 만나 두 아이를 둔 아버지입니다. 귀족 집안의 수재로 어려서부터 아버지의 사랑을 받았고, 법조계에 들어가서는 출세를 위한 인맥 관리도 훌륭히 해낸 인물입니다.

물론 살면서 어려운 시절도 있었지요. 하지만 승진도 잘 되고, 재산도 꽤 모아 좋은 저택에 하인들을 거느리며 살았습니다. 소설의 초반부, 판사 동료들은 이반의 사망 소식을 신문을 통해 보게 됩니다. 그리고 이반 일리치의 죽음에 대해 이야기하지요. 평범한 장면입니다. 톨스토이는 소설 속 주인공의 부고를 독자에게 먼저 알리고 이반 일리치의 생을 돌아보고 있습니다. 판사로서 수많은 사람들의 생사여탈권을 쥐고 판결을 내리던 그가 병에 걸려 죽음의 판결을 받고 어떻게 행동하는지를 세밀하게 이야기하고 있습니다.

그의 부고를 들은 사람들의 태도는 매우 현실적입니다. 고인의 추도식이 열리기 전에 미망인인 프라스코비아 표도로브나는 남편의 친구와 단둘이 이야기를 나누는데요, 아직 젊고 매력적인 미망인의 관심은 남편의 유족 연금에 쏠려 있었습니다. 이미 그녀는 남편의 판사 친구들도 잘 모르는 유족 연금의 세세한 부분까지 다 알고 있으면서도, 더 받아낼 방법이 없는지 전문가에게 조언을 구하고 있는 중입니다. 판사 친구는 슬픔을 가장한 부인의 모습을 보고 그만 귀찮아져서 추도식을 어서 끝내고 친구들이 모여 있는 포커판으로 갈 생각뿐입니다. 관에 누워 있는 동료의 얼굴을 보고도 자신이 살았다는 사실만 기뻐할 뿐 죽음에 대해서는 전혀 관심이 없습니다. 이 모습은 이반 일리치가 살았을 때의 모습과 다르지 않습니다.

또한 주인공의 딸은 예비판사인 약혼자와 함께 슬퍼하는 모습 대신 도도하게 서 있고, 오로지 김나지움에 다니는 아들만이 아버지의 죽음을 애도합니다. 그토록 열심히 살고 타인의 인생에 판결을 내리는 권력을 누렸지만, 죽음의 순간에는 모든 것이 허망합니다. 더군다나 망자의 추도식이 끝나자마자 친구라는 사람은 서둘러 포커판으로 달려갈 생각만 하는데요, 카드놀이 한 판이 끝났으니 다음판에 바로 들어갈 수 있겠다고 안도하고 있군요. 이것이 진짜 우리가 사는 모습 아닐까요. 내가 죽는다고 타인의 삶이 뭐 그리 달라지겠습니까. 이러한 사실을 인정하고 살아가야 하는 것이 삶이 아닌가 싶습니다. 우리는 결국 혼자 왔다가 혼자 가는 존재이기 때문이지요.

톨스토이는 죽음의 법정에 선 이반의 성장과정과 입신출세의 과정을, 때론 변호사처럼 때론 검사처럼 이야기하고 있습니다. 그가 죽음의 판결을 받기 직전의 인생은 우리의 삶과 그리 다르지 않습니다. 사회에서 단연 촉망받은 한 젊은이가 어떻게 판사로 명성을 얻게 되는지, 다소 불행한 결혼 생활을 극복하기 위해 더 일에 몰두하는 모습을 이야기하지요. 그는 열심히 일하고, 친구들과 가끔 포커를 즐기면서 살던 사람입니다. 권력을 이용한 금품수수나, 외도 한번 하지 않은, 사생활이 성실한 법조인입니다.

그의 인생에 조종을 울리는 사건은 아주 우연히 일어나는데요. 그는 새로 이사한 저택에 서재를 꾸미기 위해 사다리를 타고 내려오다가 그만 발을 헛디뎌 옆구리에 타박상을 입습니다. 이반은 의사에게 진단을 받고 치료를 하지만 웬일인지 통증이 더 심해집니다. 그러던 어느 날, 이반은 자신이 시한부 생명을 지닌 환자라는 사실을 알게 됩니다.

주인공이 사다리를 타고 내려오다 실족을 해서 떨어지는 장면은 그의 인생의 알레고리이기도 합니다. 성공의 사다리를 타고 열심히 올라가다가 떨어지는 사람의 모습은 우리 주위에서 별스러운 일은 아닙니다. 누구나 그럴 수 있지요.

그의 병은 깊어지지만 가족들은 모두 건강합니다. 환자인 자신을 돌보지 않고 공연을 보러 가는 아내의 젊고 매끄러운 피부가 그를 더 신경질 나게 하지요. 결혼을 앞둔 딸아이의 아름다운 외모도 좋게만 보이지 않습니다. 그는 가족들을 보는 것이 고통스럽다고 고백합니다. 아들만이 아버지의 고통에 공감하며 눈가에 시커먼 그림자가 지고 있는데, 그것이 그나마 주인공에게 위안이 됩니다.

그가 환자가 되면서부터 아슬아슬하게 유지되던 가정의 평화가 흔들립니다. 아내와의 사이가 더 멀어지고 말다툼이 잦아집니다. 그동안 자신이 살았던 공간이 흔들리면서 가정에서 외로운 처지가 되어가기 시작합니다. 죄인에게 판결을 내리던 자신의 모습과 닮은, 죽음의 판결을 내리는 의사들을 보면서 많은 생각을 합니다.

의사들은 이반의 질병에 대해 이리저리 돌려서 이야기하고,

환자의 고통을 사무적으로 처리합니다. 법정에서 판결을 내리는 이반 일리치의 모습 그 자체였습니다. 그의 마음은 입동이 지난 절기처럼 더 춥고 외로운 곳으로 깊이 들어갑니다. 고통에 시달리는 이반 일리치가 스물네 시간을 집에서만 보내는 모습은 파멸의 끝자락을 예감하게 합니다. 그를 이해하고 위로해 주는 사람 하나 없는 공간이 바로 자신이 그토록 아름답게 꾸미고 싶었던 집안이었고, 그만의 공간인 서재였습니다.

어느 날 이반은 예전과 같지 않은 자신의 모습을 발견하고 경악합니다. 건강하던 시절에 아내와 함께한 초상화 속의 그와 거울 속에 비친 환자의 모습은 너무나도 달랐지요. 마침 여행에서 돌아와 짐을 풀던 처남마저 그를 보고 놀라 외마디 비명을 지를 뻔합니다. 처남의 눈에도 그는 이미 산 사람의 모습이 아니었던 것입니다.

이제부터는 절망과 고통의 가속도가 붙기 시작합니다. 우리가 살면서 겪게 되는 인생의 한 단면입니다. 불행은 월드컵 우승팀의 공격수처럼 집요하게 우릴 향해 다가오지요. 아무리 뛰어난 수비수도 그 죽음의 공격수를 막아내지 못합니다. 이반 일리치의 질병이 깊어질수록 고통은 정비례로 무거워집니다. 드디어 그것을 감당하지 못하는 순간이 오지요. 이제 이반은 자신의 죽음을 정면으로 바라봅니다. 고통에 시달리던 어느 날 밤, 이반은 촛불을 밝히려다 기력이 다해 바닥에 쓰러지고 맙니다. 그는 전에는 환한 빛이 있던 자리가 이제는 어둠뿐이라는 사실을 발견합니다. 불을 밝히지 못하고 쓰러진 이반의 독백은 톨스토이가 우리에게 하고 싶은 말일 겁니다.

"내가 죽으면, 그다음엔 무슨 일이 일어나는 거지? 아무 일도 없겠지. 내가 죽고 없는데, 내가 대체 어디에 있을 수 있겠어? 정말 나는 죽는 걸까? 싫어, 죽고 싶지 않아."

"뭣 때문에 불을 밝혀? 이러나저러나 마찬가진걸."

그는 자신의 죽음을 완강하게 거부하고 싶습니다. 어두운 자리를 환하게 밝히고 싶어 떨어진 성냥을 찾다가, 한쪽 팔이 침대 옆 탁자에 부딪히자 신경질을 부리면서 탁자를 거세게 밀어붙이곤 자신도 그만 뒤로 쿵 쓰러지고 말지요. 이제 자신의 힘으로 촛불 하나 제대로 켜지 못합니다. 그토록 당당하던 판사 이반 일리치가 이제 침대맡의 촛불 하나 켜지 못하는 상태가 된 것입니다.

3.
이반에게 위안이 되는 존재는 자신의 배설물을 처리해주는 농부 '게라심'이었습니다. 그는 집안의 식당 담당 하인이기도 하지요. 어느 누구도 신경질을 부리는 이반의 곁에 오려고 하지 않지만 게라심은 소처럼 묵묵히 그를 시중듭니다. 게라심은 톨스토이가 진정으로 사랑했던 러시아 농노의 모습입니다. 그는 이반의 곁에서 다리도 들어주고, 이야기도 나누면서 죽어가는 자의 친구가 됩니다. 그때 이반은 처음으로 인간에 대한 긍정적인 모습을 보게 됩니다. 게라심은 남다른 사람이었습니다. 그는 인간이라면 누구나 죽고, 고통받는다는 사실을 잘 알고 있습니다. 이반의 아내나 딸과는 달리, 죽음을 염두에 두고 사는 사람이었습니다. 어느 날, 그만 물러가 쉬라는 이반에게 게라심은 문득 이런 말을 던집니다.

"우리는 모두 언젠가는 죽습니다. 그러니 제가 나리를 위해 수고 좀 못하겠습니까?"그는 이 말을 통해 '자신은 죽어가는 사람을 위해 수고를 하는 것이기 때문에 조금도 힘들지 않으며, 또 언젠가 자신이 병들어 죽게 되면, 다른 누군가가 자신을 위해서도 똑같은 수고를 해주기를 바란다'는 속내를 내비치고 있었던 것입니다.

이반이 투병 중에 제일 견디기 힘들었던 것은 아내를 비롯한 주위 사람들의 거짓이었습니다. 모두가 진실을 외면하고 거짓말만 하고 있었습니다. 그들이 위선의 가면을 쓰고 나타나 거짓 위안을 하고 방을 나가면, 그제야 이반은 마음이 편해집니다. 거짓이 사라졌기 때문이지요. 결국 이반 일리치는 고독의 공간에 혼자 남게 됩니다. 지금까지 그가 살아온 세상과는 완전히 다른 세상이었지요. 질병은 그에게 고통과 고독을 가져다 주었습니다. 그 시간을 통해서 이반은 인생을 진지하게 돌아보고 말합니다.

난 내가 조금씩 조금씩 산을 내려오는 것도 모르고 산 정상을 향해 나아간다고 믿고 있었던 거야. 정말 그랬어. 세상 사람들이 보

193

기엔 산을 오르는 것이었지만, 실은 정확히 그만큼씩 내 발밑에서 진짜 삶은 멀어져 가고 있었던 거지…… 그래, 이제 다 끝났어. 죽는 일만 남은 거야.

이러한 각성도 잠시, 점점 죽음의 고통이 다가오자 주인공은 더 살고 싶어집니다. 하지만 간절한 바람보다 더 빨리 죽음은 다가오고 있습니다. 그는 드디어 반미치광이가 되어 모두에게 나가라고, 눈앞에서 사라지라고 고래고래 소리 지르게 됩니다.

그의 고함소리는 사흘 밤낮을 두고 계속됩니다. 환자의 목소리라고는 믿어지지 않을 만큼 우렁차게 세상을 향해 울분을 토로합니다. 판사님은 지금 너무나 억울하고 분통이 터집니다. 그 사흘째가 다 지나고, 우리의 주인공이 세상을 떠나기 한 시간 전에 어린 아들이 문을 열고 들어옵니다. 아이는 아버지의 손을 잡고 울음을 터트리지요. 그때 이반은 어둠 속에서 한 줄기 빛을 봅니다.

눈을 떠보니 자신이 증오했던 아내도 울음을 터트리고 있었습니다. 그는 비로소 자신의 죽음을 받아들입니다. 이반은 마지막으로 아내에게 자신을 용서해달라는 말을 하는데, 그 말이 그만 '용기를 내'라는 말로 잘못 튀어 나옵니다. 용서와 용기는 우리 감정의 자매지간이기도 하지요. 이반에게는 그 말을 수정할 기력도 없습니다. 그는 식구들에게 나가달라고 부탁합니다. 그는 죽음 한 시간 전에야 가족의 고통을 보았습니다. 그동안 자신의 고통을 감내하는 것조차 힘들어 발광을 하던 주인공은 그제야 가족의 고통, 타인의 고통을 보게 됩니다. 그러자 신비롭게도 통증이 사라집니다. 죽음은 편안하게 그의 몸을 들어 올립니다.

이 소설의 마지막에 주인공은 하늘의 천사와 같은 빛을 보게 되지요. 그 빛을 본 주인공은 "아, 아 이렇게 기쁠 수가"라는 말을 남기지요. 하지만 이것은 주인공의 내면세계에 일어나는 일입니다. 그의 임종을 지켜보는 사람들의 눈에는 야윌 대로 야윈 그의 몸이 경련을 일으키다가 죽어가는 모습일 뿐입니다. 누군가 이반을 굽어보며 말합니다.

"임종하셨습니다."

4.

이 소설은 실화를 바탕으로 하고 있습니다. 1881년, 톨스토이 영지 근처에 있는 툴라라는 도시에서 이반 일리치 메치니코프란 판사가 젊은 나이에 위암으로 사망했는데요. 톨스토이는 그의 부고를 듣고 여러 가지 생각을 합니다. 특히 그의 판결로 억울하게 시베리아 유형생활을 하고 있는 사람들과 그 판결을 내린 그가 집안에서 어떤 생활을 하고 있는지 궁금했습니다. 마침 메치니코프의 형제 중 하나가 톨스토이에게 판사의 죽음에 대해 자세하게 이야기해주었다고 하지요. 그 이야기를 통해서 이 소설의 기본적인 틀을 잡았을 것으로 추정하고 있습니다.

톨스토이라는 이름은 세계문학사의 산맥과 같은 존재입니다. 그를 싫어하든 좋아하든 간에, 역사상 가장 위대한 작가를 뽑으라면 세 손가락 안에 반드시 드는 사람이지요. 그는 소설가이면서 동시에 톨스토이즘이라는 사상을 만들어낸 사상가이기도 합니다. 서양문화사에서 레오나르도 다빈치 이후 이렇게 큰 인물이 등장한 적은 없었습니다.

톨스토이는 '거대하다'라는 뜻의 형용사에서 연유합니다. 그의 선조 중에 아마도 거구의 장사가 있었나 봅니다. 톨스토이 역시 크고 강인한 체력의 소유자였습니다. 그는 1828년 러시아 중부 지방 야스나야 폴랴나에서 태어났습니다. 그의 부모님이 일찍 돌아가셔서 카잔에 있는 친척집에서 성장하고, 카잔 대학교에 입학해서 동양 언어와 법학을 공부합니다. 그는 젊은 시절, 혈기방장한 성정과 넘치는 정력으로 주색에 빠진 방탕한 생활을 합니다. 대학을 중퇴하고 자신의 영지인 야스나야 폴랴나로 돌아가 농민들을 위한 생활을 하지만 박애사상에서 비롯된 그의 이상은 실패로 끝나고 맙니다. 좌절한 그는 다시 주색잡기와 도박에 손을 대서 빚더미에 오르는 등 굴곡진 삶을 살기도 합니다.

무절제한 생활에 염증을 느낀 톨스토이는 형 니콜라이를 따라 군대에 들어가고, 19세기 크림전쟁 경험을 바탕으로 쓴 소설 '세바스토폴' 연작을 통해 작가로서 명성을 얻기 시작합니다. 1862년에는 평생의 반려자인 동시에 그의 이상을 이해하지 못하는 문제로 갈등한 소피아 베르스와 결혼합니다. 소설가 투르게네프와 사소한 문제로 다투다가 결투를 신청한 일화는 유명합니다. 아마 이 결투가 진행되었으면 우리는 러시아 소설의 두 거장 중 한 사람의 작품을 만날 수 없었을 것입니다. 러시아의 대시인 푸시킨도 결투로 인해 목숨을 잃었지요. 결투는 다행히 이루어지지 않았습니다.

만약 톨스토이가 결투에서 사망했다면 《전쟁과 평화》,《안나 카레니나》,《이반 일리치의 죽음》,《크로이체 소나타》,《부활》과 같은 소설은 물론이고, 사상가로서 톨스토이즘에 입각한 그의 방대한 저작들은 한 편도 볼 수 없었을 겁니다. 참으로 아찔한 일입니다. 한 인간의 목숨은 그 정도로 대단한 무게와 가치를 지닌 것이라는 생각이 드는군요.

두 사람은 작가로서 꾸준히 성장해서인지, 1878년경에는 서로 화해하고 사이좋게 지냅니다. 노년에 톨스토이가 종교와 사상에 빠져드는 모습을 보고 투르게네프는 임종 전에 편지를 보냈다고 합니다. 예술을 저버리지 말라고 당부하는 편지였지요. 누구보다 톨스토이와 가까이 지낸 사이였는데 왜 이런 걱정을 했을까요? 그것은 바로 문학의 그릇으로는 담아낼 수 없었던 그의 사상 때문이 아닌가 싶습니다. 그것이 톨스토이가 예술과 멀어지게 하지 않을까 염려를 했던 것입니다.

그는 비문학 분야에서도 다양한 저술을 통해 교훈적이고 이상적인 메시지를 쏟아냅니다. 그는 가난한 사람들이 소수의 특권층에게 수탈당하고 고통받는 현실이 너무나 고통스러웠습니다. 그래서 정부를 부정하고 무정부주의자로 살기 시작했습니다. 영지를 비롯한 막대한 사유재산, 책의 저작권과 모든 수입을 모조리 포기한다고 선언했지요. 귀족 생활을 유지하고 싶은 아내와 가난한 사람들에게 자신의 모든 재산을 나누어 주고 자연으로 돌아가겠다는 노년의 톨스토이의 갈등은 깊어졌습니다. 그나마 아내는 소송을 통해서 1891년 이전의 작품들에 대한 저작권을 소유하게 되었습니다.

비평가들은 톨스토이가 헌신적인 아내를 두었다고 이야기합니다. 이 글을 쓰는데 참고한 펭귄 세계문학 전집에서도 아내를 헌신적 여성으로 설명하고 있지요. 하지만 저는《이반 일리치의 죽음》에 나오는 부정적인 아내의 모습이 아마도 톨스토이의 아내와 비슷할 거라는 생각이 들었습니다. 작가는 결국 자신의 이야기를 쓰는 법입니다. 아무리 3인칭 시점이라고 해도 말이지요.

제가 의견을 구한 러시아 문학 전공자 역시 그의 아내를 악처에 가깝게 표현한 문헌에 대해 이야기해주었습니다. 그녀는 특히 질투가 심해서 톨스토이의 여자관계에 대해서 거의 편집증에 가까운 히스테리를 부렸고, 그가 사랑한 영지의 농부처녀에 대해 '비계덩어리 돼지 같은' 여자를 톨스토이가 왜 좋아하는지 모르겠다고도 말했다고 합니다. 어쩌면 그 농부처녀는 허식에 찬 귀족들에 비해 순박하고 건강미 넘치는 여인이 아니었을까, 하고 우리는 이야기하기도 했습니다.

이후 톨스토이는 육식은 물론이고 흡연과 음주와도 결별하고 불우이웃 돕기에 발 벗고 나섭니다. 만년에는 왕성하게 저술활동을 하면서 안톤 체홉, 막심 고리키와 같은 작가들을 만납니다. 그는 비폭력 무저항 운동으로 잘 알려진 간디와도 서신을 교환하는 등 자신의 사상의 뿌리를 더 깊게 내리고, 실천을 통해 그리스도의 사랑을 세상에 전파하고, 가난한 자와 함께하고자 했습니다.

그의 사상이 넓고 깊은 이유는 행동하는 지식인의 모습으로 살았기 때문입니다. 하지만 그럴수록 재산을 지키려는 가족, 그 중에서도 아내와의 갈등이 깊어졌고, 아내는 자살하겠다고 협박하면서 톨스토이의 일기를 요구했지만 톨스토이는 이 원고를 은행 금고에 넣고 거절합니다. 두 사람은 결국 파경을 맞게 되었고, 1910년 10월 28일 톨스토이는 모든 것을 버리고 큰딸과 함께 집을 나섭니다. 집을 나온 그는 11월 7일 아스타포보 간이역에서 쓸쓸하게 생을 마감합니다. 아마 그가 눈을 감을 즈음 아스타포보 역에는 기차가 진입하고 있지 않았을까요. 기적을 울리며 보이지 않는 선로로 들어오는, 한 위대한 영혼을 모시고 갈 천상의 기차를 상상해봅니다.

톨스토이는 인류애를 통한 사랑의 실천을 실현하고자 했고, 방대한 저작을 남긴 '위대하고' '거대한' 작가이자 사상가로 현대인들의 가슴에 남았습니다. 자신을 평생 따라다닌 죽음에 대한 문제를 다룬 《이반 일리치의 죽음》은 그의 대작들과 함께, 걸작 중의 걸작으로 평가받으며 세계문학의 고전으로 자리 잡았습니다.

그는 왜 그렇게 죽음에 집착했을까요? 우선 심취해 있던 독일 철학자 쇼펜하우어의 염세적인 사상에 영향을 받았을 겁니다. 그리고 그의 불우한 가정사도 영향을 미쳤을 것입니다. 그의 아이들 13명 중 5명이 유년 시절에 죽었습니다. 크림 전쟁을 비롯한 러시아의 전쟁터에서 목격한 처참한 주검과 프랑스 여행 중에 본 기요틴 처형에도 충격을 받았습니다. 자신의 형이 폐결핵으로 임종하는 자리에 있었고, 친구인 투르게네프와 후배인 체홉도 먼저 보냈습니다. 어려서는 2살에 어머니를, 9살에 아버지를, 10살에 할머니를, 그를 유독 잘 보살폈던 고모를 13살에 모두 잃었습니다. 참 잔혹한 유년 시절입니다. 물론 톨스토이는 러시아 부호 출신으로 집안의 보호를 받으면서 물질적인 부족함 없이 성장합니다. 당대의 가난한 작가 고리키나 고골과는 출신 성분 자체가 다르지요. 하지만 톨스토이는 이러한 물질적인 풍요에서 행복을 찾는 대신, 오로지 사랑이 세상을 구할 수 있다는 인류애로 자신의 전 재산을 모조리 가난한 사람에게 주어버리고 황무지로 떠난 작가입니다.

작가의 행동과 작품은 별개의 문제이기도 합니다. 작가의 생활과 작품이 반드시 일치하지는 않습니다. 하지만 톨스토이의 작품이 인류의 유산이 된 이유 중에 하나가 그의 사상과 행동에 있다는 사실을 부인할 수는 없을 겁니다. 그의 거대한 사상은 이반 일리치와 같은 평범한 사람들과 더 작고 가난한 사람들의 삶을 통해서 나왔습니다.

이반 일리치의 죽음을 통해서 저는 그저 평범하게 살다가 아깝게 세상을 먼저 떠난 선후배들을 생각했습니다. 너무나 평범하기만 했던 그들의 삶은 얼마나 고통스러웠을까요? 19세기 러시아와는 비교도 할 수 없는 각박한 도시를 견디고, 살고 싶어서 몸부림쳤던 사람들. 그들은 임종의 순간에 과연 어떤 빛을 보았을까요?

어쩌면 오늘도 우리는 누군가의 부음을 들을 겁니다. 이제는 그의 임종을 진지하게 받아들이고, 그 죽음이 내 지난한 삶에 어떤 열쇠가 될 수도 있다는 생각으로 장례식에 갈 겁니다. 소설 속에 나오는 착한 농부의 말처럼 아무리 건강하고 풍만해도 언젠가 우리는 반드시 죽기 때문입니다.

추신

저는 이 글을 쓰면서 시 한 편이 떠올랐습니다.

> 내려갈 때 보았네
> 올라갈 때 못 본
> 그 꽃
> 고은 〈그 꽃〉 전문

이 시를 소리 내어 읽으면 종소리가 들립니다. 아주 먼 곳에서 나에게만 들려오는 마음의 종소리, 언젠가 젊은 날 들었던 깊은 산사의 늙은 저녁 종소리입니다. 이 시의 마침표는 그렇게 종소리로 찍히면서, 그 자리에서 멀리 깊게 울려 퍼집니다.

얼마나 산길을 걸어야 고은 시인의 '그 꽃'을 볼 수 있는지는…… 잘 모르겠습니다. 천지불인의 산등성이를 가파르게 올라가고 있는 인생, 이 시는 그런 저에게 잠시 쉴 자리를 만들어 줍니다. 지난 주말, 설악산에 다녀온 이가 말하길 벌써 낙엽이 거의 다 지고 있다더군요. 꽃 진 자리에 눈이 내릴 겁니다. 오늘은 동네 공원에서 '그 꽃'을 봐야겠습니다. 그것이 이반 일리치의 죽음일 수도 있고, 언젠가는 다정하게 다가올 나의 죽음일지도 모르니까요.

그리고 전동균 시인은 〈잠시 떨고 있는 입술〉이라는 산문에서 이렇게 썼습니다.

> 봉세수도원 수사들은 잠들기 전에 신에게 마지막 기도를 올린다고 한다. '저에게 평안한 죽음을 주소서'라고. 그 기도를 마친 뒤에도 잠시 떨고 있을 입술들은 어떤 간절함으로, 보이지 않는 신에게, 그리고 캄캄한 입을 벌린 자신과 세계의 운명에게 다가가고 있을까?

수사들이 저녁마다 마지막 기도를 올리는 경건한 모습은 우리의 평범한 삶의 모습은 아닙니다. 우리는 대부분 내일의 희망이나 절망에 대해서 생각하지 죽음을 떠올리지는 않으니까요. 하지만 오늘 하루는 고요한 시간의 정중앙에 가부좌를 틀고 '메멘토 모리'를 떠올려보시길 바랍니다.

오스카 와일드 단편선

별에서 온 아이

당신은
행복한 사람입니까?

<행복한 왕자>
오스카 와일드(1888년)

"나는 행복한 왕자다."

1

오늘 우리가 만날 주인공은 행복한 왕자라고 자신을 소개하는군요. 왕자인 신분에 행복하다고까지 하니, 세상에 부러울 것 없는 사람인 모양입니다. 그런데 그는 사람이 아닙니다. 황금으로 치장된 동상입니다. 지금 이 황금 동상이 우리에게 무엇인가 주려 하고 있습니다. 지금부터 그가 우리에게 무엇을 주려는지에 대해 이야기해보겠습니다. 그는 도시의 높은 곳에서 굶주리고 헐벗은 사람들을 보고 있습니다. 왕자는 무슨 생각을 하고 있을까요.

우리가 꿈꾸는 나라는 빈부격차 없이 모두가 어울려 잘 사는 곳입니다. 하지만 이런 사회는 유사 이래 존재하지 않았습니다. 사회 변혁을 꿈꾸는 사람들은 극심한 빈부격차나 인종차별, 인간성의 파괴와 같은 사회악에 저항한 사람들이었습니다. 프랑스 대혁명이나 동학민중혁명 역시 사회 모순과 부조리를 타파하고 행복해지기 위한, 가난한 사람들의 투쟁이었습니다.

우리가 지금 살고 있는 이 시대는 이러한 투쟁의 결과로 이루어진 세상입니다. 수많은 사람들의 희생과 투쟁이 있었음에도 사회 시스템은 고장 난 자동차처럼 제 길을 가지 못하고 있습니다. 과속을 하거나 타이어가 펑크 나 전복되기도 합니다. 도대체 무엇이 잘못된 것인지 알 수가 없습니다. 그러면서 우리 사회는 조금씩 병들어갑니다. 타인의 불행이 나의 행복인 것처럼 행동하는 사람들도 있지요. 옆집에서 독거노인이 죽어나가도 무관심하고, 굶주린 이웃이 있어도 불판에 삼겹살을 올립니다. 타인에 대한 배려보다는 내가 살고 보자는 강박은 우리 사회를 거칠고 각박하게 만들고 있습니다. 우리는 이렇게 살다가 어느 지경에 이를까요.

우리는 누구나 행복해지고 싶습니다. 하지만 행복의 기준은 저마다 다릅니다. 명품과 저택, 고급 자동차와 아름다운 사람들이 가득해야 행복한 사람도 있습니다. 마더 테레사와 같이 자신이 가진 모든 것을 가난한 사람에게 내어주어야 행복한 사람도 있습니다. 물질이냐 사랑이냐, 소유냐 삶이냐. 우리는 행복을 여러 방식으로 이야기합니다. 저는 어느 단체에 소액의 기부금을 내고 있는데요, 얼마 안 되는 물질이지만 그 돈으로 가난한 아이들을 돌보아준다고 하니, 고맙다는 문자메시지를 받을 때마다 조금 더 돕지 못하는 형편이 미워지기도 합니다.

오늘은 기부를 비롯한 선행이 우리에게 주는 의미를 한 편의 우화를 통해 이야기하고자 합니다. 나보다 가난한 사람을 돕는 손길은 우리 사회의 별빛이 되어 곳곳을 환히 밝힙니다. 가난한 사람에겐 거룩한 말씀보다 한 끼의 식사와 한 푼의 동전이 소중할 수도 있지요. 여기에 자신이 가진 모든 것을 내어주고 '나는 행복한 왕자다' 하고 이야기하는 영혼이 있습니다. 물신숭배자들의 극단적인 이기주의가 판치는 시대에 과연 그가 행복한 왕자인 이유는 무엇인지 같이 생각해보지요.

2.

19세기 영국의 한 도시에 행복한 왕자 동상이 서 있습니다. 도시의 높은 곳에서 아름다운 모습으로 사람들의 존경과 사랑을 받고 있습니다. 몸은 금박으로 치장하고 눈에는 사파이어가, 쥐고 있는 칼자루에는 붉은 루비가 박혀 있지요. 왕자는 궁전에서 부족한 것 없이 풍족하게 살았고, 수려한 외모로 아름다운 여인들과 사랑도 많이 나누었을 겁니다. 죽어서는 화려한 동상이 되어 도시를 한눈에 내려다보니 이런 팔자도 없습니다. 말하자면, 사후에도 행복한 왕자입니다. 사람들은 모두 그를 찬양하고 엄마들은 아들들에게 행복한 왕자를 닮으라고 합니다. 동상이 된 왕자는 하루 종일 도시만 내려다봅니다. 살아서는 보지 못했던, 세상이 변해가는 모습을 고스란히 보고 있지요.

점점 날이 추워지는 어느 날 밤이었습니다. 도시로 날아온 제비는 무리의 다른 제비들이 아프리카의 이집트로 날아가버려 홀로 먼 길을 가는 중입니다. 제비가 철을 놓친 이유는 갈대와 사랑에 빠졌기 때문입니다. 하지만 갈대에게 배반감을 느끼고 서둘러 따뜻한 곳으로 날아가던 제비는 행복한 왕자의 동상 아래에서 잠을 청합니다. 그때 하늘에서 물방울이 떨어져 제비의 날개를 적십니다. 한 방울, 두 방울, 세 방울…….

비가 내리는 줄 알고 날개를 펼치려던 제비는 무엇을 보았을까요? 바로 행복한 왕자의 눈동자였습니다. 아름다운 사파이어 보석에서 눈물이 떨어집니다. 우리는 간혹 이런 발견을 합니다. 전혀 예상치 못했던 순간에 마주한 전혀 생각할 수 없던 일들. 이런 순간이 인생의 터닝포인트입니다.

행복한 왕자는 왜 울고 있었을까요? 혹시 행복에 겨워서일까요. 아닙니다. 그의 눈에 들어온 가난한 사람들 때문이었습니다. 도시에는 비참하고 불쌍한 영혼들이 누더기를 걸치고 있었습니다. 궁전에서는 보지 못했던 가난한 백성들의 모습이 그의 사파이어 눈동자를 젖게 했습니다. 왕자는 이렇게 말합니다.

"내가 살았을 때, 인간의 마음을 가지고 있었을 때는 진짜 눈물이 무엇인지 몰랐단다."

행복한 왕자가 만난 제비는 사랑이 충만한 존재입니다. 그의 날개는 움직이지 못하는 어린 왕자의 마음을 물질로 바꾸어 실어 나르기에 적당하지요. 이 작품에서 제비는 전달자로서 소중한 봉사의 의미를 전달합니다. 움직일 수 없는 행복한 왕자는 자신의 루비를 가난한 재봉사 여인에게 전해주기를 원합니다. 제비는 갈등합니다. 어서 이집트에 가야 하기 때문입니다. 하지만 그날 밤만 심부름을 하기로 하고 왕자의 루비를 가난한 여인에게 전합니다. 그리고 말하지요.

"정말 이상해요. 날씨가 이렇게 추운데도 몸은 따뜻해진 것 같아요."

행복한 왕자는 네가 착한 일을 해서 그런 거라고 제비를 격려합니다. 제비는 이집트로 날아가기 전, 행복한 왕자를 찾아가 더 부탁할 것은 없는지 물어봅니다. 왕자는 다락방에서 희곡을 쓰고 있는 가난한 작가에게 수천 년 전 인도에서 가지고 온 자신의 사파이어 눈동자를 전해달라고 하지요. 보석 눈동자는 작가에게 지혜를 줄 겁니다. 왕자의 몸을 치장한 보석들과 금박이 이런 식으로 가난한 사람들에게 전달됩니다.

안데르센의 동화에도 등장하는 성냥팔이 소녀를 비롯해 도시에 살고 있는 가난하고 불쌍한 사람들에게 왕자는 자신의 모든 물질을 나누어줍니다. 그리고 이제 제비에게 이집트로 떠나라고 하지요. 이제 더 나누어줄 것이 없기 때문입니다. 하지만 제비는 왕자를 사랑하게 되었고, 늘 함께하겠다고 말하며 왕자의 발치에서 잠듭니다. 둘은 도시에서 겨울을 보냅니다. 눈과 서리가 내리고 처마에는 커다란 고드름이 열립니다. 온 도시는 한파로 꽁꽁 얼어버리고 왕자를 사랑한 제비는 빵 부스러기로 연명하다가 동상 아래에서 얼어 죽고 맙니다. 도대체 사랑이 뭐기에 이런 비참한 지경이 되어버린 것일까요? 제비 역시 자신의 모든 것을 왕자에게 주었군요. 소중한 목숨까지 말입니다.

3.

우리는 춥고 배고픈 도시에서 왕자와 제비가 자신의 모든 것을 내어주는 모습에 주목합니다. 나누면서 두 존재는 행복하게 대화합니다. 여기에서 우리는 유럽의 생태철학자 앙드레 고르의 이야기를 떠올릴 수 있습니다. 쾌락은 자신을 내어주면서 또 상대가 자신을 내어주게 만드는 것이다. 그가 아내 도린과 섹스를 하고 나서 깨달은 것입니다. 우리가 사랑이라고 하는 쾌락의 본질은 가져오는 게 아니라, 내어주는 것이라는 거지요. 왕자와 제비가 자신이 가진 모든 것을 내어주고 기쁨을 느끼는 모습이 이 우화에는 잘 그려져 있습니다.

또한 성철스님의 누더기 가사 이야기도 생각납니다. 세상의 존경을 받은 성철스님이 왜 토굴에서 누더기가 된 가사 하나를 걸치고 수행을 했을까요. 이는 금박이 다 떨어져나간 행복한 왕자의 동상과 절묘하게 연결됩니다. 불교사상에서도 핵심 중의 핵심이 자비입니다. 법정스님의 '무소유'나 여러 선승들이 강조하는 가르침이 바로 자신이 가진 것을 가난한 사람에게 내어주라는 것이지요. 행복한 왕자의 마음을 움직이는 납덩어리 심장과 성철스님의 말씀은 시공을 초월한 가치를 보여주고 있습니다.

이제 이집트로 날아가려던 제비는 죽음의 집으로 날아가고, 그 순간 납으로 만들어진 왕자의 심장이 쩍 갈라지면서 두 동강 납니다. 행복한 왕자와 제비는 운명을 함께합니다. 그리고 왕자는 거지처럼 초라해지지요. 시에서는 동상을 철거하려고 하고, 소식을 들은 권력자들은 저마다 자신의 조각상을 그 자리에 세워야 한다고 주장합니다.

그러던 어느 날, 도시에서 가장 귀한 것을 가려오라는 하느님의 명령을 받고 도시로 내려온 천사는 납으로 된 왕자의 심장과 죽은 제비를 들고 옵니다. 그리고 그들은 천국의 도시에서 행복하게 삽니다. 이 우화의 결말은 천상으로 연결됩니다. 가진 것을 모두 주고 도시의 쓰레기 더미 위로 던져진 심장과 제비의 날개. 이 비참한 현실이 실은 천상으로 연결된 사다리임을 작가는 보여줍니다.

천국은 인간의 영역이 아닙니다. 그러므로 그리스도교 신자들에게 하느님의 존재는 불변하는 진리의 표상이 됩니다. 독자들은 책을 덮으며 얼어 죽은 제비와 왕자의 심장을 소중하게 간직하게 됩니다. 모차르트는 살아서 자신의 재능을 나누어주고 시신 또한 공동묘지에 함부로 버려졌지만 그의 음악은 천상의 소리로 우리 곁에 남아 있습니다. 음악계의 행복한 왕자인 셈입니다. 이들의 마음을 읽고 그 선행에 공감한다면 우리 도시는 살 만한 공간으로 조금씩 바뀔 것입니다.

우리는 가난하게 살면서 평생 모아온 전 재산을 대학에 기부하는 김밥할머니의 선행을 비롯해서 익명으로 후원금을 내는 사람들과 적은 월급을 쪼개 아프리카의 굶주린 아이들과 결연을 맺는 사람들을 잘 알고 있습니다. 그들은 모두 행복한 왕자와 공감대를 이루는 심장을 가지고 있습니다. 이제 우리는 왕자가 왜 행복한 왕자인지 알게 됩니다. 그가 화려한 금박의 몸으로 눈물을 흘리는 까닭을 알 수 있습니다. 마침내 제비라는 전달자를 만나 보석도 금박도 없는 거지꼴이 되어 버려지는 순간 그는 행복한 왕자가 됩니다. 모든 것을 버릴 때 모든 것을 얻을 수 있다는 역설적인 이야기이기도 하지요. 왕자의 행복은 그 순간에 찾아왔습니다. 그렇다면 당신은 행복하신가요? 마치 행복한 왕자의 모습을 노래하는 것 같은 법구경의 한 구절을 인용해봅니다.

> 탐욕 속에 살면서 탐욕이 없음이여
> 내 삶은 더 없이 소박하여라
> 사람들 탐욕으로 밤낮을 모를 때에
> 나만이라도, 나만이라도
> 이 탐욕으로부터 멀리 벗어나 있다.
> 《법구경》 제15장

행복한 왕자에게 잘 어울리는 노래이고, 그의 행동을 불교적으로 표현한 문장이라는 생각이 드는군요. 탐욕은 행복한 왕자의 금과 보석으로, 탐욕에서 벗어난 소박한 삶은 기부행위로 볼 수도 있습니다. 탐욕으로부터 벗어나 행복한 사람이 되는 것입니다. 성경에서도 네 이웃을 사랑하라고 말합니다. 부자가 천국에 들어가는 것은 낙타가 바늘구멍을 통과하는 것보다 어렵다고도 말합니다. 결국 동서양의 성자들 모두 가난한 자에 대한 연민을 품고 그들을 직접 도우라고 설법하고 있지요.

왕자의 기부행위로 가난한 사람들이 빵을 먹고, 희곡작가가 글을 씁니다. 또 다른 행복한 왕자들은 지금 이 순간에도 그들의 제비를 통해 자신의 금박을 떼어내주고 있을 겁니다. 모든 것은 연결되고, 계속되고 있습니다. 그러니 이 비정한 세상에도 새벽이 찾아오고 동쪽에서 다시 해가 뜨는 것이겠지요.

우리가 소중히 여기는 가치는 무엇일까요? 대학원 시절에 보았던, 반딧불이가 숲 사이로 떠오르는 풍경이 떠오릅니다. 그것은 은하수가 가득한 밤하늘을 배경으로 신비롭게 피어오르는 푸른 불꽃이었습니다. 저는 그때, 순간적으로 몸의 모든 욕심이 떨어져나가 한없이 가벼운 영혼으로 세상을 바라보았습니다.

반딧불이는 제 몸을 태우는 촛불처럼 꽁지에 불꽃을 달고 날아오르지요. 그 순간 저는 손에 쥘 수 있는 생각 하나를 얻었습니다. 적어도 저 반딧불이 정도의 불빛은 품고 살자. 사람들에게 행복을 주는 좋은 시 한 줄은 적어놓고 이 세상을 떠나자.

시인을 꿈꾸던 시절이라 예민한 마음에 순수한 생각이 떠오른 것이겠지요. 그런데 어느새 저는 그 반딧불이를 잊고 살아갑니다. 그 후로 반딧불이를 본 기억 또한 없습니다. 하지만 문학작품을 읽을 때면 세파에 시달려 거칠고 무디어진 마음에도 젊은 시절 보았던 반딧불이들이 다시 찾아듭니다. 내 손바닥 정도의 마음을 밝힌다면 다른 사람의 마음을 읽을 수 있습니다. 우리에게 필요한 것은 올림픽경기장의 대형 전광판이 아니라, 우리의 소중한 마음을 밝힐 만한 반딧불이의 작은 불빛입니다. 오스카 와일드의 〈행복한 왕자〉는 우리가 진정으로 소중하게 생각해야 할 나눔의 가치를 이야기하는 우화소설입니다.

4.

오스카 와일드는 희곡작가로 당대에 부와 명성을 얻은 19세기 사람입니다. 그는 1854년 아일랜드 더블린에서 시인인 어머니와 의사이자 민속학자인 아버지 사이에서 태어납니다. 유복한 가정에서 자란 그는 더블린 트리니티 대학을 거쳐 영국 옥스퍼드 대학교에서 공부합니다. 대학 시절에 이미 '예술을 위한 예술'을 주장하는 유미주의자가 되어 화려한 치장을 하고 다니면서 사람들의 이목을 끌었지요. '예술이 인생을 모방하는 것보다 인생이 예술을 훨씬 더 모방한다'는 그의 유명한 문장도 과연 예술지상주의자다운 면모입니다.

〈행복한 왕자〉는 19세기 말 물질주의가 만연한 영국 사회에서 고귀한 가치를 지닌 사랑 행위에 대한 찬가로, 아름다운 문체가 돋보이는 작품입니다. 1888년에 〈행복한 왕자〉가 수록된 동명의 소설집을 내지만 별 주목을 끌지는 못합니다. 그가 출판을 원했던 맥밀란 출판사에 원고를 넘겼지만 어느 익명의 비평가에게 혹평을 당해 결국 데이비드 너트라는 소규모의 출판사에서 출판됩니다. 그의 대표작인《도리언 그레이의 초상》역시 〈행복한 왕자〉와 같은 취급을 받습니다. 원고도 제대로 검토하지 않은 출판사로 인해 '19세기 가장 탁월하고 대중적인 작품'은 무시를 당합니다. 하지만 이 두 작품은 작가의 사후에 재평가되어 명작으로 남게 되지요.

그가 명성을 얻은 것은 연극을 통해서였습니다. 〈윈더미어 부인의 부채(1892)〉, 〈진지함의 중요성(1895)〉, 〈살로메〉 등의 희곡을 통해 작가로서의 명성과 부를 축적합니다. 하지만, 동성애

사건으로 인해 이 모든 것을 잃고 몰락하지요. 이 사건으로 2년 간 옥중생활을 하고 출옥한 그는 파산을 하고 아내에게도 버림 받습니다. 그토록 사랑했던 두 자녀의 곁에 가지도 못하고, 여기저기 구걸하는 신세가 되어 유럽을 떠돌다 1900년 파리의 한구석에서 쓸쓸하게 생을 마감합니다. 부와 명성을 누리던 작가가 한순간에 쓰러지는 모습은 인생의 무상함을 생각하게 합니다. 그 역시 비참한 자신의 말년을 생각하지 못했을 겁니다.

어떤 의미에서 그는 보석으로 치장한 삶을 살다가 당대에는 허용되지 않았던 동성애 취향 때문에 몰락의 길을 맞이한 '왕자'였습니다. 작가의 생과 작품을 동일시할 수는 없겠지요. 그가 주장한 대로 '예술을 위한 예술'의 관점에서 보면 작가의 도덕성과 작품은 별개의 것이니까요. 우리가 읽어내는 오스카 와일드의 작품은 이미 우리의 것입니다. 그는 그의 작품에서 이미 타인이 되었습니다. 이제 그가 남긴 행복한 왕자가 보석처럼 빛나고 있습니다.

타인의 아픔에 공감하는 사람이 행복한 왕자입니다. 줄 것이 없는 사람이 아니라, 주지 못하는 사람이 바로 거지입니다. 당신은 모든 것을 주어버린 행복한 왕자입니까, 아니면 부귀영화를 누리고 있는 배부른 거지입니까? 창문을 열어보세요. 당신의 따뜻한 손길을 기다리는 가난하고 굶주린 아이들의 울음소리가 사방에서 들려오고 있을 겁니다. 당신이 몸에 지니고 있는 금박 한 잎을 떼어 한겨울에 날아오는 제비에게 전해주시길 바랍니다.

죽어도
죽지 않는 자의 고통

《드라큘라》
브램 스토커(1897년 초판)

"우리 집에 오신 걸 환영하오!
자유롭게 오시고 자유롭게 가시오."

1.

이 소설을 읽은 사람이나 읽지 않은 사람이나 '드라큘라 백
작'은 다들 알고 있을 겁니다. 한 소설의 캐릭터가 자신을 탄생
시킨 이야기를 넘어서는 경우가 종종 있는데요, 우리 문학에서
는 '홍길동'이나 '임꺽정'이 그렇고, 영미소설에서는 '드라큘라'
와 '셜록 홈스'가 대표적인 경우입니다. 과연, 흡혈귀의 왕이라
는 이름값이라도 하는 것일까요. 흡혈귀가 등장하는 수많은 소
설 중에서도 드라큘라의 영향력은 대단합니다.

흡혈귀와 흡혈귀 사냥꾼의 이야기는 다양한 형태로 확대, 재

생산되면서 지금껏 명맥을 이어오고 있습니다. 이러한 문화 현상은 브램 스토커의 소설《드라큘라》에서 시작되었다고 봅니다. 물론 그 이전에도 흡혈귀를 소재로 한《카밀라》와 같은 작품들이 출판되었지만 말입니다. 그래서인지 이 소설은 다양한 형태로 연구되었습니다. 심지어는 이 책이 '소설'이 아니라, 브램 스토커에게 접근한, 실존하는 흡혈귀의 지시를 받아 만들어진 작품이라는 이야기가 있을 정도이니까요. 어쨌든 소설은 등장인물인 변호사 조너선 하커가 자신이 겪은 일을 적고, 그 원고를 브램 스토커가 보고 집필하는 것으로 시작하고 있습니다.

21세기 최첨단 시대를 사는 우리 곁엔 혐오스러운 귀신과 괴물들이 다양한 형태로 존재합니다. 좀비와 흡혈귀, 살인마 등등이 그렇지요. 그중에서도 드라큘라 백작은 엄청난 힘을 지닌 공포의 상징이지요. 마치 성경의 '빛이 있으라'라는 문장의 대척점에 있는 것 같은 존재입니다. 하늘에 태양과 달이 있고, 인간의 마음에 기쁨과 슬픔이 공존하는 것처럼 드라큘라는 세상의 반을 지배하고 있는, 어쩌면 그 이상으로 계속 확장되는 어둠의 신이기도 합니다.

문명이 발달할수록 태양의 영역은 점점 줄어듭니다. 전기를 발명하면서 사람들이 활동하는 밤의 시간이 더 길어졌습니다. 자연의 아름다움과 종교의 신성성은 희박해지고, 무자비한 자본주의의 팽창으로 사람 또한 물질화, 기계화되고 있습니다. 극단적으로 말해 인간이 마치 백화점에 진열된 상품처럼 여겨지기도 합니다. 이러한 혼란과 어둠의 시대, 21세기는 드라큘라가 출현하기에 가장 적절한 시기가 아닌가 싶습니다. 만약에 그가 실존한다면 어딘가에서 날카로운 송곳니를 드러내고 우리의 생명을 노리고 있을지도 모르겠습니다. 안개와 모래 같은, 다양한 형태로 변신이 가능한 드라큘라는 더욱 더 공포의 대상이지요. 열쇠구멍으로도 침입이 가능한 그 앞에서, 우리는 무방비로 당할 수밖에 없는 나약한 존재입니다.

그는 좀비처럼 '살아 있는 시체'가 아니라, 지적인 동시에 문화적인 인물입니다. 귀족인 백작처럼 차려입고 강인한 남성의 힘을 지닌, 성적 매력이 넘치는 존재이기도 하지요. 중세에는 귀족의 신분으로 살았던 드라큘라가 현대를 살고 있다면 상류층 인사로 활동하고 있을지도 모릅니다. 이렇게 생각해보면 브램 스토커가 우리에게 던지는 메시지는 매우 강렬합니다. 우리에게 드라큘라는 어떤 의미로 다가올까요. 그가 트란실바니아의 고성을 벗어나, 빅토리아 왕조가 번성하여 해가 지지 않는 나라라고 불렸던 영국의 런던으로 향한 것처럼, 이 시대에 다시 살아나 최첨단 도시로 향하고 있는 것은 아닐까요? '그곳이 서울은 아닐까' 하는 생각도 전혀 엉뚱한 소리는 아닐 겁니다. 그가 온다면 도시에서는 어떤 일이 벌어질까요?

2.

지금부터 동유럽 트란실바니아 드라큘라 백작의 고성으로 여러분을 초대합니다. 그전에 1898년 8월 런던에서 쓴 작가의 서문 한 대목을 읽고 시작하겠습니다.

언뜻 보기에 여기에 묘사된 사건들이 믿을 수 없고 이해할 수 없을 것처럼 보이겠지만 나는 실제로 일어난 사건이라고 확신한다. 또한 현대 과학자들이나 비밀경찰들도 도저히 이해할 수 없는 이 기이한 일들을 미래의 심리학자들이나 자연과학자들이 꾸준히 연구를 하면 논리적으로 설명할 수도 있겠지만, 나는 이 사건들이 어느 정도는 여전히 이해할 수 없는 채로 남게 되리라고 확신한다. 다시 말하지만 이 이야기에 나온 것과는 일부 다른 결론에 도달하기도 했지만 여기에 묘사된 이 기이한 비극은 모든 점에서 사실이다.

이 서문은 셰익스피어의 비극 햄릿의 대사를 인용하면서 끝납니다. '우리의 철학이 꿈꾸는 것 이상으로 하늘과 이 지상에는 더 많은 것들이 있다.' 그렇습니다. 우리가 꿈을 꾸든 상상을 하든 그 이상의 것들이 세상에 혼재하고 있습니다. 이 소설은 그중에서도 가장 어두운 한 부분을 잡아내고 있습니다. 바로 드라큘라입니다. 작가가 '사실'이라고 거듭 강조하고 있는 드라큘라는 조너선 하커의 일지에서부터 시작합니다. 조너선 하커가 뮌헨을 떠나 트란실바니아의 고성에 도착하자 드라큘라는 손님에게 이렇게 말합니다.

"우리 집에 오신 걸 환영하오! 자유롭게 오시고 자유롭게 가시오."

드라큘라는 어둠 속에서 램프를 들고 그의 입성을 환영합니다. 드라큘라는 손님에게 자유롭게 오가라고 말하지만, 성에 발을 내디딘 순간 이미 그곳은 그의 손아귀에서 벗어날 수가 없는 감옥과도 같습니다. 드라큘라는 그런 인물입니다.

고성에서 조너선 하커에게 했던 것처럼 드라큘라는 늘 움직이지 않고 장승처럼 서서 어서 오라고 할 뿐이지요. 그는 사람의 영혼을 빨아들이는 존재입니다. 인간들은 그의 계획을 실현하기 위해 필요한 수단입니다. 가파른 절벽 끝에 버티고 선, 고성으로 상징되는 공포의 문이 드디어 열렸습니다.

조너선 하커는 드라큘라 고성을 탈출해 우여곡절을 거쳐 존 수어드 박사와 고달밍 경(아서 홈우드), 퀸시 모르스와 반 헬싱 박사를 만나게 됩니다. 조금 성급한 면도 있지만 이들이 힘을 합쳐 드라큘라 백작을 제거하는 장면을 볼까요. 소설의 마지막 장인 27장, 드라큘라는 이들에게 머리가 잘리고 심장에 칼이 박힌 채 먼지가 되어 사라집니다.

"드라큘라 백작이 마지막으로 분해되는 순간 그의 얼굴에, 도저히 그곳에 있으리라곤 상상조차 하지 못했던 평온한 표정이 깃들었다는 사실에 난 살아가는 동안 내내 기뻐할 것이다."

이렇게 소설 드라큘라의 처음과 끝을 간단하게 적고 보니 뭔가 허전하다는 생각도 듭니다. 소설은 처음과 끝을 이어주는 이야기의 구조가 좋아야 된다는 생각이 듭니다. 하여간 드라큘라 백작은 잠들어 있는 상태에서 사람들의 손에 의해 비교적 쉽게 제거됩니다. 저는 이게 조금 마음에 걸리는데요. 그래서 성급하게 드라큘라의 죽음부터 말씀드린 겁니다. 악의 신 드라큘라의 위상에 비해 결말이 너무 싱겁다는 생각이 들지 않습니까? 흡혈귀 사냥꾼과 드라큘라와의 대결 장면보다는 여러 사람들의 다양한 시선을 통해 흡혈귀에 대한 공포심을 극대화하는 것이 책의 중심이 되지만 말입니다.

다시 처음으로 돌아가 이 무서운 사건의 발단을 살펴보겠습니다. 드라큘라는 어떤 이유인지는 몰라도 영국으로 가고자 합니다. 당시의 영국은 빅토리아 왕조가 번성했습니다. 산업혁명의 결과로 도시가 발달하고, 제국주의가 팽창하여 인도와 같은 식민지를 거느린, 말 그대로 대영제국의 정점이었지요. 하지만 극심한 빈부격차로 가난한 사람들이 굶주리고 있는 음지의 골목길도 탄생합니다. 그 대표적인 도시가 바로 런던입니다. 이 시절에 문학적으로도 걸작들이 탄생하는데요. 〈셜록 홈스 시리즈〉,《드라큘라》그리고 오스카 와일드를 비롯한 작가들의 작품들이 탄생한 축복의 시대이기도 합니다.

19세기 말에 어두운 트란실바니아를 떠나 화려한 런던으로 가고자 하는 드라큘라의 의도는 무엇이었을까요. 이 시기를 살았던 칼 마르크스가 한 말에서 드라큘라가 영국에 가는 이유를 찾아볼 수도 있겠습니다.

"자본은 일종의 죽은 노동이다. 흡혈귀처럼 오직 살아 있는 노동의 피를 빨아들임으로서 살아가고 있다. 따라서 오래 살면 살수록 이것은 더 많은 노동의 피를 빨아들인다."

여기서 마르크스를 인용하는 것이 지나친 비약일 수도 있지만, 드라큘라가 영국으로 가는 이유가 단지 두 여인, 루시와 미나의 피를 마시기 위해서라고만 생각할 수는 없습니다. 뭔가 다른 이유가 있을 것인데, 그가 노리는 것이 마르크스가 말한 '자본에 물들어가는 인간들'이 아닌가 하는 생각도 드는군요.

드라큘라가 무서운 이유는 날카로운 송곳니로 우리의 목을 물어 흡혈을 하는 행위 다음에 있습니다. 바로 '감염'입니다. 단지 사람을 죽이는 거라면 그는 연쇄살인범과 다를 게 없겠지요. 그러나 그는 감염원입니다. 드라큘라는 마치 바이러스를 퍼트리듯 자신의 혈액을 통해 또 다른 흡혈귀를 만들어내는 악의 근원입니다. 이것이 공포의 핵심입니다. 이것을 막지 못한다면 영국은 큰 혼란에 빠지고 파멸할 수도 있는 겁니다. 흡혈귀가 된 사람들이 득실거리는 런던을 상상해보십시오.

런던으로 온 드라큘라. 그가 구입한 여러 채의 저택에는 트란실바니아의 흙이 담긴 상자가 있습니다. 그것은 일종의 관으로, 드라큘라는 태양이 뜨면 그곳에서 쉬고, 해가 지면 상자에서 나와 다시 활동합니다. 드라큘라의 첫 희생양은 몽유병 증세가 있는 루시입니다. 그녀는 매력이 넘치고, 아름다워 세 명의 신사에게 청혼을 받을 정도였지요. 그 세 사람은 사실 정신병원을 운영하는 의학박사 존 수어드, 텍사스에 온 미국인 퀸시 모리스, 영국 귀족청년 아서 홈우드입니다. 루시는 그중 아서의 구애를 받아들여 결혼을 앞두고 있습니다.

어느 날 밤, 드라큘라가 몽유 상태에 있는 루시의 목을 물어 피를 빨고, 그녀는 점점 흡혈귀로 변합니다. 수어드 박사는 한때 청혼까지 했던 루시가 병들어 창백하게 변하는 모습을 자신의 의학 상식으로 도저히 이해할 수가 없습니다. 그런 수어드의 요청으로 그의 스승이자 과학자인 반 헬싱 박사가 등장합니다. 루시가 흡혈귀가 되어가고 있다는 사실을 확인한 박사는 절망에 빠지지만, 여러 사람들과 함께 드라큘라 사냥에 나섭니다.

반 헬싱 박사가 등장하기 전까지 안개처럼 다가오는 드라큘라의 정체에 대해 아무것도 알 수 없습니다. 하지만 루시의 목에 남은 날카로운 송곳니 자국, 계속 수혈을 해야만 생명이 연장되는 모습을 통해 드라큘라의 정체가 서서히 베일을 벗게 됩니다. 흡혈귀의 공격으로 사람이 죽으면, 그 사람 역시 흡혈귀가 된다는 것입니다. 그 상태를 '언데드'라고 부르는데, 이 '언데드'야말로 드라큘라의 정체성을 가장 잘 표현한 단어라고 말할 수 있습니다.

루시는 흡혈귀 즉 '언데드'가 되어 밤이 되면 묘지에 안장된 자신의 관에서 나와 어린아이의 피를 빨아 먹고 삽니다. 아이들은 그녀를 예쁜 아줌마라고 부른다는군요. 흡혈귀가 된 그녀는 더욱더 관능적인 모습으로 변화하고, 강한 힘을 소유하게 됩니다. 요즘 식으로 표현하자면 섹시미 넘치는 매력적인 모습으로 남성을 유혹하는 셈입니다. 그녀는 결국 묘지를 지키고 있던 반 헬싱 박사 일행에게 들켜 가슴에 말뚝이 박히고 목이 잘려 먼지로 사라지게 됩니다.

3.

수어드 박사의 정신병원에 수감된 환자 렌필드는 악마에게 감염된 복잡한 인간의 심리를 잘 보여주고 있습니다. 수어드 박사는 그에 대해 이렇게 기록합니다.

"R. M. 렌필드, 나이 59세, 다혈질, 힘이 몹시 셈. 병적으로 흥분을 잘함. 우울증 증세를 보인 뒤 때로 이해할 수 없는 생각에 사로잡히는 편집증 증세를 보인다."

렌필드는 흥미로운 사람입니다. 그는 인간이 보편적으로 지니고 있는 광기와 지성, 폭력과 평화의 모습을 선명하게 보여주고 있습니다. 그는 그토록 간절하게 기다리던 드라큘라가 나타나자 주인으로 섬기면서도, 그가 미나에게 해를 가하려는 것을 알고 순식간에 백작을 배신합니다. 그 행동은 자칫 개연성이 떨어져 보이지만 그의 광적인 면 또한 인간의 한 단면이 아닌가 하는 생각을 하게 됩니다.

그는 영혼을 부정하고 생명만을 원한다고 울부짖습니다. 병실에서 채집한 거미와 파리를 먹어치우는 등 광적이고 괴이한 행동을 하다가도, 어느 순간에는 지적 교양이 넘치는 지성인으로 행동합니다. 그런 불안정한 모습들은 드라큘라와 대비되면서 극적 긴장감을 유발하는데요. 그는 결국 그토록 기다리던 '주인님'을 배신한 대가로 처참하게 온몸이 부서지는 고통을 겪으면서 죽어갑니다.

한편 드라큘라는 런던에 마련한 은신처의 상자를 반 헬싱 박사가 모조리 못 쓰게 만들어놓자 트란실바니아로 탈출합니다. 반 헬싱 박사 일행은 조너선의 아내인 미나가 흡혈귀로 변하는 상황에서도 그를 추적합니다. 즉 미나가 흡혈귀가 되기 전에 드라큘라를 제거하지 못하면 그녀 또한 머리가 잘릴 수밖에 없는 운명입니다. 일행은 트란실바니아 고성의 근처에서 드라큘라의 상자를 운반하던 추종자들과 대결을 하고 이 과정에서 퀸시 모리스가 죽고 맙니다. 하지만 일행이 드라큘라를 제거하는 것에 성공하면서 소설은 대단원의 막을 내립니다.

4.

소설은 일기를 중심으로 편지와 전보, 신문 기사, 축음기를 이용해 녹음한 자료들과 반 헬싱 박사의 비망록 등이 퍼즐처럼 연결되어 있는 구성입니다. 다큐멘터리 영상을 보는 듯한 재미가 있군요. 그리고 당대의 중요한 발명품인 축음기와 타자기 등이 등장해서 과학의 시대로 진입하는 19세기 말의 풍속도를 잘 보여줍니다. 등장인물들은 흡혈귀와 대면하는 공포에 맞서면서 자신에게 일어나는 일을 꼼꼼하게 기록하고, 그 자료들이 모여 한 편의 공포소설을 이룹니다. 단편적으로 이어진 기록들 중에서 조너선 하커의 일기를 볼까요.

"생각하기가 두려워 틈만 나면 일기를 쓰려고 한다. 중요하든 사소하든 간에 모든 것을 기록해야 한다. 결국에 가선 사소한 것이 가장 중요할 수도 있으니 말이다."

다음은 반 헬싱 박사의 비망록에 실린, 흡혈귀가 되어가는 미나 부인을 흡혈귀들이 유혹하는 대목입니다.

조너선의 목에 키스하려 했던 세 명의 여인들의 모습으로 내 눈앞에 나타났다. 난 그 살랑거리는 몸과 강렬하면서도 사나운 눈빛, 하얀 이빨과 붉은 얼굴, 그리고 관능적인 입술을 알고 있었다. 그들은 가엾은 미나 부인을 쳐다보며 미소 지었다. 그들의 웃음소리가 밤의 적막을 깨고 들려왔다. 이윽고 조너선이 말한 것처럼, 그들은 팔짱을 긴 채 부인을 가리키며 물이 담긴 유리컵을 두드릴 때 나는 것 같은 너무도 낭랑하게 울려 퍼지는 목소리로 말했다.

'이리 와요. 우리에게로요. 어서요.'

위에 인용한 두 사람의 문장에서 보듯이, 한 인물을 두고 여러 시선이 얽히면서 이야기의 초점을 맞추어나갑니다. 그러고 보면 구성이 꽤 난삽하다는 생각이 들기도 하지만, 등장인물들이 자신의 시점으로 쓴 이야기가 서로 어울리면서 어느 순간 단단하게 자리를 잡습니다. 그래도 다 읽고 나면 찾아오는, 뭔가 빠진 것 같은 기분은 어쩌면 브램 스토커가 후세의 작가들에게 "너희가 나머지를 써 넣어보지그래." 하고 남겨둔 빈 칸 같기도 합니다.

하지만 소설이 가진 굉장한 흡인력만은 무시할 수 없습니다. 안개처럼 다가온 드라큘라의 실체를 보고 싶은 건 독자라면 당연한 마음이겠지요. 등장인물들은 처음에는 드라큘라 앞에서 약한 존재였지만, 다가오는 불행과 공포에 맞서 싸우면서 점차 구심력을 갖기 시작합니다. 안개가 걷히면 실체가 드러나니, 그 앞에 설 용기만 있다면 어떤 공포와도 맞설 수 있겠지요.

드라큘라와 대적하는 무기들은 빅토리아 왕조에 융성한 과학적인 분석을 바탕으로 하고 있지만, 고대로부터 내려온, 부적과 같은 것들도 있습니다. 마늘, 야생장미, 십자가, 말뚝, 성체가 든 빵 등이 그렇습니다. 드라큘라는 남자 20명의 힘을 가지고 있고, 안개로 변신하고 늑대와 쥐, 박쥐 등을 마음대로 동원하는 초자연적인 인물이기 때문에 평범하게 맞서기 어렵습니다.

선과 악의 이분법상에서 드라큘라의 존재는 의외로 간단한 것처럼 보이기도 합니다. 그는 순전한 악의 존재이기 때문입니다. 드라큘라는 어둠의 '부활이고 생명'이자, 그리스도에 반하는 적그리스도의 상징이기도 합니다. 흡혈귀 또한 죽은 후 부활하고, 어떤 의미로는 영생을 얻은 자라고 할 수 있습니다. 그러나 그는 예수와는 완전히 정반대에 위치한 존재입니다. 이러한 선과 악의 구도에서 혼란스러워하며 고통받는 자가 바로 정신병자인 '렌필드'이지요. 그는 메피스토펠레스에게 영혼을 팔려는 파우스트 박사의 모습을 가지고 있습니다. 그는 선과 악의 이분법을 넘어선 자리에 있는, 흥미로운 인간 정신을 보여주는 사람입니다.

미나 부인은 자신이 감염되었다는 사실을 알고 조너선에게 미리 장례식 때 읽는 기도문을 읽어달라고 합니다. 다음에 소개하는 구절을 잘 읽어보면 천사와 악마의 차이가 무엇인지 생각해볼 수 있습니다.

예수께서 가라사대 나는 부활이요 생명이니 나를 믿는 자는 죽어도 살겠고 무릇 살아서 나를 믿는 자는 영원히 죽지 아니하리니, 내가 알기에는 나의 구속자가 살아 계시니 후일에 그가 땅 위에 서실 것이라. 나의 이 가죽, 이것이 썩은 후에 내가 육체 밖에서 하나님을 보리라. 내가 친히 그를 보리니 내 눈으로 외인처럼 하지 않을 것이다. 우리가 세상에 아무것도 가지고 온 것이 없으매 또한 아무것도 가지고 가지 못하리니. 주신 자도 여호와시오 취하신 자도 여호와시오니 여호와의 이름이 찬송을 받으실지니이다.

《성공회 기도서》(영국 성공회 예배서)

선과 악 즉 어둠의 부활인 언데드의 경계선에 바로 '감염'이 있습니다. 예수와 드라큘라는 부활이요 생명이지만, 하나는 선이고 하나는 악입니다. 천사는 감염되지 않습니다. 그 자체로 온전한 존재입니다. 흡혈귀는 끊임없이 타자를 감염시키면서 결국 죽음이 없는 상태, 파멸의 길, 인류 종말을 향해 가게 합니다. 신체의 암과 같은 존재입니다.

인류는 결국 어떤 형태가 되었든 감염으로 인해 멸종할 수 있겠다는 생각이 듭니다. 광우병을 비롯한 여러 치명적인 바이러스가 마치 흡혈귀처럼 우리 생명의 목덜미를 물고 피를 빨고자 합니다. 최근의 메르스 사태 역시 마찬가지입니다.

인간은 선과 악의 속성을 동시에 가지고 있습니다. 흡혈귀는 따로 태어나는 종이 아니라, 바로 인간의 변형입니다. 생명을 가진 인간이라면 누구나 언데드 즉 흡혈귀가 될 수 있고 천사가 될 수도 있습니다. 이제 무서운 질문을 할 시간입니다. 당신은 어느 편에 서 있습니까? 바이러스입니까, 항체입니까? 악마입니까, 천사입니까?

5.
'무서운 질문'에 대한 대답으로 '나는 사람이다'가 적당할 겁니다. 더불어 '나는 또한 사랑이다'가 부연되면 좋겠군요. 드라큘라 사냥꾼들의 마음은 아름답고 현명한 여인인 미나를 향한 사랑의 마음입니다. 확대해석하자면 전인류에 대한 사랑일 텐데요. 욕망의 화신이 드라큘라라면, 그 대척점에 선 존재는 사랑 그 자체 즉 예수입니다. 자신을 희생한 예수의 사랑이야말로 인류의 구원이자 희망이 되었습니다.

드라큘라를 제거한 반 헬싱 박사 일행은 미나 부인의 몸이 정상적으로 돌아오자 신을 향해 감사의 기도를 올립니다. 신과 사랑의 위대함을 보여주는 장면이지요. 이제 우리는 드라큘라의 공포에서 완전히 벗어났다고 안심해도 되는 걸까요.

어떤 연구자들은 이 소설이 드라큘라의 기획과 편집으로 만들어진 소설이라고 생각합니다. 소설을 통해 드라큘라는 죽었으니 안심하고 살라는 메시지를 전달하고 자신은 어디에선가 무시무시한 계획을 실행하고 있다는 것이지요. 저 역시 그들의 의견에 공감합니다. 그는 지금 서울을 비롯한, 문명이 끝판을 달리는 도시의 어딘가에 잠들어 있다가 다시 깨어나고 있을 겁니다. 19세기와는 비교할 수 없을 정도로 팽창한 기술과 과학, 자본, 질병의 힘은 인간을 끊임없이 공포로 몰아넣습니다. 드라큘라의 이러한 면이 현대 공포소설을 양산하게 하는 원동력이 되기도 하겠지요.

"당신이 바라지 않는 일이 당신이 바라는 일보다 더 자주 일어난다."

그리스 철학자 티투스 마키우스 플라우투스의 문장입니다. 이 말은 19세기 빅토리아 왕조의 수상 디즈레일리가 자주 인용했고, 나중에는 대처 수상이 더 많이 인용해 '대처의 원칙'이라고도 불리는데요. 제게는 이 말이 드라큘라가 등장할 것이라는 예언처럼 들립니다. 인생은 원하지 않는 일들일수록 더 자주 일어나는 속성을 가지고 있습니다.

오늘 밤, 집에 돌아가는 길에 키가 크고 호리호리한, 붉은 눈을 가진 사내가 송곳니를 드러내면서 당신의 뒤를 밟을지도 모릅니다. 그는 이제 자본, 스마트폰, 권력으로 변신합니다. 비록 드라큘라가 출현하지는 않더라도, 적어도 그가 출현하기에 아주 적절한, 무서운 세상에서 우리는 살고 있습니다. 무엇이 우리를 구원할 수 있을까요. 마늘이라도 침대 위에 잔뜩 놓고 잠을 청해야 할까 싶습니다.

이 공포를 경이로운 신의 손길로 바꾸는 일은 바로 우리의 몫입니다. 행복한 내일로 향하는 문을 열기 위해 필요한 것이 오늘의 용기입니다. 당신에게는 그러한 힘이 있을 겁니다. 아직 당신이 알지 못하는 무한한 에너지가 사랑과 희생의 세포로 남아 있을 테니까요. 이 글의 마침표는 소설에 나오는 라틴어의 한 문장을 이용하면서 찍겠습니다. 옴네 이그노툼 프로 마그니피코Omne ignotum pro magnifico. 알려지지 않는 것이 경이롭다.

추신

1897년 브램 스토커의 《드라큘라》가 출판된 후, '드라큘라 산업'이라고 불러도 좋을 만큼 많은 작품들이 영화, 연극, 소설, 학계의 연구서의 형태로 등장했습니다. 이 소설은 정신분석, 사회학, 기독교적 알레고리 등 다양한 분야의 연구대상이기도 합니다. 그중에서도 연극을 비롯, 고전 영화들이 눈에 띕니다.

연극으로는 브램 스토커가 대본을 쓴, 5시간이 넘는 작품이 있고, 1920년대 해밀턴 딘의 〈드라큘라〉 연극은 비평가들의 혹평에도 엄청난 성공을 거두며 미국 브로드웨이로 진출했지요. 미국의 전설적인 출판가이며 연출가인 호레이스 리버라이트는 딘과 협력하여 대본을 살짝 수정한 〈드라큘라〉를 브로드웨이에서 261회 상영합니다. 벨라 루고시라는 전설적인 배우가 드라큘라 역을 맡았습니다. 혹시 그가 출연하는 영화를 보지 못했더라도 어두운 흑백영화에서 송곳니를 드러내는 무시무시한 드라큘라의 모습을 기억하신다면 십중팔구 '벨라 루고시'일 겁니다. 그는 연극뿐 아니라, 칼 레믈리 2세가 만든 영화에 출연하여 시대를 뛰어넘어 관객들의 마음에 드라큘라로 각인되었습니다.

이후 수많은 나라에게 서로 다른 대본으로 드라큘라를 만들었지만, 그중에서도 프란시스 포드 코폴라 감독이 1993년에 만든 영화 〈드라큘라〉가 기억나는군요. 드라큘라 역에 게리 올드먼, 반 헬싱 박사 역에 앤서니 홉킨스, 미나 역에 위노나 라이더, 조너선 하커 역에 키아누 리브스 등 화려한 출연진과 엄청난 제작비로 화제가 되었고, 그해 오스카상 3개 부문을 수상한 작품입니다. 휴 잭맨이 주연한 2004년 영화 〈반 헬싱〉 역시 기억에 남습니다.

감독들은 소설 속 등장인물들의 역할까지 바꾸어가면서 저마다의 작품을 만들어냈는데요. 모든 작품에서 드라큘라와 렌필드의 비중은 매우 높습니다. 그래서 두 악인의 모습이 소설과 영화에서 가장 강력한 이미지로 관객들의 마음에 남아 있는 것이지요. 저 역시 드라큘라와 렌필드를 연기한 배우들이 인상적이었습니다. 그들이 바로 어둠이고 공포이기 때문이겠지요.

드라큘라는 앞으로도 영화나 뮤지컬로 재탄생할 것입니다. 그는 이미 우리 마음속에 자리 잡고 있는 어둠이고 공포 그 자체이기 때문입니다. 그는 죽어도 죽지 않는 자이지요. 그것이 얼마나 큰 고통인지 우리는 짐작하기 어려울 겁니다.

드라큘라를 읽을 때면 곁에 두게 되는 시집 하나가 있습니다. 1870년에 출판된 기괴한 시인 로트레아몽 백작의 《말도로르의 노래》입니다. 두 작품은 묘하게 연결되는 구석이 있습니다. 로트레아몽 백작은 이지도르 뒤카스의 필명으로, 스물네 살에 요절한 19세기의 천재시인입니다. 그는 아마도 흡혈귀인지도 모르겠습니다. 평론가들은 그의 작품을 두고 정신병자의 작품이라고도 이야기하지요. 그의 시 한 문장을 인용하면서 드라큘라와 헤어지겠습니다.

머지않은 새벽이 올 때까지, 나는 나에게 어울리는 자네의 잠자리를 물론 거절하지 않겠네. 나는 자네의 호의에 감사하네…… 무덤 파는 인부, 도시의 폐허를 바라보는 것은 아름답지. 그러나 인간의 폐허를 바라보는 것은 더욱 아름답네!

그러나 끊임없이 전쟁이 들판에 파괴적인 제국을 설치하고 수많은 희생자를 거두어들이고 있다. 잘 있어라. 노인네여, 너의 의견이 반대됨에도 불구하고 너는 흡혈귀를 친구로 가졌으니 절망하지 말라. 옴을 일으키는 벌레를 계산하면 너는 두 친구를 가진 셈이다.

영혼의 자화상을
그려봅시다

《고흐의 편지》

빈센트 반 고흐(1914년, 1990년 고흐 사후
100주기 네덜란드어 개정 완역본)

"예술은 사람의 손에서 나오는 것이지만
그저 손으로만 빚어지는 것이 아니라
인간의 영혼이라는 깊은 샘에서 솟아나는 것이지."

1.

서울시립미술관에서 열린 고흐 전시회를 보고 나오는 길이
었습니다. 저와 함께 관람한 선배가 이런 말을 하더군요. 그동
안 나는 고흐를 몰랐다. 그게 참 억울하다. 미술 애호가인 선배
는 동서양 회화에 대한 특별한 안목이 있는 사람이었습니다.
저는 그날 선배가 한 인간의 영혼과 마주한 감동을 받았을 거
라고 생각합니다. 저도 고흐의 그림에서 그런 느낌을 받았기
때문입니다. 그날 그 공간은 한 예술가의 영혼이 출렁거리는
바다 같았습니다. 19세기 네덜란드 출신의 화가가 그려낸 작품

에는 영혼의 붓질이 두껍게 칠해져 있었습니다. 지금껏 인쇄된 그림만 보다 원본을 마주하니 골방에서 나와 광활한 바다 앞에 선 기분이었습니다.

심장과 달리 마음과 영혼은 눈에 보이지 않습니다. 그래서 몸과 대비되는 혹은 초월적인 영역으로 생각하기도 하지요. 하지만 과연 영혼이 보이지 않는 것인지는 섣불리 말할 수 없을 것 같습니다. 많은 예술가들이 그들의 작품을 통해 인간의 영혼을 발현하고 있기 때문입니다. 화가 이중섭의 영혼을 보고 싶다면 그의 그림을 보면 됩니다. 그의 영혼이 그림을 통해 손으로 만져지듯 다가올 것입니다. 소월이나 백석의 영혼을 보고 싶다면 그들의 시편을 소리 내어 읽으면 됩니다. 바흐나 베토벤의 영혼은 그 음악에서 울려 퍼지고 있지요.

저는 그날 집으로 돌아와 고흐의 편지를 다시 읽었습니다. 고흐의 편지를 읽고 나서야 인간 영혼의 틀을 볼 수 있었습니다. 어떤 부분은 경전을 읽은 것처럼 황홀한 전율이 제 몸을 타고 흐르기도 했습니다. 그의 편지는 우리 삶과 영혼에 대한 보이지 않는 틀을 가지고 있었습니다. 그것은 마치 명화를 걸어놓는 액자 같은 것이었지요. 고흐의 영혼에 내 인생의 어떤 부분을 걸어놓고 싶었습니다.

액자는 그림을 돋보이게 해줍니다. 고흐가 자신의 그림 '감자 먹는 사람들'의 액자를 금빛으로 하라고 테오에게 당부하는 대목에서 그 이유를 알 수 있습니다. 시골 농부 가족이 램프 하나를 밝히고 어두운 공간에서 감자를 먹는데 그 주위를 금빛액자로 밝혀야 한다고 했지요. 우리도 삶의 어두운 부분을 밝게 하는 영혼의 틀을 가져야할 것 같군요. 그것이 우리 생활을 풍요롭게 할 것입니다.

서간문학의 걸작인 고흐의 편지를 통하여 우리는 타인의 영혼을 바라보는 법을 배웁니다. 마치 미술관에 걸려 있는 그림을 보듯 영혼을 바라볼 수 있을까요? 고흐의 '해바라기'나 '구두'와 같은 작품을 바라보듯 말입니다. 이처럼 인간의 영혼은 어디에서 어떻게 나타나는지 이야기하겠습니다. 누구보다 세상을 사랑한 고흐의 편지에 쓰여 있는 비밀. 오늘은 그것을 이야기하겠습니다.

2.

고흐의 편지는 예술가가 탄생하는 과정을 그린 문학입니다. 혹은 화가가 쓴 '예술가 소설'로도 읽힐 수 있지요. 전문 작가가 아닌 화가가 자신의 문장을 가지고 글을 쓸 수 있을까요? 저는 그것이 참 대단하다고 생각합니다. 고흐의 서간문들은 그의 그림에서 뿜어져 나오는 후광이 없더라도 그 자체로 가치가 있는 작품이지요. 마치 그의 작품 '해바라기'처럼 말입니다. 그가 보낸 편지에는 그림을 그리고자 하는 화가의 강력한 내적동기와 더불어 고흐라는 화가의 모습이 자화상처럼 그려져 있기 때문입니다.

그의 그림보다 때론 편지가 더 가깝게 다가옵니다. 화가로서 고흐의 전 생애를 보여주기 때문입니다. 그의 편지에는 진부하고 상투적인 표현이 없습니다. 정확하고 간결한 문체로 자신의 화가로서의 삶을 적었습니다. 여기에 영혼의 울림이 있는 것입니다. 그의 말대로 '인간이라는 영혼의 깊은 샘'이 없다면 그의 그림도 없었을 거라고 단언해도 되지 않을까요.

고흐의 그림들은 당대 문학작품들의 영향을 받았습니다. 문학이 그림의 뿌리가 되고 삶의 자양분이 되었지요. 그림을 그리기 위해 보낸 그의 고독한 인생-외로움, 항상 돈이 없는 가난뱅이라는 사실, 정신질환을 앓고 있는 환자로서의 삶-을 견디는 모습은 화가로서 자존감이 없다면 불가능해 보입니다. 그의 에너지의 근원이 바로 독서라는 생각이 드는군요.

그는 지독한 독서광이었습니다. 자신이 좋아하는 화가들의 전기를 비롯하여 사람에 대한 연민으로 가득한 마음으로 성경을 가까이 했습니다. 프랑스의 발자크와 쥘 미슐레, 공쿠르 형제의 작품들을 비롯해, 영국의 조지 엘리엇과 디킨스의 작품 등 당대 중요한 문학작품을 공부하고 편지를 보냅니다.

> 지난 겨울 나는 위고의 작품에 푹 빠져 있었거든, 《사형수의 마지막 날》과 셰익스피어에 대한 훌륭한 책이었지. 나는 이 작가를 오래전부터 공부했어. 이 사람은 렘브란트만큼이나 눈부시더구나. 찰스 디킨스나 빅토르 위고에게 셰익스피어는, 도비니의 로이스달, 밀레의 렘브란트 같은 존재야. (1880. 9. 24)

또한 그림에 대해서 설명하고 있는 편지를 보면 뛰어난 미술평론가의 해설처럼 읽히기도 합니다. 그의 그림과 그가 읽은 문학작품과의 연관성은 미술평론가가 한번 다루어볼 만한 주제입니다. 1882년 테오에게 보낸 편지에서 그가 인생을 대하는 태도를 엿볼 수 있습니다.

내게 밝은 미래가 있을지 여부는 무엇보다 내가 하는 일에 달렸다고 믿어. 기력이 다하는 날까지 다른 어떤 길도 아닌 이 길로 묵묵히 투쟁을 계속해나갈 거야. 내 작은 창문들을 통해 자연의 면모들을 즐겁게 관찰하며 애정을 다해 성실히 그것을 그릴 생각이지. 누군가로부터 방해를 받으면 그저 방어하는 걸로 만족할 테다. 이 정도로 그림 그리기를 좋아하니 그 무엇도 나를 이 길에서 돌려세울 수 없을 거야. 원근법의 독특한 효과는 복잡한 인간사보다 더 많은 호기심을 불러일으킨다.

혹시 미래가 불안하다고 생각하십니까? 미래는 당신이 지금 그려낼 수 있는 그림일수도 있습니다. 우리에게 주어진 화폭에 오늘을 그리면 그것이 바로 미래입니다. 우리가 설령 고흐처럼 되지는 못하더라도, 고흐처럼 살 수는 있습니다. 고흐는 미래에 대해서 이야기하고 있지만 적어도 그는 살아 있는 동안 허황된 내일을 꿈꾸지 않았습니다. 항상 물감을 살 돈을 구하고 다니는 그의 현실은 우리가 생각하는 '행복한 미래'가 아니었습니다. 우리가 사는 시대에 높은 가격으로 거래되는 고흐의 그림들이 그의 미래는 아니었을 겁니다. 그의 미래는 그저 지금 하고 있는 일의 결과였고, 그것은 가치를 매길 수 없는 작품으로 남아 우리에게 전해집니다.

3.

1886년 '이젤 앞에서 검은 펠트 모자를 쓴 자화상', '파이프를 문 자화상', '회색 펠트 모자를 쓴 자화상'에서부터 1887년 '밀짚모자를 쓴 자화상', 1888년 '이젤 앞에 있는 자화상', 1889년 '귀에 붕대를 맨 자화상'과 '귀에 붕대를 매고 파이프를 맨 자화상'에 이르기까지, 그는 유독 자화상을 많이 그린 화가였습니다.

그는 매년 다른 시각으로 자신을 그렸습니다. 자화상은 고흐의 그림세계가 어떻게 변화하고 있는지 잘 보여주는 그림이지요. 더불어 그의 변화하는 화풍 역시 자화상을 통해 잘 나타나고 있습니다. 그의 자화상을 응시하고 있으면 그림이 말을 걸어온다고 여기게 됩니다. 어느 순간 내게 말을 걸어오는 그림. 그것은 고흐의 말이 아니라, 바로 나의 내면에서 들려오는 나의 말입니다.

그의 자화상 대부분이 귀 한쪽만 나오는 측면의 모습입니다. 그림 속 그는 약간 삐딱하게 고개를 돌리고 우리를 쳐다보고 있습니다. 자화상 초기 작품인 '회색 펠트 모자를 쓴 자화상'에서는 정면을 응시하고 있습니다. 그림은 이 글을 쓰는 내내 나를 보고 있습니다. 독서대에 그의 자화상을 펼쳐놓았거든요. 이런 말이 들려옵니다.

죽어서 묻어버린 화가들은 그다음 세대에게 자신의 작품으로 말을 건다. 지도에서 도시나 마을을 가리키는 검은 점을 보면 꿈을 꾸게 되는 것처럼 별이 반짝이는 밤하늘은 늘 나를 꿈꾸게 한다.

그럴 때면 나는 묻곤 해, 프랑스 지도 위에 표시된 검은 점에게 가듯 왜 창공에서 반짝이는 저 별에게 갈 수 없는 것일까? 타라스콩이나 루앙에 가려면 기차를 타야 하는 것처럼, 별까지 가기 위해서는 죽음을 맞이해야 한다. 죽으면 기차를 탈 수 없듯, 살아 있는 동안에는 별에 갈 수 없다. 늙어서 평화롭게 죽는다는 건, 별까지 걸어간다는 거야.

고흐는 늙어서 편안하게 죽지 않았습니다. 젊어서 불행하게 자살했습니다. 그는 별까지 걸어서 간 것이 아니라, 그 자리에서 별이 되어버렸습니다. 그는 화가로서 살아낸 십 년으로 평가되는 사람입니다. 도대체 그는 어떤 영혼을 가진 인간이기에 십 년이라는 기간을 이토록 치열하게 살다가 간 것인가? 그의 편지와 그림들이 정말 십 년이라는 짧은 기간에 담금질한 결과란 말인가? 하늘의 어떤 대장장이가 내려와 고흐라는 강철을 단련시키고 그 강철 날개를 천사의 날개로 바꾸었단 말인가? 도대체가 불가사의한 일입니다. 도무지 믿을 수 없습니다.

적어도 저의 십 년을 반추하고, 톨스토이의 십 년을 반추하고, 저의 뛰어난 친구들의 십 년을 반추해보아도 이 의문은 풀리지 않습니다. 그러나 부처의 6년 고행을 생각하면 고개가 끄덕여지기도 합니다. 그렇습니다. 그는 영혼으로 살아간 수도승이었습니다. 그가 살아낸 세월은 '광기가 아니라 때론 구두 수선공처럼 공들여 작업한' 세월이었습니다. 그는 '농부들이 밭을 갈듯 나는 캔버스를 일군다'고도 했지요.

저는 이렇게 생각합니다.

그는 성자처럼 가난한 사람들을 사랑했고 그들을 그리려고 했습니다. 그가 각성을 하는 순간에 터져 나온 단말마가 그림이었고, 힘겨운 인생을 견디기 위해 주문처럼 외워 내보낸 것이 그의 편지입니다. 즉 우리가 보는 것은 고흐의 영혼이며, 그것은 그의 화폭에 위치한 소실점인 것입니다. 이 소실점을 바라보아야 고흐라는 그림을 원근법으로 볼 수 있습니다. 이제 고흐의 편지는 그림처럼 보입니다. 말 그대로 예술입니다.

고흐라는 별이 창공에 빛나는 밤입니다. 창문을 여니 제가 사는 일산의 정발산 위로 밤하늘의 별들이 찬란합니다. 고흐 37년의 인생, 밤하늘에 빛나고 있는 서른일곱 개의 별을 세어봅니다. 그는 아마도 임종의 순간에 생의 어둠을 보았을 겁니다.

그는 그림을 그리면서 테오에게 화가가 되라고 권하곤 했습니다. '테오야, 왜 모든 것을 단념하고 화가가 되지 않는 거야. 너 이 녀석아. 네가 원하기만 하면 할 수 있어. 네 속에 유명한 풍경화가가 숨어 있지 않을까 싶거든. (중략) 우리 둘 다 화가가 되어야 해.' 하지만 화상이었던 테오는 형의 곁에서 후원자로 살았습니다. 그에게 형은 살아 있어야만 하는 화가였지요. 권총 자살을 시도하고 죽어가는 고흐는 테오를 어떤 눈으로 바라보았을까요. 형을 내려다보는 테오는 또 어떤 별을 눈동자에 담고 있었을까요. 고흐가 죽어가는 순간에 사랑하는 동생의 품에 있어 그나마 다행입니다.

별에 대한 좋은 글들이 많이 있습니다. 하지만 별 그 자체를 그리지는 못합니다. 리얼리즘은 사실의 왜곡이라는 말이 있듯, 별을 바라보는 사람의 태도에 따라 그림은 달라집니다. 고흐의 편지는 별과도 같습니다. 별을 바라보는 것과 별을 그리는 것은 다르지요. 하지만 우리는 알고 있습니다. 그의 머리를 향해 하늘에서 휘몰아 내려오는 별들을 화폭에 옮기는 순간 그 화폭에 큰 문이 열린다는 사실입니다. 그는 화폭 안으로 걸어 들어갑니다. 그리고 싶은 것을 다 그리고 화가는 붓을 내려놓습니다. 바닥에는 그가 흘린 물감자국들이 드문드문 떨어져 있습니다. 그의 몸에서 떨어져 나온 땀과 눈물이 물감으로 남아 있습니다.

우리는 고흐라는 깊은 숲속으로 걸어 들어갑니다. 그의 영혼이 샘물처럼 솟아오르는데요. 아주 작은 물방울들입니다. 이 사막과 같은 도시에 고흐의 영혼은 별빛을 타고 내려오는 한 방울의 이슬입니다.

벌써 새벽이군요. 긴 겨울밤이 지나고 여명이 밝아 옵니다. 또 내일이라고 부르는 오늘이 축복처럼 다가오고 있습니다. 빈센트여 이제 안녕, 당신의 영혼은 항상 별빛으로 우리의 가슴에서 떨리고 있습니다. 나에게 다가오는 오늘의 손을 당신의 손길로 생각하면서 잡겠습니다. 거기에서 인간이라는 영혼의 깊은 샘을 발견할 때까지……

4.

우리에게 고흐는 불멸의 작품을 남긴 광기어린 사람으로 기억됩니다. 남들보다 뒤늦게 화가의 길에 들어와 십 년간 그가 그려낸 세상은 대단한 경지로 평가받지요. 그런 짧은 기간에 위대한 업적을 이룰 수 있는지 신비스럽기까지 한데요. 그래서 그를 설명할 때 '예술가의 광기'를 언급하곤 합니다. 깊은 산속에 숨어 있는 금맥과 같은 그를 드러내는 데에 '광기'가 도구로 이용되는 것이지요. 불광불급이란 말이 있습니다. '미쳐야 미친다'는 뜻이지요. 그렇다고 해서 그의 작업들이 단지 광기만으로 만들어진 거라 생각하는 건 오판입니다.

사실 그는 전도사 출신의 독실한 기독교 신자로서 하느님을 믿고 따르고, 밀레처럼 농부들의 모습을 잘 그리고자 한 소박한 사람이었습니다. 맑은 정신을 바탕으로, 생활은 단순하게, 이상은 높게 갖고자 했던 미국 시인 휘트먼도 생각나는군요. 고흐를 괴롭혔던 것은 붓과 물감을 사기에 필요한 돈이었을 따름입니다. 그건 매우 중요한 문제이지요.

사람이 사람에 대해서 안다는 건 어려운 일입니다. 저 자신만 생각해보아도 그렇지요. 자화상에는 증명사진에서는 볼 수 없는 그 사람의 영혼이 표현되어 있습니다. 고흐는 자화상에 대해 '자기 자신을 알기는 어렵다고 하는데, 자신을 그리는 것도 쉽지 않기는 마찬가지야'라고 이야기합니다. 과연 통찰력이 뛰어난 화가입니다. 하지만 고맙게도 그는 서간문을 통하여 자신의 모습을 그가 그린 어떤 그림보다 잘 이야기하고 있습니다.

그가 후원자이자 동생인 테오를 비롯, 고갱과 라파르타를 비롯한 동료화가들에게 보낸 편지를 통하여 그의 삶에 뿌리내린 영혼의 자화상을 볼 수 있습니다. 편지를 보낸다는 것은 서로 멀리 떨어져 있다는 뜻이기도 하지요. 고흐가 평생 걸었던 순레 길은 브라반트, 런던, 파리, 런던, 헤이그, 드렌터, 쥐에넌, 안 트베르펜, 파리, 아를, 생레미, 오베르 쉬르 와즈로 이어집니다.

화가는 그림에 몰두하면서 마음에 고여 있는 생각들을 정리 하지요. 그 생각들을 편지로 써서 먼 곳에 있는 사람들에게 예 술가의 삶에 대해서 이야기하고 있습니다. 그의 영혼의 밑그림 이 되는 이 편지를 통하여 우리는 고흐의 영혼으로 들어가는 열쇠를 얻게 됩니다.

대다수의 사람들의 눈에 나는 어떻게 비치는 걸까? 하찮은 존재, 괴짜나 불쾌한 인간? 그러니까 사회에서 어떤 직책도 맡고 있지 않으며 앞으로도 그럴 것 같은, 요컨대 미천한 자들 중에서도 미 천한 자일까? 그래, 이 모두가 정말이라고 하자. 그렇다면 나는 내 작업을 통해 보여주고 싶어. 이 괴짜, 이런 하찮은 존재의 마 음속에 무엇이 있는지를.

고흐의 '하찮은 존재의 마음속에 있는 무엇'이 바로 그의 그 림입니다. 우리는 살면서 모멸감을 느끼곤 합니다. 도저히 참을 수 없는 순간이 옵니다. 믿었던 사람에게 배신을 당하거나, 나 를 우습게 여기는 사람들이 얼굴에 침을 뱉기도 하지요. 고흐 역시 당대 가난한 무명화가의 설움을 누구보다 절실히 느꼈을 겁니다. 저도 고흐처럼 돈을 빌려달라고 구걸을 한 적이 있습 니다. 그때 거절당한 모멸감은 화인처럼 남아 있지요. 저 역시 고흐처럼 살고 있는지도 모릅니다. 이때 필요한 것이 바로 자 존감입니다. 그는 타인이 평가하는 자신보다 스스로 보는 자신의 '존재'에 대한 자부심이 있었습니다. 자기를 올바르게 보는 지혜로운 사람이었습니다. 화가로서의 자존감은 당연히 그가 작업하고 있는 그림에 대한 자신감일 것입니다. 우리도 이런 자존감이 필요합니다. 세상은 우리를 경멸할 준비가 되어 있는 천박한 사람들이 권력을 누리고 있으니까요.

빈센트 빌렘 반 고흐는 1853년 3월 30일, 네덜란드 그로트 쥔더르트에서 목사 집안의 장남으로 태어납니다. 16세에 학교를 그만두고 구필 화랑 헤이그 지점에서 견습사원으로 일을 시작해서 파리에 근무하기도 합니다. 이후 신학교에 다니면서 전도사로서 길을 걷다가 목회자들의 모습에 환멸을 느끼고 화가가 될 것을 결심합니다.

그는 1880년 브뤼셀에서 그림 공부를 시작해 생계가 어려울 정도로 가난한 화가로 살면서 오로지 그림에만 몰두합니다. 이 시기에 그는 동생에게 편지를 보냅니다.

종종 나 자신이 엄청난 부자라는 생각이 들 때가 있어. 돈이 많아서가 아니라 나만의 일을 찾았기 때문이야(어쩌면 지금 이 순간만 그렇게 생각하는지도 모르지만 말이야). 내 마음과 영혼을 바칠 수 있고 삶의 의미와 영감을 주는 그런 일 말이야. (중략) 예술에 대한 굳은 믿음을 갖고 있어. 예술이란 인간을 항구로 실어가는 강력한 조류 같은 것이라는 어떤 확신이야. 물론 인간 자신의 노력도 필요하지만 말이야. 어쨌거나 사람이 자신의 일을 갖는다는 건 정말 축복이라고 생각해. 그렇다면 나 역시 불행한 인간은 아니야.

사람과 일, 그리고 예술에 대한 애정이 넘치는 글입니다. 밝고 환한 고흐의 모습에 왜 이리 가슴이 아픈 것인지 모르겠습니다. 그는 사랑하는 동생 테오의 후원으로 살아가면서 고갱, 로트레크, 쇠라 등의 그림에 영향을 받았고, 동시대 화가 중에서는 밀레를 최고의 화가로 여겼습니다. 1888년에 프로방스 지방 아를에 공동화실인 '노란 집'을 꾸미고 '해바라기'를 비롯한 그의 걸작들을 그렸습니다. '노란 집'에서 고갱과 다투고 자신의 귀를 자른 이야기는 유명하지요.

이후 고된 생활에 지쳐서인지 건강이 점점 악화되기 시작합니다. 발작 증세가 간헐적으로 나타나 병원에 입원하는 등 고생을 하다가 1890년 7월 27일 최후의 작품인 '새들이 날아오르는 밀밭'을 그렸던 곳에서 권총으로 자살을 시도합니다. 이틀 뒤 동생 테오의 품에서 '이 모든 것이 이제 끝났으면 좋겠다'는 말을 남기고 마지막 숨을 거두지요. 형이 세상을 떠난 지 육 개월 뒤인 1891년 1월 25일, 테오도 삶을 마감하는데요. 마치 형의 뒤를 따르려고 한 것처럼 보이는군요. 1914년 테오의 유해는 오베르에 있는 형의 무덤 옆으로 이장됩니다.

고흐의 편지는 테오의 미망인인 요한나 반 고흐-봉허르가 정리해서 책으로 출판합니다. 테오가 형에 관한 자료라면 편지를 비롯해 메모지까지도 모아두었기 때문에 가능했지요. 그녀는 고흐의 편지를 출간하는 데 여생을 바쳤습니다. 그녀는 책의 서문에서 이렇게 말하고 있습니다.

테오의 젊은 아내로서 내가 1889년 4월에 파리의 시테 피갈의

지붕 밑으로 들어갔을 때, 나는 빈센트가 보낸 편지로 가득한 작은 책상 서랍을 보게 되었다. 나는 몇 주 동안 속속 늘어만 가는 특이한 필치의 노란 봉투들에 익숙해졌다.

이후 고흐의 편지는 그의 친구들이 받은 편지까지 모아 출간된 책을 비롯, 여러 가지 판본이 존재합니다. 네덜란드어, 불어, 영어 등의 언어로도 나왔지요. 이런 과정을 거쳐 1990년, 빈센트 반 고흐 국립박물관의 후원을 받아 한 반 크림펀과 모니크 버렌츠 알버드가 고흐 사후 100주년에 맞춰 완전한 네덜란드어 개정판을 발간합니다. 모두 네 권짜리 서간집입니다.

추신

고흐의 생애를 다룬 커크 더글러스 주연의 영화 〈열정의 랩소디(Lust for life, 1956)〉를 추천합니다. 안소니 퀸이 고갱 역을 맡아 그해 아카데미 남우조연상을 수상하기도 했습니다. 화가 최경한 선생이 젊은 시절에 보고 강렬한 느낌을 받았다고 추천해주신 작품이기도 합니다.

특히 고흐가 전도사 시절에 가난한 사람들과 함께하는 모습과 사랑하는 연인에 대한 광기어린 집착이 인상적이었습니다. 사랑 때문에 자신의 손바닥을 촛불로 태우는 장면에서 사랑에 대한 '공감대'가 형성되기도 했습니다. 그리고 방 안에 고흐의 그림 한 점 걸어두시는 걸 추천합니다. 물론 고가의 원본은 꿈도 꾸지 못하지만 프린트한 것만 봐도 기분이 좋으니까요. 그의 그림에는 인간의 가장 순수한 영혼이 스며들어 있어 여러분 방 안의 기운을 환하게 할 겁니다.

나는 너에게
무엇인가?

《변신》
프란츠 카프카(1915년)

"이게 대체 무슨 일이야?"

1.

언젠가 식구들과 대형 마트에서 장을 보다가 갑자기 현기증이 나서 쓰러진 적이 있습니다. 응급차에 실려 병원에 가니 특별한 질병은 아니라고 하더군요. 귓속에 있는 달팽이관에 이상이 생겨 몸의 균형감각을 잃어버린 것일 수도 있고, 혈관에 문제가 있을 수도 있다는 겁니다. 다행히 한나절 쉬고 나니 정신이 돌아왔습니다.

그러다 얼마 전에 또 현기증에 쓰러질 뻔 했습니다. 순간적으로 겁이 나서 하던 일을 멈추고 그대로 침대에 누워 서너 시간 쉬고 나니 회복이 되더군요. 그날은 후배의 결혼식이 있었는데 그만 참석을 못하고 말았습니다. 안정을 취하기 위해 침대에 누워 있는데, 불현듯 불안한 생각이 들면서 공포감이 몰려 왔습니다. 이러다가 내가 죽어버리면 어쩌지…… 하고 말입니다. 심장이 약한 아내와 아직 대학에 다니는 딸아이. 아버지을 먼저 보내고 쓸쓸하게 사시는 어머니, 힘겹게 살고 있는 동생, 그리고 친구 하나. 여러 사람의 얼굴이 떠오르더군요. 그땐 죽을 수도 있다는 생각이 들었습니다. 하지만 죽는다는 건, 나만의 문제가 아니었습니다. 은행 대출금을 비롯한 각종 돈 문제들은 죽어 귀신이 된다고 해도 사라지는 것이 아니니까요.

고등학교 시절 선배들이 몽둥이를 들고 옆에 서서 읽으라고 다그친 카프카의 《변신》은 그 시절에는 그리 절박한 작품은 아니었습니다. 그저 변신이 무섭고 징그러웠지요. 그 뒤로 서너 번 이상 읽으면서 우리 삶을 깊게 성찰하게 하는 다소 불안한 작품이라는 생각이 들었습니다. 그런데 요즘 들어, 이 글을 쓰기 위해 다시 한 번 정독하니 느낌이 달랐습니다. 책을 덮으며 저는 깊은 숨을 내리 쉬었습니다. 소설을 읽는 동안 주인공인 그레고르 잠자의 목소리가 자꾸 들려와서 고통스러웠습니다. 그것은 벌레가 내는 이상한 소리였지만, 저에겐 너무나 정확한 육성으로 들려왔습니다.

나는 벌레가 아니야. 나는 벌레가 아니야.

어느 순간에는 눈물이 날 지경이었지요. 다음날 일찍 출장을 가야 할 주인공이 짐에서 깨어나자 흉측한 벌레로 변해버린 이야기를 통해, 저는 우리나라 중년남자들의 모습을 확연하게 봄니다. 내가 이렇게 살고 있는 것은 아닐까? 하고 삶의 연결고리가 걸리자, 이 작품이 완연하게 달리 느껴지는 것이지요. 과연, 그가 벌레로 변하고 나서 터트린 일성은 무서운 말입니다.

"이게 대체 무슨 일이야?"

이 말은 갑자기 졸도를 해서 병원에 입원했다는 소식을 들은 친구에게 제가 한 말이기도 합니다. 우리는 언제든지 벌레로 변해 침상에 누워 있을 가능성을 품고 있습니다. 도대체 이게 무슨 일입니까? 오로지 가족을 부양하기 위해 일벌레처럼 일한 그가 왜 진짜 벌레로 변해야 할까요. 여기 또 한 마리의 벌레가 있습니다. 바로 당신입니다.

이제 카프카의 이야기를 통해서 '나와 너'가 어떻게 관계를 맺고 있는가를 살펴보지요. 내가 벌레로 변한다면 너는 어떻게 반응할까? 도대체 나는 누구이고 어떤 모습으로 살고 있는가? 하는 질문을 던져보십시오. 인간이 벌레로 변하는 모습이 도처에 널린 세상에 우리는 살고 있습니다. 지금 저는 집 안의 거실에 앉아 있지만, 깊은 산속에 있는 것이기도 합니다. 마음의 문고리만 걸어 잠그면 거기가 바로 선승들이 수행을 하는 깊은 산속 무문관이 되는 것이지요. 주위의 모든 것이 잠든 지금, 홀로 앉아 나 자신과 대면합니다. 그리고 다음 날 아침에 평소에 친분이 있는 스님의 방을 찾습니다. 스님의 방은 진짜 산속에 있지만, 거실에 있을 때와 별반 다르지 않습니다. 심야에 이렇게 깨어 있어본 적이 얼마나 오래되었는지 모릅니다. 한 마리 풀벌레처럼 풀잎에 붙어 이 글을 씁니다. 스님이 잠깐 내어준 골방에는 책상 하나와 카프카의 사진 한 장이 있습니다.

2.

《변신》은 매우 간단한 줄거리를 가지고 있는 소설이지만, 그 도입부는 충격적입니다. 어느 날 아침에 어수선한 꿈에서 깨어난 주인공 그레고르는 벌레로 변해 침대에 누워 있지요. 벌레의 가느다란 다리들이 자신의 눈앞에서 '절망적으로' 버둥대고 있습니다. 꿈이 아닙니다. 주인공에 있어서는 우화도 아니지요. 이건 현실이라는 자각을 하는 순간 벌레의 다리들이 고통스럽게 버둥거립니다. 새벽 5시 기차를 타고 출장을 가야 하는데 이미 시간은 6시 반입니다. 주인공은 벌레로 변했다는 사실을 알고도 다음 기차를 타려고 합니다. 그 모습이 그가 살고 있는 삶을 그대로 보여줍니다. 우리는 어떤 경우에도 일을 해야 하지요. 그래야 다음 달에 월급이 나오니까요.

주인공은 한 집안을 경제적으로 책임을 져야 하는 가장입니다. 아직 결혼을 하지 않은 그는 아버지와 어머니 그리고 여동생, 하녀와 요리사가 있는 좋은 집에서 나름대로 행복하게 살았지요. 5년 정도 열심히 일을 해서 빚을 다 갚으면 새로운 삶을 꿈꿀 수 있는 평범한 영업사원입니다.

그가 벌레로 변한 사실을 알고 식구들은 경악합니다. 도저히 믿어지지 않는 일이지요. 회사에서 온 사람은 '벌레'를 발견하고는 도망치듯 사라집니다. 그의 모든 사회생활이 한순간에 벌레처럼 뭉개집니다. 이제 그에게 남은 것은 가족뿐입니다.

가족은 일정한 거리를 두고 그를 바라봅니다. 한 달 두 달 시간이 갈수록 점점 가족들은 그에게서 멀어집니다. 그의 경제적인 지원이 끊어지자, 가족들은 나름대로 살 방도를 찾아갑니다.

아버지는 수위로 취직을 하고 어머니와 여동생은 일감을 가지고 와서 일을 합니다. 음악학교에 가고 싶었던 아름다운 여동생은 현실에 적응하기 위해 취업준비를 합니다. 식구들의 식사를 준비해주던 요리사도 내보내고 가족들은 생활비를 벌기 위해 하숙을 칩니다.

그는 아무것도 하지 못합니다. 경제적인 활동을 하지 못하는 순간에 정말 벌레가 되어버립니다. 그가 목숨을 걸고 보살피고자 했던 '집안'에서 '벌레'가 되어갑니다. 여기에 중요한 포인트가 있습니다.

사람들이 타인을 백안시하는 태도를 '벌레 보듯 한다'고 하지요. 그는 처참한 나락으로 점점 떨어집니다. 하지만 주인공은 자신이 벌레가 아니라고 절규하지요. 그레고르가 동생이 연주하는 바이올린을 듣는 대목을 볼까요.

이처럼 음악에 감동을 받는데도 그가 짐승이란 말인가? 그에겐 동경해 마지않던 미지의 양식을 얻을 수 있는 길이 열리는 것 같았다.

그레고르가 처음으로 자신이 인간임을 자각하는 대목이지요. 이 암울한 소설의 한 줄기 빛은 음악을 통해 나타납니다. 하지만 바이올린을 연주하던 동생마저도 그를 벌레로만 봅니다. 아름다운 바이올린 소리에 이끌려 나온 그레고르를 발견한 하숙생들마저 놀라 하숙집을 떠나려고 하고, 이 음악을 분기점으로 그는 더 이상 살아갈 힘을 잃어가게 됩니다.

가족들은 그레고르를 내쫓으려고까지 합니다. 그는 더 이상 가족의 일원이 아니라, 벌레일 뿐입니다. 일벌레였던 그가 진짜 벌레 신세가 되어가는 모습이 불안한 시선으로 그려집니다. 시간이 흐를수록 심해지는 가족들의 냉대, 아버지는 벌레를 죽이려고 아들의 등에 사과를 던져 박아놓았습니다. 온몸이 상처투성이가 된 그레고르 잠자는 결국 마지막 숨을 토해내곤 죽어버립니다. 그의 사체를 처음 발견한 파출부 할멈은 벌레를 치워버리곤 가족들에게 자랑을 하죠. 이제 벌레는 집에 없다고 말입니다. 가족들은 벌레가 사라진 집을 정리해 작지만 아담하고 '사람'이 살기에 적당한 집으로 이사를 갈 계획을 세웁니다. 벌레를 치우고 난 이들은 모두 직장에 결근계를 제출하고 소풍을 떠납니다. 가족의 희망적인 모습을 보여주는 이 소설의 마지막 단락은 참으로 긴 여운을 남깁니다.

자세히 살펴보니, 앞날의 전망이 썩 나쁜 것은 아니었다. 이제까지는 서로 상세하게 물어보지 않았지만, 세 사람이 모두 상당히 훌륭한 직장에 취직했으며, 특히 앞으로의 전망이 좋았다. 또 이사를 하면 상황을 쉽게 개선할 수 있을 것이 분명했다. (중략) 그렇게 이야기를 나누고 있는 동안 잠자 부부는 점점 활기를 띠는 딸의 모습을 바라보며, 딸이 최근에 얼굴빛이 창백해지도록 고생을 했지만 어느새 토실토실 예쁜 처녀로 피어났음을 동시에 느꼈다. (중략) 전차가 목적지에 도착하자 딸이 제일 먼저 일어나 기지개를 폈다. 그런 딸의 모습을 통해 잠자 부부는 새로운 꿈과 아름다운 계획들이 확인받는 느낌이었다.

이 소설을 읽고 어떤 감동을 받는다면 그 사람은 고단한 사람일 테지요. 소설에 대한 독자의 반응도 연령대별로 다르게 나타날 수 있습니다. 어떤 이는 잠자 가족들의 행동이 가부장적인 그레고르에 대한 처벌이라 말할 수도 있을 겁니다. 어떤 각도로 보느냐에 따라, 읽는 이의 시선에 따라 소설은 다르게 읽힐 수도 있습니다. 하지만 인간이 벌레로 전락하는 순간을 포착하고 그 상황을 소름이 돋을 정도로 냉정하게 이야기하는 작가 카프카의 정신이 돋보이는 건 모두가 같을 것입니다. 그는 무섭도록 집요한 정신의 소유자입니다.

그는 한 영업사원의 생을 그리고 있습니다. 그의 변신을 '인간'의 변신으로 보고 있지요. 우리는 초고층 아파트의 시대를 살고 있습니다. 60층의 아파트에 수천 세대가 모여 살고 있지요. 우리는 어느 순간 돈벌레, 일벌레, 스마트폰벌레로 변신하고 있습니다. 그것을 눈치 채지 못하는 것은 거의 동시다발적으로 모든 인간이 같이 변하기 때문입니다. 눈 먼 자의 나라에서는 눈 뜬 사람이 비정상인 취급을 받지요. 멀쩡한 사람이 벌레가 되는 것입니다.

벌레는 고양이나 개와는 다릅니다. 두꺼운 책으로 한번 치면 그냥 뭉그러지는 약한 존재입니다. 만약에 카프카가 '변신'의 대상을 벌레가 아닌 사자나 호랑이, 개나 고양이로 다루었다면 완전히 다른 소설이 나왔을 겁니다. 적어도 벌레가 된다는 설정은 자신이 벌레가 되어보지 않고서는 나올 수 없습니다.

그는 어쩌면 소설의 주인공처럼 어느 순간 벌레가 된 꿈을 꾸었는지도 모를 일입니다. 꿈에서 깨어나 이게 대체 무슨 일이냐고 반문했을 겁니다. 너무나 괴상한 상황에 직면하면 우리는 우선 곰곰이 생각을 하게 됩니다. 딱히 할 일도 없고 주위에 모든 사람이 멀어져 버린 자리가 생각을 하기에는 적소이지요. 카프카의 소설은 우리에게 그런 장소를 제공합니다. 어둡고, 축축하고, 춥고, 배고픈 인간의 내면. 거기에 머물러야 뭔가 보인다고 생각하면 참 힘든 인생살이입니다.

3.

야구장에서 문득 소설가가 되어야겠다는 생각을 한 멋진 스타일의 작가도 있지만, 얼마 전 세상을 떠난 밀란 쿤데라는 카프카의 《변신》을 읽고 작가가 되기로 결심을 했다고 합니다. 이 소설은 카뮈나 사르트르와 같은 작가에게도 높게 평가되는, 20세기 문학의 걸작으로 손꼽히는 작품입니다.

카프카는 1883년 7월 3일 체코 프라하에서 태어나, 1924년 6월 3일 빈 근처 키플링의 한 요양원에서 숨을 거둡니다. 그의 나이 41세였습니다. 그에게 20세기 위대한 작가들이 보여준 화려한 생활은 없습니다. 프라하에서 살면서 거주지를 옮긴 적도, 장거리 여행을 한 일도 없습니다. 말년에 베를린에 잠깐 갔던 일 정도이지요. 작품에 결정적인 영향을 미친 사건사고도 없이 홀로 고독하게 골방에서 글을 쓰다가 세상을 떠난 사람입니다.

그는 중산층 유대인 상인 헤르만 카프카의 셋째 아들로 태어났지만, 두 형이 어려서 죽었기 때문에 맏아들이 됩니다. 평생

만아들 의식이 강한 사람이었지요. 그의 아버지는 카프카라는 존재에 어두운 그림자로 존재합니다.

《변신》에 등장하는 아버지의 모습도 마찬가지입니다. 벌레가 된 아들에게 사과를 던져 상처를 입히는 대목은 평소에 카프카가 아버지에게 어떤 억압된 감정이 있음을 짐작하게 하지요. '사과 하나가 벌레의 등에 깊숙이 박혀 있었다'라고 묘사하는 문장에서 문득 그의 마음이 드러납니다. 작가의 '아버지'는 물질적인 성공과 사회적인 출세 외에는 숭배하는 것이 없는 사람이었습니다. 1915년에 발표한《변신》을 비롯한 그의 대표작 《판결》,《심판》,《성》등등 그의 작품 여기저기에는 이런 아버지와의 갈등이 반영되어 있습니다.

카프카는 아버지의 뜻대로 법대에 진학했지만 박사학위를 받고 졸업한 후에 바로 보험회사에 취직합니다. 보험회사의 업무가 너무 고되어서 글 쓸 시간이 없었던 카프카는 프라하의 보헤미아 왕국 노동자 상해보험회사라는 준국가기관에 취직을 해서 사망하기 2년 전인 1922년까지 일을 하다 은퇴했습니다. 낮에는 일하고, 퇴근한 후에는 집으로 돌아와 글을 쓰는 고된 생활이 그의 지병인 폐병의 원인이었을 겁니다.

이 시기 그는 거의 매일 밤 11시부터 새벽 2시나 3시경까지 글을 썼다고 합니다. 당연히 금욕적인 생활이 필요했고, 그래서인지 펠리체 바우어란 여성과 2번이나 약혼했다가 파혼을 하지요. 여러 가지 이유가 있었겠지만 문학에 대한 열정이 현실의 사랑을 감당하기 힘들었을 겁니다. 1923년에 집필에 전념하기 위해 베를린으로 건너가 만난 사회주의자 여성 도라 디만트와의 우정에서 삶의 용기를 얻었지만 폐병이 악화되어 베를린을 떠날 수밖에 없었습니다. 도라 디만트와 프라하에 잠깐 머물던 카프카는 빈 근처의 키어링 요양원에서 지내다 영원한 안식처로 떠나게 됩니다. 그는 죽음을 통해서 우리에게 불멸의 작가가 되었습니다. 사후엔 히틀러의 횡포에 그의 원고와 기록이 많이 유실되었습니다. 1930년 초 히틀러의 수하인 게슈타포들이 도라 디만트의 집을 수색해서 카프카의 원고 뭉치를 압류해 분실된 것으로 추정하고 있습니다. 카프카 사후, 그가 사랑했던 세 명의 여동생들은 독일군의 강제수용소에서 죽었습니다.

그는 작가, 즉 쓰는 사람으로 살다가 갔습니다. 작가는 뭐든 쓰지 않으면 살 수 없는 사람을 뜻합니다. 그가 프라하의 좁은 골목길을 걸어 퇴근을 하고 좁은 골방에서 잉크를 찍어 글을 쓰는 모습은 수도승의 고행을 연상하게 합니다. 번잡한 속세의 길을 걸어가는 수도승처럼, 카프카는 작가로서 자신의 목표점을 분명히 두고 한길을 걸었습니다.

건강이 악화되어 죽음이 가까워지자 카프카는 친구인 막스 브로트에게 자신의 출판되지 않은 원고를 모조리 불태워달라고 했습니다. 이미 인쇄되어 나온 책들은 재판을 찍지 말게 하라는, 독자의 입장에서는 매우 가혹한 마지막 말이었습니다. 아마 자신의 작품에 어떤 불안감을 느껴서 그런 것이겠지요.

얼어붙은 강물을 찍어버리는 도끼와 같은 문학을 하고자 했던 그에겐 남겨놓은 작품들이 아직 미숙하게 보였나 봅니다. 하지만 유언집행자인 막스 브루트는 그의 유언을 따르지 않았습니다. 소설 《심판》, 《성》, 《실종자(아메리카)》를 각각 1925,

1926, 1927년에 출판합니다. 그로 인해 카프카는 세계적인 명성을 얻게 되었습니다. 유대인 작가인 그의 명성은 처음 히틀러 점령 당시 프랑스와 영어권 국가에서 널리 알려지게 되었습니다. 카프카의 작품들은 1957년이 되어서야 프라하에서 체코어판이 나왔다고 합니다.

한편, 카프카의 변신에 대해 알베르 카뮈는 '《변신》 역시 분명 명철성의 윤리학을 그린 무시무시한 영상을 보여주고 있다. 그러나 그것은 또한 자신이 너무나도 쉽게 벌레로 변한 것을 느낄 때 인간이 체험하게 되는 형언할 수 없는 경악의 산물이기도 하다. 카프카의 비밀은 바로 근원적인 모호성 속에 있다. 자연스러움과 예외적 돌발성, 개인적인 것과 보편적인 것, 비극적인 것과 일상적인 것. 부조리와 논리 사이에서의 항구적인 흔들림은 그의 전 작품을 통하여 나타나며 그의 작품에 특유의 울림과 의미를 부여하고 있다'고 평하고 있습니다.

카프카의 소설은 '근무 시간' 외에 쓴 소설이라는 의미도 있습니다. 카프카는 《변신》의 주인공처럼 살았을 겁니다. 매일 밤이 깊을 때까지 글을 쓰면서 그는 밤하늘의 별들이 지켜보는 가운데 가혹하리만큼 자신의 모든 것을 쏟아부어 작품을 탄생시킵니다. 특히 《변신》을 집필한 1912년에는 장편소설 《실종자》의 원고 대부분과 《대화》 두 편, 《심판》을 쏟아내는데요. 작가로서 가장 왕성하게 자신을 불태웠던 시절입니다. 1912년은 작가 자신도 결정적인 전환점의 시기로 기록하고 있습니다. 그 해 소설 《심판》을 하룻밤 만에 탈고하고 나서 이러한 일기를 남깁니다.

이야기가 어떻게 내 앞에서 전개되어 갔던 간에, 내가 어떻게 홍
수 속에서 앞으로 나아갔던 간에 그것은 무서운 긴장과 희열이
었다. 어젯밤 나는 여러 번 어깨가 무거웠다. 어떻게 모든 것을
말할 수 있을까. 어떻게 모든 것, 극히 생소한 착상까지도 포함한
모든 것을 위해 그것을 불살랐다가 다시 소생시키는 하나의 거
대한 불꽃을 마련할 것인가…… 확실한 것은 내가 소설을 씀으
로서 쓴다는 것을 수치스럽게 비하시키고 있다는 사실이었다. 오
직 그렇게 해서만 글이 써진다. 그렇게 응집해서 그렇게 혼과 몸
이 완전히 개방됨으로서만 글이 쓰인다.

4.
카프카는 자신의 글쓰기에 대해 이런 글을 남겼습니다.

내가 한 번이라도 쓰는 일, 그리고 그것과 연관된 일을 하지 않고
도 행복하다면, 그렇다면 곧 나는 쓸 능력이 없다는 뜻이다. 그렇
게 되면 그다음에는 모든 것이, 아직 미처 진행되고 있지 않을 뿐
즉시 허물어져버릴 것이다.

카프카는 일반적인 의미에서 행복한 삶을 살았다고는 할 수
없을 겁니다. 그가 행복한 순간은 오로지 글을 쓰는 그 순간에
있었던 것이지요. 나머지는 여분이었습니다. 우리는 《변신》을

읽으면서 그러한 그의 내면을 들여다볼 수 있습니다. 동시에 그 내면이 나에게 다가와 내면화되는 경험도 할 수 있습니다.

이 글의 초반에 전개한 저의 개인적인 경험, 죽음에 대한 공포는 순간적으로 벌레로 변신한 저의 모습일 수도 있습니다. 솔직히 말해 제가 살고 있는 세상은 불안함 그 자체입니다. 어느 날 아침에 일어나면 시인 바이런처럼 유명해지기는커녕, 카프카의 '벌레'와 같이 되어버리는 것은 아닐까. 자본으로 무장한 보이지 않은 거대한 발바닥이 나를 눌러버리지나 않을까. 내가 사랑하고 있는 사람들이 과연 언제까지 나와 함께할 것인가. 너와 나는 도대체 어떤 관계인가…… 산발적으로 떠오르는 생각의 기저에는 불안하고 무서운 감정들이 벌레처럼 기어 다닙니다.

그의 소설《변신》은 매우 불안한 기조로 이루어진 소설입니다. 도입부부터 이야기가 전개될수록 불안한 눈동자들이 뒤집힌 벌레의 가늘고 긴 다리처럼 버둥거립니다. 그렇다면 우리가 어떻게 해야 될까? 작가는 정답을 제시하지 않습니다. 닫힌 현실의 문을 여는 열쇠를 제공하지 않습니다. 대신에 작가는 인생의 문을 두들기고 있습니다. 계속해서, 끊임없이 말입니다.

저는 이 글을 쓰면서 묘한 꿈을 꾸었습니다. 심야의 깊은 산속에서 카프카 생각에 몰두를 해서인지 좁은 방에 앉아 글을 쓰고 있는 그의 꿈을 꾸었습니다. 사진에서 보았던 그 귀기 어린 얼굴, 크고 환한 눈동자가 저를 다정하게 바라보더군요.

저는 카프카에게 이렇게 물었습니다.

"당신은 진실 없는 삶이란 있을 수 없다고, 진실이란 삶 그 자체인 것이라고 했는데, 진실이 무엇인가?"

"그걸 알고 싶어 이 시간에 이렇게 여기에 앉아 글을 쓰는 것이 아닌가?"

"글을 쓰다보면 진실을 알 수 있을까?" 저는 이렇게 되물었습니다.

그는 대답 대신에 희미한 미소를 짓고는 다시 책상 위로 고개를 숙였습니다. 그의 책상에는 원고지와 펜이 나란히 놓여 있었습니다. 원고지 위에 그는 이런 문장을 적었습니다.

"이게 대체 무슨 일이야."

그러고는 머리카락 사이에 손을 깊숙이 파묻고는 흐느껴 울기 시작했습니다. 잠에서 깨어나니 환한 햇살이 깊은 산속에 있는 암자의 창호지문을 통해 들어오고 있었습니다. 저는 벽에 붙어 있는 그의 사진을 우두커니 바라보기만 했습니다.

추신

카프카 얼굴 사진을 액자에 넣어 책상 위에 걸어두는 친구가 있습니다. 저 역시 카프카의 사진을 책에서 오려 벽에 두고 오래 바라보기도 합니다. 그의 얼굴을 보면 나태한 마음이 사라지고 힘들더라도 좀 더 견뎌야 되겠다는 생각을 하게 합니다.

제 서재에는 카프카, 카뮈, 그리고 밀란 쿤데라의 사진이 있습니다. 이 작가들의 얼굴이 주는 힘은 매우 강합니다. 그가 정면을 응시하고 있는 모습은 벌레처럼 살아가는 많은 사람들의 본질을 뚫어보고 있는 것 같습니다. 한 장의 인물 사진이 마치 위대한 사진가의 작품처럼 보입니다. 고흐의 초상화와 더불어 카프카의 얼굴 사진은 문학을 하는 사람들에게 십자가처럼 보이기도 합니다. 어려운 사람들을 항상 생각하고 살았던 그의 얼굴사진은 이제 저에게 부적처럼 느껴집니다. 그것에는 인생의 벌레들을 막아주는 힘이 있을 겁니다.

카프카를 읽으니 자연스럽게 영국의 위대한 수필가 찰스 램이 떠오릅니다. 두 사람 다 별빛 아래에서 글을 쓴 사람이었습니다. 램은 1775년 런던에서 태어나 어렸을 때부터 책읽기 좋아했던 소년으로 자랐습니다. 그는 가정형편이 넉넉하지 않아 15세부터 일을 하기 시작해 평생 영국 동인도 회사 회계원으로 근무했습니다. 하지만 그에게는 남다른 면이 있었습니다. 퇴근을 하고 나서 매일 밤 글을 써 시집과 소설들을 발표했지요. 그리고 동화 《셰익스피어 이야기》,《율리시즈의 모험》을 발표하면서 이름을 알리기 시작했습니다. 이 책은 오늘날까지 청소년들을 위한 명저로서 널리 읽히고 있지요. 하지만 오늘날의 찰스 램을 있게 한 것은 1820년 그가 45세 되던 해부터 잡지 〈런던 매거진〉에 연재하기 시작한 《엘리아의 수필》 때문입니다.

이 수필들은 주로 런던 거리를 배경으로 한 자신의 주변을 잘 관찰해 담담하게 써내려간 작품으로, 편편이 찰스 램 특유의 유머와 페이소스가 깊게 배어 있습니다. 이 수필은 영국 수필 중에서도 걸작으로 평가 받고 있습니다. 이 모든 작품들이 하루 종일 직장 일을 하고 나서, 피곤한 몸을 이끌고 밤늦도록 책상 앞에 앉아 쓴 겁니다. 독서와 집필할 시간이 항상 부족했던 그는 넉넉하고 자유로운 시간을 갈구했습니다. 어쩌면 그는 '글만 쓰면서 살 시간이 나에게 주어진다면 얼마나 좋을까'라는 생각을 별빛 아래서 자주 했을 겁니다. 그런 세월을 보내고 1825년, 평생을 근무한 직장에서 정년퇴임하였습니다.

그때 같이 근무했던 여직원은 그에게 이제 많은 시간을 얻게 된 것을 축하하며, 더 빛나는 작품을 써줄 것을 기대한다고 했습니다. 그때 찰스 램은 그건 당연한 일이라면서 이젠 햇빛을 보고 글을 쓸 것이니, 별빛 아래서 쓴 글보다 더 빛날 거라고 했지요. 그러나 3년 후에 찰스 램은 그 여직원에게 이런 편지를 보냈습니다.

바빠서 글 쓸 새가 없다는 사람은 시간이 있어도 글을 쓰지 못하더군요. 할 일 없이 빈둥대다 보면 모르는 사이에 스스로 자신을 학대하는 마음이 생기는데 그것은 참으로 불행한 일이오. 나는 결국 그 많은 시간 동안 아무것도 하는 일 없이 그냥 시간만 축내고 있소. 좋은 생각도 바쁜 가운데서 떠오른다는 것을 이제야 비로소 깨달았소. 아가씨는 부디 내 말을 가슴에 깊이 새겨두고 언제나 바쁘고 보람 있는 나날을 꾸려나가길 바라오.

램의 대표작인 《엘리아의 수필》은 그가 바빠서 '글 쓸 새가 없던' 시절에 쓴 작품들입니다. 그는 주어진 순간과 사소한 일상의 중요성을 누구보다도 잘 아는 사람이었습니다. 램의 걸작들은 어렵고 바쁜 생활에서 얻어졌습니다. 편지에서처럼, 시간이 많아지자 오히려 그 귀한 시간을 축내고 있다고 했지요.

램은 작품을 쓸 시간이 없었을 뿐 아니라, 생애 역시 매우 불우했습니다. 청소년 시절부터 신과 인간에 대한 깊은 애정으로 성직자가 되고 싶었지만 말을 더듬어 그 뜻을 이룰 수 없었습니다. 그리고 정신발작으로 어머니를 해친 누이를 가엾게 여기며 평생 곁에 두고 돌보았습니다. 그리고 자신에게도 누이와 같은 피가 흐른다는 두려움으로 결혼도 하지 않고 병든 누이를 돌보면서 독신으로 지냈지요. 그 누이의 건강이 점점 악화되자 치료를 위해 런던에서 시골마을로 거처를 옮깁니다.

편지에서 언급한 '시간만 축내고 있다'는 것은 심한 음주를 뜻하는 것 같습니다. 그 여유로운 시간에 과음이 잦았던 램은 말년에 술에 취해 런던 거리를 배회하다가, 넘어져 다친 상처가 합병증의 병인이 되어 결국 세상을 떠나게 되니까요.

그가 여직원에게 보낸 편지 역시 그의 수필처럼 일상적인 자신의 작은 깨달음을 진솔하게 우리에게 전해주고 있습니다. 하지만 이 편지는 단지 그 여직원에게만 보낸 것은 아니라는 생각이 듭니다. 그가 한 말 '언제나 바쁘고 보람 있는 나날을 꾸려 나가길 바란다.' 이 한마디가 항상 바쁜 일상을 보내는 우리에게도 따뜻한 위로와 격려가 되기 때문입니다.

그 강을
건너다

《싯다르타》

헤르만 헤세(1922년)

"그분이 어떻게
사랑을 모르실 수 있겠는가."

1.

오래전에 이 소설을 처음 보았을 때 생각이 나는군요. 저는
이 소설이 석가모니 부처님의 일생을 소재로 쓴 것인 줄 알고
첫 장을 넘겼습니다. 과연 헤르만 헤세는 부처의 일생을 어떻
게 쓰는가? 하지만 주인공이 석가모니 부처가 아니라 인도의
한 바라문이고, 그의 출가부터 시작하는 내용이란 걸 알고 잠
시 충격을 받았습니다. 아니, 이건 다른 소설이구나. 진리를 찾
아가는 한 구도자의 이야기구나. 아이고 창피해라…… 나는 왜
책도 읽기 전에 부처의 이야기일 것이라는 선입견을 가지고 있

었을까 하고 말입니다. 선입견은 참 불편한 감정이라는 생각도 했습니다. 우리는 선입견 때문에 타인을 오해하는 경우가 종종 있지요. 책의 경우에도 마찬가지입니다. 뭔가 알고 있다고 생각하지만 그것은 작가의 핵심을 읽지 못하고 자신이 만들어놓은 허상일 때가 있습니다. 그걸 경계해야 되겠다는 생각이 들더군요.

그런데 여러분과 이야기를 나누기 위해 다시 한 번 이 소설을 꼼꼼하게 읽어본 저는, 결국 이 소설은 부처의 일생을 다룬 소설이라는 생각이 들었습니다. 석가모니 부처가 아니라 삼라만상의 처처불상處處佛像 중에서 한 부처를 다룬 이야기이고, 구도자인 인간에 대한 이야기이자, 강에 대한 이야기인 것입니다.

오늘은 '헤르만 강'을 여러분에게 소개하고자 합니다. 이 강은 헤르만 헤세의 소설《싯다르타》의 주인공이 뱃사공으로 살면서 바라보는 강이기도 합니다. 그가 강을 바라보면서 깨달음을 얻는 장면을 읽고 나서 제 마음속에 흐르는 강이기도 하지요. 한 경지에 오른 부처가 우리를 '사랑'하는 모습이 금강경이나 화엄경처럼 느껴집니다. 세상의 좋은 말씀들은 모두 강처럼 우리 주위를 흐르고 있습니다. 눈이 있어도 보지 못하는 우리가 그걸 보지 못할 따름이지요.

주인공이 말하는 사랑은 이성간의 사랑이나, 부모의 사랑과 같이 어떤 틀을 가지고 있는 것이 아닙니다. '자비'라는 말로 번역할 수 있는, 인간과 세상에 대한 사랑입니다. 부처가 깨달음을 얻고 일주일간 그 즐거움을 누린 뒤, 다시 세상의 길로 나서게 하는 그런 사랑을 말하는 것이지요. 집착과 애증의 그림자를 벗어난 현자의 사랑, 그가 사랑이라고 말하는 순간에는 사랑에 대한 의미가 온 우주로 확장되는 느낌이 드는군요.

우리가 말에 집착하는 순간, 모든 것이 고통이 된다고 부처는 말하지만 인간인 우리는 어쩔 수 없이 말과 글에 집착할 수밖에 없습니다. 선불교에서 중시하는 불립문자不立文字, 문자에 의지하지 말라는 말씀 역시 말에 의지하고 있습니다. 우리가 강이라고 발음하는 순간 말의 의미가 확장됩니다. 그것의 본질은 바로 사랑입니다. 사랑만은 강의 속성을 닮아 흐르고 변하지 않는 영원성이 있습니다. 그런 의미에서 헤르만 강은 불변하는 진리와 존재의 강이기도 합니다. 헤르만 강은 인도에 있는 것도, 독일에 있는 것도 아닙니다. 그것은 그것을 읽은 사람들의 마음에 흐르고 있습니다.

사실, 강물은 서로 다른 이름을 가지고 있지만, 그것은 인간이 호명을 하는 의미가 있을 뿐, 강은 강일뿐입니다. 예를 들어 인도의 갠지스 강과 지금 제가 보고 있는 임진강이 서로 같은 강이라는 생각이 드는 것이지요. 강은 주위의 풍광의 의해 구분되기도 하지만 강 자체만 보면 언제나 변함없는 모습을 보여주고 있습니다. 그것은 달과 해처럼 보이기도 하는데요. 그 영원성이 인간의 영혼을 고양시켜줍니다.

《싯다르타》는 강의 소설이고, 사랑 소설입니다. 싯다르타가 자신의 친구이자 구도의 길을 가는 도반인 고빈다에게 그분, 즉 당대를 같이 살았던 석가모니 부처의 이야기를 하면서 '어떻게 사랑을 모르실 수 있겠는가'라고 말하고 있습니다. 주인공이 이 말을 하기까지 걸어온 길에 대해 이야기하고자 합니다. 그의 삶이 강이 되어 흐른다면, 욕망으로 가득한 우리의 일상을 조금이라도 맑게 해주는 시간이 되지 않을까 합니다.

2.

싯다르타는 인도 귀족인 바라문 가문의 아들로 태어난 사람입니다. 그는 석가모니의 탄생처럼 기적적인 행동도 하지 않았고, 그의 미래에 대한 예언자의 전언도 없었지요. 단지 남다른 점이 있다면 종교적이고 명상적인 소년기를 보냈다는 것입니다. 그는 학자인 아버지의 영향으로 뛰어난 인재로 자랍니다. 주위의 이목을 집중시키는 미남자이기도 하지요. 하지만 친구 고빈다는 싯다르타의 남다른 모습을 보고 언젠가는 그가 각성자로서 신적인 존재가 될 것을 확신합니다.

그러던 어느 날, 싯다르타는 자신의 삶에 대해 의구심을 품기 시작합니다. 인도 최고의 가문에서 태어나 일상적으로는 부족한 것이 없는 그이지만 그것이 자신을 행복하게 하지 않는다는 사실을 깨닫게 되지요. 그의 젊은 영혼은 불안감에 휩싸입니다. 그때 인도의 〈우파니샤드〉(인도의 철학과 종교의 원천이 되는 고대 인도의 종교적 문학작품. 우주의 중심 생명인 '범'과 개인 중심 생명의 '아'와의 궁극적 일치 등의 사상, 범아일여梵我—如의 상태를 노래하고 있다)의 한 구절을 떠올립니다. '그대의 영혼이 온 세상이니라.' 이 한 구절을 과연 누가 깨닫고 살았을까? 고민을 거듭하던 싯다르타는 고빈다와 함께 무화과나무 밑에서 고요히 명상에 듭니다. 그때 그가 떠올린 인도의 시를 읽어보지요.

옴은 활이고, 그 화살은 영혼이로다.

바라문은 화살의 과녁이니,

그 과녁을 어김없이 맞혀야 하느니라.

싯다르타는 수도승이 되기로 결심합니다. 다음날 아침 동이
트면 집을 떠날 것을 결심하지요. 고행의 길을 떠나려는 아들
을 만류하던 아버지도 결국은 허락을 하고 아들에게 말합니다.
"네가 열락의 경지에 오르거든 집으로 돌아와 신들에게 제사를
지내자꾸나." 싯다르타가 구도의 길을 나서는 자리에 친구인
고빈다도 함께합니다. 두 사람이 멀고도 험한 고생의 길, 구도
자의 길을 시작하면서 소설은 막을 올립니다.

헤르만 헤세가 이 소설의 주인공을 석가모니로 하지 않은 이
유가 무엇일까 생각해보니, 석가모니는 이미 신의 경지에 오른
부처이기 때문이지요. 부처는 이미 완결된 작품이기 때문에 소
설가의 이야기가 필요 없습니다. 단지 그의 생애를 연구자들이
얼마나 복원하는가에 의미가 있을 겁니다. 헤세는 '인도의 시'
라는 부제를 붙인 이 소설에서 '인간'을 다루고 있습니다. 하지
만, 소설의 전체적인 얼개는 부처의 생애에서 빌려온 것입니다.
모양만 조금 다를 뿐, 출가를 하는 모습과 고행을 하는 모습이
그렇습니다.

싯다르타는 모진 고행을 하는 도중에 석가모니 부처와 만나
게 됩니다. 기원정사에서 설법을 하고 있는 부처를 만나 대화
를 나누는 장면이 나오지요. 저는 이 대목을 주의 깊게 읽었습
니다. 과연 이 어마어마한 대목을 헤세는 어떻게 쓰고 있는 것

일까요?

부처를 만나 부처를 죽인다는 우리 선승들의 화두를 떠올립니다. 불가의 수행자들은 부처에 집착하지 않습니다. 부처는 자신의 내면에 깃들어 있는 본성이기 때문이지요. 중요한 것은 그의 말씀이지 현신이 아닙니다. 구도자가 가져야 할 자세는 그런 겁니다. 싯다르타는 석가모니의 설법을 듣고 '이분이야말로 성스러운 분이며, 지금까지 어느 누구도 이분만큼 존경한 적이 없었으며, 어느 누구도 이분만큼 사랑해본 적이 없었다'라고 생각합니다. 하지만 그러기에 석가모니를 떠나기로 결심합니다.

그것이 가르침을 통하여 이루어지지는 않는다는 말씀입니다! 세존이시여, 저의 생각은 이렇습니다. 어느 누구에게도 해탈은 가르침을 통하여 주어지는 것이 아니다, 바로 이것이 저의 생각입니다. 세존이시여, 당신은, 당신이 깨달은 시간에 무슨 일이 일어났는가를, 아무에게도 말이나 가르침으로 전달하여 주실 수도, 말하여 주실 수도 없습니다. 도를 깨달은 부처님의 가르침은 많은 것을 내포하고 있으며, 많은 사람들에게 올바르게 살고 악을 피하라고 가르칩니다. 하지만 이토록 명백하고 이토록 존귀한 가르침이 빠뜨리고 있는 사실이 한 가지 있습니다. 세존께서 몸소 겪으셨던 것에 관한 비밀, 즉 수십만 명 가운데 혼자만 체험하셨던 그 비밀이 그 가르침 속에는 들어 있지 않다는 말입니다. 바로 이 점이, 제가 가르침을 들었을 때 생각하였고 깨달았던 점입니다. 이 점이 바로 제가 편력의 길을 계속하려는 이유입니다.

그는 부처와의 대화를 통하여 자신의 모습을 발견하고 더욱 더 부처를 경외하면서 고행의 길을 떠납니다. 그리고 친구인 고빈다는 부처의 제자가 되어 서로 다른 방식으로 수행을 계속합니다. 그리고 싯다르타는 깨달음을 얻게 됩니다. 집착의 뿌리를 캐내기 위해 원인을 인식하기 시작하고 위대한 부처의 세상 고통의 뿌리인 '연기론'의 본체를 온몸으로 받아들이고 각성하게 됩니다.

파랑은 파랑이고, 강은 강이었으며, 비록 싯다르타의 내면에 있는 파랑과 강물 속에, 하나이자 신적인 것이 숨어 있다 할지라도, 여기에 노랑, 여기에 파랑, 저기에 하늘, 저기에 숲, 그리고 여기에 싯다르타가 있다는 그 사실이야말로 바로 신적인 것의 본성이요 의의였던 것이다. 의의와 본질은 사물들의 배후 어딘가에 있는 것이 아니라, 그 사물들 속에, 삼라만상 속에 있었던 것이다.

유복한 집안에서 출가를 한 싯다르타가 깨달음을 얻은 과정을 그린 것이 소설의 1부입니다. 이제 2부가 펼쳐지는데요. 각성자의 눈으로 세상을 바라보던 싯다르타는 강에서 뱃사공을 만나게 되고, 그의 거처에서 하루를 머물다가 꿈속에서 여인의 모습을 봅니다. 여인의 탐스러운 젖가슴에 달라붙어 젖을 빨아먹은 싯다르타는 쾌락의 맛을 보고 강을 건넙니다. 이 강은 깨달음을 얻은 그가 다시 욕망의 세상으로 건너가는 강이기도 합니다.

3.

강은 피안의 세계로 건너가는 곳이기도 하지만, 욕망과 쾌락의 세상으로 건너가는 곳이기도 하지요. 건너가는 마음에 따라 강의 역할이 바뀌지만 강은 무심히 흐를 뿐입니다. 강은 바라보는 자의 마음을 투영하는 거울이기도 합니다. 뱃사공은 아름다운 강을 바라보는 싯다르타에게 자신은 강을 무엇보다도 사랑하고, 강의 소리를 듣는다고 합니다. 강으로부터 많을 것을 배울 수 있다고 말하지요. 그리고 '모든 것은 돌아온다'는 메시지를 현자인 싯다르타에게 들려줍니다. 마치 뱃사공이 현자이고 싯다르타가 학생 같다는 느낌마저 드는데요. 그 이유는 이미 싯다르타의 마음속에는 풍만하고 아름다운 여인을 탐하는 욕망의 뿌리가 깊어지고 있기 때문입니다.

그는 카말라를 만나게 됩니다. 그녀는 유명한 기생으로, 풍만한 몸과 탐스러운 입술로 싯다르타의 마음을 빼앗고, 싯다르타는 그녀를 위해 시를 지어 바칩니다.

녹음이 우거진 정원에 아름다운 카말라가 들어섰고
그 정원 입구에 갈색으로 그을린 사문이 서 있었네.
연꽃 같은 그녀를 보았을 때, 그가 꾸벅
몸을 숙여 절하자, 미소 지으며 카말라가 답례하였네.
신들에게 자신을 바치느니, 그 젊은이 생각하였지, 차라리,
아름다운 카말라에게 자신을 바치는 편이 차라리 더 나으리.

젊고 건강한 싯다르타의 몸은 젖과 꿀이 흐르는 카말라의 몸

을 경배합니다. 여인의 손을 잡은 적이 없었던 그가 섹스의 달인이라고 할 수 있는 그녀에게서 카마수트라에 나오는 온갖 체위와 쾌락을 탐닉합니다. 카말라는 그에게 부자 상인을 소개해주고, 싯다르타는 부자가 되어 술과 음식, 여자와 쾌락에 빠지지요. 싯다르타가 그들과 함께 지내는 시기를 작가는 '어린애 같은 사람들 곁에서'라는 제목을 달아 설명합니다. 오랜 수련으로 지혜롭던 사람, 성숙한 각성자로서의 싯다르타는 그동안의 모든 수행을 포기하고 주지육림의 세상에서 어린애 같은 사람들과 함께 재산과 탐욕을 축척해나갑니다.

싯다르타는 점점 변합니다. 재산을 모아도 집착을 하지 않고 나누어주던 그가 탐욕스러운 장사꾼의 모습으로 변화하고, 카말라와의 성애는 점점 농도가 짙어집니다. 욕망은 제어장치가 없는 폭주기관차처럼 질주하고 있습니다.

그러던 어느 날, 견디기 힘든 악취가 그의 몸에서 풍기기 시작합니다. 그동안 자신이 먹고 마시고 즐겼던 모든 것들이 무거운 짐처럼 여겨져, 그것에서 벗어나고자 합니다. 그때 싯다르타는 꿈을 꿉니다. 카말라가 황금 새장에 작고 희귀한 새 한 마리를 키우고 있었는데, 아침마다 지저귀던 새의 울음소리가 들리지 않는 것이었습니다. 새장을 보니 새는 싸늘하게 죽어 있었습니다. 그 새를 꺼내 밖으로 던져버리는 순간, 온몸이 아파오기 시작합니다. 그 새는 바로 자신의 내면에 있던 고귀한 가치와 선이었습니다. 꿈에서 깨어난 싯다르타는 비애감에 시달리다가 자신의 소유로 있던 유원지의 별장으로 가서 망고나무 아래에서 가부좌를 틀고 생각합니다. 그의 내면에서 '떠나거라! 떠나! 너는 소명을 받은 몸이니라!' 하는 목소리가 들려옵니다. 집을 떠나고, 친구인 고빈다를 떠나고, 부처를 떠나고, 세상의 욕심으로부터 떠났을 때 항상 들려오던 그 목소리가 다시 들려옵니다. 얼마나 오랫동안 그 목소리를 듣지 못했던 것인지…….

그날 밤 싯다르타는 자신의 정원을, 도시를, 카말라를 떠납니다. 부자들은 싯다르타의 행방을 찾으려고 했지만, 카말라는 그가 사라졌다는 소식을 듣고 놀라지 않습니다. 카말라는 그가 언젠가는 그 자리를 떠나가게 될 것이라고 예감하고 있었거든요. 그녀는 싯다르타가 사라진 그날, 자신의 새장에서 기르던 새를 풀어주고 새가 날아가는 모습을 오랫동안 쳐다봅니다. 그리고 그날부터 집 대문의 빗장을 걸어 잠그고 손님을 받지 않습니다. 그녀 역시 자신의 세계로부터 떠나버린 것이지요. 하지만 그녀의 몸속에는 싯다르타의 아이가 자라고 있었습니다. 끊임없는 윤회의 수레바퀴는 이렇게 돌아가고 있습니다.

숲속에 있는 큰 강가에서 싯다르타는 강물에 비치는 자신의 얼굴에 침을 뱉고 경멸합니다. 한꺼번에 몰아치는 절망감에 그는 강물에 뛰어들어 생을 마감하고자 합니다. 절망의 구렁텅이에서는 벗어났지만, 그동안 자신이 살아온 생활이 얼마나 어리석은 것이었는지 참회하고 있는 겁니다. 그때 '옴'이라는 소리가 강물에서 들려옵니다.

완전한 상태를 뜻하는 '옴'이라는 소리는 그의 잠들어 있던 내면의 자아를 일깨워주었습니다. 그는 그 자리에서 실신하듯 잠이 들고, 친구인 고빈다가 길가에서 그를 발견하고 지켜줍니다. 고빈다는 싯다르타를 알아보지 못합니다. 잠에서 깨어난 두 사람은 대화를 나눕니다. 싯다르타는 자신은 도를 향해 순례를 하고 있다고 하지요. 싯다르타는 자신이 비록 사문이 아니지만 그 길로 가는 도정이라고 설명하고 강가에서 두 사람은 다시 헤어집니다.

싯다르타는 강가에서 자신을 건너게 해준 적이 있는 뱃사공을 만나 그와 함께 지내기로 결심합니다. 이 부분이 부처의 일생을 소재로 하고 있는 이 소설에서 독창적인 부분입니다. 부처가 보리수나무 아래서 깨달음을 얻었다면 싯다르타는 강가에서 진정한 성자로 태어납니다. 다시 수행 정진을 하던 강가에서 싯다르타는, 자신의 아이와 함께 부처가 열반하는 모습을 보기 위해 길을 나선 연인 카말라를 다시 만나게 되지만, 그녀는 뱀에 물려 급사를 합니다. 죽어가는 카말라의 부탁으로 싯다르타는 아이를 기르지요. 하지만 아들은 사춘기가 되어 반항을 거듭하다가 아버지를 떠나고 맙니다. 자신이 수행을 하다가 다시 세속으로 떠나는 모습과 비슷합니다. 석가모니 역시 아들 라훌라가 있었습니다. 싯다르타는 이렇듯 세속의 모든 과정을 다 거치고 나서 성불, 대각성의 경지에 올라갑니다.

강은 의미망이 무척 넓은 인문학의 장소입니다. 강은 지혜와 깨달음의 장소이기도 하지요. 석가모니 부처 시절을 살았던 한 구도자가 수행의 길을 걸어 결국은 강가에서 사공으로 살면서 완성된 자아, 성자가 되는 과정을 부처의 수행에 빗대어 그려낸 경전과도 같은 작품입니다. 싯다르타는 강을 바라보고 있습니다.

강물이 수천 개의 눈으로, 그러니까 초록색의 눈으로, 하얀색의 눈으로, 수정 같은 투명한 눈으로, 푸른 하늘색 눈으로 자기를 바라보고 있었다. 자기는 이 강물을 얼마나 사랑하며, 자기는 이 강물에 얼마나 감사하고 있는가! 그는 마음속에서 새로이 깨어난 음성이 자기에게 말하는 것을 들었다. 그 음성은 이렇게 말하고 있었다. 이 강물을 사랑하라! 그 강물 곁에 머물러라! 강물로부터 배우라! (중략) 그가 본 비밀은 바로 다음과 같은 것이었다. 이 강물은 흐르고 또 흐르며, 끊임없이 흐르지만, 언제나 거기에 존재하며, 언제 어느 때고 항상 동일한 것이면서도 매순간마다 새롭다!

강가에서 이러한 깨달음은 얻은 수행자 싯다르타는 석가모니의 가르침을 실천하기 위하여 홀로 수행을 계속합니다. 강물을 사랑하고, 머물고, 배우라. 오늘 우리가 이야기하는 강물이 보내오는 메시지입니다. 무간지옥, 아비규환의 세상에 평화의 강이 흐르게 하는 것이 바로 구도자의 바람입니다. 불립문자, 색즉시공 공즉시색, 윤회변전의 불교사상을 독일 시인의 눈으로 그려낸 아름다운 이 작품에는 부처의 이심전심의 미소가 전해지고 있습니다.

그가 성자가 되어 우리에게 던지는 이러한 메시지를 읽어보지요.

그 사람의 눈은 오로지 자기가 구하는 것만을 보게 되어 아무것도 찾아낼 수 없으며 자기 내면에 아무것도 받아들일 수 없는 결과가 생기기 쉽지요. 그도 그럴 것이 그 사람은 오로지 항상 자기가 찾고자 하는 것만을 생각하는 까닭이며, 그 사람은 하나의 목표를 갖고 있는 까닭이며, 그 사람은 그 목표에 온통 마음을 빼앗기고 있는 까닭이지요. 구한다는 것은 하나의 목표를 가지고 있다는 뜻입니다. 하지만 찾아낸다는 것은 자유로운 상태, 열려 있는 상태, 아무 목표도 갖고 있지 않음을 뜻합니다. 목표에 급급한 나머지 바로 당신의 눈앞에 있는 많은 것을 보지 못하고 있으니 말입니다.

집착하지 말라는 부처의 말씀입니다. 일등을 해야 되겠다는 목적지상주의에서 오는 온갖 폐단을 우리는 잘 알고 있지요. 저의 목표는 이것입니다. '목표를 갖지 말자.' 딸아이가 생일선물로 준 노트의 첫 페이지에 '목표'를 적는 빈칸이 있었는데요. 저는 거기에 '목표를 갖지 말자'라고 적고, '가는 길이 바로 목표다'라고 적었습니다. 우리가 목표를 가지고 살기는 하지만, 거기에만 집착하면 아무것도 보지 못하게 됩니다. 이것은 급변하는 21세기의 경제사회에서 창의적인 일을 할 때 반드시 필요한 가치이기도 합니다.

다시 만난 싯다르타와 고빈다. 두 사람은 대화를 합니다. 그때 싯다르타는 사랑의 중요성을 말합니다. 결국 이 세상을 사랑할 수 있는 것이 중요하다는 것이지요. 고빈다는 세속적인 사랑을 금한 부처의 말을 인용하며, 그 사랑 역시 집착이 아니

냐면서 반문하지요. 싯다르타는 미소를 지으면서 말합니다.

나의 말과 고타마의 말씀이 실제로 모순이 되는 것이 아니라 착
각 때문에 모순되는 것처럼 보일 뿐이라는 것을 내가 알고 있기
때문이야. 나는 내가 고타마와 의견이 같다는 것을 알고 있어. 그
분이 어떻게 사랑을 모르실 수 있겠는가. 무릇 인간 존재라는 것
이 덧없고 허무하다는 것을 인식하셨으며, 그럼에도 불구하고 인
간 중생을 그토록 사랑하셔서, 온통 노고로 가득 찬 길고도 긴 한
평생 동안 오로지 인간 중생을 도와주고 가르치는 데 온 힘을 쏟
으셨던 그분이 아닌가!

부처의 자비가 곧 부처의 생이었다고 설파하는 싯다르타. 고
빈다는 그의 미소를 보고 부처와 선불교의 일대 조사인 가섭이
주고받았던 이심전심의 미소를 보게 됩니다. 말과 문자가 사라
진 자리에 달처럼 떠오르는 그 미소는 불립문자라는 불교의 한
사상이기도 합니다. 드디어 싯다르타는 절대 경지에 올랐고, 고
빈다는 허리를 굽혀 큰 절을 올립니다. 큰 존재를 마주하고 있
는 까닭에 '영문을 알 수 없는 눈물'이 고빈다의 눈에서 흘러내
립니다. 그것은 바로 깨달은 자에게 흘러가는, 고빈다의 영혼의
강물일 수도 있겠지요.

4.

헤르만 헤세는 우리나라에서 매우 인기가 높은 작가입니다.

그의 작품은 이후 등장하는 파울로 코엘료의 《연금술사》를 비롯한 많은 명상소설의 원조라고 할 수 있겠습니다. 수많은 명상서적들과 깨달음에 대한 이야기들이 자기계발서의 포장을 달고 등장하는데요. 헤세는 자신의 작품을 통하여 우리 사회에서 성공하는 인물이 아닌, 보다 근본적이고 영적인 성장을 이야기하고 있습니다. 《데미안》을 비롯한 그의 소설에 등장하는 주인공들은 어느 정도는 싯다르타의 인물 유형과 닮은꼴로 보이기도 합니다. 작가는 자신을 시인이요 탐색자이며 고백자라고 말하고 있습니다.

헤르만 헤세는 동서양의 사상을 자신의 온몸으로 받아들이고 '싯다르타'라는 주인공을 탄생시켰습니다. 싯다르타는 석가모니 부처의 속가 이름이기도 하지요. 그가 주인공의 이름을 이렇게 부르는 이유를 굳이 설명할 필요는 없을 겁니다. 사람의 아들로서의 부처, 방황하고 좌절하고 고통받는 한 사람의 모습을 통해서 부처의 완성된 생을 '자비' 즉 사랑의 관점에서 보여주고 있습니다.

위대한 작품일수록 읽는 이의 마음의 결에 따라 서로 다른 관점으로 읽을 수 있습니다. 분명 이 작품은 영적인 성장을 다루고 있는 구도소설이지만, 오늘은 사랑에 대한 한 성자의 보고서로 읽고 싶은 생각이 드는군요. 작가는 이 작품을 '한 인도의 시'라는 설명을 달아 그가 존경하는 작가 로망 롤랑에게 바치는 글을 달았습니다.

작가는 그동안 지성이 숨쉬기 곤란하다는 사실을 느껴왔다고 고백하고, '당신에게 언젠가는 저의 사랑을 표하고 싶다는 소망'으로 바친다고 적고 있습니다. 그는 인도의 사상, 붓다의 생애, 진정한 자아에 대한 성찰을 통하여 정통 기독교 문화권에서 불교 사상을 접목하고, 자신의 모습, 즉 시인, 탐색자, 고백자의 삼위일체를 한 작품에 담았습니다. 이 작품을 만들기 전까지 그가 걸어온 길 역시 구도자의 고행처럼 순탄치는 않았습니다. 한 자루의 연필이 몽당연필이 될 때까지, 연필심이 원고지 위에 다 녹아내릴 때까지 그는 각고의 노력으로 온 인생을 살다간 사람이었습니다. 헤르만 헤세. 그는 이제 20세기의 위대한 작가이자, '정신적 스승'으로 우리 곁에 남아 있습니다.

헤르만 헤세는 1877년 7월 2일 독일 뷔르템베르크 주의 칼브에서 태어났습니다. 외조부는 유명한 인도학자이자 선교사인 헤르만 군더르트, 아버지는 선교사였지요. 이후 스위스 바젤에 거주하기도 했지만 고향으로 돌아와 칼브에서 라틴어 학교를 다녔습니다. 마울브론 수도원학교에 입학했지만, 시인이 되고 싶다는 이유로 7개월 만에 학교에서 도망칩니다. 이때가 1892년이었습니다. 헤세는 그해에 자살을 기도하고 신경과 병원 치료를 받습니다.

이후 시계공장 실습, 서점 견습사원 등의 일을 하면서 1901년에는 첫 이탈리아 여행을 다녀옵니다. 1903년, 두 번째 이탈리아 여행을 다녀온 후인 다음해 발표한 소설《페터 카멘친트》의 성공으로 경제적인 안정을 얻게 되어 조용한 시골에서 전업 작가로 살아갑니다.

제1차 세계대전으로 헤르만 헤세의 정신세계는 분열되어 위기가 찾아옵니다. 이 과정에서 그는 평화로운 고향의 무대를 떠나 상처투성이의 세상에 대해 고민하기 시작하지요. 헤세는 에밀 싱클레어라는 가명으로 《데미안: 에밀 싱클레어의 청소년 시절 이야기》를 1919년에 발표합니다. 불안하고 우울한 정신의 소유자인 10대 소년 데미안이 싱클레어를 만나 성장하는 과정을 그린 이 소설은 동양의 음양사상, 불교의 선과 악에 대한 인식의 그림자가 스며 있었습니다.

세계는 선과 악이 하나로 스며들어 있고 이것이 서로 합일이 된 상태에서 완전해진다. 이를 상징하는 신 '아브락사스'는 모든 양극성을 품고 있어 서로 대립하고 있는 세상을 하나로 만드는 존재이다. 헤세가 데미안에서 말하고자 하는 것입니다. 부처의 말씀인 자명등 법등명, 오로지 자신과 말씀에 의지하라는 가르침과 일맥상통하는 말이기도 합니다. "각자의 진정한 사명은 오로지 자기 자신에 도달하는 일뿐이었다. 그 과정에서 시인, 미친 사람, 또는 범죄자로 끝날지라도 그것은 하등 문제될 것이 없다"라는 깨달음을 얻습니다. 데미안이 알을 깨고 새처럼 날아오르는 모습을 표현한 부분을 보십시오. 이것은 이미 싯다르타의 정신에 뿌리를 두고 있습니다.

헤세는 《싯다르타》이후 작가로서 더욱 성숙해집니다. 이른바 대가의 모습을 우리에게 보여주고 있지요. 이 작품의 탄생 배경에는 인도에서 선교사 생활을 하면서 인도와 중국의 철학 공부를 한 아버지 요하네스 헤세와 역시 선교사이면서 인도학자였던 외할아버지의 영향이 컸습니다. 헤세는 어려서부터 기독교와 불교, 공자와 노자, 장자 등을 읽었습니다. 그의 독자적인 세계는 이러한 독서 경험에서 근거하지요. 더불어 그는 그가 만들어놓은 문학의 성에 머물지 않았습니다. 수도승처럼 계속 용맹정진했습니다. 완성이란 미완성의 포장일 뿐이라 여겨, 한 작품이 끝나면 그 자리에서 떠나 더 먼 곳으로 걸어갔습니다. 이런 점에서 헤세는 일정한 테두리 안에서 동어반복의 악순환에 머물고 있는 여타의 명상작가들과 확연하게 구분됩니다.

이후 그는 두 번의 결혼과 이혼, 아들의 질병 등으로 신경쇠약에 시달리다가 《황야의 이리》를 발표합니다. 현대의 대도시를 배경으로 주인공 하리 할러의 고뇌와 혼돈으로 가득 찬 이중생활을 통해, 자아추구와 문명 비판의 양날을 벼리고 있습니다. 이후 오스트리아의 예술사가인 '니논 돌빈'을 만나 수년간의 동거생활을 끝에 결혼을 하는데요. 그녀를 통해 비로소 정신적인 안정을 얻게됩니다. 《나르치스와 골드문드》는 헤세의 가장 아름다운 책으로 평가받고 있고, 12년의 각고의 노력으로 출판한 대작 《유리알 유희》는 정신적인 고통을 극복한 작가가 만들어낼 수 있는 한 경지를 보여주고 있습니다. 작가와 구도자는 서로 다른 길을 걸어가는 같은 존재입니다. 이 구도자에게 세상은 노벨문학상을 수여합니다. 헤르만 헤세는 미술, 시, 일기, 서간문 등의 출판을 하면서 평화롭게 살다가 1962년 8월 9일, 향년 85세를 일기로 다른 세상으로 떠났습니다.

추신

동서양의 융합미술인 간다라 미술 작품은 헬레니즘의 미술의 양식과 수법으로 불교의 주제를 표현한 불상 조각 위주의 미술이지요. 저는 헤세의 작품을 읽으면서 간다라 석가모니상이 떠올랐습니다. 소설의 기법이, 매우 섬세하면서 현실성을 추구하고 있는 간다라 미술의 특징과 매우 유사하기 때문입니다. 독일인이 동양문화의 정수인 불교를 주제로 다룬 것도 그러하고, 싯다르타의 고행과 방황 역시 현실성이 돋보이기 때문입니다.

간다라 미술은 기원 전후 지금의 파키스탄 북서부 지방인 페샤와르를 중심으로 한 간다라 지방에서 발생한 그리스풍의 불교미술인데요. 중국의 위진남북조 시대부터 간다라 미술은 불교가 동쪽으로 전해지는 경로와 함께 오아시스를 통해 지금의 신장 일대에 처음 전파됩니다. 타림 분지 남쪽에 있는 미란 유적을 비롯한 여러 유적의 벽화에서 그 흔적을 찾아볼 수 있지요.

회화는 대부분 녹인 소석회에 색깔을 넣어 그리는 그리스 로마 수분화입니다. 벽화의 주제는 불교 이야기지만 화법이나 형상이 로마식이라 신상이나 인물상의 용모는 모두 셈족이나 아리아인의 상입니다. 이는 기독교적 회화의 영향으로 보입니다. 호탄의 단단윌리크 유적 벽화 중 연꽃 위에 떠 있는 누드화는 그리스 신화의 비너스상과 매우 흡사하지요.

이렇게 독일 작가의 싯다르타는 동서문화 융합의 작품으로도 읽힐 수 있겠습니다.

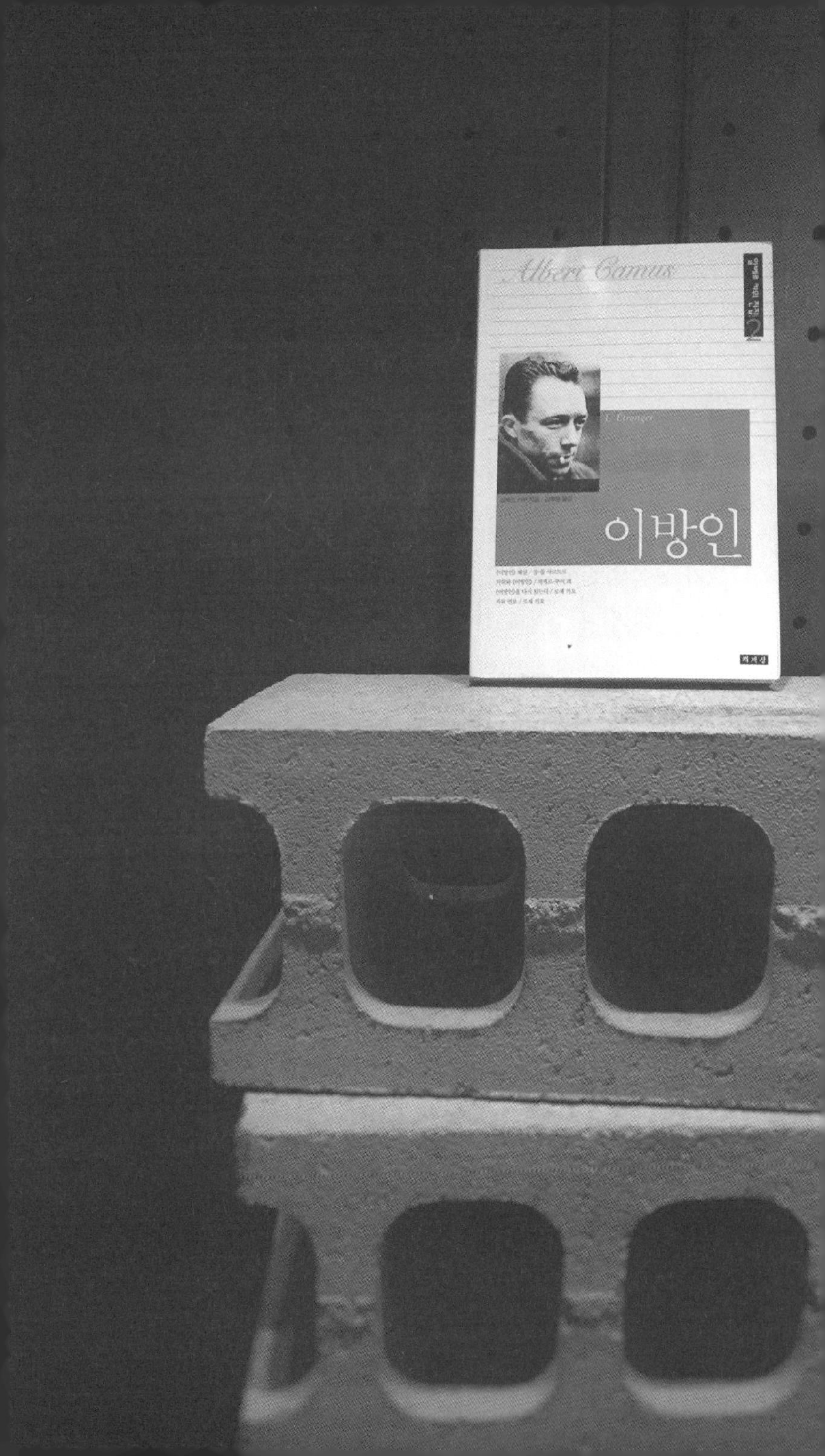

Albert Camus
L'Étranger
이방인
책세상

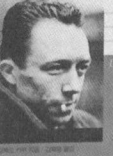

인간적인 것과
인간적이지 않은 것

《이방인》
알베르 카뮈(1942년)

"오늘 엄마가 죽었다.
아니 어쩌면 어제."

1.

너무나 현실적인 이야기인데, 그것이 알레고리 소설처럼 읽힐 때가 있습니다. 주위에 있는 사람들의 경우도 마찬가지입니다. 외계인처럼 구는 어떤 사람이 있습니다. 조금 다르게 살 뿐인 그를 벌레처럼 보기도 하고, 심지어 신적인 존재로 여기는 사람도 있습니다. 사랑에 빠진 연인은 어떻습니까. 사랑할 땐 상대를 천사처럼 보기도 하지만, 헤어지고 나면 서로를 악마처럼 여기기도 하지요. 경우에 따라서 혹은 그때그때 마음에 따라서, 사람을 보는 눈은 달라집니다.

머리로는 그런 정서를 당연하게 여기면서도 정작 타인을 볼 땐 전자제품 사용설명서처럼 사람을 읽어내려고 합니다. 거기서 조금 벗어나면 괴상한 사람으로 취급하고, 도덕적으로도 문제가 있다고 판단하지요. 특히 사회적, 성적 소수자의 경우 이러한 취급을 심하게 받는데요. 일부 여성 근로자나 장애인, 동성애자를 비롯한 사람들입니다. 꼭 이런 경우만 그런 것도 아닙니다. 감정표현이 적절치 않다고 해서 오해를 사기도 하지요.

예를 들어볼까요. 어떤 사람의 모친이 작고하셨는데 울지 않는다면, 장례식에서도 무덤덤하고, 어머니의 나이까지 모르고 있다면, 그는 우리에게 상식적인 대우를 받지 못할 겁니다. 나와 다르다, 우리 문화와 정서에 부합하지 않는다는 이유로 냉혈한이나 범죄자 취급을 하기도 하지요. 우리는 습관적으로 자신의 상식적 범주에서 벗어난 행동을 하는 사람들을 이상한 눈길로 봅니다.

그래서 오늘은 조금 다르게 사는 사람에 대한 이야기를 할까 합니다. 소설 《이방인》의 뫼르소라는 프랑스 알제의 청년입니다. 나이는 서른 살 정도이고, 가난한 집안에서 자라 홀로 사는 사람입니다. 말수가 적지만 생각이 깊어 보이고, 조금은 엉뚱하다고 할 수 있는 '이상한' 사람입니다. 적어도 우리의 도덕, 윤리, 감정에서 보자면 말입니다. 그는 자신이 속한 사회의 메커니즘에서 한발 벗어나 있습니다.

오늘 엄마가 죽었다. 이 말로 이야기는 시작됩니다. 어머니, 모친이 아니라 '엄마'입니다. 매우 다정한 유아기의 말인데요. 이런 호칭으로 어머니를 부른다면 우리는 다음 문장에 그의 슬품을 상상하기 쉽습니다. 저 역시 엄마가 죽었다라고 한다면 눈물이 쏟아지고, 하늘이 무너지는 듯한 기분이 들 것 같군요. 유교 문화에 익숙한 우리의 삶에 부모상은 매우 중요하고도 큰 일입니다. 서양의 경우에도 마찬가지겠지만 말입니다

죽음에 대해 예를 갖추기 시작하면서부터 인간은 진화합니다. 우리가 동물과 다른 이유는 장례의식을 치른다는 것도 포함되지요. 의식이라는 것에는 마땅히 어떻게 해야 한다는 틀이 있습니다. 마음이 실제로는 어떻든 이 틀을 벗어나면 인간적이지 않다고 오해하기 쉽습니다.

이 소설의 주인공이 그런 경우겠지요. 그는 모친상 앞에서 조금 '다르게' 행동합니다. 저는 지금부터 그의 행동이 주는 울림이 어째서 이리도 큰지, 왜 그렇게 행동했는지 궁리해볼 생각입니다. 명작들이 그러하듯 이 소설 또한 우리에게 질문하고 생각하게만 합니다. 정답이나 오답은 존재하지 않지요.《이방인》은 타인과 살고 있는 우리에게 중요한 문제를 던져줍니다. 20세기의 한 인물을 통해 '부조리'라는 화두를 들고 우리에게 다가온, 다소 철학적인 아취를 풍기는 생각거리입니다.

아파트 단지에 설치된 차량차단기처럼, 거주자가 아니라면 진입할 수 없는 공간들로 도시는 이루어져 있습니다. 격리와 분리, 차별과 격차가 존재하는 세상에 사람들은 자신이 사는 공간 속에서 더 이상 자연과 인간이라는 본래의 이웃을 찾으려 하지 않고 있습니다. 옛 시절, 우리가 사는 곳은 항상 열려 있는 공간이었습니다. 심지어 제주도의 대문은 집 안에 사람이 있는지 없는지를 알려주는 나무때기가 전부라고도 하지요. 이런 정

서에 익숙한 우리도 치욕적인 식민지 역사와 전쟁을 거치면서 변화합니다. 죽음과 파괴, 자본과 인종차별, 극심한 빈부격차가 붕어빵을 찍어내는 틀처럼 삶의 모양을 규정하고 있지요.

세상의 틀에서는 벗어나 있지만, 태양이 눈부신 알제의 거리를 오고가는 그에게 적어도 거짓은 없어 보입니다. 자신의 생각과 사상 그리고 행동을 정직하게 이야기하고 행동하는 뫼르소가 왜 이방인이 되어가는지, 지금부터 그가 들려주는 이야기를 경청하면, 비로소 한 인간이 죽음을 통해 우리에게 외치는 '조용한' 고함소리가 들릴 것입니다.

2.

전보로 '엄마'의 부고를 받은 뫼르소는 그것이 어제인지 오늘인지 별 신경을 쓰지 않습니다. 그의 어머니는 아들과 떨어져서 양로원에서 쓸쓸하게 노년을 보내다가 죽었습니다. 뫼르소는 사무실에 휴가를 내고 양로원으로 가서 어머니의 장례 절차를 마치고 돌아옵니다. 부모의 죽음에 대한 애도의 감정은 적어도 문장에서는 드러나지 않습니다. 혹시나 싶어 행간을 살펴보아도 양로원에서 쓸쓸하게 생을 마감한 생모에 대한 외아들의 감정은 없습니다. 사르트르는 《이방인》의 해설에서 이러한 주인공의 모습을, 유리창 바깥에 있는 사람처럼 움직이고 있다고 적었습니다.

그는 장례식장에서 나와 바다로 갑니다. 바다와 태양은 이 소설의 매우 중요한 장치인데요. 카프카의 《변신》이 골방의 어둠 속에서 웅크리고 있다면, 이 소설은 태양을 향해 서 있는 주인공의 모습으로 등장합니다. 태양은 모든 것을 비추어줍니다. 그는 숨기는 것이 없는 사람이지요. 이것이 우리의 눈에 이상하게 보이는 겁니다.

어머니의 영안실에서 밤이 되어 문지기가 스위치를 올렸을 때 '별안간 쏟아진 불빛 때문에 나는 앞이 캄캄하도록 눈이 부시었다'라는 문장이 있는데요, 그의 행동이 이런 모양입니다. 우리는 그의 행동을 캄캄한 영안실에서 갑자기 쏟아진 불빛을 본 것처럼 느끼기도 합니다. 그는 태초의 빛처럼 행동하지요. 그는 거짓말을 하지 않습니다. 설령 그것이 자신을 죽음으로 이끌더라도 말입니다. 과연 그의 행동에는 어떤 의미, 아니 어떤 무의미가 있는 것 같은데요. 이것은 마리라는 여자를 만나면서 더 구체적으로 나타납니다.

마리는 뫼르소의 전 직장에서 만난 타이피스트입니다. 그와 그녀는 서로에게 마음이 있었지만 만날 기회가 없었지요. 그는 장례식이 끝난 다음 날 바다에서 수영을 하다 그녀를 만납니다. 두 사람은 바다에서 즐겁게 수영을 하고, 저녁을 먹고, 영화를 보고(극장에서 그녀의 젖가슴을 어루만지고), 뫼르소의 집에서 동침합니다. 서로 호감을 가지고 있는 젊은 남녀의 평범한 데이트 코스이지요. 우리는 장례식이 끝나자마자 이런 행동을 하는 뫼르소가 이상하다고 생각합니다. '아니, 어떻게 그럴 수가 있을까?' 하는 생각이 들지는 않으신지요. 한편으로는 장례식이 끝났으니 그럴 수도 있다는 생각이 들기도 합니다. 인간은 누구나 죽지 않습니까. 어머니는 고령으로 편안하게 다른 세상으로 갔으니, 지상에 남은 아들의 이런 행동이 과연 지탄받을 행동인가 싶습니다.

그에게 죽음은 매우 자연스러운 현상입니다. 마치 가을날 낙엽이 떨어지는 것과 같다고 할까요. 나뭇잎이 한 장 떨어졌다고 데이트를 하지 말라 할 수는 없는 일이 아닙니까. 물론 어머니의 죽음과 낙엽은 무게감이 다르겠지요. 하지만 인간의 죽음보다 자연의 죽음이 더 무겁게 느껴지는 사람도 있지 않겠습니까. 장자는 아내가 죽었을 때 즐겁게 북을 치면서 노래를 불렀다는 이야기도 있지요. 사람이 죽음을 대하는 태도와 마음이 반드시 슬픔으로만 표현되어야 한다는 것도 일종의 편견이거나 선인견일 겁니다. 삶과 죽음에 대한 자세는 어떤 태도를 취하느냐에 따라 달라지는 것이지. 감정의 표현으로 결정되는 건 아닐 겁니다. 위선이나 위악으로 무장한 사람들이 세상엔 얼마나 많습니까. 악어의 눈물보다는 무표정함이 더 인간적일 수도 있는 겁니다. 뫼르소는 적어도 위선자는 아니니까요.

그때 나는, 일요일이 또 하루 지나갔고, 어머니의 장례식도 이제 끝났고, 내일은 다시 일을 시작해야 하겠고, 그러니 결국 달라진 것은 아무것도 없다는 생각을 했다.

이런 태도가 뫼르소의 입장입니다. 그는 위선이나 위악으로 감정을 포장하지 않았습니다. 마음과 다른 가면을 쓰지 않았습니다. 온 세상이 가면을 쓰고 있기 때문에 그의 행동이 돌올하게 보이는 것이지요. 이것은 이야기의 후반부에 나오는 그의 살인과도 연결이 됩니다. 어머니의 죽음과 그의 살인은 묘한 연결고리를 가지고 있습니다. 사건의 발단은 한 사람과의 만남이었습니다. 레몽과의 만남이지요.

레몽은 자신의 직업을 '창고 감독'이라고 하지만 실상은 매춘업자 즉 포주입니다. 공동주택 같은 층에 사는 두 사람은 자주 어울립니다. 창백하게 보이는 뫼르소와는 달리 레몽은 다혈질의 사내입니다. 두 사람을 푸른색과 붉은색으로 비교할 수 있는데요. 그는 여자에게 배신을 당했다는 사실을 알고 복수를 계획합니다.

뫼르소는 여자에게 보내는 편지를 대신 써달라는 레몽의 부탁을 들어줍니다. 심지어 레몽이 변심한 여자를 폭행해서 경찰서에 들어가자 그에게 유리한 증언을 해주기도 하지요. 레몽은 거친 일을 하는 사람답게 주먹을 잘 쓰고, 호신용 피스톨을 지니고 다닙니다. 결국 나중에 뫼르소가 방아쇠를 당기게 되는 그 피스톨 말이지요.

폭행을 당한 그녀의 오빠를 비롯한 몇 명의 아랍사내들이 복수를 하기 위해 미행을 시작합니다. 레몽은 친구인 마송의 바닷가 별장으로 뫼르소와 마리를 초대하고 그곳에서 즐거운 시간을 보냅니다. 마리는 뫼르소에 묘한 매력을 느껴 결혼을 하고 싶어 하고, 뫼르소는 그러자고 하지요. 그에게 결혼을 한다는 것은 엄마의 장례식장에 가는 행위와도 비슷해 보입니다. 마리는 그런 뫼르소의 행동에 호감을 느끼는 사람이고, 뫼르소는 매력적인 그녀에게 '사랑'의 한 감정인 정욕을 느낀다고 고백합니다. 그런 감정 또한 사랑입니다. 정욕이라는 말이 거칠기에 우리는 예쁘게 사랑이라는 말로 포장하기도 하지요. 특정한 여인에게 느끼는 정욕과 호감을 이성간의 사랑이라고 하지만, 누구나 그렇게 대놓고 이야기하지는 않습니다. 우리는 대부분 적군에게 다가가는 군인처럼 위장을 하고 지형지물을 이용해 조심스럽게 행동합니다. 하지만 뫼르소는 그런 거짓말을 못하는 사람입니다. 그게 이 세상에서는 큰 문제가 되기도 하지요.

바닷가에서 아랍사람들을 만나게 되는 뫼르소. 이 장면은 소설에서 가장 결정적인 부분이 됩니다. 그전까지는 그의 행동들이 사람들에게 그리 큰 영향력을 미치지 못합니다. 좀 이상한 사람이구나 싶은 정도니까요. 그저 골방에 처박혀 있으면 그만입니다. 하지만 그가 살인자라면 상황은 달라집니다. 카뮈는 그것을 보여주고 있습니다.

레몽은 정부의 오빠에게 칼로 위해를 당하고, 복수를 하려합니다. 뫼르소는 그에게 피스톨을 달라고 합니다. 정당방위로 피스톨을 쏠 것을 침착하게 권하지요. "쏴선 안 돼. 사나이답게 맞상대를 하게. 그리고 그 피스톨은 이리 줘. 만약에 다른 녀석이 뛰어들든지 저 녀석이 단도를 뽑든지 하면 내가 쏘아버릴 테니까." 다혈질인 레몽보다 침착하게 사태에 대처하는 뫼르소. 카뮈는 권총을 건네받는 장면에서 '햇빛이 번쩍 반사하면서 미끄러졌다'고 앞으로의 사건을 암시하고 있습니다. 햇빛 때문에 뭔가 일이 날 것 같은 분위기인데요. 지극히 간결한 문장으로 사건을 묘사하고 있습니다. 강렬한 태양빛이 해변을 달구고 있고, 샘을 찾아 휴식을 취하고 싶어 산책을 하던 뫼르소는 아랍사내를 발견합니다. 두 사람은 점점 가까워집니다. 뫼르소는 그가 뒤로 돌아서 가기를 간절히 바라고 있습니다.

뜨거운 햇볕에 뺨이 타는 듯했고 땀방울이 눈썹에 맺히는 것을 나는 느꼈다. 그것은 어머니의 장례식을 치르던 그날과 똑같은 태양이었다. 그날과 똑같이 머리가 아팠고, 이마의 모든 핏대가 한꺼번에 다 피부 밑에서 지끈거렸다. 그 햇볕의 뜨거움을 견디지 못하여 나는 한걸음을 옮겼다. (중략) 그러자 이번에서 아랍 사람이, 몸을 일으키지도 않고 단도를 뽑아서 태양빛에 비추며 나에게로 겨누었다. 빛이 강철 위에서 반사하자, 번쩍거리는 길쭉한 칼날이 되어 나의 이마를 쑤시는 것 같았다. 그와 동시에, 눈썹에 맺혔던 땀이 한꺼번에 눈꺼풀 위로 흘러내려 미지근하고 뜨거운 막이 되어 눈두덩을 덮었다. 이 눈물과 소금의 장막에 가리어서 나의 눈은 보이지 않았다. (중략) 나는 온몸이 긴장하여 손으로 피스톨을 힘 있게 그러쥐었다. 그리하여 짤막하고도 요란스러운 소리와 함께 모든 것이 시작되었다. 나는 땀과 태양을 떨쳐버렸다. 나는 한낮의 균형과, 내가 행복을 느끼고 있던 바닷가의 예외적인 침묵을 깨뜨려버렸다는 것을 알았다. 그때 나는 그 굳어진 몸뚱이에 다시 네 방을 쏘았다. 총탄은 깊이, 보이지도 않게 들어박혔다. 그것은 마치, 내가 불행의 문을 두드린 네 번의 짧은 노크 소리와도 같은 것이었다.

베토벤의 운명 교향곡 도입부와 같은 느낌이 드는데요. 그에게 어떤 운명이 펼쳐질지 궁금합니다. 여기까지가 이방인의 1부입니다. 2부는 그가 재판을 받는 모습을 그리고 있고, 카뮈는 이 소설에서 재판에 대한 이야기가 중요하다고 강조합니다.

3.

살인죄로 기소된 뫼르소는 재판을 받습니다. 판사와 검사는 그를 심문하면서 놀라운 사실을 발견합니다. 그가 어머니의 장례식에서 울지 않았고, 심지어 모친의 나이도 모르는 이상한 사람이라는 것이지요. 게다가 그는 독실한 기독교 신자인 판사의 십자가를 보고도 회개하지 않고 자신의 죄를 진정으로 뉘우치지도 않는 모습입니다. 장례식장에 참석한 양로원의 관계자들과 모친의 남자친구인 할아버지도 그에게 불리한 증언을 합니다. 피고인을 감정을 드러내지 않는 이상한 사람, 냉혈한으로 몰고 갑니다. 우리는 이런 사람을 사이코패스라고 부르기도 하지요.

검사는 그의 살인이 우발적인 것이 아니라, 사전에 치밀하게 계획한 것으로 판단합니다. 태양 때문에 발포를 했다는 말은 그들을 더욱 당황하게 하지요. 그들은 살인 사건보다는 그의 삶의 태도를 문제 삼게 됩니다. 여자 친구 마리는 그가 정당방위로 풀려날 것을 바라고 있지만, 뫼르소의 태도는 배심원들에게 정상적인 행동으로 받아들여지지 않습니다. 그를 단두대로 보내야 한다는 검사의 말이 설득력을 얻게 되지요. 뉴욕 월스트리트의 필경사 바틀비가 '그렇게 안 하겠습니다'를 반복하는 모습을 떠올리게 하는군요. 카뮈의 '뫼르소'는 허먼 멜빌의 '바틀비'와 연결고리를 가지고 있습니다. 19세기 어둡고 축축

한 뉴욕의 월스트리트와 20세기 알제의 태양 아래서 벌어지는 일들은 모두 한 인간의 부조리한 모습을 그리고 있는 것이지요. 각기 태양과 어둠을 배경으로 한 인간이 어떻게 죽음의 문을 노크하는지 보여주고 있습니다.

모든 사건이 '우연히' 일어난 일이었는데, 그것을 판사와 검사 그리고 증인들과 배심원들은 필연으로 몰고 갑니다. 뫼르소는 그 모습을 우두커니 바라볼 뿐입니다. 11개월간 진행된 살인사건의 재판에서 그를 힘들게 하는 것은 오직 정욕과 흡연에 대한 욕구뿐입니다. 검사가 사형을 구형하는 이유 중에는 살인과는 전혀 상관없는 것도 있습니다. 정상참작은커녕 괘씸죄가 추가된 것인데요. 어머니의 장례식장에도 냉정함을 유지한 그는 '정신적으로 어머니를 죽인 사람'이며 그것은 다음 날 같은 법정에 재판을 받게 될 존속살인자와 마찬가지라는 것이지요. 즉 어머니의 장례식장에서 그가 보여준 행동이 '아버지를 자기의 손으로 죽이는 사람'과 마찬가지라는 것입니다.

이제 검사가 구형하는 모습을 보겠습니다.

나는 이 사람에 대하여 사형을 요구합니다. 사형을 요구해도 나의 마음은 가볍습니다. 왜냐면, 이미 짧지 않은 재직 기간 중 나는 여러 번 사형을 요구한 일이 있지만, 이 괴로운 임무가 오늘처럼, 신성한 지상명령이란 의식과, 흉악무도하다는 것밖에는 아무것도 읽어볼 수 없는 한 사람의 얼굴을 앞에 놓고 느끼는 혐오감에 의해 대갚음을 받아 균형을 회복하고 빛을 받는 것처럼 느껴본 적은 없었기 때문입니다.

재판장은 뫼르소에게 할 말이 없느냐고 묻고, 그는 그저 생각나는 대로 아랍인을 죽일 의도가 없었다고 말합니다. 그리고 자신의 범행 동기에 대해서 질문을 하는 재판장에게 '그것은 태양 때문'이었다고 말합니다. 장내에는 웃음이 터집니다. 아무도 태양 때문에 우연히 살인을 하게 된 그의 상황을 진지하게 바라보지 않는 겁니다. 어느 순간부터 그의 사건은 기계적으로 돌아가고 있습니다. 그는 거기에서 벗어나고 싶다고 생각은 하지만 이미 재판장은 사형집행을 생산하기 위한 공정에 돌입했습니다. 한번 돌아가기 시작한 메커니즘은 멈추지 않습니다.

그런 그에게 신부가 나타납니다. 신을 믿지 않는 그에게 신부가 나타나서 회개하라고 권하고, 뫼르소는 '강력하게' 거절합니다. 기도를 하겠다는 신부 앞에서 그는 흥분해 사제의 멱살을 쥐고 고함을 지릅니다. 이 세상과 유리된 그를 잘 보여주고 있는 장면입니다. 사르트르의 표현인 '유리벽'을 깨고 나와 행동하는 뫼르소의 모습은 이 소설의 말미에서 터져 나오는데요.

결국 작가는 주인공이 묵묵하게 바라보기만 했던 재판을 비롯한 부조리한 세상, 적어도 그의 눈에 비친 부조리한 세상을 향해 발언할 기회를 줍니다. 그를 집요하게 괴롭히는 모든 문제에 대한 그의 태도는 아래와 같은 그의 증언에서 나타납니다. 이것은 재판이 끝난 다음에 사형집행을 기다리고 있는 자신에 대한 변론이며, 독배를 마시기 전 소크라테스가 했던 변명과도 같은, 이 소설의 중심입니다.

너는 죽은 사람처럼 살고 있으니, 살아 있다는 것에 대한 확신조차 너에게는 없지 않느냐? 나는 보기에는 맨주먹 같을지 모르나, 나에게는 확신이 있어. 나의 인생과 닥쳐올 이 죽음에 대한 확신이 있어. 너보다 더한 확신이 있어. 나의 인생과, 닥쳐올 이 죽음에 대한 확신이 있어. 그렇다. 나에게는 이것밖에 없다. (중략) 내가 살아온 이 부조리한 생애 전체에 걸쳐, 내 미래의 저 밑바닥으로부터 항시 한 줄기 어두운 바람이, 아직도 오지 않은 세월을 거쳐서 내게로 불어 올라오고 있다. (중략) 다른 사람의 죽음, 어머니의 사랑, 그런 것이 내게 무슨 중요성이 있단 말인가? 너의 그 하느님, 사람들이 선택하는 삶, 사람들이 선택하는 숙명, 그런 것이 내게 무슨 중요성이 있단 말인가? (중략) 마리가 또 다른 뫼르소에게 입술을 내바치고 있은들 그것이 어떻다는 말인가? 이 사형수야, 도대체 알기나 하느냐? 미래의 저 밑바닥으로부터······

그는 결국 유죄선고를 받고 사형을 기다리고 있습니다. 단두대로 가고 있는 그는 '나는 전에도 행복했고, 지금도 행복하다고 느꼈다'고 생각합니다. 그리고 사형집행장에 많은 인파들이 몰려와 증오의 함성으로 그를 맞이해줄 것을 바랄 뿐입니다.

알베르 카뮈는 《이방인》의 미국판 서문에서 다음과 같이 말합니다.

"우리 사회에서 자기 어머니의 장례식장에서 울지 않는 사람은 누구나 사형선고를 받을 위험이 있다." 나는 다만, 이 책의 주인공이 유희에 참가하고자 하지 않았기 때문에 유죄선고를 받았다는 말을 하고 싶었다.

주인공은 자기가 사는 사회에서 이방인이며 사생활의 변두리에
서 주변적인 인물로서 외롭게, 관능적으로 살아간다. 그렇기 때
문에 독자들은 그를 일종의 표류물과도 같이 간주하고 싶은 느
낌을 받는 것이다. 그렇지만 뫼르소가 어떤 면에서 유희를 하지
않으려고 하는 것인지를 자문해본다. 그 인물에 대한 더 정확한
생각을, 어쨌든 작가의 의도와 더 일치하는 생각을 갖게 될 것이
다. 그 대답은 간단하다. 즉 그는 거짓말하는 것을 거부한다. 거
짓말을 한다는 것은 단순히, 있지도 않은 것을 말하는 것만이 아
니다. 그것은 특히 실제로 있는 것 이상을 말하는 것, 인간의 마
음에 대한 것일 때는, 자신이 느끼는 것 이상을 말하는 것을 뜻
한다. (중략) 내가 보기에 뫼르소는 표류물과 같은 존재는 아니다.
그는 가난하고 가식이 없는 인간이며 한군데도 어두운 구석을
남겨놓지 않는 태양을 사랑한다.

일종의 사회적 편견으로 이 사회의 규범에서 벗어난 한 피고
인의 재판과정. 그에게 가해지는 유죄선고, 사형집행이라는 말
이 암시하듯이, 이 소설은 한 인간을 죽음으로 몰고 가는 재판
제도를 재판하고 있는 이야기입니다. 그가 나와 다르다고 해서
사람들이 어떻게 상황을 조작하고, '이방인'을 자신들이 속한
조직에서, 메커니즘에서 제외시켜 버리지는지를 잘 보여주고
있습니다.
물론 아무리 이방인이라고 해도 살인죄는 처벌을 받아야 마

땅한 일입니다. 거기에 이의를 제기할 사람은 없을 겁니다. 그것이 정당방위라고 할지라도 살인이라는 죄는 엄연한 사실이기 때문입니다. 무죄선고를 받아도, 피의자 자신이 무거운 짐을 지게 되는 것이지요. 그런데, 이 소설은 이상하게도 살인보다는, 그를 둘러싸고 있는 사람의 행동과 태도에 주목하고 있습니다. 우리에게 사형선고를 공식적으로 내리는 직업으로는 의사와 판사가 있습니다. 두 직업은 매우 비슷한 속성을 지니고 있습니다. 질병으로 인한 시한부 인생선고와 죄질에 의한 사형선고는 인간의 죽음을 확정하는 일입니다.

이것은 톨스토이가 《이반 일리치의 죽음》에서 다루고 있는 문제이기도 하지요. 카뮈는 부조리한 재판제도에 대한 비판을 통하여 우리 사회에서 엄연히 존재하고 있는 고독한 인간의 모습을 신화적으로 묘사하고 있습니다. 뫼르소가 사형집행을 당하기 전에 보여주는 태도가 바로 그것입니다. 우리는 과연 타인을 이렇게 대해도 되는 것인가? 내가 하루에도 무의식적으로 하는 거짓말이 내 삶을 얼마나 갉아먹고 있는 것인가? 정직하고 투명하게 자신의 생각을 말한다면 결국 이 사회의 이방인이 되어버리는 것인가? 하는 문제를 보여주고 있는 겁니다.

이 소설은 어머니의 장례식장과 사형선고로 대비되는 두 개의 세상으로 구분되어 있습니다. 2부로 구성되어 있는 이 소설은 태양과 바다라는 공간과 재판과 감옥에서 행동하는 뫼르소의 모습을 보여주고 있는데요. 1부에서는 조금 독특한 사람이었을 뿐인 뫼르소가 2부에서 아주 특이한 피고인으로 변신하는 과정을 침착하게 보여줍니다. 이 소설의 문체는 매우 투명하고,

이것이 소설을 끌고 나가는 힘이라 할 수 있습니다. 단순한 묘사는 서로 연결고리를 가지고 있지 않고, 단락과 단락은 전혀 무관한 듯하지만 1부와 2부가 덩어리로 뚝 떨어집니다. 이 소설은 그야말로 '얼어붙은 강물을 내리찍는 도끼'처럼 충격적입니다.

위선과 위악으로 가득 찬 세상은 우리에게 심한 욕설을 퍼붓지요. 피고인 뫼르소의 재판과정은 우리의 인생 재판을 보는 느낌도 들더군요. 저는 《이방인》을 읽고 인생이 주는 모멸감을 견디는 힘을 얻었습니다. 시련이 다가올 때, 비굴하지 않게 견디는 '힘', 이 부조리한 세상을 오히려 조롱하면서 살 수 있는 '힘'을 말입니다.

그의 총소리처럼 울려 퍼지는 베토벤의 5번 교향곡을 들으면서, 베토벤 역시 부조리한 세상을 향해 정직하고 강하게 살았던 예술가라는 생각이 들었습니다. 그 역시 당대의 이방인이었으니까요. 모든 예술가들은 우리 사회의 메커니즘에서 한 발 벗어나 살고 있습니다. 카뮈가 보여주는 재판 심리를 통하여 그걸 배우는 겁니다. 죽음마저도 두렵지 않은 인생은 누가 뭐라고 해도 살아가는 우리의 진짜 모습입니다.

추신

시인 김수영이 퀭한 눈동자로 정면을 응시하는 사진 한 장은 그의 시만큼이나 유명합니다. 그 눈동자 앞에서 거짓은 통하지 않을 것 같습니다. 어떤 사진은 작가의 작품만큼이나 그 존재를 오롯이 담아냅니다. 작가를 비롯한 예술가들을 찍은 사진은 화려한 연예인들의 화보와는 다른 모습인데요. 마치 예술영화의 스틸 컷과 같은 분위기가 풍기는 작가를 들라면 저는 카뮈와 카프카가 떠오릅니다.

카뮈의 사진은 그의 작품을 더 돋보이게 합니다. 청소년 시절, 카뮈가 담배를 물고 있는 측면사진은 고독한 작가의 상징처럼 보였습니다. 마치 영화배우 제임스 딘처럼 반항하는 사춘기 문학 소년의 마음을 설레게 했지요. 물론 작가의 외모가 작품에 어떤 영향이 있냐 하는 문제는 별개로 치더라도, 그의 모습은 고뇌하는 작가의 '아우라'가 빛나는 것이었습니다. 파리의 새벽길을 트렌치코트를 입고 걸어가고 있는 모습은 역시 세계적인 사진작가인 앙리 카르티에 브레송의 앵글에 포착되어 '결정적 한순간'으로 남아 있지요.

많은 비평가들로부터 20세기 일본의 최고 소설가로 인정받는 미시마 유키오는 보디빌딩을 한 몸을 찍은 사진집이 유명합니다. 그의 조각 같은 근육은 작가의 색다른 모습이면서 그의 작품과 묘하게 잘 어울리는 구석이 있지요. 그리고 노벨문학상을 받은 르 클레지오의 사진도 기억에 남는군요. 이분은 간혹 한국에 오기도 하는데, 소설가 황석영씨와 함께 제가 가끔 다니는 카페에서 맥주 한잔을 하고 갔다고도 하더군요. 카뮈가 진지한 모습으로 대화를 하는 모습을 찍은 사진을 지금 들여다보고 있습니다. 저에게 이런 말을 하는 것 같군요. 사진에 신경 쓰지 말고 원고에 더 집중하라, 라고요.

도대체 보이지 않는 것들을
어떻게 볼 수 있을까?

《어린왕자》
앙투안 드 생텍쥐페리(1943년)

"가장 중요한 건
눈에 보이지 않는단다."

1.

우주 공간에서는 별이 빛나지 않습니다. 그저 가스덩어리와 어둠뿐이지요. 별은 지구에서 바라볼 때 빛납니다. 문학은 지구에서 별을 바라보는 방법을 문자로 기록하는 행위이기도 합니다. 그저 어둠 속에서 둥둥 떠다니고 있는 돌덩어리가 빛나는 이유는 그것을 바라보는 사람이 있어서입니다. 당신을 바라보는 내가 있기에 우리가 존재하는 것처럼 말이지요. 별은 당신과 같은 존재입니다. 한 시절, 별들이 나에게 말을 걸어오기도 했지요. 그때 나는 별을 '그대'라고 불렀습니다. 별들은 항상 말을 걸어옵니다. 밤하늘에는 망망대해에서 나아갈 방향을 잡아주는 북극성, 사람들이 자신들의 이야기를 만들어내는 국자모양의 별자리 북두칠성이 있습니다. 그리고 꽃 한 송이가 피어있다는 별이 있습니다. 그 별은 자신을 바라보는 단 한 사람의 별이라고 하지요. 바로 어린왕자가 사는 별입니다.

어린왕자를 만나기 위해서는 사막으로 가야 합니다. 모래사막에는 길이 없습니다. 샘도 없습니다. 어딘가에 샘이 있겠지만 그것은 좀처럼 보이지 않습니다. 사막에서는 걸어가는 도정에 길이 생기고, 걷다 지쳐 쓰러진 곳에 샘이 있습니다. 어린왕자는 그래서 사막이 아름답다고 하는군요. 당신이 아름다운 이유는 어쩌면 지금 당장은 알 수 없는 것, 만나고 사랑하고 미워해야 알 수 있는 그 무엇 때문일 겁니다. 그것은 눈에 잘 보이지 않습니다.

사막의 여우가 어린왕자에게 하는 말이 있지요. '가장 중요한 건 눈에 보이지 않는단다.' 우리가 보지 못한 정말 중요한 것은 무엇일까요. 소통 불능의 시대에 사는 우리에게 이 말은 어떤 의미로 다가오는지요.

사막에서 방향을 잡는 방법이 있습니다. 바닥에 막대기를 꽂고 그림자가 떨어지는 지점에 돌을 놓습니다. 약 15분 후에 그림자가 이동하면 그 자리에 다시 돌을 놓습니다. 그리고 두 개의 돌에 막대기를 올려놓으면 막대기가 가리키는 방향이 동과 서입니다. 그 막대기에 십자로 막대기를 올려놓으면 남북을 가리키는 방향이겠지요. 이렇게 사막에서 동서남북을 알 수 있습니다. 이 책이 그렇습니다. 《어린왕자》는 이정표나 랜드마크가 없는, 사막과 같은 도시에 사는 우리에게 삶의 방향을 알려주는 나침반과 같은 책입니다.

《어린왕자》를 읽으면서 위에 인용한 문장을 대신할 만한 문장이 없을까 곰곰이 생각했습니다만 결국 찾지 못했습니다. 이 문장이야말로 책을 관통하는 화살 같은 것이라고 결론을 내렸습니다. 하지만 이 문장보다 더 중요한 게 있을 겁니다. 가장 중요한 건 눈에 보이지 않는다는 여우의 말이 맞았습니다. 그것은 눈에 보이지 않더군요.

그럼 어떻게 보아야 할까요. 여우는 마음으로 보라고 합니다. 보이지 않는 중요한 것을 마음으로 보는 법을 알고 계신지요. 어른들은 마음에 대해서 생각하기 힘들게 뇌구조가 진화해버렸습니다. 매일 부릅뜬 두 눈으로 보아야 할 것이 불화살처럼 온몸으로 날아오기 때문입니다. 가장 대표적인 것들이 각종 고지서들입니다. 전기, 도시가스, 통신비와 각종 문자 메시지들이지요. 그리고 지금은 영상의 시대이기도 합니다. 이제는 보이는 모든 것들이 스마트폰 안으로 들어와버렸습니다.

인간의 손바닥은 스마트폰만 쥐고 있습니다. 눈동자도 저절로 그곳을 향합니다. 이런 세상에서 인간이 인간을 만지면서 느끼고 사랑할 시간은 어디론가 사라집니다. 인간이 사라지고 기계가 그 자리를 차지할 시기가 머지않은 것 같습니다. 스마트폰의 세계에 빠져 살고 있는 우리에게 눈에 보이지 않는 건 없는 것과 마찬가지입니다. 그 세계 안에 마음까지도 있다고 생각하는 사람들이 상당할 겁니다. 과연 정말 그럴까, 그렇다면 그런 세상은 어떤 모습일까. 저는 비관적으로 보고 있습니다. 그것은 나를 성숙하게 만드는 창의적인 생각과 인간에 대한 사랑이 사라진 세상이기 때문입니다. 그곳은 어쩌면 문명의 황무지입니다.

생텍쥐페리가 살았던 20세기는 전쟁의 시대였습니다. 세계가 온통 전쟁을 하고 있던 폐허의 시대였지요. 제1, 2차 세계대전과 베트남전, 한국전쟁이 일어났고, 이스라엘과 팔레스타인을 비롯, 국가나 종교 간의 갈등에서 빚어진 각종 국지전들은 지금도 세계 각국에서 진행 중입니다.

우리나라는 아직도 '휴전' 중인 분단국가이기 때문에 전쟁의 상처에 대해서 누구보다 잘 알고 있지요. '어린왕자'는 지구가 전쟁의 소용돌이에 휘말려 있을 시기에 아프리카의 사막에서 일 년을 조용히 머물고 사라져 버립니다. 하지만 어린왕자는 우리 도시의 어느 구석에서 살고 있을지도 모르지요. 그것은 우리가 이 책을 아직도 읽고 있기 때문입니다. 그의 영혼이 사람들을 구원할 희망일 수도 있습니다.

《어린왕자》는 성경 다음으로 많이 팔린 책으로 소개되고 있습니다. 이 간단하고도 단순한 이야기의 어떤 매력이 사람들의 마음을 사로잡았을까 궁금합니다. 일단 쉽고 서정적이라는 점을 들 수 있겠지요. 마치 좋은 시 한 편을 읽은 기분이 듭니다. 이 작품은 현대판 이솝우화라 할 수 있습니다. 작품 전체가 알레고리이지요. 읽는 이의 마음에 따라 다양한 이야기로 변신하는 우화입니다. 교훈적인 요소도 있고, 무엇보다 사랑스러운 어린왕자의 캐릭터가 매력적입니다. 잠깐 졸다가 정신을 차리면 어린왕자가 물끄러미 바라보고 있을 것만 같습니다. 그것은 어린왕자와 우리가 함께하는 공감대와 친밀감 덕분이겠죠.

2.

우리는 어떻게 어린왕자를 만날 수 있을까요? 일단 '마음'과 '정말 중요한 것은 눈에 보이지 않는다'는 말을 염두에 두고 어린왕자의 이야기를 살펴보겠습니다. 작중 화자인 비행기 조종사는 아프리카 사하라 사막에 기체 결함으로 불시착합니다. 식량도 물도 부족하기 때문에 목숨이 위태로울 지경이지요. 사막 한가운데서 외로움과 두려움에 시달리던 그에게 어린왕자가 다가옵니다.

처음에는 목소리만 들립니다. 사람들이 살고 있는 장소와 수천 마일 떨어진 사막에서 양 한 마리를 그려달라는 어린 아이의 목소리를 듣습니다. 매우 영적인 장면입니다. 광활한 사막, 일주일을 견딜 수 있는 물, 인간 한 명. 거기에서 내게 말 거는 소리는 절대 고독의 공간에 들려오는 은혜이고 축복입니다. 어린 시절부터 그림 그리기를 좋아하던 화자는 여러 가지 모양의 양을 그려줍니다. 하지만 어린왕자는 만족하지 못하지요. 화자는 상자를 하나 그려주고 그 안에 네가 원하는 양이 있다고 말하지요. 그러자 어린왕자는 말합니다.

'그게 내가 원했던 거야.'

어린왕자는 남다릅니다. 양이 보이지 않는, 단지 공간이기만 한 상자를 중요하게 봅니다. 그 안에 양이 있다고 믿습니다. 어린 시절에 화자는 코끼리를 집어 삼킨 보아뱀을 그렸던 경험이 있습니다. 그 그림을 어른들은 모자로만 봅니다. 눈에 보이는 것만 보는 것이지요. 이 이야기는 처음부터 보이지 않는 것을 어떻게 볼 것인가를 이야기하는 이야기입니다. 이런 시각으로 어린왕자의 행로를 같이 살펴봅니다.

어린왕자는 다른 별에서 왔습니다. 그곳은 우리 은하계 밖에 있는 더 먼 곳일 수도 있습니다. 어린왕자는 자기보다 좀 클까 말까 한 별에서 왔고, 친구를 가지고 싶었다고 이야기합니다. 어린왕자는 귀여운 금발 소년입니다. 어린왕자는 코끼리를 집어삼킨 보아뱀처럼 속에 뭔가 거대하고 큰 것이 있어 보이는 소년입니다. 그나저나 어린왕자가 사는 별은 작은 소년 정도의 크기라니, 이해가 되십니까?

저는 이 별을 어린이의 알레고리로 보고 있습니다. 아직 성장하지 않은 유아기의 아이들을 자세히 보면 모두 별을 가지고 있거든요. 엄마 품에 안겨 있는 아이의 눈동자를 들여다보세요. 세상에서 가장 아름다운 별이 거기에서 반짝이고 있습니다.

어린왕자의 별에는 화산이 세 개이고 꽃이 한 송이 있습니다. 이 꽃은 매우 각별합니다. 어린왕자는 자신의 꽃을 돌보아주고 사랑하는 아이입니다. 괴물 같은 바오밥나무가 자라서 별을 뒤덮어버릴 수도 있기 때문에 항상 신경을 쓰지요. 어느 날, 어디에서 날아왔는지도 모를 씨앗으로부터 피어난 예쁜 꽃과의 관계를 통하여 어린왕자는 '사랑'을 이야기합니다. 읽기에 따라서는 이 꽃을 연인으로 보아도 될 겁니다. 어린왕자는 자신이 너무 어려서 그 꽃을 사랑하는 방법을 모른다고 고백하니까요. 사랑이 시작될 때 우리는 모두 어린왕자입니다. 그러니까 그가 살고 있는 별의 모습은 꽃 한 송이가 있는 우리 동네 공원일 수도 있습니다.

이 이야기는 별들의 이야깁니다. 어린왕자가 지구라는 별에 오기 전에 거쳤던 여섯 개의 별에는 각각 권력자인 왕, 허영심에 빠진 사람, 술꾼, 사업가, 가로등 켜는 사람, 학자들이 방 한 칸 정도의 공간에서 살고 있습니다. 마치 죄수들이 수감된 독방처럼 보이기도 하지요. 독자들은 자신의 모습을 여기에서 발견하게 됩니다. 내가 바로 그 별에 사는 외로운 존재라는 생각도 할 수 있을 겁니다.

어린왕자가 학자의 소개로 온 별이 바로 지구입니다. 지구는 어린왕자가 방문하는 일곱 번째 별입니다. 일곱 번째 날은 창세기의 안식일입니다. 세상을 창조한 신이 쉬는 날이지요. 지구는 바로 신이 쉬는 날의 의미로 다가오는데요. 작가의 지구 사랑을 엿볼 수 있는 대목입니다. 작가는 자신이 살고 있는 땅을 사랑하는 '인간'이기 때문입니다. 어린왕자가 지구에 왔을 당시에 20억의 사람이 살고 있었다고 합니다. 지금은 70억 넘는 사람이 살고 있지요. 어린왕자가 다녀가고 나서 50억의 인구가 늘었습니다. 하지만 그 많은 사람들 중 어린왕자가 다시 온다면 누가 그를 볼 수 있을까요? 인구는 늘었지만 첨단문명의 발달로 진짜 '사람'은 점점 줄어들고 있는 것은 아닐까요. 그 사람 중에 하나가 바로 어린왕자를 만났던 비행사입니다.

이 책의 작가는 직업이 비행사입니다. 그는 하늘의 길을 잘 알고 있는 사람이고, 한 시절 항공로를 개척하는 탐험가처럼 살았습니다. 그는 어린왕자를 통해서 우리가 날아가야 할 영혼의 길을 개척하는 중입니다. 작가는 어린왕자를 영혼으로 느끼고 있습니다. 우리는 어린왕자를 통하여 우리의 숨어버린 영혼을 보고 있습니다. 영혼과 영혼이 대면하는 순간 내 안에 숨어 있는 진정한 내가 나타납니다. 눈을 감고 '마음'으로 보면 영혼이라는 별을 밤하늘에서 보듯 볼 수 있을 겁니다. 그건 참 고독한 일이기도 하지요.

3.

6년 전에 만난 어린왕자를 추억하는 조종사는 외로운 사람이었습니다. 어린왕자를 만나기 전에는 진실로 말을 나눌 사람이 없었다고 고백합니다. 그 역시 비행기라는 소행성에 살고 있었던 어른이었던 것이지요. 그런 그가 어린왕자의 친구가 됩니다. 그전에 인기척이 없는 사막에서 사람을 그리워하고 있는 어린왕자에게 뱀은 '사람들 가운데서도 외롭기는 마찬가지'라고 합니다. 참 영리한 뱀입니다. 그리고 꽃을 만납니다. 역시 사람들이 있는 곳을 물어보지만 가끔 지나가는 대상들을 이야기할 뿐이지요. 꽃을 지나 산에 올라갑니다. 거기에서 홀로 된 어린왕자는 '안녕'이라는 인사에 '안녕'이라고 대답하는 메아리에게 묻습니다. 너는 누구냐고, 그러자 메아리가 물어봅니다, 너는 누구냐고. 드디어 어린왕자는 메아리에게 말합니다.

"내 친구가 되어줘. 나는 외로워."

메아리와 친구가 되신 적이 있는지요. 사막을 걸어가면서 자신의 발자국을 보고 고맙다고 말해본 적이 있는지요. '그 사막에서 / 그는 너무나 외로워 / 때론 뒷걸음질 쳤다./ 자기 앞에 찍힌 발자국을 보려고'라는 프랑스 시인의 시가 있는데요, 어린왕자의 모습을 많이 닮았습니다. 비록 사막이 아닐지라도, 우리는 간혹 광화문 사거리를 걸어가면서도 이런 기분이 들기도 하지요. 어린왕자의 눈에 지구는 메마르고 뾰족뾰족하고 험한 곳입니다. 어린왕자는 외로운 산을 떠나 길에서 장미꽃밭을 만납니다. 오천 송이의 장미꽃을 보고 자신의 별에 있는 한 송이의 꽃을 떠올리고는, 그 꽃이 자신만의 것인 줄 알았는데 수천 송이의 꽃 중에 하나라는 사실을 알고는 엎드려 울지요. 어린왕자가 슬픔에 겨워있을 때 여우가 나타납니다.

여우를 만나 어린왕자는 타인과 어떻게 관계를 맺는지를 배웁니다. 그 관계를 통해서 타인이 이 세상에 오직 하나밖에 없는 존재가 되는 방법은 알게 됩니다. 서로를 길들여가는 방법을 생각하게 됩니다. 여우의 말은 우리에게 지혜를 주는 잠언처럼 선명하고 설득력이 있습니다. 한번 들어볼까요.

"내 비밀은 이런 거야. 그것은 아주 단순하지. 오로지 마음으로만 보아야 잘 보인다는 거야. 가장 중요한 건 눈에 보이지 않는단다."

"가장 중요한 건 눈에 보이지 않는단다." 잘 기억하기 위해 어린왕자가 되뇌었다.

"너의 장미꽃을 그토록 소중하게 만드는 건 그 꽃을 위해 네가 소비한 그 시간 때문이란다."

"……내가 내 장미꽃을 위해 소비한 시간 때문이란다." 잘 기억하기 위해 어린왕자가 말했다.

"사람들은 그 진리를 잊어버렸어." 여우가 말했다.

작가는 이 지점에서 같은 말을 반복합니다. 한 줄로 쓸 수 있는 말인데 우리가 잘 기억하라고 정성을 들입니다. 사막 여우는 우리에게 단순한 진리를 말하고 있습니다. 진리가 무엇이냐는 빌라도의 질문에 예수는 침묵했지요. 진리가 무엇이냐는 질문에 정답은 없을 겁니다. 하지만 진리에 대한 답변으로 '마음'을 이야기할 수는 있습니다.

제가 여러분에게 질문하겠습니다. 마음이 무엇입니까? 마음이 무엇이기에 눈에 보이지 않는 중요한 걸 볼 수 있는 걸까요. 그리고 마음으로 본다는 말은 무슨 뜻일까요. 이제는 함께 생각하지요. 여기까지 어린왕자와 함께 여행을 했으니 말입니다.

우리가 잃어버린 그 진리를 이야기하는 여우의 말은 표현방식만 다를 뿐 선불교의 화두와 같습니다. 중국 선불교의 천재 육조 혜능의 이야기를 들어보시지요. 선불교의 마지막 조사인 육조의 스승 오조 홍인대사는 제자에게 '눈으로 보거나 생각하는 모든 모습은 다 거짓이다'라는 경전의 말을 인용합니다. 선불교는 마음을 이야기합니다.

육조가 나무꾼으로 살다가 출가를 한 이유도 '응무소주이생기심'이라는 금강경의 한 구절 때문입니다. 즉 '집착 없이 마음'

을 쓴다는 것이지요. 육조 혜능이 어떤 사유로 세상에 나오지 못하고 오랜 기간 산속에서 수행을 하다가 드디어 때가 되어 세상에 나와 한 말도 바로 '마음'입니다. 이런 일화가 있습니다.

산에서 나온 혜능이 중국 광주 법성사 앞을 지나칩니다. 절에는 스님들이 모여 있었고, 그때 바람이 불어 절 앞마당에 있던 깃발이 펄럭이자 한 스님이 바람이 움직인다고 하고, 또 한 스님은 깃발이 움직인다면서 서로 시비를 가리고 있었습니다. 곁에서 그들의 이야기를 듣고 있던 혜능이 한마디하지요.

"바람이나 깃발이 움직이는 것이 아니라 그대들의 마음이 움직일 뿐입니다."

마음은 보이지 않습니다. 마음은 양을 담아놓은 상자 안에 있을 수도 있고, 바람이나 깃발을 움직이는 보이지 않는 손일 수도 있습니다. 그리고 중요한 것을 바라보게 하는 눈동자일 수도 있습니다. 여러분의 속에 들어 있는 뜨거운 무엇입니다.

삶을 고해라고도 하고, 인생을 사막을 횡단하는 낙타에 비유하기도 하지요. 사막과 같은 이 도시에서 어린왕자와 같은 친구를 만날 수 있다면 참 좋겠지요. 우리 주변의 친구들이 바로 어린왕자일 수도 있습니다. 한평생을 살면서 한 명의 친구만 있다면 성공한 거란 말도 있지 않습니까.

어린왕자의 사랑하는 꽃을 비롯한 모든 것들은 우리 주위에 있는 것들입니다. 그것을 보지 못하는 어른들에게 작가는 간절한 마음으로 어린왕자를 찾으라고 권하고 있습니다. 여러분의 어린왕자는 지금 어딘가에서 여러분을 기다리고 있습니다. 그걸 우리가 잊었을 뿐이지요. 이미 어른이 되어버린 우리는 나만의 별을 잃어버렸습니다. 간절하고 순수한 마음으로 창문을 열고, 창공에 빛나고 있는, 꽃 한 송이가 있는 별을 찾아보시길 바랍니다. 오늘 밤이 좋겠군요.

4.

생텍쥐페리는 20세기가 시작되는 1900년 프랑스 리옹에서 태어났습니다. 네 살이 되던 해에 부친이 별세하고 리옹 근처의 성에서 가난하지만 목가적인 유년기를 보냅니다. 미술학교인 에콜 드 보자르에서 청강생으로 건축을 공부했고, 21세에 항공대에 들어가 비행사가 되어 1923년 제대할 때까지 모로코와 프랑스 상공을 비행합니다. 이후 첫사랑인 루이즈 드 빌모랭과 결혼하지만 오래가지 못하고 파혼합니다. 그 상실감으로 1926년 항공우편 업무를 수행하는 일을 합니다. 그것은 비행기를 타고 프랑스에서 아프리카 식민지나 남아메리카까지 우편 항공로를 개척하는 일이었습니다.

그는 비행을 통해 세상을 바라본 작가였습니다. 《남방우편기》, 《야간 비행》, 《인간의 대지》와 같은 작품들은 모두 비행사로서의 경험을 바탕으로 합니다. 《야간 비행》으로 1931년 '페미나상'을 수상하면서 작가로서 명성을 얻게 됩니다. 이후 비행과 집필은 그에겐 숙명이었습니다. 프랑스의 지성 앙드레 지드는 갈리마르 판 《야간비행》의 초판 서문에서 이런 말을 합니다.

"이 감동적인 이야기에서 내가 가장 좋아하는 부분은 그 숭고함이다. 우리는 모두 인간의 나약함이나 의무를 저버리는 행위, 타락과 같은 것을 너무나 잘 알고 있는데, 유감스럽게도 현대문학은 이를 고발하는 데에만 열중해왔다. 하지만 무엇보다도 보고 싶은 것은 바로 의지의 순전한 힘으로 획득할 수 있는 자기 초월이다."

《어린왕자》를 읽는 데 도움이 되는 말입니다. 우리가 잃어버린 숭고한 그 무엇을 보여주고 있기 때문입니다. 조종사가 잠이 든 어린왕자를 안고 걸어가는 모습에서 우리는 숭고함을 볼 수 있습니다. 그 길을 걸어 사막의 '우물'을 발견하니까요.

생텍쥐페리는 2차 대전 중에 공군 대위로 항공대 정찰임무를 수행하고, 1940년 미국으로 망명합니다. 그곳에서 바로 《어린왕자》를 집필하고 뉴욕에서 단행본으로 출판합니다. 다음해에는 지중해 지역에 주둔한 연합군 사령관을 설득하여 출격을 하는데요. 다섯 번만 하기로 한 임무였지만 여덟 번째 정찰비행에서 독일군에게 격추당한 것으로 알려져 있습니다.

아름다운 지중해 상공에서 영원의 수평선을 넘어간 겁니다. 독일군이 그의 비행기는 격추시켰지만 지금까지 우리에게 날아오는 그의 마음의 비행기만은 어쩔 수 없었습니다. 그는 항공로와 더불어 앞이 보이지 않는 우리 삶의 항공로를 개척해주었습니다. 어린왕자는 밤하늘을 바라보는 우리에게 이런 메시지를 들려주고 있습니다.

밤에 하늘을 바라볼 때면 내가 그 별들 중의 하나에 살고 있을 테니까. 내가 그 별들 중의 하나에서 웃고 있을 테니까. 모든 별들이 다 아저씨에겐 웃고 있는 듯이 보일 거야. 아저씬 웃을 줄

아는 별들을 가지게 되는 거야.

웃으려고 하는데 눈물이 나는 건 왜일까 모르겠습니다.

추신

이 책을 읽고 나만의 어린왕자 사전(事典)을 만들어보면 어떨까요. 저의 독서노트에 몇 자 적어놓은 것을 참고로 해서 말입니다. 이 책을 사랑하는 방법 중에 하나입니다. 예를 들면 이런 식입니다.

비밀 : 단순한 것. 오로지 마음으로 보아야 잘 보인다. 가장 중요한 건 눈에 보이지 않는다. 비밀이 없는 세상은 전체주의의 폭력이 우리를 억압하는 세상이다. 사람은 누구나 오로지 자신과 대화하는 내면의 공간을 만들어놓아야 한다. 모든 것을 다 떠들어대고 나면 환자가 된다. 긍정적인 비밀이 많은 사람이 부자다. 어린왕자가 아름다운 이유는 모든 것을 다 말한 것처럼 보이지만, 사막의 샘처럼 자신만의 비밀을 숨겨놓았기 때문이다. '지켜야 할 모든 것, 인간은 비밀이 있어 존재한다'라는 타이틀을 걸고 있는 피에르 레비 수쌍의 《비밀의 심리학》을 천천히 읽어볼 것.

시간 : 꽃을 소중하게 만드는 어린왕자의 정성. 내가 사랑하는 사람에게 줄 수 있는 가장 가치 있는 명품. 너에게 시간을 준다는 말처럼 사랑스러운 고백은 없다. 나는 돌이켜보면 내가 사랑한

사람에게 시간을 주는 순간, 가장 순수하고 열정적이었다. 그것은 나의 삶의 일부를 떼어주는 것이다. 시간은 금도 돈도 아니고, 고결한 사랑이자 생명이다.

진리 : 잊으면 안 되는 것. 당신이 길들인 것에 대해 책임이 있다는 사실. 당신은 당신의 꽃에 대해 책임이 있다는 그것. 세계의 성자들은 자신의 언어로 진리를 설파하고 있지만, 결국 그것은 거기로 걸어가는 도정에 있다. 노자의《도덕경》을 참고할 것. 진리를 추구한다는 성직자들의 금품수수와 신자와의 성관계 등 부패한 모습을 보면 진리탐구란 공염불이고 잊으면 안 되는 것들을 잊어버리는 순간 타락한다는 사실을 알게 된다. '진리가 너희를 자유롭게 하리라'라고 적혀있는 현수막을 내리고 어린왕자처럼 신자들을 사랑으로 길들인 책임감을 가지면 얼마나 좋을까.

이런 식으로 어린왕자가 중요하게 생각하는 단어를 선정하고 독서를 하면서 떠오른 단상들을 적어보는 것이지요. 그렇게 읽어낸 것들이 잘 정리되면 자신만의 비밀이 생기는 겁니다. 문장이 거칠고 오문이 있어도 좋습니다. 누군가에게 보여줄 생각을 하지 말고 천천히 나의 고통과 기쁨을 솔직하게 적어보면 좋을 겁니다. 전문가들은 자신의 고통을 적어내는 순간 그것이 사라진다고 조언하고 있습니다.

저는 지금 어린왕자 초상화를 보고 있습니다. 그림 밑에 '이 그림은 훗날 내가 그린 그림 중에서 가장 잘 된 것이다'라는 짧은 글이 붙어 있습니다. 문득 이런 생각이 듭니다. 이 사람은 혹시 사막에서 진짜 어린왕자를 만난 건 아닐까? 아니겠지요. 그래요. 하지만 사막은 무한한 상상력을 제공해주는 공간입니다.

영화감독 스티븐 스필버그가 《E.T.》의 아이디어를 떠올린 곳도 아프리카 사막 어디에선가라고 합니다. 왜 영화에 등장하는 외계인을 무시무시한 괴물로만 그리는 것인가? 우리에게 사랑스러운 외계인은 없는 것일까? 그는 이런 의구심을 품었고, 이 아이디어가 발전해서 영화가 완성됩니다. 주인공은 어린왕자와 같은 외계인입니다. 사막에서 떠오른 아이디어가 바로 '이티'로 형상화되었고, 세계 영화사에 불멸의 작품이 되었지요. 사막에서 바라보는 빛나는 별에 꽃이 피어 있다면 거기에 우리를 내려다보는 어린왕자가 있을 겁니다. 그 별빛은 바라보는 사람의 눈동자가 될 겁니다. '이티'는 어쩌면 어린왕자의 또 다른 모습일 수도 있습니다. 위대한 작가의 창조성은 후배들의 삶으로 걸어 들어와 마음에서 마음으로 계속 이어지니까요.

세계문학전집 278

노인과 바다

The Old Man and the Sea

어니스트 헤밍웨이 김욱동 옮김

운명은 강인한 내 인생과
팔씨름을 한다

《노인과 바다》

어니스트 헤밍웨이(1952년)

"인간은 파멸할지라도
패배하지 않는다."

1.

저는 지금 강원도 묵호항에 있습니다. 석양이 지고 어둠이 내려오자 바다는 검푸른 색으로 변하면서 투명한 공간이 됩니다. 《한없이 투명에 가까운 블루》라는 일본 소설의 제목이 참 절묘하게 어울리는 자리입니다. 바다의 푸른 색감은 단순한 것이 아니어서, 어떤 각도로 혹은 어떤 마음으로 바라보느냐에 따라 달리 보이기도 하더군요. 저는 지금 우리나라의 등대여행을 하는 중입니다. 지난 일 년 동안 많은 등대와 바다를 보았습니다. 세상에 한결같은 것이라고는 아무것도 없었습니다. 사람들의 복잡한 마음처럼 말입니다. 한 가지 같은 것이 있다면 어두운 바다를 밝히는 등대라고나 할까. 그래서 그 가치가 대단합니다.

한 자리에 서서 수평선을 바라보니, 바다가 우주를 바라보는 푸른 눈동자처럼 여겨집니다. 수평선으로 이어진 바다의 끝은 그곳이 하늘인지 바다인지 분간이 안 되는군요. 그곳은 깊은 명상의 세상처럼 보이기도 합니다. 바다를 향해 걸어가고 있는데, 묵호 등대에서 색소폰 소리가 들려와 발걸음을 멈추게 합니다. 동네 아저씨가 말하기를 저녁 시간이 되면 등대지기가 연주하는 음악이라고 합니다. 매일 같은 시간에 들려온다고 하니, 그에게 어떤 사연이 있을 것만 같습니다. 그 음악소리를 배경으로 바다를 바라봅니다. 오징어배 집어등이 하나둘 불을 밝히고 있습니다. 등대 불빛이 빛나기 시작하자 어촌 마을의 골목길에 가로등들도 하나둘 불을 밝히기 시작합니다. 그 풍경을 바라보며 등대식당에서 김치찌개를 맛있게 먹었습니다.

바다로 나가는 사람은 두 가지 심리를 가지고 있습니다. 앞으로 나가면 나갈수록 깊은 지하세계로 끌려 들어가는 것 같은 두려운 마음과, 동시에 수평선 너머로 보이는 천상의 세계로 나아가는 것 같은 자유로운 마음입니다. 망망대해에 떠 있으면 이대로 지옥으로 추락하는 것이 아닌가 하는 공포감이 엄습합니다. 땅에서 바라보는 바다가 아름다울 따름이지요. 그것은 우리의 시선으로는 한꺼번에 담을 수 없는 광활한 우주의 모습이기도 합니다. 삼 일 정도 배를 타고 바다에 떠 있게 되면 시간이 지날수록 공포감과 피로감이 엄습합니다. 뱃사람들은 강인한 체력이 없으면 바다를 견딜 수 없습니다. 고대의 영웅 오디세우스처럼 항해를 하는 주인공들은 대부분 젊고 강인한 사람들입니다. 노인들은 주로 육지에서 말씀을 들려주는 현자의 모습으로 그려집니다.

하지만 오늘 여러분과 만나고 싶은 주인공인 어부 '산티아고'는 노인입니다. 그가 깊은 바다에서 살아 돌아오는 이야기를 통해서 지금 우리가 당하고 있는 고통과 좌절에 대해서 생각해보겠습니다. 누구나, 고통 속에서 살고 있는 것은 '사실'입니다. 행복이나 즐거움은 망망대해에 간혹 나타나는 섬과 같은 것이지요. 하지만 그 고통과 맞서 싸워나가야 살 수 있다는 '진실'을 발견할 때 가혹한 바다는 비로소 삶의 터전이 되고, 우리가 견뎌내야 할 엄정한 현실이 됩니다.

우리가 두 눈을 똑바로 뜨고 두려움과 고통을 직시하는 순간, 중환자의 환부를 발견한 의사처럼 우리 삶에 희망이 나타납니다. 오늘은 고통을 통해 발현되는 희망에 대해서 이야기하고 싶습니다. 고된 일상을 마치고 침대에 누워 아프리카의 초원을 어슬렁거리는 사자 꿈을 꾸는 것처럼 희망이 우리를 살게 합니다. 우리의 주인공 어부는 사자의 꿈을 꿉니다. 어부가 사자 꿈을 꾸는 이유도 궁금하지요. 그것은 그의 이상향입니다. 이것을 버리지 않는 이상 우리는 파멸할 수는 있어도 패배하지는 않을 겁니다. 온몸이 부서져라 돌진하는 목표가 있습니까? 당신이 지금하고 있는 그 일이 꼭 성공하기를 바라며 이야기를 시작하겠습니다.

2.

쿠바의 한 어촌마을에 조각배를 타고 고기잡이를 하는 늙은 어부가 있습니다. 83일째 고기잡이를 나갔지만 매번 빈손으로 돌아오는 그를 마을 사람들은 '가장 운이 없는 사람'이라고 부릅니다. 노인에게는 친구처럼 지내는 소년이 있습니다. 소년은 노인이 훌륭한 어부라고 여기며 그의 실력을 전수받기를 원하고 있습니다.

소년은 노인과 같이 고기잡이를 다녔지만, 40일간 한 마리도 잡지 못하자 소년의 부모가 노인과 다니지 말라고 합니다. 그러다 굶어 죽기 십상이라는 생각이 들어서입니다. 그때부터 노인은 홀로 바다에 나갔다가 빈 배로 되돌아오기를 반복합니다. 어부가 고기를 잡지 못한다면 그건 살아 있다고 할 수 없을 겁니다. 다른 직업을 구해야 할지도 모릅니다. 우리도 지금 하는 일에 자꾸 실패를 한다면 전업을 생각하기 마련이지요. 작품을 쓰지 못하는 작가의 경우도 마찬가지가 아닐까요. 하지만 노인은 계속 바다에 나갑니다.

그는 젊은 날 아프리카에서 본 사자 꿈을 꾸고 있습니다. 바다 생활을 하는 그에게 사자는 먼 이국에 있는 낙원과 같은 존재이기도 합니다. 점점 나이가 들어가는 그는 더 이상 다른 꿈을 꾸지 않습니다. 꿈속에서 그는 새끼 고양이처럼 자신과 놀고 있는 사자들을 봅니다. 노인의 사자는 바다와 극명하게 대비되는 다른 세상입니다. 그가 꿈속에서 본 세상은 이제 점점 가깝게 다가오고 있는데요. 고된 현실을 견디면서 한 가닥 희망의 빛을 사자라는 큰 존재에게 느낍니다. 그에게 사자는 가난한 현실을 견디는 에너지입니다.

그러던 어느 날, 노인은 아주 먼 바다로 나가 엄청난 크기의 청새치를 낚습니다. 저수지에서 잉어를 낚을 때도 힘겨루기를 해야 하는데, 수백 킬로그램의 거인과 같은 청새치를 낚아 올리는 일은 전성기가 지난 노인의 몸으로 과연 견딜 수 있을까 싶습니다.

노인은 이러다가 죽을 수도 있다는 생각을 합니다. 수심 깊은 곳에서 모습조차 보여주지 않고 그의 배를 끌고 다니는 거대한 존재, 청새치는 바로 우리가 우리를 이리저리 이끌고 다니는 운명의 힘을 고스란히 보여주고 있습니다. 때때로 오늘 하루조차 견디기 힘들 때가 있습니다. 이러다가 내가 죽고 말지라는 절망감에 시달릴 때도 있지요. 노인이 고기를 낚아 잡아 올리려는 모습이 바로 그렇습니다. 그것은 엄청난 고통을 감내해야 하는 일입니다.

오랫동안 힘을 주고 낚싯줄을 쥐고 있는 왼손이 비틀려 움직이질 않습니다. 그는 오른손으로 줄을 잡고 미끼로 쓰려던 다랑어를 생으로 씹어 먹으면서 견디고 있습니다. 이제는 오로지 이 녀석을 잡는 것만 생각해야 합니다. 노인은 고기를 시장에 내다 팔아 생활을 해야 합니다. 이건 잡았다가 풀어주는 낚시가 아니라, 잡지 못하면 굶어 죽을 수도 있는 문제 즉 생업이니까요. 어부가 고기를 잡는 일은 회사원이 월급을 받는 일과도 같은 신성한 일입니다.

청새치와 힘겨루기를 하면서 밤바다에 홀로 떠 있는 노인의 모습, 그는 소년의 모습을 떠올리면서 고독을 견딥니다. 고통과 고독이 밤하늘의 별처럼 또렷합니다. 늙어서 혼자 있는 일처럼 비참한 생은 없다고들 하지요. 지금 노인은 육지와 멀리 떨어진 밤바다에 혼자 있습니다. 식수며 비상식량은 이미 바닥을 드러냈습니다. 늙은 어부가 망망대해에 홀로 남겨진 모습은 절망적이기도 합니다. 하지만 이것이 바로 인간이 살아가는 모습이 아닐까요.

노인은 바다 저편을 바라보며 자신이 얼마나 홀로 고독하게 있는지 새삼스럽게 깨달았다. 그러나 깊고 어두컴컴한 물속에서 프리즘이 보였고, 앞쪽으로 뻗어 나간 낚싯줄이며 잔잔한 바다의 이상야릇한 파동이 보였다. 이제 무역풍이 불어오려는 듯 구름이 뭉게뭉게 피어오르기 시작했다. 문득 뚜렷하게 모습을 드러냈다가 흩어지고 다시 나타나면서 바다 위를 날아가고 있었다. 그래서 그는 어느 누구도 바다에서 결코 외롭지 않다는 사실을 깨달았다.

이 대목은 우리가 어떻게 고독을 견뎌야 되는지를 잘 보여주고 있습니다. 조각배를 타고 홀로 떠 있는 바다에서 도망갈 곳이란 없습니다. 그곳이 외롭지 않다는 사실을 깨달아야 한다는 노인의 성찰은 '이 미혹의 세계가 존재하는 원인은 오직 마음뿐이다'라고 우리 고통의 뿌리를 찾아낸 부처의 한마디와 직결됩니다. 쿠바의 한 노인이 지혜의 바다인 화엄경을 읽었을 리는 없을 겁니다. 그는 오로지 온몸으로 바다와 함께하면서 드디어 광활한 지혜의 바다로 우리를 안내합니다. 부처가 보리수 아래에서 홀로 깨달았다면 그는 청새치라는 물고기를 부여잡고 인생의 깊은 심연으로 들어가는 중입니다. 그는 가장 외로운 곳이 외롭지 않은 곳이라고 말하고 있습니다. 이 말을 깊이 새기고 그의 조각배를 따라갑시다.

그의 곁에는 바다와 물고기만 있습니다. 바다 위에서 청새치와 사투를 벌이며 노인은 혼잣말을 합니다. 때론 자신의 조각배에 날아와 앉은 바닷새에게 말을 겁니다. 너 몇 살이냐? 이번 여행이 첫 나들이인 거야? 하고 말이지요. 고통을 견디면서는 자신에게 이런 말을 합니다.

"별것 아니군, 사나이에게 이깟 고통이 무슨 대수란 말인가."

'사나이'라는 말에 주목해야겠군요. 노인은 젊은 시절 완력으로는 누구에게도 지지 않았던 강인한 뱃사람이었습니다. 거구의 흑인과 하루 종일 팔씨름을 해서 이긴 경력이 있는 대단한 체력의 소유자입니다. 노인이 되어서도 자신은 바다에서 며칠을 견딜 수 있는 '사나이'라고 자신을 다독입니다. 하지만 자꾸 다가오는 불안과 두려움은 어쩔 수 없습니다. 그는 이제 청새치와의 대결에서 승리해야 한다는 자존감으로 버팁니다.

3.

노인은 드디어 자신의 조각배 크기와 비슷한, 700킬로그램이나 나가 보이는 청새치의 가슴에 작살을 깊숙이 박아 넣고 승리합니다. 평생 한 번도 잡은 적이 없었던 청새치를 배에 매달고 만선의 깃발을 휘날리며 금의환향할 생각에 육지로 향하는데요. 청새치의 몸에서 흘러나온 피 냄새를 맡고 이번에는 상어가 달려들기 시작합니다. 자신과의 전쟁에서 승리한 이 노병의 전리품은 상어의 공격으로 적어도 20킬로그램 정도는 뜯겨 나가버리지요. 노인은 좋은 일이란 오래 가지 않는 법이라고 자조하면서 이 모든 것이 꿈이라면 좋겠다는 생각을 합니다. 모든 것이 꿈이고 자신은 침대에 신문지를 깔고 혼자 누워 있다면 얼마나 좋을까, 생각하지요.

생이 고달플 때 우리는 간혹 이 모든 것이 꿈이었으면 좋겠다고 중얼거립니다. 하지만 우리는 알고 있습니다. 그런 순간에 적들이 더 가혹하게 다가오는 것이 현실의 속성이라는 것을요. 우리를 패배하게 하려고 무자비하게 달려드는 것입니다. 상어의 공격을 받고 나서 노인은 절창을 터트립니다. 이 문장은 많은 사람들에게 용기를 주는 말이기도 합니다.

"하지만 인간은 패배하도록 창조된 게 아니야. 인간은 파멸당할 수는 있을지 몰라도 패배할 수는 없어."

조각배 위에서 노인은 청새치와 함께 늙어갑니다. 끊임없이 청새치를 공격하는 상어를 작살로 물리치고 잠시 쉬던 노인은 생각하지요. 너무 생각하지 말자. 이대로 곧장 배를 몰다가 불운이 닥치면 그때 맞서 싸우자. 이게 바로 고난에 대처하는 노인의 자세이고, 우리가 노인에게 배우는 인생 낚시법입니다. 더불어 노인은 희망을 버린다는 건 어리석은 일이고, 죄악이라며 우리를 향해 미소 지으면서 이야기합니다. 그의 미소는 아마 반가사유상의 그것과 닮지 않았을까요? 하지만 깨달음을 얻었다고 해서 현실이 바뀌는 건 아니지요. 현실을 대하는 사람이 바뀔 따름입니다. 상어는 밤낮으로 청새치를 뜯어 먹고, 노인은 작살이 부러지자 몽둥이로, 노에 손잡이 칼을 묶어 대항합니다. 하지만 상어는 끝도 없이 몰려들어 공격하지요. 노인의 저항에도 불구하고 청새치는 온몸의 살은 모조리 뜯겨나가 앙상한 가시만 둥둥 떠 있습니다. 청새치도 노인처럼 하얗게 늙어버린 것 같습니다. 우리가 사는 모양과 참 많이 닮았지요. 노인은 바다 위에서 청새치의 앙상한 가시를 바라보고 자신에게 이런 말을 합니다.

"아무것도 없어. 다만 너는 너무 멀리 나갔을 뿐이야."

청새치의 살덩어리가 사라지자 노인의 배가 가벼워집니다. 조각배가 가벼워져서 멕시코 만류의 가장자리로 들어갈 수 있었습니다. 익숙한 조류를 타고 무사히 자신의 집으로 도착합니다. 우리는 누구나 바다 위에 떠있고 운명은 조류처럼 흘러갑니다. 누군들 거기에서 벗어날 수 있을까요. 너무 멀리 바다에 나갔던 노인의 손에는 아무것도 쥐인 것이 없습니다. 다만 청새치의 가시를 보고 사람들은 노인이 바다 위에서 겪었던 일들을 상상하고 놀라게 됩니다.

노인이 바다에서 실종된 것으로 알았던 소년이 깊은 잠에 빠져 있는 노인을 보고 눈물을 흘립니다. 잠에서 깨어난 노인은 소년과 마주합니다. 소년이 따뜻한 커피를 가져와 노인의 지친 입술에 대어줍니다. 바다와 노인, 그리고 소년이 이 소설의 마지막까지 남아 있습니다. 소년은 노인이 잡아온 청새치의 창날 같은 주둥이를 받습니다. 여전히 노인의 모든 기술을 물려받기를 원하지요. 소년은 자신은 운이 좋은 아이이기 때문에 다음에 노인과 함께 바다에 나가겠다고 합니다. 노인은 소년이 지켜보는 가운데 잠이 들고 소년이 말없이 지켜봅니다. 노인은 사자 꿈을 꾸고 있습니다.

4.
영문학자 김욱동 씨는 말합니다.

헤밍웨이는 《노인과 바다》에서 무엇보다 소설가로서 자신이 느낀 고뇌를 심도 있게 다룬다. 따지고 보면 이런저런 방식으로 작품에 자신의 삶의 흔적을 남기지 않는 작가란 하나도 없다. 영국소설가 D. H. 로렌스가 일찍이 "작가란 원고지 위에 자신의 피를 쏟아놓는다"라고 말한 것은 바로 그 때문이다. 아무리 자신의 삶을 감추려고 해도 작품 속에서는 어쩔 수 없이 작가가 살아온 고단한 삶의 흔적이 묻어나기 마련이다. 이 작품에서도 작가 헤밍웨이가 쏟아놓은 피, 즉 소설가로서의 삶의 궤적을 어렵지 않게 찾아볼 수 있다.

전문가의 도움을 받지 않더라도 이 작품은 작가 헤밍웨이의 일생을 연상시킵니다. 《노인과 바다》는 거장의 마지막 작품이지요. 이 소설에 관련된 여러 가지 일화가 있습니다. 그중에서도 '쿤타킨테'라는 주인공으로 유명한《뿌리》의 작가 알렉스 헤일리가 월간지 〈리더스 다이제스트〉 편집자로 근무할 때의 일화가 떠오르는군요.

그는 세계 명작을 요약해서 잡지에 권말부록 형태로 올리는 일을 했습니다. 세계의 명작을 독자가 읽기 쉽게 원고분량을 줄이는 것이 편집방침이었습니다. 그런데 그는《노인과 바다》는 단 한 글자도 줄일 수 없는 작품이었다고 회고합니다. 동양 고전《여씨춘추》를 두고 여불위가 이 책에서 한 글자라도 빼거나 보탤 수 있다면 천금을 주겠다고 한 '일자천금'의 고사가 떠오르는 일화이지요. 이 말은 완벽한 명저를 가리키는 말입니다. 《노인과 바다》는 영문학에 있어 '일자천금'이라는 평가를 받습니다. 작가는 결국 문체입니다. 문체만 확립되어 있다면 뭔들 쓰지 못하겠습니까. 헤밍웨이가 거장의 반영에 올라간 이유는 그의 문체에 있습니다. 그의 인생처럼 군더더기가 없는 하드보일드 문체는 독자들이 그의 소설을 사랑하는 이유입니다.

1961년 7월 2일 미국 아이다호 케첨에서 엽총 자살로 생을 마감한 헤밍웨이. 그는 1899년 7월 21일 미국 일리노이 주 오크파크에서 태어났습니다. 의도한 것은 아니겠지만 그는 세상에 태어난 달에 스스로 목숨을 끊습니다.

그는 전쟁으로 인해 인간성이 처참하게 무너져가는 황무지를 걸어간 강한 남자이기도 했지요. 두 번의 세계대전과 스페인 내전에 참전하였습니다.《무기여 잘 있거라》와 스페인 내전을 다룬 소설《누구를 위하여 종은 울리나》같은 전쟁소설의 걸작들은 그 자신의 체험을 바탕으로 써내려간 것입니다. 그는 이미 유명작가로서 부와 명예를 누리고 있었지만 《노인과 바다》를 쓰기 전 십여 년간 작가로서 고통스러운 시기를 보냅니다.

1951년 초에 쿠바의 아바나 근처에 살고 있던 헤밍웨이는 《노인과 바다》를 집필하기 시작합니다. 그해 4월 말에 탈고된 원고를 1952년 3월 뉴욕 찰스 스크리브너 출판사에 넘기고, 이 작품은 그해 9월 주간지 〈라이프〉 특별호에 수록되는데요. 헤밍웨이의 소설이 실린 잡지는 이틀 만에 530만 부가 팔렸다고 합니다. 잡지 발행 일주일 후에 출간된 단행본은 여섯 달 동안 베스트셀러 목록에서 빠지지 않았고, 1953년 5월, 퓰리처상을 수상하면서 거장의 대미를 화려하게 장식합니다.

그리고 다음해에 미국 작가로서는 5번째로 노벨문학상 수상자가 됩니다. 노벨문학상 위원회가 '《노인과 바다》에서 이룩한 내러티브 예술의 놀라운 경지와 현대 문체에 끼친 그의 영향'에 대해 언급하면서 이 작품의 명성은 더 올라가게 됩니다. 이 작품은 그가 어느 날 문득 쓴 작품이 아닙니다. 이미 15년 전에 구상한 것으로 알려져 있지요.

1936년 미국의 한 남성잡지에 〈푸른 파도 위에서〉라는 산문을 발표하면서 부제로 '멕시코 만류에서 보내는 편지'라고 적은 것으로 보아 이 이야기는 오랜 시간동안 작가의 머릿속에서 표류하고 있었던 것으로 볼 수 있습니다. 이 산문을 쓰던 시기에 그는 망망대해에서 펼쳐지는, 낚시를 소재로 한 작품을 구상하고 있었습니다. 쿠바 어부가 멕시코 만 멀리까지 나가서 사투를 벌인 끝에 수백 킬로그램이 나가는 청새치를 잡는다.

그러나 항구로 돌아오기 전에 청새치는 그만 상어 떼에게 뜯어 먹히고 어부는 거의 정신착란 상태가 되어 항구 근처에서 다른 어부에게 발견된다는 내용입니다.

노인과 바다를 주제로 한 같은 작가의 산문과 소설을 비교해 보면 그가 작품을 만들어내는 비밀을 엿볼 수 있을 것 같습니다. 산문 〈푸른 파도 위에서〉와 《노인과 바다》사이에 15년이라는 세월이 있습니다. 이런 생각을 품고 노인과 바다를 바라보면 뭔가 남다른 생각이 들기 마련이지요. 헤밍웨이의 《누구를 위하여 종은 울리나》이후 십 년간의 인고의 세월은 숭고한 침묵의 순간으로 갈무리되기 때문입니다.

이 시기에 출간된 장편소설 《강을 건너 숲속으로》는 《노인과 바다》의 후광에 가려져서인지 별로 거론이 되지 않습니다. 이 소설은 그의 명성에 흠집이 될 뿐이었고, 심지어 작가로서 종말이라는 심한 말을 듣기도 합니다. 물론 불같은 그의 성정이 항변을 했지만, 아무리 위대한 작가라도 그의 말보다는 작품에 주목하는 건 어쩔 수 없는 일입니다.

하지만 《노인과 바다》는 출간하자마자 비평가와 독자의 사랑을 한 몸에 받았으니 그리 섭섭한 일도 아닙니다. 헤밍웨이는 이 소설을 출판하는 사장에게 '이 소설은 내가 평생 동안 해온 산문 작업입니다. 쉽고도 단순하게 읽힐 수 있고 길이가 짧은 것 같지만 가시적 세계와 인간 영혼 세계의 모든 차원을 담고 있습니다. 지금 현재로서 제가 쓸 수 있는 가장 훌륭한 작품입니다'라는 편지를 보냅니다. 그의 말대로 당시 자신이 쓸 수 있는 가장 훌륭한 작품은 시공을 초월하여 인간 역사의 한 페이지를 장식하는 작품으로 남았습니다. 이 책을 읽다보면 어느 순간 우리의 모든 영혼이 불타오르면서 몰두하게 되는데요. 우리 역시 그 소중한 순간을 절대 놓치면 안 됩니다.

화가 고흐가 후반기 인생 3년 동안 그린 작품과 헤밍웨이 만년의 이 작품은 한 예술가가 보여줄 수 있는 '가시적 세계와 인간 영혼 세계의 모든 차원'이라는 공통점을 가지고 있습니다. 괴테의 《파우스트》 역시 같은 범주의 작품일 겁니다. 수십 년을 구상하다가 한순간에 터져 나오는 영혼의 작품은 삶의 마침표가 되기도 합니다. 이 소설을 남기고 극도의 우울증과 알코올 의존을 견디지 못하고 헤밍웨이는 삶을 마감하는데요. 그전에 노벨상을 받았다는 점이 조금의 위안이 되는군요.

산티아고 노인이 우리에게 전하는 메시지는 아주 간단합니다. '인간은 파멸할지언정 패배는 없다'라는 전언은 고 정주영 회장의 자서전 제목인 《시련은 있어도 실패는 없다》로 번역될 수 있겠지요. 하여간 강철 같은 사내들이란 우리 인생의 등대가 되는 법입니다. 바닷고기 한 마리를 잡고 집으로 돌아오는 노인의 생을 우리는 묵묵히 바라봅니다.

이미 이 작품은 앤서니 퀸의 연기가 돋보이는 동명의 영화로도 친근합니다. 지금 내 인생에 가혹한 고통이 있더라도 이대로 패배할 수 없다는 노인의 말을 기억하기 바랍니다. 파멸은 어쩔 수 없는 일입니다. 그것까지 피해 가기를 바랄 수는 없는 일이지요. 하지만 패배는 완전히 다른 문제입니다. 특히 나 자신과 대면해서 패배하는 일은 오로지 나의 몫입니다. 당신은 승리자입니다. 당신은 어떤 고난에도 패배하지 않고 사자 꿈을 꾸는 산티아고의 분신이기 때문입니다.

당신의 사랑은
어디에 있습니까?

《늦어도 11월에는》
한스 에리히 노삭(1955년)

"당신과 함께라면
이대로 죽을 수도 있을 것 같습니다."

1.

가을은 편지를 쓰기에 좋은 계절입니다. 오랜만에 흰 종이와 검은색 잉크를 가득 채운 만년필을 꺼내들고 그리운 사람에게 편지를 쓴다면…… 옛 사람의 모습이 오롯이 떠오르기도 하겠지요. 뭔가를 쓰기 위해 마음가짐을 바로잡고 종이를 마주합니다. 이제는 잊었다고 생각한 사람이 조용히 나를 바라보고 있습니다. 백지가 오두막 한 칸의 방처럼 놓여지고, 거기에 그림처럼 떠오르는 옛 연인이 있습니다.

그녀는 지금 무엇을 하고 있을까? 내가 그녀에게 준 사랑의 씨앗은 잘 자라고 있을까? 아니면 말라 비틀어져 쓰레기통 속에 들어갔을까? 이런저런 상념에 시달리다 사랑의 모습이 서서히 멀어지는 것을 바라봅니다. 그 순간에 한 자 한 자 적다보면 잃어버린 열정의 흔적이라도 볼 수 있을까요. 비록 그것이 현실적으로 쓸모없다 하더라도, 추억은 쓸쓸한 가을을 견디게 하는 힘이 됩니다. 이것이 힘들다면 사랑에 관한 좋은 소설 한 편을 읽는 것도 좋을 것 같습니다.

'사랑'은 무엇일까? 그것은 젊은 날 우리의 가슴에 머물다간 열정인가, 기어이 목숨을 바쳐서라도 지켜내야 할 순수한 인생의 가치인가? 과연 그것을 위해 목숨을 바칠 수 있을까? 만약에 당신이 사랑에 대해서 진지하게 생각한다면 이제 그 괴로운 자리에서 조금 빗겨나 있다는 겁니다. 사랑의 중심에서는 생각할 틈이 없지요.

남녀의 사랑은 고대로부터 지금까지 문학의 중심에서 불타오르고 있습니다. 활화산처럼 터져 나오는 사랑 때문에 온 인생을 불태워버린 사람들이 있습니다. 이미 수많은 고전들이 남녀간의 사랑을 다루고 있는데요. 그리스 로마 신화의 오르페우스와 에우리디케를 비롯해 셰익스피어의 〈로미오와 줄리엣〉, 괴테의 《젊은 베르테르의 슬픔》, 헤르만 헤세의 《지와 사랑》, 산도이 마라이의 《열정》 등등 사랑과 죽음을 정면으로 다루고 있는 소설은 한 시절 우리의 가슴을 뜨겁게 했습니다. 하지만 이젠 저녁 식사를 마치고 설거지를 하는 기러기아빠처럼 쓸쓸하게 미소 지으면서 그 주인공들을 떠올려야겠지요.

한 주인공이 물끄러미 나를 바라보고 있습니다. 그를 소설의 주인공으로 만났지만, 지금도 요절한 친구처럼 간혹 생각나는 독일 사람입니다. 이 치명적인 소설의 주인공들이 우리에게 던지는 한마디는 너무도 뜨겁습니다. 우리 인생에 이런 일이 제발 일어나지 않기를 바라는 마음으로 이야기를 시작합니다. 이제 당신의 가슴속에 들어 있는 가장 뜨거운 기억을 상기하시기 바랍니다. 곁에 있어도 손을 잡기 힘들었던 첫사랑이 당신에게 한 말이 무엇인지 기억해보시기 바랍니다.

2.

소설에서 자신의 이야기를 들려주는 주인공의 목소리는 울림이 큽니다. '우리는 잘못하고 있는 거예요. 나는 그에게 말하고 싶었다. 그러나 그를 쳐다보는 순간 말문이 막혀버렸다.' 이 첫 문장을 읽는 순간, 그녀의 세계에 들어가는 문이 열립니다. 그녀가 지금 어디에서 어떤 상태로 이야기하고 있는 것인지 궁금해집니다.

그녀의 말들은 잠든 연인의 모습을 바라보며 달콤한 목소리로 이야기를 하고 있는 것 같기도 하고, 그와 헤어지고 나서 기억을 떠올리며 집 안 거실에서 이야기하는 것처럼 들리기도 합니다. 분명한 것은 현재진행형이 아니라, 그녀가 과거를 회상하면서 자신과 관계를 맺은 모든 사람의 마음을 읽고 있다는 것입니다. 전지적 작가의 시점으로 시작되는 이 소설은 자서전을 쓰고 있는 작가의 모습을 떠올리게도 합니다.

그녀는 남편 막스의 회사에서 주관하는 문학상 시상식에서 그를 만납니다. 남편을 대신해서, 그 자리에 온 명사들에게 얼굴 도장을 찍기 위해 의무적으로 참석한 자리였습니다. 두 사람은 그 자리에서 만나 한순간에 사랑에 빠지게 되는데요. 그와 그녀는 서로에 대해 약간의 배경만을 알고 있는 상태입니다. 그런데 그를 보는 순간 그녀는 자신의 운명이 흔들리는 소리를 듣습니다. 두 사람은 이렇게 만납니다.

분명 그렇게 오래 서 있었던 것은 아니었다. 하지만 우리에겐 그 순간이 마치 영원처럼 느껴졌다. 일단 스쳐 지나가고 나면 계속 그리워하는 그런 순간 말이다. 다른 어떤 것도 그 순간만큼 우리를 행복하게 만들지는 못한다. 그리고 그 순간은 오직 두 사람만이 알고 있는 것이다.
"당신과 함께라면 이대로 죽을 수도 있을 것 같습니다."
그가 말했다. 아니, 내가 한 말 같았다. 내 목소리가 그대로 메아리쳐 되돌아온 것만 같았다. 그리고 그 말은 진실이었다. 다른 말을 했다면 그것은 전부 거짓이었다. 나는 그저 "네"라고 대답할 수밖에 없었다.

위에 인용한 문장은 소설의 이정표와 같은 부분입니다. 그녀에게 다가온 남자는 현실감각이라곤 조금도 없는 괴팍한 작가 베르톨트 뮌켄입니다. 그녀 역시 항상 먼 이국을 그리워하는 낭만주의자입니다. 그들은 만나는 순간에 서로의 얼굴에서 뭔가를 읽어내고 서둘러 미술관을 빠져나옵니다. 두 사람은 그녀의 저택으로 향합니다.

그녀는 재벌 기업가의 아내로 풍족한 생활을 누리고 있는 여자입니다. 항상 마음에 갈증을 느끼고 있지만 남편인 막스는 회사의 대차대조표에만 관심이 있을 뿐이죠. 무미건조하게 반복되는 일상에 지친 그녀는 뮌켄이 자신을 바라보는 얼굴을 통해 신대륙을 발견한 탐험가처럼 가슴이 떨리기 시작합니다.

두 사람은 걷잡을 수 없는 사랑에 빠져버립니다. 이런 일을 꿈꾸는 사람들이 있을 겁니다. 첫눈에 반해 영원한 사랑을 소유하고 싶은 마음은 누구나 가지고 있는 사랑의 환상일 수도 있습니다. 하지만 대부분 사랑이라는 가면을 쓴 위선과 타락 혹은 일상의 이탈을 경험하고는 말지요. 대부분 그렇습니다. 이들의 이런 만남이 어떻게 가능했을까 생각해봅니다.

두 사람은 외롭고 고독한 영혼의 소유자들입니다. 첫눈에 그 사람의 영혼을 읽어낸다는 것은 내공이 필요한 일입니다. 현실에서 이런 영혼을 소유한 사람을 만난다면 감당할 수 없이 무서운 일이 벌어지곤 하겠지요. 하지만 작품 속 두 사람은 섹스나 키스와 같은 육체적인 교감은 나누지 않습니다. 단지 서로의 영혼을 간절하게 더듬고 있을 따름입니다.

그녀의 저택에 '들어간' 뮌켄은 그녀의 시아버지와 인사를 나누고 간단한 대화를 합니다. 두 사람은 초면이지만 잘 어울리는 모습입니다. 그룹 회장인 시아버지를 돌보는 간호사는 인기작가인 뮌켄에게 친필사인을 받고 호들갑을 떨면서 좋아하고 있습니다. 회사 직원이 거실에서 사장을 기다리고 있습니다. 대기업의 저택에 어울리는 모든 풍경을 배경으로 그녀는 자신의 외아들에게 자장가를 불러주면서 눈물을 흘리는데요, 그것이 아들에게 들려주는 마지막 자장가라는 생각이 들었기 때문입니다.

이 소설은 기괴한 면도 있습니다. 파티에서 만난 남자와 사랑의 도피를 하기 위해 그녀는 자신의 집으로 들어와 짐을 꾸리고, 아이를 재운 후, 남편을 기다리고 있습니다. 남편에게 자신은 이제 떠난다는 말을 하고 나가기 위해서입니다.

그녀는 남편을 기다리면서 뮌켄에게 자신의 이름을 말합니다. 그때까지 두 사람은 통성명도 하지 않았습니다. 그녀의 이름은 마리안네입니다. 이 소설은 28세의 마리안네와 34세의 뮌켄의 사랑 이야기입니다. 두 사람의 나이는 '화양연화'의 나이입니다. 인생에서 가장 빛나고 젊고 아름다운 시기이지요. 사랑만으로 살 수 있을 것 같은 나이입니다.

마리안네와 뮌켄은 시계추처럼 정확한 시간에 귀가를 한 막스와 마주합니다. 마리안네는 피곤에 지쳐 집에 들어온 남편에게 집을 영원히 나가겠다고 통보합니다. 마침 그날 중요한 서류에 자신의 아버지인 회장의 서명을 받아낸 막스는 아내의 갑작스러운 통보에 당황하지만 냉정하게 대처합니다. 항상 위기가 찾아오는 기업을 살리기 위해 몸에 밴 행동이었습니다. 그에게 아내의 가출은 그에겐 사업상의 위기처럼 느껴집니다.

그 모습을 고스란히 보고 있는 시아버지인 회장이 집을 나가는 며느리를 위로합니다. 한 집안에서 벌어지는 이런 풍경이 현실적으로 가능할지는 모르겠지만, 작가가 묘사하는 등장인물들의 성격과 그들의 대화를 통하여 이 '황당한' 집안 풍경이 개연성 있는 사건으로 느껴집니다.

두 사람은 그 길로 집을 나와, 아직 어디로 갈지 생각도 하지 않은 채 기차의 대합실에 앉아 있습니다. 그곳을 떠나야 한다는 의견만 일치한 상태입니다. 대합실에서 두 사람은 서로 이야기를 나눕니다. 그녀가 집에서는 한 번도 하지 않았던 자신의 소중한 이야기를 하고 나자, 기적소리를 울리며 기차가 들어옵니다. 두 사람은 떠납니다. 과연 이들은 어디로 가는 것인지, 두 사람은 행복할지 전혀 가늠할 수 없는 분위기입니다. 주위에 있는 사람들이 미친 년놈이라고 욕을 해도 별 무리가 없어 보이는 이들이 행복할 수 있을까? 참 궁금해집니다.

3.
　　우리는 행복을 꿈꾸고, 그것을 알고 있지만
　　가질 수는 없네. 그것이 바로 우리의 불행……

위에 인용한 두 줄의 시는 그녀가 뮌켄의 노트에서 발견한 시입니다. 마리안네는 이 시에 깊게 공감합니다. 두 사람은 지방의 작은 도시에서 함께 살기 시작합니다. 가정을 꾸리고 산다기보다는 어디론가 여행을 다니는 모습 같습니다.

그녀는 잘 알고 있습니다. 자신의 행위는 어떤 이유로 설명될 수 없는 탈선행위입니다. 주위 사람들은 그녀가 왜 그런 행동을 했는지 그 원인에 대해서는 관심이 없습니다. 그저 그룹 사장의 젊고 아름다운 귀부인이 아들과 자식, 그리고 시아버지인 회장이 보는 앞에서 가방을 들고 젊은 애인과 함께 집을 나갔다는 사실, 그들이 만난 지 몇 시간 되지 않아 일어난 일이라는 것만 도드라집니다. 이야, 화끈한 여자네 하고 말하는 난봉꾼들과 여성으로서 가정을 버린 무책임한 여자라 비난하는 도덕주의자들을 그녀는 고스란히 감내할 준비가 되어 있습니다. 그러한 비난보다 그 집에서 살고 있는 자신의 모습이 더 무섭기 때문이지요.

뮌켄은 자유로운 시인의 기질을 가지고 있습니다. 그녀를 여신처럼 여깁니다. 단테의 베아트리체를 연상시키는 사람입니다. 그녀에게 순간적으로 반한 감정에 대해 조금의 후회도 없지요. 그 역시 결혼생활에 실패한 경험이 있습니다. 그가 여성을 대하는 모습은 사춘기 소년과 같습니다. 뮌켄은 글을 쓰고 그녀는 집안일을 하면서 보내는 평범한 생활이 이어집니다. 두 사람 사이에 불타는 사랑의 장면에 대한 묘사도 없습니다. 다정한 두 사람이 서로에 대해서 이야기하고 지내는 생활이 이어집니다. 그녀는 그를 바라보고 있습니다. 간혹 마리안네가 뮌켄에게 안기고 싶어 해도 뮌켄은 절묘하게 침대를 빠져나갑니다. 두 사람의 파격적인 도피 생활은 그리 행복해 보이지 않습니다. 연인 사이에 뜨거운 섹스가 없다면 뭔가 빠진 것이지요. 음식에 간을 맞추는 것처럼 섹스는 연인들의 감정에 농도 조절을 해줍니다. 이는 서로의 몸을, 맛있는 음식을 먹는 것처럼 먹는 행위이기도 합니다.

그녀는 도피생활에 조금씩 지쳐가고 있습니다. 그에게 내가 정말 필요한 존재인지 혼란스러워 합니다. 왜 두 사람이 함께 그 어려운 결정을 하고 도망을 쳤는지 독자조차 혼란스러워 합니다. '베르톨트와 나는 단 한 번도 제대로 포옹해본 적이 없었다. 아무도 믿지 않겠지만 키스는 물론이고 잠자리 역시 마찬가지였다.' 이런 상태로 두 사람의 사랑이 오래갈까 싶습니다. 남녀의 성은 매우 중요한 애정의 표시이기 때문입니다. 성은 영혼으로 통하는 육체의 길이기도 합니다. 하지만 이 소설의 두 사람에게서는 그런 조짐이 전혀 보이지 않습니다. 이들의 '사랑'의 정체는 뭘까? 죽음까지도 각오하게 하는 이 사랑에 세계의 어떤 비밀이 숨어 있는 것인지 궁금합니다.

두 사람은 국경마을로 여행을 다녀옵니다. 여행을 통해 그녀는 활력을 되찾지만 다시 지루한 일상생활로 돌아갑니다. 그는 그해 가을에 발표할 희곡을 쓰고 있었습니다. 작가가 가장 예민한 순간은 글을 쓰는 시간인데, 작품이 잘 안 될 때는 굉장한 스트레스를 받지요. 두 사람 사이에 갈등이 고조됩니다. 마리안네는 정말 자신이 그에게 필요한 존재인지 고민을 반복하고, 그즈음 그들을 찾아온 시아버지와 만나게 됩니다. 시아버지는 여행을 하는 도중에 잠시 며느리를 만나고 싶어 하지요.

마리안네의 시아버지는 이 소설에서 매우 중요한 인물입니다. 맨손으로 기업을 일구어낸 입지전적인 인물인 그가 기업에서 은퇴를 하고 살면서 며느리를 바라보는 눈길이 인상적이지요. 그는 입신출세를 위해 자신이 뭘 잃어버렸는지 잘 아는 사람이고, 특히 그의 아내가 집을 나가 요양원에서 쓸쓸히 죽어간 것에 대한 기억으로 고통받고 있는 노인입니다.

이 현명한 노인이 이 소설의 진짜 주인공 같다는 생각이 들 정도입니다. 그녀는 시아버지와 만나 대화를 나누고 결국 집으로 다시 돌아갑니다. 그녀가 사라진 자리에서 베르톨트는 글쓰기에 몰입합니다. 두 사람은 약 육 주 동안 살다가 결국 헤어진 셈입니다.

하지만 여전히 두 사람은 간절히 사랑하고 있습니다. 미쳐버릴 정도로 사랑하지만 결국 그녀는 집으로 돌아가고 맙니다. 타인에 대해서 안다는 것, 그것은 과연 무엇일까요. 내가 누군가를 사랑한다는 것은 과연 어떤 의미인지 이 소설은 진지하게 우리에게 질문하고 있습니다. 그녀는 베르톨트를 떠나지만, 남편과 집을 떠날 때와는 다른 마음입니다. 그를 떠나는 순간부터 이미 그를 그리워하고 그가 다시 오기를 기다리고 있습니다.

그녀는 집으로 돌아와 아름다운 부인으로서 기품 있는 생활을 합니다. 가을이 오고 있습니다. 가을은 공연의 계절입니다. 그녀가 살고 있는 도시에도 공연소식이 들려옵니다. 그녀는 베르톨트의 〈상고심. 기각되다〉라는 제목의 연극 공연 소식을 신문을 통해 보고 안절부절못하고 있습니다. 그가 조금씩 다가오고 있고, 그의 연극이 공연된다는 소식을 알게 되자 그녀를 둘러싼 집안 공기의 밀도가 높아집니다. 막스와 시아버지 그리고 그녀까지 베르톨트가 다시 나타날 수도 있다는 생각에 두려워하고 있습니다.

막스는 아내가 다시 떠나갈까 두려워하고 있고, 그녀는 문을 열고 그가 나타나기를 간절히 기다리고 있지요. 시아버지는 이런 모든 상황을 예의 주시하고 있습니다. 드디어 그의 공연 당일이 되었습니다. 그는 그녀를 향한 약속을 지킬 것일까요? 늦어도 11월에는 그녀에게 가겠다는 약속 말입니다.

이 여인의 사랑이 한때의 불장난이라고 혀를 차는 분들이 있을 겁니다. 저런 여자는 좀 고생을 해봐야 된다고 이야기하는 남자들도 있을 겁니다. 혹자는 '그년 카드 정지시켜'라고 할 수도 있지요. '사랑? 사랑 같은 소리 하네', '놀고 있네.' 하고 비아냥거리면서 재벌가의 부인을 부러워하는 여성들도 있을 겁니다.

하지만 이 소설을 가만히 보면 우리 삶을 형성하는 테두리가 선명하게 보입니다. 우리 삶이 아무렇게나 흩어져버리지 않게 잡아주는 강한 에너지가 느껴집니다. 이 불장난으로 보이는 이야기가 별 의미도 없는 인생에 살 이유를 던져준다면 어떨까요. 적어도 이건 소설입니다. 문학이 우리에게 던져주는 메시지를 잘 받으면 되는 겁니다.

생각해보십시오. 이들은 적어도 잠깐의 쾌락을 위해 몰래 만나지 않았습니다. 오히려 그런 성애의 관계였다면 육 주 간의 동거를 통하여 관계정리를 할 수도 있었을 겁니다. 그녀가 집으로 돌아와 자신의 소중한 아들 '귄터'에게 한 말대로 잠깐 요양을 다녀온 것일수도 있습니다.

하지만 두 사람의 사랑은 별납니다.

여러분이 이 소설을 읽는다면, 소설의 결말부분으로 갈수록 더 천천히 읽고 싶어질 겁니다. 두 사람이 재회를 하는 장면은 서두르지 말고 읽으셔야 됩니다. 잠시 쉬었다가 읽어도 좋습니다. 이들의 사랑은 마치 햇살에 투영되어 드러나는 깊은 숲속의 나무와 같습니다. 두 사람이 만나자 안개가 걷힌 강가처럼 여기저기에 사랑의 자리가 드러나기 시작합니다.

그게 뭔지 말로 설명하기 힘들군요. 여자는 삶의 가장 중요한 부분을 보고 거기에 가고자 하고 있습니다. 갈망입니다. 이것을 사랑이라는 이름으로 포장하고 있을 따름입니다. 작가가 작품을 대하는 태도, 화가가 그림을 그리는 자세, 배우가 연극에 몰두하여 드디어 모든 것을 보여주고 쓰러져버리는 그런 삶의 감동이 조용히 스며듭니다.

섬세하고도 미묘하게 변하는 그녀의 심리상태와 감정의 기복이 절묘하게 문장으로 살아납니다. 그들의 모습은 깊은 가을, 나무에 매달려 있는 마지막 나뭇잎처럼 아슬아슬합니다. 드디어 저택의 문이 열리고 그의 얼굴이 나타납니다. 마치 어린아이가 친구를 데리러 온 것 같은 모습입니다. 하지만 이것은 어쩌면…… 우리가 간절히 기다리는 사랑의 본모습일 수도 있겠지요. 그것은 바로 행복하게 살고 싶다는 아주 간절한 바람입니다. 그게 얼마나 어려운 일입니까? 어쩌면 이들의 사랑보다더 어려울 수도 있을 겁니다.

이 소설의 결말은 아직 이 소설을 읽지 않은 독자여러분을위해 설명하지 않겠습니다. 대신에 소설에 나오는 한 문장을인용합니다. 이 문장은 베르톨트가 자신의 희곡에 쓴 작가의말입니다. 소설가 노삭은 자신이 만든 주인공 베르톨트를 대신해서 이 말을 하고 싶었는지도 모릅니다. 어쩌면 그가 이 소설을 쓴 이유일수도 있습니다.

그들의 비극은 이미 대단원의 막을 내렸으며 우리에게 하나의 완성된 사건으로서의 의미를 주었다. 인류 역사의 모든 위대한 연인들은 지상에서 파멸을 당했다. 세상은 그런 식으로 스스로를 위로하며 버텨오고 있는 것이다. 모든 위대한 연인들은 후회 없이 사랑과 파멸에 몸을 던졌다. 때로는 신의 판결에 있어서까지도…… 극작가인 나로서도 이에 대해선 더 이상 어떻게 해볼 도리가 없다.

오늘날 서로 사랑하는 사람들에 관해 글을 쓴다는 것이 과연 가능한가? 이 점은 의심스럽지 않을 수가 없다. 이 시대에도 마찬가지이지만 편협한 생존에만 관심이 있던 과거에 꿈을 실현한다는 것은 어려운 얘기다.

4.

이번에는 감동받지 않을 거라 다짐하고 이 소설을 다시 읽었습니다. 냉정하게 이 소설을 분석해서 이들의 이야기를 통해 좋은 문장을 쓰고 싶다는 싶은 욕심이었지요. 하지만 항상 그러하듯, 좋은 소설은 읽는 동안에 딴짓을 못하게 합니다. 사랑하는 여인이 나에게 한 행동도 그러했지요. 사랑하는 여자는 말합니다. '지금 어딜 보는 거예요, 내가 그대 옆에 있는데.' 여인의 이 말을 듣는 순간, 남자는 정말 딴짓을 할 수 없지요.

하지만 시간이 흘러 먹고 살기 바쁘다는 핑계로 감정이 무디어지고, 다른 사랑을 꿈꾸는 사이에 두 사람의 틈이 벌어집니다. 그것은 대부분 일과 돈에 관련된 일이지요. 그러다보면 두 사람이 멀어지고, 사랑이 습관이 되어버리고 어느 순간 다른 곳을 바라보게 됩니다. 그리고 아이들과 식구, 경조사를 챙기며 서서히 늙어 가을의 문턱에서 우리 삶을 바라보게 되지요.

그게 사랑의 얼굴입니다. 이 소설을 읽고 책을 덮으니 처음 읽었을 때보다도 더한 무게감이 느껴집니다. 아주 오래전에 이 소설을 읽고 친구들과 이런 사랑을 해야 된다고 떠들던 생각도 나는군요. 아니, 이런 연애소설을 꼭 써야 된다고 서로를 격려하기도 했습니다. 이젠 그런 마음이 없습니다. 이미 내 스타일이 굳어버렸는데, 누굴 따라할 수는 없는 일이지요. 아마 나이가 들었기 때문인지도 모르겠지요. 벌써 몇 번째일까요…… 이 소설을 읽으며 심심하게 책장을 넘긴 적이 없습니다.

작가 한스 에리히 노삭은 1901년 독일 함부르크에서 태어나 대학에서 철학과 법학을 공부하다가 학업을 포기하고 공장 노동자와 회사원으로 생활합니다. 1933년부터 글을 쓰기 시작하지만 독일공산당 활동을 했던 경력 때문에 나치 정권에 의해 출판금지 작가가 됩니다. 《늦어도 11월에는》으로 독일 최고의 문학상인 게오르크 뷔흐너상을 수상하고 '전후 독일문학의 대표적 작가이면 세계적인 소설가'라는 사르트르의 평가를 받지요. 작가의 다른 작품을 알 수 없어 아쉽지만 단 한 권의 소설로 그의 이름이 깊이 각인되어 있으니 그리 섭섭한 일은 아닙니다.

이 소설의 자매소설로 헝가리 작가 산도르 마라이의《열정》
을 권하고 싶습니다. 이 작품 역시 사랑과 열정에 대해 다루고
있는, 흡인력이 대단한 소설입니다. 한스 노삭과 산도르 마라
이, 두 사람 다 제2차 세계대전의 와중에 활동을 한 작가이고,
나치의 탄압을 받은 작가입니다. 이들은 세계문학사에 숨어 있
는 보석입니다. 떠들썩한 세계명작의 반열에는 올라가 있지 않
아도, 작가라면 누구나 이런 소설을 쓰고 싶게 하는 매력적인
작가임에 틀림없습니다.

분단시대를 살고 있는
우리의 이데올로기와 사랑

《광장》
최인훈(1961년)

"운명을 만나는 자리를
광장이라고 합시다."

1.

오늘은 광장과 밀실에 대한 이야기를 하겠습니다. 우리는 누구나 광장과 밀실을 오가며 삽니다. 화장실이나 서재, 수인들의 옥사에서부터 이순신 장군의 동상이 우뚝한 광화문 광장과 사일구 광장에 이르기까지, 광장과 밀실은 빛과 그림자, 음과 양처럼 사회구조와 도시구조에 스며들어 있지요.

우선 밀실에서 이루어지는 인간관계가 있습니다. 가장 은밀하면서 소중한 대소변의 처리가 있군요. 이게 원활하지 않으면 우리 몸은 병든 겁니다. 또한 차떼기 정치자금과 같은 불법거래, 지하경제가 이루어지는 룸살롱의 호화로운 '룸'이 있지요. 안마방이나 키스방 같은 매춘중계업소도 성황리에 밀실을 이루고 있습니다.

하지만 밀실의 가장 중요한 역할은 사랑을 이루는 것이지요. 밀실은 두 사람의 육체가 완전히 열린 상태에서 서로를 교감하고 쾌락을 느끼며 생명을 잉태하는 장소입니다. 이것이 없다면 인류는 종말을 고하겠지요. 세상에서 가장 아름다운 밀실은 바로 어머니의 자궁입니다. 한 인간이 만들어지고 탄생하는 성소입니다. 여성의 성기는 그래서 그 성소로 들어가는 문이 되기에 소중하고 성스럽습니다. 세상의 누군들 거기에서 나오지 않았겠습니까. 신의 아들인 예수 역시 그 성소를 빌려 세상에 나왔습니다. 그래서 사람의 아들이 되기도 하지요. 자궁이 없는 존재를 신이라고 합니다.

광장은 밀실과 이어져 있는, 즉 밀실의 확장형 공장이지요. 광장은 밀실이 모여서 벽을 허물어버린 공간이기도 합니다. 서로의 방을 가지고 와서 벽을 허물면 큰 에너지가 분출됩니다. 혁명이나 폭동을 비롯한 대중들의 항쟁의 장소로, 혹은 월드컵 응원처럼 목소리를 모으는 장소로 광장은 열려 있습니다. 이곳에서는 대소변은 물론이고 애정 표현 또한 제한적입니다.

그리스 도시국가의 아고라에서부터 월드컵 경기장과 촛불시위가 열린 광화문 광장까지, 광장은 사람들이 모이고, 의견을 분출하고, 항쟁하고 축제하는 자리로 존재하고 있지요. 밀실은 좁고 광장은 넓다는 흑백논리는 유치합니다. 밀실은 한두 사람, 광장은 수천, 수만의 사람이 모이는 '장소'로 자리매김 됩니다.

예를 들어 광화문 광장에 한 사람만 있다면 그것을 광장이라고 할 수는 없겠지요. 그곳은 대형 밀실입니다.

광장과 밀실에 대한 이야기를 다소 길게 한 이유는 그것이 이명준이라는, 오늘 우리가 만날 주인공이 오가는 중요한 무대이기 때문입니다. 그렇다면 바다는 광장인가, 밀실인가 하는 문제가 생깁니다. 저는 고래도 살고 새우도 사는 바다는 광장도 밀실도 아닌 '화엄의 세상'이라고 생각합니다.

최인훈 선생은 '운명'이 만나는 자리가 광장이라고 이야기하는데요. 분단국가에 살고 있는 소설의 주인공 이명준의 운명을 배경에 두고 있습니다. 이명준이라는 이름은 적어도 저에게는 소설 밖의 인물이 되어버렸습니다. 소설의 문을 열고 걸어나와 문득, 말을 걸어오기도 합니다. 그의 운명을 생각하니 참 무거운 마음이 듭니다.

하긴, 운명이라는 말 자체가 너무나 무겁고 단단한 바위 같은 것이라, 선뜻 들기란 버거운 일이지요. 우리는 누구나 이 바위를 이고 지고 먼 길을 가고 있습니다. 우리는, 적어도 통일이 되기 전까지는 다른 나라 국민들이 가지고 있지 않은 운명을 타고나지요. 정치 이데올로기의 희생양이 된 이산가족을 비롯한 탈북자 등 남다른 상황이 그것입니다. 운명이라는 것을 두 손에 쥘 수 있는 구체성을 지닌 독특한 환경에서 사는 셈입니다. 저도 마찬가지입니다.

저는 친가 쪽의 친척들을 뵌 적이 없습니다. 아버지와 큰아버지 두 분이 월남하시어 친척들이 모두 북에 있기 때문이지요. 아버지는 개성이 고향인데, 북쪽을 바라보는 일을 저어하셨습니다. 그 이유를 여쭈어보았더니, 해방 후 할아버지가 악질 지주로 몰려 인민재판을 받고 모진 고통을 당하신 때문인 듯했습니다.

다정한 이웃이었던 사람들이 개 떼처럼 몰려와 죽창을 들고 사람을 죽이는 것을 보기도 한 모양입니다. 특히 저의 큰아버지는 가정을 꾸리고 있었는데, 그때의 충격으로 남한에서 행려 병자처럼 살다가 실종되셨습니다. 북에 두고 온 처자식을 그리워하면서 말이지요. 어려서 본 큰아버지의 모습은 남한에 내려와 은행에 근무하며 나름 성공적인 삶을 살던 아버지와 극명하게 대비되었습니다. 큰아버지 역시 고향에 대한 이야기는 한 적이 없습니다. 저는 한 집안의 두 형제가 보여주는 눈물겨운 인생을 곁에서 보고 자랐습니다. 분단국가에 살고 있는 작가로서 이 문제를 정면으로 마주하기란 의외로 쉬운 일이 아닙니다. 하지만 말을 안 한다고 해서 우리가 분단에서 벗어나 있는 것은 아니지요.

솔직히 저는 남북문제에 대해 그리 큰 염두를 두고 있지 않았습니다. 이미 북한은 비천한 정치 조직으로 전락해버려 그저 답답하기만 한 상태이고, 남한은 정권이 바뀔 때마다 대북정책이 혼선을 빚어 '통일'이 너무나 멀리 있기 때문입니다. 때론 이대로 두 국가가 미국이나 일본, 중국과 같은 외교 관계를 유지하는 것이 어떨까 싶기도 했지요. 싸움하지 말고 서로 따로 사는 것 말입니다. 하지만 그것은 크나큰 오류입니다.

저에겐 중국과 일본 그리고 통일한국이라는, 동아시아의 세

국가가 서로 경쟁할 때 우리 민족의 에너지가 용광로처럼 쏟아질 것이라는 믿음이 있기 때문입니다. 한반도라는, 중국의 한 성만 한 땅덩어리를 양분해서 서로 총구만 겨누고 있으니 경제 강국으로 성장한 중국과 이미 강국인 일본의 틈에서 숨 막히는 경쟁에 시달릴 수밖에요. 분단으로 정치 이데올로기의 희생양이 된 민주투사와 정치인들의 무덤에는 잡초만 무성해서 묘비명조차 찾기 힘들 지경입니다.

그런 저에게 아버지는 돌아가시면서 어떤 징표를 보여주셨습니다. 한국전쟁에 학도병으로 참전한 아버지를 국립현충원에 모시기 위해 화장을 했지요. 아버지의 몸이 사라진 자리에는 마치 한 인생의 지도처럼 뼈만 남아 있었습니다. 그 뼈를 수습해서 절구에 넣고 곱게 빻아서 가루로 만들어 유골함에 담는 겁니다. 그때 저는 아버지의 정강이뼈 근처에 있던 일곱 개의 쇠막대를 보았습니다. 전쟁에서 골절된 아버지의 뼈를 이어주는 의료용 쇠막대였습니다. 골절된 아버지의 뼈는 분단된 우리나라의 상징처럼 보였고, 쇠막대는 분단이나 이념으로는 이어줄 수 없는 한 인간의 인생의 고된 삶을 유지하게 하는 기막힌 장치였습니다. 그날 집으로 돌아와 삼년에 걸쳐 쓴 소설이 저의 졸작《망치》였습니다.

오늘 최인훈 선생의《광장》을 이야기하면서 문득, 아버지의 정강이뼈를 평생 이어준 쇠막대를 생각합니다. 분단국가의 정신분열증을 견디지 못하고 우리 곁을 떠난 '1961년생 소설'의 주인공 이명준. 소설 속 주인공의 탄생 시점으로 짐작하건대,

그는 저와 동갑입니다. 이제 오십을 넘긴 연륜으로 우리에게 다가오는 그이지만 변한 것은 아무것도 없습니다. 지금 이명준이 심해에서 걸어 나온다고 가정하고 이야기를 시작하려 합니다.

2.

한국전쟁의 석방포로 이명준은 동중국 바다 위에 떠 있습니다. 그는 지금 중립국으로 가고 있는데요, 《광장》은 이명준이 한반도를 떠나 중립국으로 가는 도정의 소설입니다. 그는 바다 위에서 지난날을 회상합니다. 바다는 물고기의 비늘처럼 번들거리면서 파도를 출렁거리고, 이런저런 생각에 시달리는 이명준을 갈매기 두 마리가 그림자처럼 따라옵니다. 뱃전의 갈매기들을 바라보면서 그는 북한에서 만난 애인인 은혜와 그녀가 임신하고 있던 자신의 딸을 떠올립니다. 이데올로기는 중립을 선택할 수 있지만, 사랑에는 중립이 없습니다. 그는 중립국으로 가는 도정에도 자신을 지켜보고 있는 누군가의 눈을 의식합니다. 이 강박관념은 이제 그가 겪은 남과 북에서의 생활을 통하여 설명되지요.

인도인 선장은 이명준이 자신과 포로들 사이에서 영어로 통역을 해준 인연으로 그에게 호감을 가지고 있습니다. 그는 이명준에서 '사람에게는 가장 중요한 것을 남기고도 항구를 떠나야 할 때가 있다'는 말을 합니다. 인도인답게 매우 명상적인 말입니다. 사십 대의 나이로 보이는, 선장으로 오랜 생활을 지낸 그에게는 항구에 남겨놓은 중요한 것들이 있었겠지만, 자신은 한반도에 남기고 온 것이 없다고 이명준은 생각합니다.

　우선 그가 남한에서 어떤 생활을 하면서 살았는지 살펴보지요. 대학교(서울대학교로 추정되는) 철학과 3학년 학생인 이명준. 그의 아버지 이형도는 북으로 넘어간 남로당 출신의 공산주의자입니다. 이명준은 아버지의 친구인 은행 지점장 변성재의 집에서 기거하면서 대학을 다니는 처지이고, 현실에 대해서는 사변적이고 부패한 정부에 비판적인 젊은이로 보입니다. 그는 시장자본주의가 판치는 남한의 현실에 매우 불편해 하면서도 어쩔 수 없이 버텨야 하는 생활을 하는데요.

　변태식은 부잣집 외아들답게 바람둥이에다가 공부도 하지 않아 이명준은 그를 한심한 인간으로 취급하고 있습니다. 하지만 변태식과의 나누는 대화에서 그 역시 현실에 대해 다른 방식으로 고민하며 살아가는 사람이라는 것을 짐작할 수 있습니다. 그는 가끔 수도승 같은 선문답을 하곤 합니다. 예를 들어 권투선수가 새벽에 러닝을 하는 모습을 보고 '고독해서 저러는 거야'라고 말하고, 사주팔자를 보기 위해 줄을 선 사람들에게도 '고독해서 그러는 거'라고 일침을 놓습니다. 변태식 역시 '고독'한 자라는 것을 짐작할 수 있지요.

　그가 여자에게 빠지는 이유도 그의 말대로 고독해서 그런 거라고 짐작합니다. 사랑이라는 이름으로 여자의 품을 찾아다니면서 고독한 자리에 떨어진 응달에서 벗어나려고 하지요. 이것은 이명준 역시 마찬가지입니다. 방식은 다르지만 명준이 견딜 수 있는 이유는 한 여자에 대한 지고지순한 사랑 덕분입니다.

두 사람은 너무나 다른 인간으로 각자의 방식대로 남한에 살고 있습니다.

이명준은 고고학자 정 선생을 만나 이야기를 나누다가 정치에 대한 이야기가 나오자 터져 나온 봇물처럼 남한 사회를 비판하기 시작합니다.

정치? 오늘날 한국의 정치란 미군부대 식당에서 나오는 쓰레기를 받아서, 그중에서 깡통을 골라내어 양철을 만들구, 목재를 가려내서 소위 문화주택 마루를 깔구, 나머지 찌꺼기를 가지고 목축을 하는 거나 뭐가 달라요? 그런 걸 가지고 산뜻한 지붕, 슈트라우스의 왈츠에 맞추어 구두 끝을 비비는 마루며, 덴마크가 무색한 목장을 가지자는 말인가요? 저 브로커의 무리들, 정치 시장에서 밀수입과 암거래에 갱들과 결탁한 어두운 보스들, 인간은 그런 밀실에서만은 살 수 없어요. 그는 광장과 이어져 있어요. 정치는 인간의 광장 가운데서두 제일 거친 곳이 아닌가요? (중략) 추악한 밤의 광장. 탐욕과 배신과 살인의 광장, 이게 한국 정치의 광장이 아닙니까? (중략) 개인만 있고 국민은 없습니다. 밀실만 푸짐하고 광장은 죽었습니다. (중략) 광장이 죽은 곳. 이게 남한이 아닙니까? 광장은 비어 있습니다.

그는 남한 사회의 부패한 밀실에서 풍기는 악취에 견디기 힘들어 합니다. 그 와중에 월북한 아버지가 대남방송에 등장하면서 취조실의 형사에게 고문에 가까운 폭행을 당합니다. 그들은 월북한 그의 아버지처럼 그 또한 '빨갱이', '공산주의자'로 몰고 밀실의 공포감은 이명준을 무력하게 만들어버립니다. 속담에 '우는 아이 뺨 때린다'는 말이 있지요. 이 사건을 계기로 이명준은 남한 사회에 대한 환멸이 더욱더 깊어집니다.

그나마 은행가인 아버지 친구 변 선생 덕분으로 풀려나기는 하지만, 형사들의 모습은 항일저항기에 독립군들을 고문하는 악질 형사들과도 다를 바 없습니다. 진리를 탐구하는 젊은 철학도가 분단국가의 고통과 현실에 좌절하는 순간인데요, 무너진 몸과 마음을 의지하기 위해 그는 사랑을 선택합니다.

연인 강윤애의 등장은 폭풍우 몰아치는 밤바다를 날고 있는 갈매기가 둥지를 찾는 모습입니다. 윤애는 이명준이 변영미의 소개로 댄스파티에서 만난 여자입니다. 이명준은 그녀와 사랑을 나누고 그녀의 집인 인천에서 지내게 됩니다. 그녀를 사랑하지만 완전히 몰입하지는 못합니다. 그러던 어느 날, 인천 부둣가에서 술집 주인의 주선으로 이북으로 가는 배를 타게 됩니다. 그의 월북은 어떤 의미가 있을까요. 거기에는 과연 이명준이 원하던 광장이 있을까요?

북에서 만난 공산주의자 아버지는 '민주주의민족통일전선' 중앙선전 책임자로 모란봉 극장에 가까운 적산 가옥에서 조선 여자의 본보기와 같은 젊은 아내와 지내고 있었습니다. 아버지의 삶은 이명준이 생각한 혁명가의 모습이 아닌, 남한의 중류 부르주아의 것과 별반 다르지 않았습니다. 북한의 모습 또한 '잿빛 공화국'으로 암울하기 그지없어, 그가 버리고 떠난 남한과 다를 것이 하나 없었지요. 그는 북한에서도 심한 좌절감에 시달리게 됩니다. 어느 날 그는 아버지와 대화를 나누다가 불만을 토로하는데요. 거의 발광에 가까운 장광설이 쏟아지는데, 현실적으로 무력한 젊은 철학자가 달걀로 바위를 치는 모습처럼 보입니다.

이게 무슨 인민 공화국입니까? 이게 무슨 인민의 소비에트입니까? 이게 무슨 인민의 나랍니까? 제가 남조선을 탈출한 건 이런 사회로 오려는 건 아닙니다. 솔직히 말씀드리면 아버지가 못 견디게 그리웠던 것도 아닙니다. 무지한 형사의 고문이 두려웠던 것도 아닙니다. (중략) 저는 살고 싶었던 겁니다. 보람 있게 청춘을 불태우고 싶었습니다. 정말 삶다운 삶을 살고 싶었습니다. 남녘에 있을 땐, 아무리 둘러보아도, 제가 보람을 느끼면서 살 수 있는 광장은 아무데도 없었어요. (중략) 그렇습니다. 인민이란 그들에겐 양 떼입니다. 그들은 인민의 그러한 부분만을 써먹습니다. 인민을 타락시킨 것은 그들입니다. 그리고 북조선의 공산당원들은, 치사하고 비굴하고 게으른 개들입니다. 양들과 개들을 데리고 위대한 김일성 동무는 인민공화국의 수상이라? 하하하······.

혁명가인 아버지는 묵묵히 아들의 말을 듣고 있습니다. 김일성 주석을 비판하는 아들에게 한마디 말도 하지 못하고 있습니다. 다만 울고 웃기를 반복하는 이명준이 잠 들었을 때 소리 없이 아들 방으로 들어와 이불을 잘 덮어주고는 침묵하지요. 그것이 아들에게 줄 수 있는 월북 혁명가의 사랑의 전부였습니다. 그다음 날 이명준은 아버지의 집에서 나와 하숙을 합니다.

광장과 밀실은 남한과 북한의 극명한 대비를 통하여 두 공간 모두 허위와 위선, 타락과 독재, 좌절과 고통의 장소가 됩니다. 과연 그는 어떻게 살아야 하는가. 그렇다고 다시 남한으로 돌아갈 수도 없습니다.

북한의 신문사 기자로 근무하지만 자신의 기사에서 자본주의의 냄새가 난다고 비판하는 편집장에게 항거하다가 결국은 모든 것을 받아들이고 자아비판을 하는 이명준의 모습은 가련하기까지 합니다. 그는 북한에서 살아가기 위한 가면을 쓰게 됩니다. 여기서 등장하는 주인공 이명준은 가면을 쓰고 돌아다니는 허깨비 같은 모습입니다. 이러한 그의 청춘에 등장하는 구원의 손길은 아름다운 여자입니다. 북한 국립극장 발레리나 은혜는 어둠 속에 한 줄기 빛처럼 다가옵니다.

3.

두 가닥의 실을 꼬듯 남과 북, 광장과 밀실, 기독교와 공산주의 등의 거대담론의 우리 앞을 배회합니다. 마치 분단을 상징하는 휴전선처럼 서로 소통하지 않습니다. 광장이 '광장'이 아니고, 밀실이 '밀실'이 아닌 상태에서 이명준은 삶의 의미를 잃어버린 청춘의 표상으로 한반도를 떠돕니다. 그때 그에게 다가오는 사랑이 있습니다. 남한의 강윤애와 북한의 은혜라는 여자인데요. 명준은 은혜를 통하여 드디어 광장과 밀실이 온전히 하나인 상태, 즉 사랑을 통하여 살아갈 이유를 발견합니다.

은혜는 집착에 가까운 이명준의 사랑을 온전히 받아주는, 바다 같은 여자입니다. 이명준은 야외극장 건축 공사 현장에 자원봉사를 나갔다가 실족해서 입원하게 되는데, 그곳 병상에서 위문공연을 온 은혜를 만납니다. 두 사람은 서로에게 호감을 느끼고 사랑하게 되지요. 이명준은 그녀를 안을 때만 자신이 '사람'임을 믿게 될 정도가 되지요. 남한에서 만난 변태식이 말한 '고독'한 사람의 모양 그대로입니다.

> 그는 만년필을 손에 낀 채, 두 팔을 벌려서 책상 위에 둥글게 원을 만들어, 손끝을 맞잡아봤다. 두 팔이 만든 둥근 공간, 사람 하나가 들어가면 메워질 그 공간이, 마침내 그가 이른 마지막 광장인 듯했다. 진리의 뜰은 이토록 좁은 것인가? 명준은 테두리진 그 공간 속에서 떨던 은혜의 몸을 그려봤다. 허전한 두 팔이 만들어낸 공간이 뿌듯이 부피를 가져오는 듯했다. 그녀의 살이 그 공간을 채워오는 것이었다. 가슴, 허리, 무릎, 그녀의 몸은 책상을 아랫도리로 뚫고, 윗도리는 책상 위로 솟아, 거기 그녀의 얼굴이 명준의 눈앞에 있었다. 그는 불러낸 젖가슴에 얼굴을 파묻었다. 그러나 그의 이마는 기댈 데 없이 미끄러지면, 그 자신의 맞잡은 손길 위에 힘없이 떨어졌다.

그녀는 이데올로기가 아닌 사랑의 '몸'입니다. 그녀의 몸, 다리, 섹스, 쾌감, 그리고 안도감. 여자의 몸이 그에게는 광장이고 밀실입니다. 소설에서는 섹스에 탐닉하는 이명준의 모습이 자주 등장합니다. 그들은 틈만 나면 밀실에서 섹스를 하면서 광장으로 나아가게 됩니다. 그가 가고자 했던 '진리의 뜰'은 그녀의 몸에 있었습니다. 발레리나로 아름다운 다리를 가진 그녀의 몸이 철학자 명준에게 진리이자 광장이 되는 모습은 아름답다기보다는 처절한 몸부림으로 느껴집니다. 시대는 이들의 사랑을 전쟁터로 내몰고 맙니다.

1950년 8월에 이명준은 북한군이 되어 점령군의 자격으로 서울에 입성합니다. 그는 북한군 정치보위부 간부로 서울의 한 경찰서 지하실에서 변태식과 마주하고 있습니다. 자신의 옛 애인이었던 강윤애는 변태식의 아내가 되어 있었고, 변 선생의 집은 텅 비어 있지요. 그의 친구이자 은인의 아들인 변태식은 고문으로 인해 비참한 상태였습니다.

변태식은 소형 사진기로 공산군의 시설을 촬영하다가 잡혀왔습니다. 명준은 자신이 고문당하던 기억을 떠올리면서 태식을 고문하는 자리에 앉아 있습니다. 우선 명준은 천하의 바람둥이이자 부잣집 자식인 철없던 태식의 스파이 활동에 당황합니다. 태식 역시 명준의 모습을 보고 당황하지만 차라리 자신을 죽여달라고 친구로서 부탁합니다. 하지만 명준은 태식을 능멸하면서 괴롭힙니다. 가혹하게 태식을 고문하고, 그의 아내가 된 윤애가 면회를 와서 선처를 부탁하자 강간하려고까지 합니다. 자신을 온전히 악마로 만들어버리려고 하지만, 이명준은 결코 악마가 될 수 없는 자신을 발견합니다. 윤애의 옷을 반쯤 벗기고 능욕하려다 멈추고 만 것이지요.

그는 결국 두 사람을 풀어주고 낙동강 전선으로 투입됩니다.

명준은 낙동강 전선에서 비참한 전쟁놀이를 목격하고 산등성이에 있는 굴에서 홀로 지냅니다. 어느 날, 사단 사령부에서 은혜가 간호장교로 자원해서 자신을 만나러 온 사실을 확인하고, 두 사람은 낙동강 물고기처럼 사랑을 나눕니다. 한쪽에서는 동족상잔의 치열한 전투가 벌어지고, 그 전선의 산등성이 굴에서는 남녀가 서로의 몸을 탐닉하며 사랑을 나누는 극명한 이중성. 명준은 자신의 광장이 그녀임을 다시 확인합니다. 굴에서 명준은 은혜에게 자신이 공화국의 수령이라면 이렇게 선포하겠다고 말합니다.

> 나라면 이런 내각 명령을 내겠어. 무릇 조선민주주의 인민공화국의 공민은 삶을 사랑하는 의무를 진다. 사랑하지 않는 자는 인민의 적이며, 자본주의의 개이며, 제국주의자들의 스파이다. 누구를 묻지 않고, 사랑하지 않는 자는 인민의 이름으로 사형에 처한다. 이렇게 말이야.

연합군의 총공세가 있을 거라는 소문을 들은 그녀는 명준에게 죽기 전에 부지런히 만나자고 하지요. 과연 두 사람은 내일 죽을 사람처럼 굴에서 쉬지 않고 사랑을 나눕니다. 이 소설에서 가장 애잔한 부분인데요. 결국 그녀는 유엔군의 공습으로 전사합니다.

중립국으로 가는 선박을 계속 따라오는 갈매기를 향해 총구를 겨누는 명준. 두 마리의 갈매기는 어미와 새끼입니다. 작은 갈매기를 향해 총구를 겨누면서 명준은 생각합니다. 은혜와 마지막으로 만났던 날, 연합군의 총공격을 알고도 어느 때와 다름없이 사랑을 나누던 날을.

명준은 일어나 앉아 여자의 배를 내려다보았다. 깊이 팬 배꼽 가득 땀이 괴어 있었다. 입술을 가져간다. 짭사한 바닷물 맛이다. "나 딸을 낳아요." 은혜는 징그럽게 기름진 배를 가진 여자였다. 날씬하고 탄탄하게 죄어진 무대 위의 모습을 보는 눈에는, 그녀의 벗은 몸은 늘 숨이 막혔다. 그 기름진 두께 밑에 이 짭사한 물의 바다가 있고, 거기서, 그들의 딸이라고 불릴 물고기 한 마리가 뿌리를 내렸다고 한다. 여자는, 남자의 어깨를 붙들어 자기 가슴으로 넘어뜨리면서, 남자의 뿌리를 잡아 자기의 하얀 기름진 기둥 사이의 배게 우거진 수풀 밑에 숨겨진, 깊은, 바다로 통하는 굴 속으로 밀어 넣었다. "딸을 낳을 거예요. 어머니가 나는 딸이 첫 애기래요."

자신이 총구를 겨눈 그 새끼 갈매기가 전사한 은혜의 딸, 즉 자신의 딸이라는 것을 알게 되지요. 갈매기와 눈이 마주치자 총구를 겨누던 명준은 와르르 무너집니다. 두 마리의 갈매기는 은혜와 태어나지 못한 자신의 딸의 영혼으로 그의 곁에 머뭅니다. 전쟁포로, 석방자 이명준은 결국 갈매기를 따르기로 결심하지요. 그는 중립국에도 가지 못하고, 결국 심해의 공간으로 떨어집니다. 최인훈 선생은 이 책의 1973년 판 서문에 "'이데올로기'와 '사랑'이라는 심해의 숨은 바위에 걸려 다시는 떠오르지 않았다"라고 적었습니다.

4.

《광장》은 분단국가의 작가가 쓸 수 있는 최고의 연애소설입니다. 물론 독자의 독법에 따라 이 소설은 다양한 프리즘을 보여줄 것입니다. 이명준이 선택한 광장은 발바닥 하나 디디고 서 있는 공간이지요. 사랑하는 여인의 품으로 들어가 그곳에 뿌리를 내리는 죽음. 패배나 승리의 문제가 아니라 인간이 어떤 태도로 삶을 견뎌내고 죽어가는지를 보여주며 살아 있는 자들의 가슴에 긴 여운으로 남아 있습니다. 우리를 살아가게 하는 가장 근본적인 힘은 바로 사랑입니다.

우리 문학사에서 이 작품이 어떤 위치에 있는지에 대해 이야기한다는 건 시간낭비입니다. 이미 김현, 김병익 선생을 비롯한 당대 최고의 지성이자 문학평론가들의 섬세하고도 다감한 글로도 작품의 의미 분석은 차고 넘칩니다. 그런데도 오늘 이 소설을 다시 이야기하는 이유가 있지요. 이제는 조금 더 편안하게 여러분과 생각하고 싶어서입니다. 1960년에 청년작가가 소설 한 편에서 고민하고 있는 내용이 오십 년이 더 지난 오늘 아직도 유보된 상태로 광화문 광장에 우뚝 서 있으니까요.

저는 촛불 시위에 선 이명준의 모습을 봅니다. 그는 세월호의 침몰을 보면서 밀실로 들어가 있는 자들을 준엄하게 꾸짖고 있습니다. 세습독재를 이어가고 있는 겨울공화국을 꾸짖고 있습니다. 그는 저 발랄한 발레리나의 춤을 보고 그녀의 날씬한

다리를 예찬합니다. 그는 아직도, 아니 오히려 더 선명한 모습으로 우리나라의 밀실을 고통스러워합니다. 작가 최인훈 선생이 이 소설을 그토록 꾸준하게 개작한 이유가 바로 거기에 있지 않을까요?

최인훈 선생은 1936년 함북 회령에서 태어나, 서울대 법대에서 수학했습니다. 1959년 단편소설 〈그레이 구락부 전말기〉와 〈라울전〉이 〈자유문학〉에 추천되어 소설가의 길을 걸었습니다. 소설 집필과 더불어 〈옛날 옛적에 훠어이 훠이〉 등 희곡에도 탁월한 작품을 남겼습니다. 서울예대 문예창작학과 교수를 역임하면서 많은 제자들을 길러낸 선생입니다. 《광장》외 여러 작품이 전집으로 출판되었고, 동인문학상, 이상문학상 등 다수의 문학상을 수상했습니다.

《광장》은 모두 다섯 번 개정된 책입니다. 선생이 스물다섯 살 때인 1960년 11월 잡지 〈새벽〉에 600매 가량의 소설로 발표되었고, 1961년 정향사에서 200매 가량을 추가해 낸 단행본 《광장》이 소설의 원형입니다. 이후 신구문화사, 민음사, 문학과지성사의 세로쓰기와 가로쓰기 전집에 이르기까지 판본만 해도 6가지나 됩니다. 20대 작가의 시선에서 30, 40대를 지나 이제 우리 문단의 거장으로 존재하는 작가의 연륜처럼 이 소설도 생로병사를 함께한다고 할까요. 하여간 선생의 소설 세계에 중심이 이 작품이 있다고 해도 과언은 아니겠지요.

소설의 문체도 많이 달라졌습니다. 신구문화사의 '현대문학전집'에서 민음사 단행본으로 옮겨올 때는 한자어를 한글로 바꾸고 소설 초반과 후반의 갈매기 부분을 손질했습니다. 민음사에서 문학과지성사로 바뀔 때는 중요한 변화가 보입니다. 민음사 단행본에서는 '두 마리의 새'가 강윤애와 은혜를 상징하는데, 문학과지성사에서는 은혜와 태어나지 않은 딸을 '갈매기'로 등장시키지요. 이것은 매우 중요한 의미가 있다고 봅니다. 남북한의 여인들에게서 한 여인에게로 사랑이 집중되고, 소모적이라고도 할 수 있는 육체적 사랑의 결실이 임신으로 등장하니까요. 그 아이가 미군의 폭격으로 무참하게, 어미와 함께 죽어나가는 낙동강 전선의 일몰은 지금 보아도 피비린내가 납니다.

남아프리카 희망봉에서 대서양와 태평양이 서로 만나고, 파주의 오두산 전망대에서 임진강과 한강이 서로 만나 파주 일산을 지나 한강으로 흘러갑니다. 분단 조국의 철조망을 슬며시 바라보니 하늘과 강물은 여전히 하나로 흐르고 있다는 사실이 경이롭기도 하고, 자연의 위대한 풍경 앞에 인간들의 이데올로기 따위 수면에 잠깐 반짝이는 볕일 따름이란 생각이 들었습니다.

서쪽으로 지는 해가 비현실적으로 크게 보일 때가 있습니다. 석양이 강물을 붉게 물들이는 장관을 보려고 철조망이 가로막은 한강 어귀를 서성거리기도 했습니다. 조금만 더 차를 몰고 가면 삼팔선을 지나 임진각이 나옵니다. 임진각에 전시된 기관차 미카. '철마는 달리고 싶다'는 염원은 여전히 그 자리에 고정되어 있습니다.

이것은 분단 이후 변하지 않는 우리의 상징일 수도 있습니다. 맘대로 할 수 있는 마음자리마저도 그 자리에 멈추어 우리는 북의 하늘에 걸린 무지개마저도 빨갱이들의 선전선동으로 몰고 있지요. 북한 역시 마찬가지입니다. 이명준은 지금 무지개로 떠올라 있는 우리 시대의 건널목이자, 정지 신호이기도 합니다. 정지 신호를 직진 신호로 바꾸어줄 날을 기대해봅니다. 그 일을 우리가 해야 할 겁니다.

삼 십 세

Ingeborg Bachmann : Das dreissigste Jahr

잉게보르크 바하만 지음
차경아 옮김

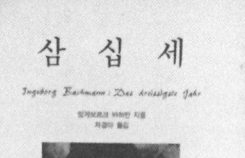

文藝出版社

반성과 성찰의 시간이
필요한 나이

《삼십 세》
잉에보르크 바흐만(1961년)

"일어서서 걸어라.
그대의 뼈는 결코 부러지지 않았으니."

1.

오늘 우리가 만날 주인공은 스물아홉 살의 '그'입니다. 그가 우리에게 '일어서서 걸어라, 그대의 뼈는 결코 부러지지 않았으니.' 하고 용기를 주고 있습니다. 그는 지금 주저앉아 있지만 강한 의지로 일어서려 합니다. 그의 전언을 통해 여러분이 삶의 용기를 얻었으면 합니다. 그리고 오늘 저의 편지를 읽고, 익명인 '그'의 이름이 바로 자신의 이름이었다는 사실을 발견하시길……. 소설 속에서 그의 이름이 무엇인지는 알 수 없지만 그와 대화를 하다보면 언젠가 통성명을 할 수도 있지 않을까요?

스물아홉 살의 그는 지금 심각합니다. 깊은 생각의 골짜기에 빠졌습니다. 청춘이란 그런 시기가 아닌가 싶네요. 저도 그 시기에 〈스물아홉 살의 겨울〉이라는 시를 썼습니다. 시인으로서 가장 왕성한 시기였다는 생각이 듭니다. 그해 겨울은 참 외롭고 더 추웠지요. 삼십 세를 분기점으로 제 인생도 굵은 획을 긋고 앞으로 나아갔습니다. 대나무의 마디처럼 인생도 어떤 시기마다 마디가 생기면서 성장합니다. 키가 커질수록 마디가 굵어지고, 그 마디마디가 나이테처럼 늘어날수록 쓰임새도 많아집니다. 그 마디가 없다면 더 자라날 수 없지요. 서른 살, 마흔 살로 단락 지어지는 인생. 특정한 시기에 읽으면 좋은 특별한 책들이 있습니다. 이러한 독서는 전 인생을 관통하는 화살처럼 날아옵니다.

그렇습니다. 책을 반드시 읽어야 할 시기가 있습니다. 유년 시절부터 사춘기에 이르기까지 우리는 다양한 학습을 받습니다. 문학작품이나 인문학 서적을 통해 인간으로 성장하는 자양분을 얻습니다. 학교에서 권하는 필독서를 비롯해 수능시험, 입사시험, 각종 자격증 시험과 사법고시를 보기 위해 책이 필요하듯, 불현듯 다가오는 위기의 순간을 극복하기 위해 필요한 책들이 있습니다. 또 한 해가 지나고 있으니 자신의 나이를 생각하는 분들도 있으실 겁니다. 아, 벌써 한 살 더 먹나 하는 허탈한 마음이 들기도 하지요. 어린 시절에는 한 그릇 더 먹고 싶었던 떡국이 점점 싫어지는 나이입니다.

나이는 손에 쥐고 있는 동전 같습니다. 한 해가 지나면 동전 하나를 인생에게 넌져주어야 합니다. 곁에 수북이 쌓여 있던 동전이 그렇게 점점 줄어들지요. 어느 순간 우리 손에는 몇 닢 되지 않는 동전만이 남습니다. 더 늦기 전에 자신을 한번 돌아보는 것은 매우 중요한 일이지요.

여기 인생을 돌아보기 위해 로마로 떠나는 독일 청년이 있습니다. 그가 반성하고 성찰하는 일 년을 통해서 나의 일 년을 만들어보시길 바랍니다. 이 소설은 전등 하나만 밝히고 심각하게 읽으면 더 좋습니다. 하이데거 철학을 전공한 작가의 깊고 넓은 사유가 여기 담겨 있으니까요. 바벨을 들어 올리는 역도선수처럼 집중해 읽으면 성취감이 배가될 겁니다. 이런 독서는 몸에 좋은 약이 됩니다.

2.

30세에 접어들었다고 해서 어느 누구도 그를 보고 젊다고 부르는 것을 그치지는 않으리라. 하지만 그 자신은 일신상 아무런 변화를 찾아낼 수 없다고 하더라도, 무엇인가 불안정해져갔다. 스스로를 젊다고 내세우는 것이 어색하게 느껴지는 것이다.

첫 문장부터 애잔한 기운이 감돕니다. 그의 주위에 불안정한 기운이 감돌고 있는데요, 그는 이제 서른 살이 되려고 합니다. 그는 어부처럼 지나온 세월의 강에 투망을 합니다. 그가 던진 그물에는 펄떡이는 물고기 같은 시간들이 있었습니다. 정말 열심히 살았습니다. 대학 도서관에서 진리를 탐구했고, 건설 현장에서 땀 흘리며 일도 했지요. 사회에서 요구하는 자격증도 따고 자기계발을 위해 유럽을 방랑하면서 어떤 의혹에도 빠지지 않고 질주해왔습니다. 하지만 그러는 동안에는 고독한 반성을 하지 않았습니다. 그것이 문제였지요.

어느 날 그는 잠에서 깨어나 자신과 세상에 대해 생각합니다. 그때가 바로 그가 태어난 6월입니다. 7월이 되자 그동안 살아온 청춘의 시간에 퇴거 신고를 하고 주소를 알 수 없는 곳으로 떠납니다. 여행이라 부를 수는 없습니다. 그저 자신이 있던 곳을 떠나는 것이지요. 부처의 출가라고나 할까요, 혹은 광야를 떠도는 예수의 모습이 겹쳐집니다.

지금은 고인이 된 구본형 선배의 책《익숙한 것과의 결별》이 언뜻 뇌리를 스칩니다. 그는 이렇게 로마로 떠납니다. 괴테의 《이탈리아 기행》처럼 유럽의 문화사를 돌아보는 여행이 아니라, 지금 자신이 있는 자리에서 벗어나 반성과 성찰의 시간을 가지게 되는데요, 이 고독의 예각이 너무 날카로워 독서를 하는 동안 여러 번 마음에 상처가 생기고 피가 흐릅니다. 거기에서 피어나는 꽃과 열매 같은 사유를 통하여 우리는 한 단계 높은 계단으로 올라가고자 합니다.

로마는 그가 가장 행복한 시절을 보낸 도시입니다. 로마에서 그는 자신의 삶을 되돌아봅니다. 먼저 '몰'이라는 친구가 있습니다. '몰'은 한 사람이라기보다는 그가 만났던 사람들을 뜻하는군요. 그는 몰에게 빌려준 돈을 받지 못할 상태라는 걸 알게되지요. 온갖 채무관계로 얼룩진 그의 인간관계는 모멸감과 고통을 동반합니다.

　사랑했던 여인 엘레나도 생각합니다. 사랑이란 이름으로 만난 그녀에게 자신이 저지른 과오를 반성하고 있는데요. 그녀는 그와 잠시 헤어져 있는 동안 다른 남자의 아이를 임신했습니다. 여러 가지로 상황이 참 안 좋습니다. 독일 철학자의 모습을 연상시키는 그에게, 로마의 찬란한 문화유산에 대한 감탄은 없습니다. 폐허가 된 파르테논 신전처럼 자신의 모습도 한탄스럽습니다.

　그는 이런 생각을 합니다.

　그가 체득한 것은, 여러 인간들이 한 인간에 대해 과오를 범한다는 것, 인간이란 자체가 모름지기 인간들에게 잘못을 저지르게 되어 있다는 것, 그리고 인간에게 상처를 받아 우울해지는 순간이 있다는 것 - 누구나 타인에 의해 죽고 싶도록 상처를 받을 수가 있다는 것. 그러한 체험뿐이었다. 또한 바로 인생 그것이라고도 할 수 있는 무시무시한 상심으로부터 인간을 구해줄 수 있는 것은 죽음뿐임에도, 누구나 죽음을 두려워한다는 사실에 대한 체험이었다.

　그는 '나'를 찾기 시작합니다. 저기 구름이 흐르고 있다. 저것이 구름이다. 그러면 나는 무엇인가? 이 사람, 철학자로군요. 그는 냉정하게 자신을 들여다보고 있습니다. 무지와 폭력을 비롯한 먹구름들을 걷어내고 소크라테스의 해를 보려고 합니다. 진리는 해처럼 떠 있습니다. 단, 구름에 가려져 있지요. 구름을 걷

어내면 자아가 보일 겁니다. 그는 소크라테스처럼 행동하고 있
군요. 그는 고통스럽게 자신을 바라보다가 또 이런 생각을 합
니다.

나, 온갖 무의식적인 반응과 단련된 의지로 이루어진 한 다발의
묶음인 나, 충동과 본능의 부스러기와 역사의 찌꺼기에 의해 길
러지는 나, 한 발을 황야에 두고 다른 한 발로는 영원한 문명의
중심가를 밟고 있는 나, 도저히 관통할 수 없는 나, 각종 소재가
혼합되어 머리칼처럼 뒤엉켜 풀 수 없는, 그런데도 뒤통수의 일
격으로서 영원히 소멸되어버릴 수 있는 나, 침묵으로부터 생성되
고 침묵을 강요당하는 나……

이제 자신의 모습을 카오스의 상태로 형상화합니다. 이제 코
스모스의 세계로 나갈 준비가 된 것이로군요. 일단 엉킨 실타
래를 발견하는 것. 이게 얼마나 어려운 일입니까. 실타래를 풀
고 말고는 다음 문제입니다. 우리는 대부분 내가 어떤 상태인
지 알지 못하고, 알고 싶지도 않은 채로 그냥 하루하루 견디며
꾸역꾸역 살아갑니다. 하지만 그는 로마로 떠나, 그곳에서 자신
을 똑바로 보며 나아갑니다. 걸어가다가 넘어져서 다리가 부러
져도 불행하지 않습니다. 어긋난 뼈는 다시 맞추면 되니까요.
지쳐 쓰러져도 다시 일어날 수 있지요. 혼돈 속에 있던 생각의
방향이 잡혔습니다. 엉킨 실타래 한 가닥을 잡았습니다. 이제
그 실마리를 잡아당기면 되는 겁니다.
  그동안 너무 많은 사람들과 어울려 삶을 허비했구나. 그는 이

런 생각에 이릅니다. 자신의 재능, 감성, 사랑을 포함한 모든 것들이 타인들과 어울려 허비되었다는 반성을 통해 그것들을 모조리 자기 안에 가두고 향기를 맡아봅니다. 완전히 자기 자신에게 몰입해서 그 시간을 즐기고 싶어집니다. 바로 고독입니다.

인간은 고독을 통해 성장한다는 사실을 김대중 전 대통령의 《옥중서신》이나 신영복 선생의 《감옥으로부터의 사색》, 그리고 저 멀리 남아프리카 넬슨 만델라의 27년간의 수인생활을 통하여 잘 알 수 있습니다. 그는 로마에서 자신의 감옥을 만듭니다. 여기에서 자신을 발견하지 못한다면, 한 걸음도 나아가지 못한 것이라는 절박함이 있습니다. 그는 자꾸 과거를 돌아봅니다. 반성과 성찰은 동전의 앞뒷면처럼, 다정한 자매처럼 함께합니다. 절망과 희망, 선과 악, 여자와 남자, 밀실과 광장은 서로 한 몸입니다.

결국 그것은 '너와 나'의 연결고리로 이어져 있습니다. 그는 자신에게 말합니다. '비행의 시험! 새로운 사랑의 시험! 그대의 절망 앞에는 불가해한 끝없는 세계가 제공되어 있으니- 멀리 떠나라!', '결핍이 꽃을 아름다운 꿈 안으로 몰아넣어 준 것이다.'

그는 지난 29년간의 납덩어리를 용광로에 넣고 불을 지핍니다. 마치 연금술사처럼 납을 금으로 만드는 변화를 추구합니다. 오로지 내적인 성찰을 통해서 말입니다. 참 힘겨워 보이는군요. 이런 수련은 마음의 근육을 기르는 팔굽혀펴기와도 비슷합니다. 이 고독한 시간을 견뎌내면 마음의 근육이 강해져서 인생의 무거운 짐들을 들 수가 있지요.

물론 타인에게서 위안을 얻을 수도 있습니다. 하지만 그것은 내면에 깊은 뿌리를 내리지 못하지요. 그러면 다시 일어나기 힘들어진 우리는 환자처럼 처방전을 받으려고 합니다. 하지만 인생의 의사는 우리에게 가혹합니다. 질병에 대해 아무런 이야기도 해주지 않고 진료비를 내지 않으면 가혹하게 내칩니다. 그렇게 살 수는 없습니다. 스스로 견뎌야 합니다. '삼십 세'가 그런 시기이고, 내가 기어이 읽어내야 할 무서운 책입니다.

3.

그의 주위에 있는 정치인, 경제인, 기술자, 종교인을 비롯한 사람들이 '몰'이라는 이름으로 나타납니다. 그것은 히드라와 같습니다. 히드라의 머리 하나를 잘라도 다른 머리가 또다시 자라난다는 사실을 우리는 잘 알고 있습니다. 아니, 한 개의 머리를 자르면 열 개의 머리가 자랍니다. 몰은 그가 살아가는 한 언제나 존재하는 이웃입니다. 거기에서 완전히 격리될 수는 없는 일입니다. 그가 사랑한 여자 엘레나 역시 다른 이름으로 변용되어 사랑과 섹스를 반복하며 그의 주변을 떠돕니다. 그의 심리는 매우 복잡합니다. 책를 읽다보면 중간중간 멈추게 됩니다. 문장은 난해하고, 어떤 부분은 단박에 읽기에는 숨이 가쁠 지경입니다.

주인공의 심리가 그러하기 때문입니다. 그를 통해서 우리는 톨스토이나 괴테의 잘 정리된 서사를 기대해서는 안 됩니다.

이 소설은 기승전결이 분명하고 인류애와 같은 보편적인 가치로 세상에게 말을 거는 작품이 아니기 때문입니다. 그는 지금 인생의 가장 불안한 상태에서 스물아홉 살을 견디고 있기 때문입니다. 그는 이것을 견디지 못한다면 자신이 경멸하는 '몰'이 되어버릴 거라는 강박에 사로잡혀 있습니다. 이것은 분명히 고통입니다. 어둠이고 슬픔입니다. 하지만 그는 이리저리 흔들리면서도 중심을 잡고 있습니다. 난파선에서 떨어져 나온 판자를 잡고 대양을 건너는 사람입니다.

추운 겨울, 시골 역에서 밤기차를 타고 그는 어디론가 가고 있습니다. 그는 인도네시아로 가려고 합니다. 아름다운 그녀와 함께 있고 싶습니다. 하지만 삶이 어디 그리 만만합니까. 그는 홀로 있기를 원하지만 사람들은 그를 내버려두지 않습니다. 지금 그는 자기 자신을 괴롭히고 있습니다. 하지만 사실은 세상의 누구도 그를 괴롭히지 않습니다. 그들은 자신의 인생을 살기에도 바쁩니다. 타인은 우리에게 그다지 신경 쓰지 않습니다.

그는 '자유'를 생각합니다. 그는 일기에 이렇게 적습니다.

내가 생각하는 자유라는 것은- 허용이다. 신은 세계의 어느 점에 관해서도 규정을 짓지 않았기 때문이다. 세계에 다시 한 번 새로이 바탕을 세우고 새로운 질서를 갖추도록 하기 위해 어떻게 하느냐 하는 하등의 방법을 마련해놓지 않았기 때문이다. 자유는 형식을 해체해도 좋다는 허용이다. 도덕의 형식을 위시해서 모든 형식을 해체해도 좋다는 허용인 것이다. 자유란 말살이다. 모든 투쟁의 근거를 뿌리 뽑기 위해서 모든 신앙, 갖가지 종류의 신앙을 절멸하는 것이다. 그리고 자유는 포기이다. 모든 인습적인 견해, 모든 인습적인 상황, 즉 국가, 교회, 조직, 권력 수단, 금전, 무기 교육을 포기하는 것이다.

그의 일기는 유토피아를 그리고 있습니다. 자유에 대한 생각은 문학의 본질을 이야기하고 있습니다. 그의 일기에서 자유라는 말을 문학으로 바꾸어놓아도 뜻이 통할 것입니다. 더불어 그는 편견을 비롯해 우리를 억압하는 모든 문제에 대해 생각합니다. 이 소설에서 가장 빛나는 부분인데요, 따로 적어놓고 봐도 좋을 문장입니다.

그는 '새로운 언어가 없이는 새로운 세계란 없다'라고 선언합니다. 문학의 중심에는 인간이 있을 뿐, 인간을 억압하는 모든 권력과 사회구조를 걷어내고자 합니다. 그것이 바로 인간의 본모습이고, 그가 찾고 싶은 것이고, 우리 삶에 문학이 존재하는 이유입니다. 시인의 새로운 언어는 새로운 세계이기도 합니다. 긴 인고의 시간을 보낸 그에게 봄이 찾아옵니다.

그는 밀라노로 가는 고속도로변에서 모르는 사람의 차를 얻어 탑니다. 혼돈의 시간을 벗어나 질서의 시간으로 진입하려는 것이고, 떠난 자리로 돌아가기 위해 다시 떠나는 것이지요. 그는 운전사와 이야기를 나누고 싶어 합니다. 기분이 밝아집니다. 이제 세상을 받아들일 준비가 되었습니다. 하지만 자정까지 도심에 닿아야 하는 운전자는 과속을 하고, 갑자기 끼어든 화물차를 피하려다가 그만 큰 사고가 나고 맙니다. 운전사는 즉사하고 그는 심한 부상을 입고 입원합니다. 그는 수술을 받기 전 마취상태에서 간호사에게 종이와 연필을 요구합니다. 간호사가 받치고 있는 종이에 연필을 쥐고 '사랑하는 이에게' 편지를 쓰려다가 그것이 아무런 의미가 없음을 생각하고 종이를 구겨버리고 무의식의 상태로 빠져듭니다.

죽음과 대면하고 있는 그가 마지막으로 남긴 말은 '사랑하는 이에게'로 시작되는 편지입니다. 그는 세상을 누구보다 사랑하기에 절망의 끝자락에서 나머지 인생을 사랑하는 사람으로 태어납니다. 스물아홉이 되던 해에 그의 뼈는 부서집니다. 수술을 받고 깁스를 하고 병상에 누운 청춘. 그렇게 5월이 오고 있습니다. 그의 방 안에 화사하게 꽃향기가 흘러듭니다.

만약 지금 그가 자신의 얼굴을 볼 수 있다면, 그것은 한 젊은 인간의 얼굴이리라. 또한 그는 자신이 젊다는 것을 조금도 의심치 않으리라. 실상 훨씬 젊었을 한때에 그는 꽤나 늙은 것처럼 느껴졌었고 머리를 떨구고 어깨를 움츠리고 있었던 것이다. 그것은 그의 사상과 육체가 너무나 그를 심란하게 하였기 때문이다. 그야말로 한창 젊었을 때 그는 일찍 죽기를 소원했었고, 30세가 되고 싶다고는 조금도 바란 적이 없었다. 하지만 이제 그는 삶을 원하고 있었다. 그 당시 그의 머릿속에는 세계를 향해 찍을 수 있는 구두점만이 사방에서 뒤흔들리고 있었는데, 지금은 세계가 등장하는 최초의 문장이 수중에 들어오고 있는 것이다. (중략) 그는 자신에 대해 신뢰를 하게 된 것이다. 또한 자기가 증명할 수 없는 일, 자신의 피부의 털구멍이라든가, 바다의 짠 맛, 과일 같은 대기라든가, 단적으로 말해 일반적이 아닌 모든 것에 대해서까지도 그는 신뢰를 하게 되었다.

그는 무의미하게 다가오는 삶에 떠밀려가는 것이 아니라, 조각배라도 띄우고 스스로 노를 저으며 간절하게 살고 싶은 겁니다. 그는 이제 자신을 신뢰합니다. 긴 청춘의 터널을 지나, 간절하게 살고 싶은 마음으로 빛을 바라봅니다. 그럼 이젠 살 수 있는 것이지요. 무사히 수술을 마치고 퇴원을 한 그는 일상으로 돌아옵니다. 타인과 격리된 고독한 시간을 통하여 그가 체득한 것을 우리가 읽고 있습니다.

그의 추상적이고 관념적인 고통을 박살낸 것은 도로에서 일어난 구체적인 체험, 교통사고였습니다. 온몸의 뼈가 박살나자 그는 비로소 현실을 보게 됩니다. 여기에 주목합니다. 우리가 세상을 살아가기 위해 어떤 자세로 현실을 받아들이는지 그는 보여주고 있습니다. 이제 그는 수술을 마치고 퇴원을 앞두고 있습니다. 이제는 세상이 불안하지 않습니다. 그는 '나는 진정 살아 있지 않은가!' 하며, 자신이 회복할 것을 자신합니다. 그는 곧 30세가 됩니다. 그의 지난 시절은 병동에 입원한 환자 같았습니다. 불행한 사람들과 병약한 사람들과 빈사의 사람들 곁에서 살았지요. 하지만 그는 드디어 퇴원합니다. 병상에서 일어나 자신에게 말하지요.

4.

그는 이제 어디를 가든 잘 걸어갈 겁니다. 하지만 그에겐 또 다른 고비가 찾아올 겁니다. 그것은 40세입니다. 더 큰 혼란과 고통으로 40세가 다가올 겁니다. 하지만 그는 잘 견딜 겁니다. 이미 30세의 반성과 성찰의 시간을 통하여 40세 바이러스를 퇴치할 항체가 몸에 생겼기 때문입니다. 40세만 잘 견디면 나머지는 그냥 가는 법이라고 하던데요. 글쎄요? 사람마다 다르겠지요. 대나무 마디가 굵고 좋아야 다음 마디까지 이어지는 법이니까요.

인생에서 이런 반성과 성찰의 시간을 놓쳐버리면 사람은 어느 순간 도저히 감당할 수 없는 괴물이 되어버린 자신을 발견하게 됩니다. 그런 사람들이 도처에 널려 있습니다. 결국 인간이 중요한 겁니다. 아무리 부와 명성을 누리는 사람일지라도 자신을 깊게 돌아보지 못하고 달려가다 보면 천 길 낭떠러지로 떨어지는 것이 인생입니다. 유명인사의 갑작스러운 자살이나 중독 소식이 그 무서운 징표입니다.

바흐만의 소설에 나오는 '그'처럼 살지는 못할지라도 적어도 자기 자신의 자리를 주위 깊게 살피는 한 시기를 꼭 마련하시길 바랍니다. 오늘 우리가 만난 '그'에게서 배우는 겁니다. 그러면 그의 이름을 알 수 있습니다. 지금 이 글을 읽고 있는 당신의 이름이 바로 그 이름이 될 수도 있을 겁니다.

잉에보르크 바흐만은 1973년 10월 로마에서 객사했습니다. 《삼십 세》의 주인공이 로마로 여행을 떠난 것으로 보아 그녀는 로마를 사랑한 시인이었습니다. 그녀가 로마에서 보낸 마지막 나날들은 아마도 삶의 근본적인 문제에 대해 고민하는 날들이 아니었을까요.

그녀는 1926년 6월 25일 오스트리아 남부 클라겐푸르트에서 태어나 빈, 그라츠, 인스부르크 대학교에서 법률과 철학을 공부하고 하이데거 실존철학의 존재론 연구로 박사학위를 받은, 철학전공의 문필가입니다. 어린 시절에는 음악 공부에 관심을 두고 있었다고 합니다. 이미 어린 시절에 음악에 관심을 두고 있었다는 이야기는 그녀가 고독을 잘 견디는 소녀였다는 말이기도 하겠군요. 클래식 음악을 한두 시간 이상 들을 수 있는 것은 일종의 능력이기도 합니다. 그녀의 이러한 면모가 철학과 문학을 택한 뿌리라는 생각이 듭니다.

1953년 그녀는 첫 시집 《유예된 시간》을 손에 들고 제2차 세계대전으로 황무지가 된 독일문학에 혜성처럼 등장해 47그룹의 회원으로 활동합니다. 이후 1956년에 두 번째 시집 《대웅좌의 부름》을 출판하는데요, 이 두 권의 시집으로 그녀는 독일산업문화협회상, 브레멘 시문학상, 게오르크 뷔히너상 등을 수상하면서 전후 독일 문단의 서정시인으로 입지를 굳힙니다.

47그룹은 독일어로 작품을 쓰는 비공식 협회입니다. 1947년 미국에 전쟁포로로 잡혀 있던 독일 작가들이 무너진 독일문학의 전통을 살리려고 결성했습니다. 이들은 나치의 선전문구 등이 독일어를 부패시킨다고 보고, 과장과 시적 만연체를 배체한, 냉정하다 싶을 정도로 무미건조한 서술적 사실주의를 표방했습니다. 이들은 독일로 돌아와 주간지 〈루프〉를 창간하는데요, 미군정은 이들의 잡지 발행을 금하기도 했습니다. 이후 이 그룹의 정치적인 의도가 엷어지고 문학적 명성이 높아졌습니다. '47그룹상'은 특히 문학적인 명성이 높은데요, 작가 귄터 그라스와 하인리히 뵐 등이 이 상을 수상했습니다.

1950년대 이후로 그녀는 시에서 산문으로 방향을 돌려 1961년 《삼십 세》를 출판하고 《우연을 위한 장소》, 《죽음의 방식》, 《말리나》 등의 산문과 소설을 출판합니다. 1972년에 나온 산문집 《동시에》가 그녀의 마지막 작품으로 남았습니다. 《삼십 세》는 독일비평가협회상을 받은 작품이기도 합니다.

추신

바흐만의 이 소설이 내밀화된 개인의 고백이라면, 괴테의 《이탈리아 기행》은 한 인간이 여행을 통하여 대작가로 변모하는 배경을 엿볼 수 있는 작품입니다. 로마를 어떤 각도로 보느냐에 따라 서로 다른 걸작이 만들어졌습니다. 《이탈리아 기행》은 괴테가 만년에 완성한 대작이기에 더불어 읽어보면 우리의 문화적 교양이 넓어지겠지요.

정말이지 로마에 와보지 않고서는 여기서 무엇을 배우게 되는가를 전혀 알 수 없다. 말하자면 사람들은 여기에 와서 다시 태어나는 것이다. 지금까지 가지고 있던 개념들을 돌이켜보면 마치 어릴 적에 신던 신발 같다는 생각이 든다.

괴테의 이탈리아 여행기에서 읽는 글입니다. 새벽에 홀로 일어나 몰래 이탈리아로 여행을 떠나던 당시, 괴테는 무척 지쳐 있었던 모양입니다. 작가로서의 명성도 높고, 먹고 살 만한 위치에 있었지만 사람들 사이에 갇혀 답답했던 모양입니다. 그러한 일상에서 벗어나 이탈리아로 떠난 여행은 그의 인생에 중요한 시절이 되었습니다.

그는 문학뿐 아니라, 바이마르 공국의 재상을 지낸 정치인이고, 자연과학분야에서도 탁월한 재능을 나타낸 이른바 교양인입니다. 그가 유명해진 것은 1774년 자신이 실연을 하고 쓴《젊은 베르테르의 슬픔》입니다.

문학을 하는 사람들은 작품으로 자신의 상처를 치료하려는 본능이 있는 것 같습니다. 현실의 고통을 창작의 공간에서 녹여 작품으로 재탄생시키지요. 이 여행은 그에게 새로운 전환점이 되었습니다.

바흐만이나 괴테처럼 새벽에 이탈리아로 떠날 수 없을지라도, 가까운 수목원이나, 혹은 조금 여유가 있다면 섬으로 가보기를 권합니다. 섬으로 가서 하루 이틀 정도 지내거나 아예 일주일 정도 지내보십시오. 바다가 아침, 점심, 저녁으로 변하는 모습도 좀 보시고요. 아 저것이 내 마음이구나 하는 생각이 들

수도 있을 것입니다. 여행은 사치가 아닙니다. 그것은 전환점이자 인생의 쉼표입니다. 나를 무척이나 사랑하는 친구입니다. 오랫동안 친구가 저기서 기다리고 있습니다. 그동안 너무 바빠 소홀히 했던 사랑하는 친구를, 혹은 연인을 만나러 가십시다.

미래에서 온,
무척 오래된 화석

《미국의 송어낚시》

(그리고 《완벽한 캘리포니아의 하루》)

리처드 브라우티건(1967년)

"난 정말 그 강이 필요했다."

1.

태양계에서 유일하게 생명이 살아 있는 지구는 우주에서 바라보면 한 방울의 물방울처럼 보이기도 합니다. 풍요로운 강물이 상징하는 것은 바로 자연과 인간의 생명이고, 그 생명이 병들어가는 세기에 사는 사람들은 불행합니다. 최소한의 삶일지라도, 살기 위해서 우리에겐 누구나 강이 필요합니다.

황무지가 되어버린 세상에서 강과 물고기들, 특히 미국의 송어를 찾아가는 여정의 소설이 있습니다. 작가는 점점 멀어져가는 강의 이름을 부르는 사람이고, '미국의 송어낚시'를 부르는 사람이지요. 그런데, 우리는 언제 타인의 이름을 부르는 걸까요. 특별한 경우를 제외하면 마주하고 있는 사람의 이름을 부를 일은 거의 없습니다. 그가 등을 돌리고 있거나, 멀리 있거나, 혹은 눈을 감고 있다면 아마도 이름을 부를 겁니다.

'철수와 영희', '톰과 제리'처럼 우리에게 익숙한 이름이 있습니다. 문학에 관심이 있는 사람이라면 김소월과 보들레르, 카프카와 카뮈가 그럴 것입니다. 그런데 누군가 당신을 '미국의 송어낚시'라고 부른다면 당황하면서 다른 사람을 부르나 싶어 고개를 돌리기도 하겠지요. 이 소설에 나오는 '미국의 송어낚시 쇼티'와 같은 이름은 우리에게 익숙한 것이 아닙니다. '늑대와 함께 춤을' 같은 북아메리카 원주민 이름과도 또 다른 느낌을 던지고 있지요.

브라우티건은 시詩보다 유려한 문체의 소설로 우리에게 익숙한 사람이지만, 사실 그는 소설을 발표하기 전에 이미 세 권의 시집을 낸 미국의 시인입니다. 그의 소설을 읽다보면 시인의 통찰력이라고 할 수 있는 촌철살인의 문장들이 압권입니다. 문장들이 별자리처럼, 혹은 이정표처럼, 혹은 화석처럼 존재하고 있습니다. 잃어버린 시절을 복원해주는 화석을 아시지요. 화석은 인간 이전의 시대를 보여줍니다. 마치 상형문자를 읽듯 화석을 보노라면 그 시절을 짐작할 수 있지요. 그런 문제에 문외한인 필자에게도 그의 작품들은 오래된 우리 생태의 화석처럼 보였습니다.

'언어는 화석을 남기지 않는다. 적어도 문자로 쓰이기 전까지는.'

브라우티건의 소설에 나오는 한 대목을 먼저 인용하고 이 글의 문을 엽니다. 말의 문과는 달리 글의 문은 때론 상당히 무거워서 잘 움직이지가 않는데요. 이 특별한 미국 작가의 경우가 특히 그런 것 같습니다. 문학이란 언어의 화석입니다. 문자가 인쇄가 되는 순간 그건 고생물처럼 화석으로 남게 됩니다. 그럼 강은 어떨까요? 언제나 흐르고 있는 강은 문자로 쓰이기 전까지는 화석으로 남지 않을 겁니다. 그의 소설을 읽으면 이미 지나간 일이라고 말할 수 없는, 아니 어쩌면 다가오는 미래의 화석을 만지는 느낌이 들곤 합니다. 브라우티건의 소설은 이야기의 구조가 물고기의 가시 같기도 하고, 메머드의 뼈다귀 같기도 하기 때문입니다.

2.
타인을 이해하는 가장 좋은 방법은, 타인을 억지로 이해하려 하지 않는 겁니다. 사람을 사람 자체로 그냥 두고 보는 것이지요. 그러다보면 어느 순간 그와 자연히 소통하게 됩니다. 사람이 사람을 사랑하는 가장 자연스러운 방법입니다. 뭐든 억지로 하려고 할 때, 문제가 발생합니다. 문학이 거짓 선지자들의 설교와 다른 점이지요. 문학을 사랑이라고 정의할 수 있는 이유가 타인을 바라보는 사랑의 속성 때문입니다. 이 소설은 자연과 환경을 사랑하는 작가가 그가 살고 있는 현실을 있는 그대로의 모습으로 바라보고 적는 여정입니다.

우리도 이 책을 읽을 때 소설에 대한 선입견을 버리고, 문예사조도 버리고 일단 그냥 천천히 읽어보는 것이 좋습니다. 평론가의 자세로 뭔가를 해석하려고 하지 말고, 문자 그대로 보는 것이지요. 간단한 인명과 지명 외에는 각주도 달지 말고 말입니다. 이제부터 그의 낯선 세계로 다가가겠습니다. 도로 위에서 히치하이킹하는 심경으로 그의 문장을 만난다면 참 좋겠지요. 그런데요. 그가 말하고 있는 것이 한국에 살고 있는 우리에게 이미 익숙한 것인데 왜 그리 낯설게 보이는 것인지는 모르겠습니다. 그래도 일단 천천히 진입해보겠습니다. 그 전에 브라우티건은 '난 정말 그 강이 필요한' 작가라는 것을 인지할 필요가 있을 겁니다. 그는 강을 따라 미국을 여행합니다. 1960년대와 그 이전, 그 이후의 세상입니다.

3.

카우보이 모자를 쓰고 청바지를 입은 작가가 집시풍의 시니컬하고 지적인 여자와 함께 사진을 찍었습니다. 그들의 배경으로 샌프란시스코 워싱턴 광장에 서 있는 벤저민 프랭클린의 동상이 보입니다. 소설은 이 사진으로부터 시작합니다. 이 장면에 어떤 의미가 있을까요? 그는 동상이 바라보고 있는 세상을 바라보면서 경악하고 있습니다. '이건 아닌데' 하는 심경이지요.

벤저민 프랭클린은 새마을 운동과 국민교육 헌장을 살았던 세대라면 익숙하실 겁니다. 정직, 성실, 근면의 자세가 아메리카 드림의 근본정신이라고 주장한, 이른바 자기계발 서적의 원조이지요. 하지만 그의 말대로 살고 또 살아도, 세월이 흐를수록 빈곤과 환경 파괴로 세상은 점점 황폐해지고 있습니다. 작가는 이 동상 앞에서 무엇인가 바라보면서 희미한 미소를 짓고 있습니다. 여자의 표정은 조금 더 냉소적으로 무엇인가를 비웃는 것 같은 느낌입니다. 작가는 표지에 대해 설명하는 소설에서 프랭클린의 자서전을 읽은 카프카의 한마디로 짧게 마감합니다.

벤저민 프랭클린과 카프카는 불협화음처럼 불안하게 공존하는데요, 이후에 계속 이어지는 이야기 조각들 역시 이들처럼 서로 어울리지 못하는 세상의 단면을 보여주고 있습니다. 소설은 이러한 단면들을 고스란히 드러내고 있습니다. 너무나 황량해서 그곳이 현실이 아닌 것 같지만, 고개만 조금 돌리면 지천으로 깔려 있는, 우리가 살고 있는 산하의 모습이기도 하지요. 그것은 불임과 불모를 상징하기도 합니다. 미국의 송어낚시가 바라보는 〈워스위크 온천〉의 풍경을 감상하겠습니다.

주인공은 가족들과 편안히 온천을 즐기다가 슬그머니 아내와 정사를 하고 싶어 하는데요. 부부는 아이에게 젖병을 물려 낮잠을 재우고 온천 물속에서 섹스를 합니다. 피임기구를 가져오지 않은 탓에, 임신을 원하지 않는 두 사람은 물에 질외사정을 하자고 합의를 합니다. 사랑을 나누고 있는 부부의 몸 주위에는 죽어 나자빠진 물고기들이 가득합니다. 주인공은 정을 나누고 다음과 같이 말합니다.

내 정액은 물속으로 터져 나왔다. 환한 빛에 익숙하지 않아서인지, 그것은 즉시 흐릿하고 기다란 형태로 마치 유성처럼 떨어져 나갔다. 죽은 물고기 한 마리가 떠내려 와 흩어진 내 정액 사이로 들어갔다. 그것은 눈이 강철처럼 뻣뻣했다.

　그나마 이 소설은 이야기가 선명하고 인간 공통의 언어인 섹스를 다루고 있어서인지 '이해'하기가 편합니다. 그의 소설은 대부분 '전통적인' 소설이 품고 있는 플롯이 없어도 너무 없습니다. 그렇다고 특별히 설명을 해주는 것도 아닙니다. 이른바 포스트모더니즘이라는 문예사조의 특징으로 설명할 수 있는 어떤 특이한 형태를 지니고 있는데요. 재미있는 소설의 대가인 무라카미 하루키식의 이야기를 기대하고 접근했다가는 금방 책장을 덮고 말겁니다. 대신에 묘한 매력이 있습니다. 이야기가 없는 것 같은데 그 안에 너무나 많은 이야기가 있고, 설명하지 않는 것 같은데 뭔가 이해되는 것 같은 아이러니입니다. 그의 문장만 적당히 필사해서 사용할 줄만 알아도 좋은 소설가 소리를 들을 수 있을 겁니다. 풍성한 이야기에 그의 문장이 들어가면 정말 멋있는 소설이 될 겁니다.

　그렇습니다. 필자는 그의 소설에서 문장을 보았습니다. 때론 무심코 집으려다가 손을 베이게 되는 유리조각 같은 문장들이 나태한 문장을 혼내고 있습니다. 시인답게 그의 문장에는 촌철살인의 힘이 있으면서 동시에 간결한 문장이 보여주는 세련미가 넘치지요. 한 문장으로 한 이야기를 한다는 식으로 문장을 쓰고 있습니다. 작가 스스로 문장에 굉장한 공을 들인다고 하더군요. 툭 끊어진 연이 하늘로 한없이 날아가는 것처럼, 이야기는 줄거리에서 떨어져 나와 무한한 상상력을 향합니다. 그렇기 때문에 그냥 한 번 보기에는 아까운 책이지요. 옆구리에 끼고 다니면서 천천히 읽고 때때로 다시 펴본다면 독서의 즐거움이 배가할 겁니다.

예를 들어 '아마도 그는 자기 뇌를 세탁기에 넣고 세탁을 하다가 그만 잠이 들었는지도 모른다'라든지, '인생이란 빌린 지프차로 뉴멕시코를 운전하는데, 옆자리에 탄 여자가 너무 예뻐서 볼 때마다 기분이 좋은 그런 것과도 같다〈소로 고무밴드〉'라든지 그의 문장은 매우 단련된 강철, 세공이 완성된 보석과도 같습니다. 이것이 소설에서 꼭 필요한 것인지는 잘 모르겠지만 적어도 소설이 보여줄 수 있는 어느 한 극점을 달리고 있는 것은 분명합니다. 그의 문장들이 보여주는 매우 낯선 풍경들. 그것들을 가만히 들여다보면 그곳이 우리가 지금 살고 있는 바로 이곳이라는 걸 알 수 있습니다. 눈부신 네온사인과 대형건물의 편리함에 익숙해진 우리가 외면하고 있던 바로 그곳, 자연의 상처이자 인간성이 상실된 장소입니다. 이 소설이 미국 생태문학의 대표작이라는 타이틀을 달게 된 연유이지요.

4.

무분별한 개발논리와 참담한 사람들의 실상, 문명을 비판하는 관점으로 20세기 미국의 황무지를 노래하는 리차드 브라우티건. 그는 시인의 황금 펜촉을 가지고 소설을 썼습니다. 〈미국

의 송어낚시 펜촉〉에 등장하는 '황금 펜촉'은 당연히 문학을 상
징합니다. 소설, 혹은 글쓰기는 펜을 통한 낙원의 복원입니다.
잃어버린 송어를 찾아가는 길이고, 죽어버린 세상을 부활하게
하는 십자가이기도 하지요. 이것은 황무지를 복원하는 물과 공
기입니다. 빛과 씨앗이기도 하지요.

그의 선배인 허먼 멜빌의 '모비딕'처럼 그의 '송어' 역시 유
구하게 이어져 오고 있는 미국문학의 강줄기에서 벗어날 수 없
겠지요. 헤밍웨이의 《노인과 바다》에서 거대한 가시만 남은 거
대한 청새치는 어떤가요. 영화 〈빅 피쉬〉에서 결국 물고기로 돌
아간 아버지의 모습도 인상적이었지요. 미국 작가들의 물고기
사랑은 뿌리가 깊습니다. 생각해보면 그 작가들 모두가 황금
펜촉을 들고 있는 사람들입니다.

> 그는 내게 그걸 보여주며 말했다. "이걸로 써, 하지만 이건 세게
> 눌러쓰면 안 돼. 황금 펜촉이거든, 황금 펜촉은 예민해서 말이야.
> 얼마 지나면 이건 쓰는 사람의 성격을 닮게 돼. 다른 사람은 쓸
> 수가 없게 되는 거지. 이 펜은 쓰는 사람의 그림자와도 같아. 이
> 펜만 있으면 돼. 하지만 조심해야 돼."
> 나는 미국의 송어낚시 황금 펜촉이 종이에 눌러 만들어내는, 강
> 변을 따라 서 있는 서늘한 녹색 나무들과 야생화와 송어의 검은
> 지느러미는 정말이지 얼마나 아름다울까 하고 생각했다.
> 〈미국의 송어낚시 펜촉〉에서

황금 펜촉은 작가 자신의 정신을 상징합니다. 그가 미국의

송어낚시 여행을 통해서 보고 느끼고 말하고 싶은 것들은 '세게 눌러 쓰면' 안 되기 때문에 고발적인 성격보다는 마치 현장 사진처럼 보여주고 있는 겁니다. 거기에는 벤저민 프랭클린의 동상이 보고 있는 가난한 시절, 빵을 구걸하고 있는 빈민들의 모습이 있습니다. 그곳에는 영화 〈흐르는 강물처럼〉에서처럼 천국 같아 보이는 아름다운 자연이나 싱싱한 송어는 간 곳 없고, 소설에서 묘사한 것처럼 소리만 지르는 중년의 다리 잃은 술주정뱅이, 죽어 떠오른 송어들, 녹색의 공간이 사라진 자리를 차지한 쓰레기들이 있을 뿐입니다. 한 시절 골든 러시를 이루었던 샌프란시스코를 배경으로 이 소설은 1960년대의 미국의 황무지를 보여주고 있습니다.

그나마 이런 생태문학이 존재했던 20세기는 아름다운 시절일수도 있다는 생각이 듭니다. 이미 21세기의 독자인 우리는 이 소설의 행간을 통하여 우리가 잃어버리고 있는 것이 과연 무엇인지, 가까이 있는 강물을 들여다보면서 깊은 성찰을 하게 될 겁니다.

5.

다행스럽게도, 이 책의 부록으로 첨가된 리처드 브라우티건과 김성곤 교수의 인터뷰에서 우리는 작품에 대한 작가의 자상한 설명을 듣게 됩니다. 그의 '난해한' 소설은 두 전문가의 인터뷰를 통하여만 살짝 볼 수 있는, 고운 살결을 지닌 여인처럼 아름다운 모습입니다. 소설의 이해를 위해 몇 가지만 인용해보겠습니다.

상상력과 인지력imagination/ 認知力, perception - 제 소설에서 중요한 것은 상상력과 인지력입니다. 언어로 설명할 수 없는 세계에서는 이 두 가지가 어둠 속에서 눈을 뜹니다. 그리고 상상력과 인지력을 바탕으로 생성되는 이미지와 메타포의 시적 테크닉은 그렇게 해서 쓰인 작품을 다분히 서정적으로 만들어줍니다.

황금 펜촉 - 1) 악몽 같은 현실 속에서 잃어버린 믿을 수 있는 것은 오직 예술가의 펜일 뿐입니다. 작가의 펜에서는 잃어버린 온갖 것들이 되살아나기 때문이지요. 푸른 초원도 아름다운 꽃도, 무성한 숲도 말입니다. 비록 얻고자 추구하는 대상은 잃어버렸지만 꿈만은 잃어버리지 않고 있는 것이 작품에 나타나고, 그것을 가능하게 해주는 것이 바로 작가의 펜이기 때문입니다.
2) 그러나 재생과 낙원 회복을 위한 기구는 부단히 계속되어야 한다고 봅니다. 그것은 전 인류의 과업이자, 동시에 작가들의 엄숙한 사명이기도 합니다. 작가들의 황금 펜촉에서 샘물처럼 흘러나오는 지혜나, 비처럼 쏟아져 나오는 상상력, 그리고 송어의 은빛 비늘처럼 투명하게 빛나는 언어들이야말로 '잃어버린 낙원'을 현대인에게 되찾아 줄 수 있는 원동력이라고 생각합니다. 그렇기 때문에 작가의 펜은 아름다운 꽃을 피워내고, 싱싱하게 퍼덕이는 송어를 토해놓는 마법사 멀린의 지팡이와도 같은 것입니다.

작품의 주인공에 대해서 – 제 작품의 주인공들은 인간이라기보다는 차라리 하나의 '태도' 또는 '하나의 관점'이라고 볼 수 있습니다. 제 소설에서 정의 내릴 수 없는 무정형의 것은 주인공들뿐만은 아닙니다. 예컨대《미국의 송어낚시》에서 송어낚시가 무엇인지 저 자신도 알 수 없습니다.

그렇습니다. 작가의 말대로 잠깐 이 소설이 난해하다고 느낀 이유는 선명하게 그것이 무엇인지 알고자 하는 욕심과 미망에서 발현한 것입니다. 출생의 비밀이 밝혀지고, 재벌과 결혼하는 여인의 당위성이 확실하게 머리와 마음에 들어와야 안심하는 건 일일드라마를 볼 때나 그렇지요. 책을 읽을 때에는 그런 생각은 버리고 보는 것이 좋습니다.

우리는 책을 통해 도덕성이나 교훈적인 요소를 바라고 있었는지도 모르겠습니다. 특히 생태에 관해서 말이지요. 마치 지난 정부의 사대강 사업의 반대 이유를 도덕적으로 교훈적으로 장황하게 설명하기보다는, 그 참상을 보도하는 뉴스가 더 절실하게 다가오는 것처럼 말입니다. 하지만 브라우티건은 설교식의 연설은 철저히 배제하고 있습니다. 그것은 문학과 예술의 명제가 아니기 때문입니다. 그런 관점이나 태도로 다시 그의 소설을 본다면 살아 꿈틀거리는 싱싱한 송어낚시를 할 수 있을 겁니다.

6.

이 소설은 영미문학에서 대표적인 모더니즘 시인으로 손꼽히는 토머스 스터슨 엘리엇의 시 〈황무지〉를 떠올리게 하는 작품이기도 합니다(모더니즘과 포스트모더니즘의 문예사조를 비교해 보는 것도 흥미로운 일입니다). 엘리엇의 작품은 황폐한 20세기 문명을 비판한 시인으로 유명합니다. 〈황무지〉는 그의 대표적인 시입니다. 어떤 의미에서 이 시는 '미국의 송어낚시'라 할 만하지요.

> 4월은 가장 잔인한 달이다
> 죽은 땅에서 라일락을 피우며
> 추억과 욕망을 뒤섞고
> 봄비로 활기 없는 뿌리를 일깨운다
> 겨울이 오히려 우리를 따듯이 해주었다
> 대지를 망각의 눈으로 덮고,
> 마른 뿌리로 작은 생명을 길러 주었다.

황무지는 《미국의 송어낚시》의 한 원형일 겁니다. 브라우티건은 황무지가 되어가는 강과 하천을 여행하면서 짧은 이야기를 파편처럼 쏟아냅니다. 마치 조각난 유리 같은 이 짧은 이야기들은 반짝거리면서 한 권의 책이 되고, 그것들이 모여 우리의 모습을 비추는 거울이 됩니다. 작가는 무기력한 가장의 모습으로 주인공이 등장하는 소설을 씁니다.

이 빌어먹을 4월 이야기는 젊은 여자가 현관문에 붙여놓은 쪽지로부터 시작된다. 나는 그 쪽지를 읽었고, 도대체 무슨 일인가 의아했다. (중략) 내 딸도 언젠가는 빌어먹을 4월에 다른 남자의 현관문에 쪽지를 남겨놓을까. 그러면 그 남자는 이불을 뒤집어 쓴채 그 쪽지를 읽은 다음, 나처럼 딸아이를 공원에 데리고 가서 모래밭에서 파란 통을 들고 놀고 있는 딸을 바라보게 될까.

〈빌어먹을 4월〉에서

엘리엇의 문명 비판의 파편들이 여기저기 튀어 올라 그의 소설에 박혀 있습니다. 미국에 대한 환상을 가지고 있는 사람들이라면 이 작품을 이해하기 힘들 겁니다. 이 작품에 라스베이거스의 도박장이나 할리우드 금발 글래머의 아슬아슬한 육체, 럭키 마운틴처럼 풍만한 유방이 상징하는 쾌락은 없습니다. 대신에 상처받은 사람들, 매춘부, 거구의 여인, 술주정뱅이 등이 등장하지요. 벤저민 프랭클린의 동상이 서 있는 미국은 그런 곳이라는 겁니다.

이 소설은 적어도 전통적인 소설에 대한 우리의 선입견을 넘어선 지점에 있습니다. 고도로 절제된 구체적 언어, 감각적인 문장, 날카로운 풍자와 해학이란 수식어를 달기에도 부족할 정도입니다. 작품을 설명한다는 것은 참 어려운 일입니다. 이야기가 '죽어버린 송어'처럼 도시의 시궁창에 둥둥 떠다니고 있는 소설이기 때문입니다. 그의 언어는 죽은 송어이지만, 황금 펜촉의 끝에서 문장이 되는 순간 되살아나는 싱싱한 언어입니다. 독자는 여기에 익숙해지는 것이 필요하지요.

7.

난 정말 그 강이 필요했다. 리처드 브라우티건은 송어낚시와 그
것이 보여주는 환경의 망원경을 철저히 다루고 있는 〈미국의 송
어낚시〉라는 소설을 썼다. 그래서 그 작가와 같은 주제로 이야기
하는 것이 좀 쑥스럽기는 하지만, 그래도 해야만 할 것 같아 그냥
계속하려고 한다.

《완벽한 캘리포니아의 하루》 중 〈용서받은 자〉에서

〈미국의 송어낚시의 잃어버린 챕터〉란 작품이 수록된《완벽
한 캘리포니아의 하루》역시 송어낚시의 연장선상에 있는 책입
니다. 이 두 권의 책은 한 권으로 합본해도 될 것입니다. 이 책
의 원제이자 표제작인 〈잔디밭의 복수〉만 보아도 금방 알 수
있지요. 송어낚시에서 이어지는 작가의 시선과 관점이 조금 더
넓어지고 있습니다. 강이 잔디밭으로 변신했을 뿐, 결국은 잃
어버린 강, 송어에 대한 이야기입니다. 작가의 태도에는 변함이
없지요. 책에 담긴 짧은 소설을 한 편 읽어볼까요?

오늘 저녁, 나는 말보다는 보풀로 설명할 수 있는 단어나 사건이
없다는 느낌에 사로잡혀 있다.
나는 내 어린 시절의 단편들을 조사하고 있다. 아무런 형태도 의
미도 없는 머나먼 삶의 조각들, 그것들은 막 생겨난 보풀 같다.

〈보풀〉 전문

사실, 이 텍스트에는 소설, 시, 에세이 등등 어떤 이름을 붙

여도 될 겁니다. 행갈이를 한다거나. 이어쓰기를 하면서 문장의 기술을 부린다면 말이지요. 브라우티건의 소설은 독창적이지만 요란하지 않습니다. 매우 낮은 음성으로 조용히 들려주는 이야기이기 때문입니다. 문학이 확성기가 되어서는 안 된다는 생각을 확인하게 하는 작가입니다.

요즘 남북 간의 갈등에 확성기란 것이 다시 등장했습니다. 확성기는 전쟁을 유발할 수도 있는 무서운 물건인데요. 갈등을 부추기는 물건입니다. 소설은 그래서 이런 확성기가 되지 않는 것이 중요합니다. 그의 소설들은 보풀과 같은 것이지요. 자신의 내면 고백을 가장 솔직하게 하고 있는, '날 것'이기 때문입니다. 그가 쓴 소설들이 아름다운 이유가 거기에 있습니다. 문득 그가 우리나라의 남북문제에 관심이 있었다면 어떤 작품을 썼을지 궁금하군요. 그는 일본을 비롯한 동양문화에 매우 관심이 많은 작가이고, 일본의 단시인 하이쿠의 영향을 받은 것으로 알려져 있습니다. 우리나라의 작가들은 매우 비옥한 환경 속에 있습니다. 미국의 모든 문제점을 고스란히 안고 있으면서도, 동시에 전쟁과 평화라는 문제까지 품고 있으니 말입니다.

아닌 게 아니라 우리 문학은 정말 가능성만큼은 대단합니다. 조국의 비극은 곧 작가의 행복이기 때문이지요. 행복까지는 아니더라도 작가로서 살기에 좋은 환경이라는 이야기입니다. 천국에는 작가가 없습니다. 작가는 맨발로 황톳길을 걸어가는 시인이며, 지옥의 불구덩이의 곁에서 눈물 흘리는 단테이기 때문입니다.《완벽한 켈리포니아의 하루》에 이런 작품이 있습니다.

수년 전(제2차 세계대전), 나는 도살장을 좋게 표현한 '급속 포장 공장' 옆에 있는 모텔에 살았다.

거기에서는 돼지를 도살했는데, 매시간, 매일, 매주, 매달 그리고 봄이 여름이 되고 여름이 가을이 될 때까지 내내 돼지의 목을 따서, 마치 쓰레기통에서 오페라 공연하는 듯한 돼지의 슬픈 멱따는 소리가 들렸다.

나는 어쩐지 그 많은 돼지들을 죽이는 것이 전쟁과 상관 있다는 생각이 들었다. 왜냐하면 다른 모든 것들도 사실 그랬기 때문이다.

〈독일과 일본의 완전한 역사〉에서

독일과 일본은 대표적인 전범국가입니다. 그는 히틀러나 일본군의 만행을 직접 쓰지는 않습니다. 그것은 예민한 황금 펜촉의 기록이 아니기 때문이지요. 문학은 테두리에 가둘 수 없는 강물이기 때문에 독자는 자유롭게 갈증을 채울 수 있습니다. 그러고 보면 눈에 보이는 강물만 오염되는 것은 아닐 겁니다. 문학이라는 강물도 점점 오염되고 말라버릴 수 있습니다. 이러한 수상한 시절에 브라우티건의 소설을 다시 집어든다는 것은 일종의 아름다운 금수강산으로 가기 위한 통과의례가 아닌가 싶습니다. 하지만 저는 그의 소설을 읽지 않고도 아름다운 세상을 꿈꿀 수 있다면 좋겠다고 생각합니다. 모든 문제가 그러하듯 이루어지기 힘든 바람이긴 하겠지요. 좌절의 자리에서 두 권의 소설을 나란히 두고 봅니다. 한 권은 강물처럼, 한 권은 싱싱하게 퍼덕이는 송어처럼 느껴집니다.

자신이 진정으로 원하는
삶을 위해 살아라.

《연금술사》

파울로 코엘료(1987년)

"무언가를 간절히 원할 때
온 우주가 자네의 소망이 실현되도록 도와준다네."

1.

오늘 우리가 만나게 될 주인공은 산티아고라는 양치기 청년입니다. 위에 인용한 말은 산티아고가 여행 중 우연히 만난 늙은 왕에게서 들은 것입니다. 대형 확성기에 대고 하는 것처럼 영혼의 울림이 참 큰 말이지요. 소설 《연금술사》는 이 문장을 주제로 한 변주곡입니다. 산티아고에게 위기의 순간이 올 때마다 용기를 주는 말이기도 합니다. 항상 주인공의 곁에서 들려오는 말이지요.

이 소설을 읽으면 내가 간절히 원하는 것이 무엇인지 생각하게 됩니다. 그것을 목표라고 부르기도 하지요. 인생 전체를 두고 생각하면, 목표라는 말만으론 설명하기 힘든 것들이 있지요. 무언가를 간절히 원한다는 건 조금 더 근원적인 바람입니다. 그것을 찾는 일도 만만하지 않거니와, 설령 찾는다 해도 우리 주위에 간절하게 원하는 사람이 한둘이 아니라서 그런지 온 우주가 도와주는 일이 잘 일어나지 않습니다. 그런데도 이 말이 간절하게 들리는 까닭은 무엇일까요. 사실, 이 말은 자칫 사이비 교주의 말처럼 위험할 수도 있습니다. 뜬구름 잡는 이야기로 들릴 수도 있습니다. 우리의 삶이 너무나 각박하기 때문입니다. 사실 우리는 간절히 원하는 것이 무엇인지도 알지 못하고 살아갑니다. 매순간 불화살처럼 날아드는 사건사고에 대응하기에도 바쁘지요. 무엇보다 우리는 그냥 그 자리에 서 있기도 힘겹습니다.

현자들이 말하는 진정한 '자아'에 대한 생각 따위는 상류사회의 화려한 패션처럼 여겨집니다. 하지만 이러한 생각은 갈 길을 가로막는 장애물이고 위험한 편견입니다. 인간에 대한 혐오감이나 모난 감정 때문에 마음거울이 얼룩져 아무것도 보이지 않게 되는 것입니다. 비뚤어진 마음에서 시작되는 빈곤의 악순환이라고나 할까요. 거친 마음에 자꾸 상처가 생겨 그 자리에 주저앉은 우리는 껍데기로 살아갑니다. 내 영혼이 굶어 죽어가는지도 모르고 욕망을 추구합니다. 그러다 보니 마음이 황무지가 됩니다. 그런 황량한 마음 상태는 사막과도 같습니다. 모래사막에는 길이 없습니다. 누군가 찍어놓은 발자국도 금세 거친 바람에 지워지기 때문입니다.

이런 일상에 시달리는 우리가 한 번쯤 들여다보아야 할 것이 바로 영혼이고 자아입니다. 그것은 명상가들의 이야기가 아니라 평범한 우리 모두에게 시급한 일입니다. 결국 우리는 모두 연결되어 있는 존재입니다. 가을날 귀뚜라미 한 마리, 길거리의 돌멩이와도 연결되어 있지요. '나'의 자리가 바로 '너'가 있는 자리입니다. 마음으로 보아야 보이는 그 자리를 찾아야 살 길이 보입니다.

우리는 사소한 일에 모멸감을 느끼고 분노합니다. 잠시…… 손에 쥘 수도 없는 욕망에 시달리는 두 손을 열어 손바닥이 하늘을 향하게 펼쳐볼까요. 조용히 자리에 앉아 두 눈을 감고 온몸의 감각을 열어봅니다. 눈을 감아야 보이는 것들이 있습니다. 모멸감을 부끄러움으로, 분노를 용서로 바꾸는 것이 지금 우리에게 필요한 연금술일 겁니다. 그것이 납을 금으로 만드는 기술보다 훨씬 더 중요하다는 사실을 우리는 잘 알고 있습니다. 다만 모르는 척할 뿐이죠.

먼저, 지금 내가 있는 자리를 잘 살펴봅니다. 여기가 어디인가. 오늘은 내 마음의 지도, 혹은 약도를 그리는 시간을 마련해 보겠습니다. 우리가 살고 있는 영혼의 주소를 타인에게 알려주는 시간도 될 겁니다. 내 주소를 알아야 저 멀리 있는 별에서 보내오는 편지도 받을 수 있지요. 날마다 별과 구름, 태양과 바람이 우리에게 편지를 보내옵니다. 간혹 어떤 편지는 수취인 불명으로 분류되어 버려지고 있습니다. 작가는 그 편지를 분류해서 주인을 찾아주는 영혼의 우편배달부이기도 하지요. 오늘은 양치기 소년 산티아고가 여행을 마치고 보내온 긴 편지를 읽겠습니다. 이 편지를 다 읽고 나면 당신도 누군가에게 편지를 보내시길 바랍니다.

2.

스페인 안달루시아 지방의 양치기 산티아고는 열여섯 살까지 신학교를 다녔습니다. 어느 날 산티아고는 아버지에게 신보다 세상을 먼저 알고 싶다고 하지요. 아버지는 그에게 양치기가 되라고 권했고, 그는 양치기로 살면서 많은 곳을 돌아다닙니다. 양 떼를 몰고 다니면서 낯선 사람을 만나고 낯선 세상을 경험하지요.

언제부터인가 산티아고는 이집트의 피라미드로 가라는 꿈을 반복해서 꾸게 됩니다. 꿈 따위는 믿지 않는 산티아고는 양 떼를 몰고 여행을 계속하다가 살렘의 왕 멜키세덱을 만나면서 피라미드로 갈 용기를 냅니다. 그는 보물을 찾아 피라미드로 가는 길을 알려주겠다고 하면서 '자아의 신화'에 대한 이야기를 합니다. 이 소설의 열쇠문장입니다.

이 세상에는 위대한 진실이 하나 있어. 무언가를 온 마음을 다해 원한다면, 반드시 그렇게 된다는 거야. 무언가를 바라는 마음은 곧 우주의 마음으로부터 비롯된 때문이지. 그리고 그것을 실현하는 게 이 땅에서 자네가 맡은 임무라네. (중략) 세상 만물은 모두 한가지라네. 자네가 무언가를 간절히 원할 때 온 우주가 자네의 소망이 실현되도록 도와준다네.

산티아고는 양 여섯 마리를 노인에게 주고, 노인은 '우림과 툼밈', 흰색과 검은색의 보석을 주면서 어려운 결정을 하게 될 때 사용하라고 하지요. 자신의 모든 재산인 양을 팔아 여비를 마련한 산티아고는 이집트에 간 첫날 사기꾼을 만나 돈을 몽땅 털립니다. 이제 그는 빈손으로 사하라 사막 앞에 막막하게 서 있습니다. 하지만 보물을 찾아 나선 모험가답게 위기에 잘 대처합니다.

빈털터리가 된 산티아고는 과일가게에서도 일하고, 크리스털 가게에서도 일하기 시작합니다. 이 모든 일이 무의미한 것이 아니라, 피라미드로 가는 도정이라고 생각하는 것이지요. 그는 일 년 동안 120마리의 양을 사고도 남을 돈을 모았습니다. 산티아고는 그 길로 집에 돌아가려고 합니다. 하지만 그때 노인이 준 보석을 보고 그동안의 일들이 피라미드로 가기 위한 표지였음을 깨닫습니다. 자신의 주위에서 무의미하게 보이기만 했던 사람과 일들이 표지임을 발견한 산티아고는 점점 성장하는 모습을 보입니다.

산티아고는 연금술사를 찾아 나서는 영국인과 함께 사막을 횡단하는 대상들의 안내로 길을 나섭니다. 그는 낙타몰이꾼에게서도 삶의 표지를 보고, 사막의 신비한 변화에 대해 남다른 눈으로 바라보기 시작합니다. 산티아고가 크리스털 가게에서 일한 이야기를 들은 영국인은 말합니다.

지구에 있는 모든 것은 끊임없이 변화하고 있지. 지구는 살아 있
는 존재니까. 정기를 가진 땅덩어리란 얘기야. 우리는 그 정기의
일부분이고. 아주 가끔은 우리도 그 정기가 우리에게 적용하고
있음을 느끼곤 하지. 그런데 정말 중요한 것은, 자네가 그 크리스
털 가게에서 일하는 동안 크리스털 그릇들 역시 자네의 성공을
위해 애를 썼다는 거야.

우주의 모든 것이 산티아고를 돕고 있는 모습입니다. 그가
간절하게 피라미드로 가기를 원했기 때문입니다. 더불어 산티
아고는 오아시스 마을에 머물면서 사랑을 발견하게 됩니다. 그
녀의 존재는 피라미드의 보물보다 더 중요하게 여겨지기도 합
니다.

그녀는 사막의 여자 파티마인데요. 산티아고는 용기를 내서
그녀에게 청혼하고 그녀 역시 사막에서 그를 기다렸다는 말로
화답합니다. 산티아고가 찾아 나선 진정한 보물이 그녀인가 싶
기도 합니다. 그녀는 산티아고에게 말합니다.

사막의 모래언덕은 바람에 따라 변하지만, 사막은 언제나 그 모
습 그대로랍니다. 우리의 사랑도 사막과 같은 거예요.

사막과 사랑의 비유를 통하여 변하지만 변하지 않는 그녀의
모습을 더 사랑하게 되는 산티아고. 한편 영국인은 연금술 실
험에 몰두하고, 산타아고는 사막을 바라보면서 세상을 이해하
기 시작합니다. 책에서는 배울 수 없는 사막의 언어를 읽어내

기 위해 명상합니다. 오아시스를 둘러싸고 벌어지는 부족 간의 전쟁을 통해 장소를 불문하고 인간의 욕망이 머무는 곳이야말로 세상에서 가장 위험한 곳이라는 각성을 합니다. 그의 눈에는 사막이 안전지대요, 사람들이 모여드는 오아시스 마을이 위험한 곳이었습니다.

3.

산티아고는 사막에서 숨어 사는 연금술사를 만나 그와 함께 피라미드로 떠납니다. 피라미드의 보물보다 더 중요한 파티마에게 꼭 돌아오겠다는 약속을 합니다. 연금술사와 산티아고는 피라미드를 찾아가는 길에 사막의 용사들에게 포로로 잡힙니다. 목숨이 경각에 달한 연금술사는 사막의 사령관에게 산티아고는 바람으로 변할 수 있는 연금술사라고 소개하지요. 과연 산티아고가 바람으로 변할 수 있을까 싶은데요. 그 자신도 알수 없는 일입니다. 산티아고는 사람이 바람으로 변하는 연금술을 모른다고 합니다. 그때 연술금사가 '연금술이란, 절대적인 영적 세계를 물질세계와 맞닿게 하는 것'이라고 말하지요. 산티아고는 바위 꼭대기에서 우두커니 사막을 바라봅니다. 하루, 이틀…… 사막을 응시하던 산티아고는 사막의 언어로 바람에게 말을 겁니다.

산티아고는 파티마를 생각하며 사막에게 사랑에 대해 말합니다.

그래, 그게 사랑이야. 그 사랑이 바로 모래 위에 생명들을 매로 변하게 하고, 매를 사람으로, 사람을 다시 사막으로 변하게 하는 거지. 그 사랑이 납을 금으로 변화시키고, 다시 금을 대지로 되돌려주는 힘인 거야.

사막과 대화하고 있는 산티아고에게 바람이 다가옵니다. 바람은 세상의 모든 일을 알고 있는 떠돌이입니다. 산티아고는 잠시만 자신을 바람으로 만들어달라고 설득하기 시작합니다. 드디어 모래바람이 휘몰아치기 시작하지요. 바람 속에서 산티아고는 태양과도 대화를 나눕니다. 사막, 바람, 태양과 산티아고가 나누는 이야기의 핵심은 바로 '사랑'입니다. 책에서는 배울 수 없었던 사막의 언어로 만물과 영적인 대화를 나누면서 산티아고는 바람으로 변하는 기적을 선보입니다.

놀라운 기적을 목격한 사령관은 약속대로 두 사람을 풀어줍니다.

산티아고는 바람으로 변한 경험을 통해 세상 만물, 우주와 대화하게 됩니다. 피라미드에 도착하기 전에 이미 '자아의 신화'를 이룬 그는 이미 연금술사가 되어 있었던 겁니다. 산티아고는 스승 연금술사와 헤어집니다. 스승은 제자를 피라미드까지 데려다주고 사라집니다.

산티아고는 드디어 피라미드에서 보물을 찾기 위해 땅을 파고 있습니다. 그때 나타난 사막의 병사들이 산티아고에게 말합니다. 나도 너처럼 보물을 찾는 꿈을 꾼 적이 있다. 그곳은 스페인의 한 평원에 있는 교회였다. 근처 양치기들이 양 떼를 몰고 와서 잠을 자던 곳이었다. 그곳 성물 보관소에는 무화과나무한 그루가 서 있었다. 나무 아래를 파보니 보물이 있었다. 하지만 그건 꿈이다. 그런 꿈을 믿고 사막을 건너는 바보가 어디 있느냐?

결국 산티아고는 피라미드에 보물이 없다는 사실을 깨닫지요. 보물은 금은보화가 아니라 자아와 사랑이었다는 사실 또한 말입니다. 산티아고의 진정한 자아는 납에서 금으로 변화합니다. 사하라 사막을 횡단하며 피라미드에 도착하는 도정을 통해서입니다.

사막의 병사는 꿈을 믿지 않았고, 산티아고는 꿈을 믿었습니다. 병사는 사막을 건너지 않았고, 산티아고는 사막을 건넜습니다. 드디어 산티아고는 거대한 피라미드를 바라봅니다. 그것은 깨달음이었습니다. 그가 사막을 건너 찾아낸 '자아의 신화'를 완성하는 순간입니다. 보물은 피라미드의 땅속에 있는 게 아니라 바로 진정한 자아라는 진리를, 수없이 많은 현자들이 이야기한 그 진리를 직접 찾아냅니다.

그것은 그가 양치기 시절에 하룻밤을 보내며 꿈꾸던 무화과나무 아래에도 있을 수 있는 것이지요. 결국 출발한 그곳이 도착점이라는 것. 보물은 바로 지금 내가 살고 있는 그 자리에 있다는 것을 알기 위해 그는 그 먼 길을 돌고 돌아 왔습니다. 이제 그는 파티마를 찾아 다시 사막으로 길을 떠납니다. '사랑'이 산티아고가 찾아낸 진정한 보물이었습니다.

매우 간결한 문체로 이루어진 이 소설에는 산티아고가 찾아나선 '보물'들이 숨겨져 있습니다. 이 소설은 보물찾기 소설입니다. 때론 동어반복처럼 느껴지는 삶에 대한 지혜로운 성찰은 우리의 현실과 꿈에 대한 잠언으로 가득 차 있어 마치 밤하늘의 별처럼 반짝이는 듯한 책입니다. 혹은 작가가 자신의 온 영혼을 몰아넣어 만든 한 덩이 금처럼 보이기도 합니다. 매우 단단하고 아름다운 보석 같기도 하지요. 우리의 일상이라는 납덩어리를 매우 소중하게 보고 있는 이야기입니다. 책에서 배울 수 없는 경험을 소중히 여기는 가치, 타인을 배려하고 신중하게 행동하는 미덕이 곳곳에 넘칩니다.

그중에서도 산티아고라는 연금술사가 우리에게 보여주는 연금술은 금을 만드는 기술이 아니라 자신을 변화시키는 기술입니다. 그것은 '사랑의 기술'일수도 있습니다. 더불어 막연히 몽상적으로 꿈만 꾸는 것이 아니라 현실에 적응해 뛰어난 경영 능력을 발휘하기도 하는 산티아고의 모습은 '간절히 원한다'는 것이 무엇인지 알 수 있게 합니다.

간절히 원할 때 우주의 모든 것이 너를 도와준다는 잠언을 소설로 풀어내는 작가의 영혼이 아름답습니다. 그는 어쩌면 제2차 세계대전 때 사막에 나타났다 사라진 어린왕자의 분신일 수도 있습니다. 어린왕자가 스페인의 안달루시아 평원에서 양을 몰고 다니는 착각을 하게도 합니다.

4.

《연금술사》는 명상문학의 한 정점에 있는 소설입니다. 라즈니쉬를 비롯한 인도의 명상가를 비롯해서 칼릴 지브란에 이르기까지 인간의 내면세계에 변화를 시도하는 일군의 작가들 중에서도 파울로 코엘료는 가장 대중적으로 성공한 사람이고, 보편적인 감동을 이끌어내는 데 발군의 실력을 가지고 있는 작가입니다. 그의 문체를 가만히 살펴보면《어린왕자》와 비슷한 구석이 있고, 노트에 적어놓고 싶은 잠언들과 깨달음으로 넘치는 페이지들 또한 이 책의 큰 매력입니다.

작가 파울로 코엘료는 1947년 브라질 리우데자네이루에서 태어나 대학에서 법학을 전공했습니다. 이후 연극연출과 극작가로 활동하고, 대중음악가로도 이름을 날렸습니다. 그는 작가로서는 전력이 거의 전무하다 싶은데요, 40세의 나이에 소설《연금술사》를 발표하면서 세계적인 작가로 다시 태어납니다. 그는 이 소설로 전 세계의 독자를 완전히 사로잡았습니다. 120여 국가에서 번역되어 2000만 부 이상의 판매되었다고 하니 이 소설이 지닌 에너지를 금방 느낄 수 있군요.

물론 판매량으로만 친다면 이 소설을 능가하는 작품들도 많이 있을 겁니다. 제가 주목하는 것은 이 소설이 지닌 '에너지'입니다. 이 소설 이후 발표하는 작품마다 일관되게 추구하는 그의 작가로서의 태도입니다. 그는 자칫 사이비 교주처럼 보일 수 있는, 아슬아슬한 지점에 선 작가입니다. 하지만 그는 세상에 난무하는 거짓예언자가 아니라, 문장을 통해 사람들에게 꿈과 희망이라는 단순한 메시지를 던져주는 작가입니다.

이 소설을 통해서 진짜 내가 원하는 삶이 무엇인지를 곰곰이 생각한다면 그 얼마나 좋은 일입니까. 문학작품에서 주로 다루는 어둡고 외롭고, 가난하고 비참한 인생을 통해서 우리는 생의 비밀을 발견할 수 있지만, 코엘료는 밝고 환한 기운으로 가득한 건강한 주인공을 통해 우리의 삶이 어떤 고난에 처하더라도 중심을 잡을 수 있게 도와주고 있습니다.

산티아고의 여행길을 따라가면서 학교에서는 배울 수 없었던 것들을 생각합니다. 바로 나 자신에 대한 생각들입니다. 거칠고 힘든 세상에 '자아'에 대한 성찰을 하게 한다면 그것으로 충분합니다. 그것을 명상문학의 한 정점이라고도 말할 수 있겠지요. 그는 삶의 꼭대기에 올라가 멀리 보는 사람이지만, 그 아래를 피라미드처럼 넓게 만들어놓아 현실감각을 잊게 하지 않는 미덕을 가지고 있는 명상작가입니다. 그의 소설의 유일한 단점은 너무 많이 팔린다는 건데요, 그것이 이 작가의 문학적인 평가에 걸림돌이 되기도 할 것 같습니다.

바람이 불면 우듬지가 가장 많이 흔들립니다. 푸른 하늘을 배경으로 흔들리는 우듬지는 그 나무의 깊은 뿌리에서 올라오는 간절한 소망입니다. 더 높이 올라가기 위해 더 깊게 뿌리를 내려야 하는 한 그루 나무처럼, 우리의 희망이나 소망은 깊은 고독과 어둠을 견디고 뿌리내려야 비로소 보입니다.

여러분은 지금 어떤 일을 하고 있나요. 물건을 팔고 있다면 가장 잘 파는 방법을 고민하시고, 공부를 하고 있다면 더 열심히 정진하시기를 바랍니다. 사랑을 하고 있다면 당신은 이미 연금술사입니다. 단, 진정한 사랑에 한해서 말입니다. 간절히 원하는 시간을 만드시길 바랍니다. 정말 우리는 그게 필요한 것 같습니다. 나머지는 온 우주가 도와줄 것입니다.

누가 이 세상을
움직이고 있는 것인가?

《태엽 감는 새》
무라카미 하루키(1994~1995년)

"문득 정신이 들자
나는 거대한 우물 안에 있었다."

1.

오늘 우리가 만날 주인공은 오카다 도루입니다. '태엽 감는 새'라는 멋진 별명을 가진 평범한 남자입니다. 그는 홀연히 사라진 아내를 찾아다니면서 우리에게 중요한 삶의 비밀을 알려줍니다. 우리는 간혹 살면서 이상한 경험을 하곤 합니다. 길거리를 걸어가다가 맨홀에 빠진다든지, 고층 아파트 입구를 나서는데 바로 옆으로 벽돌이 떨어진다든지 하는 일부터 생각지도 않았던 사람에게 연락이 와서 매우 곤란한 부탁을 듣기도 하지요.

이 세상은 도대체 뭐가 잘못된 것일까? 우리는 생각합니다. 왠지 불길한 기운이 감돌아 초조하게 내 자리를 살피기도 합니다. 이것은 죽음과 관련되어 있기 때문입니다. 교통사고로 차 안에서 죽어 있는 시신을 본 적이 있습니다. 십수 년 전의 일이지만 지금까지 화인처럼 남아 있는 기억입니다.

사고 차량은 불과 몇 분 전에 제 차를 추월하여 과속으로 달렸습니다. 순식간에 저를 놀라게 한 그 차는 몇 분 뒤 도로에서 반파된 상태로 뒤집어져 있었고, 그 안에 여인의 긴 머리카락이 늘어져 차창에 걸려 있었습니다. 그녀의 흰 가슴은 반쯤 드러나 있었고, 길고 탐스러운 머리카락 사이로 피가 흘렀습니다. 엔진에서 솟아오르는 연기가 안개처럼 가리고 있어 죽음과 관능을 연상시키는 한 장면이었습니다.

반대의 경우도 있습니다. 복권에 당첨이 된다든지, 돌아가신 아버지가 나도 모르는 유산을 남겨두었다든지 하는 행운도 있을 겁니다. 후자의 경우에는 그리 심각하게 생각하지 않습니다. 기쁨을 동반하는 행운을 즐기기에도 바쁘겠지요. 하지만 불행을 예감하거나 불행이 닥치면 우리는 이 세상이 도대체 어떻게 움직이고 있는지 궁금해집니다. 어떤 이는 종교에 의탁하고, 점집에 찾아가 자신의 운명을 알려고도 하지요.

우리의 주인공 오카다 도루는 태엽 감는 새가 조금씩 태엽을 감아 이 세상을 움직이고 있다고 말하는데요, 그가 이러한 각성을 하고 자신의 아내를 찾아가는 이야기를 통해서 우리는, 아마도 많은 생각을 할 겁니다.

문득, 정신이 들자 거대한 우물 안에 있는 우리의 주인공. 평범한 한 사내가 알고자 하는 세상의 비밀을 통해 우리가 잃어버린 소중한 삶의 파편들을 찾아보고자 합니다. 우리의 사소한 삶 속에 숨은 거대한 의미를 찾아간다고나 할까요. '당신은 지금 깊은 우물 안에 있다. 오래전에 말라버린 그 우물에 다시 신선한 물이 솟아오를 수 있을까?' 이런 생각을 염두에 두고 오카다 도루를 만나러 갑니다.

2.

저는 하루키의 소설을 《해변의 카프카》 이후로 읽지 않았습니다. 하지만 《태엽 감는 새》를 능가하는 그의 작품을 만나지는 못할 거라 봅니다(부디 이 예측이 빗나가기를 바랍니다). 이 소설은 총 4부로 이루어진 매우 긴 장편이고, 이야기 구조가 상당히 복잡함에도 독자를 빨아들이는 무서운 흡인력을 품은 소설입니다. 그것은 마치 진공청소기처럼 정신의 어떤 부분을 흡수해버리지요. 또한 세련된 스타일을 보여주는 문체의 매력도 있었습니다. 동시대 작가 중에 하루키처럼 자신만의 스타일로 독자를 사로잡는 사람은 흔하지 않을 겁니다. 그는 문체가 뛰어난 작가입니다.

그는 라디오에서 들려오는 로시니의 오페라 '도둑까치 서곡'을 휘파람으로 따라 불면서 스파게티를 삶고 있습니다. 그저 평범한 일상을 살고 있는 그에게 이상한 전화가 걸려오면서 이야기는 시작됩니다. 이 소설에는 여러 이야기들이 혼재되어 있습니다. 주인공인 오카다 도루가 갑자기 집을 나간 아내 구미코를 중심으로 달처럼 둥글고 충만한 세상의 이야기가 줄어들었다가는 늘어나면서 긴장감을 고조시킵니다.

구미코의 오빠인 와타야 노보루는 세상의 악을 상징합니다. 그는 좋은 집안에서 태어나 뛰어난 수재로 일류 대학을 졸업하지요. 대학 교수이자 경제비평가로 활동하면서 연예인처럼 인기를 얻다가 정치가로 변신합니다. 우리 사회에서 볼 수 있는 인기 정치인의 모습 그대로입니다. 하지만 주인공의 눈에는 출세가도를 달리는 그의 존재가 지옥문을 열고 나온 마귀처럼 보입니다. 그는 아내 구미코의 가출에 어떤 영향을 끼쳤는지도 모릅니다. 세 사람의 관계가 소설의 한 축을 이룹니다.

두 번째는 집 나간 고양이를 찾으려고 만난 가노 마루타와 가노 구레타 자매입니다. 가노 마루타는 초감각을 지닌, 구시대의 복장을 한 묘한 여인입니다. 그녀의 동생 가노 구레타는 주인공과 육체적인 관계까지 맺으면서 친밀하게 지내지만 일정한 거리를 유지하면서 주인공에게 도움을 주지요. 이들은 주인공으로 하여금 현실과 꿈의 세계를 넘나들게 합니다.

세 번째로 주인공의 이웃집에 사는 메이라는 소녀입니다. 이 소녀는 성숙하면서 불안한 정서를 가지고 있습니다. 주인공이 밧줄을 타고 내려간 폐가가 된 이웃집의 마른 우물에 있을 때, 그녀는 밧줄을 치워버려 주인공을 곤란하게 만들지요. 그가 우물 안에서 깊은 생각을 하고 있다는 이야기를 듣고 그럼 완전한 어둠에 있어보라며 우물의 뚜껑마저 덮어버립니다. 행동은 종잡을 수 없지만, 주인공에게 깊은 애정을 느끼고 있는 소녀입니다.

우물 안에서 깊은 생각을 하고 난 후 주인공의 얼굴에는 반점이 생깁니다. 얼굴에 반점이라니 외모에는 치명적이겠지만, 주인공은 이 일이 있은 후 '예지력'이 생깁니다. 반점이 사라지는 순간 소설도 끝이 나기에 중요하고도 상징적인 장치입니다. 이것은 주인공이 살고 있는 세계의 흉터일수도 있습니다.

길거리의 벤치에서 만나게 되는 아카사카 너트메그는 그에게 경제적인 지원을 해주고 대신에 주인공의 예지력을 이용합니다. 서로 필요한 것을 주고받는 조력자의 관계이지요. 아카사카의 아들인 아카사카 시나몬은 외모는 연예인처럼 수려하지만 어린 시절에 갑자기 말문을 닫아버린 컴퓨터와 같은 인물입니다.

3.

이외에도 주인공의 외삼촌과 카페에서 만난 가수, 와타야 노보루의 심부름꾼 등등 삽화처럼 등장하는 인물들의 에피소드 역시 촘촘하게 그려져 있습니다. 군더더기 없이 소설의 적재적소에 배치된 인물과 그들이 들려주는 이야기들이 세상의 비밀을 밝힙니다. 이 이야기들이 개연성을 확보하면서 하나의 거대한 세계를 형성하는데요, 이런 점들이 모여 이 소설이야말로 하루키 소설의 정수가 집약된 작품이라는 평가를 듣게 하지요. 작가는 이 소설을 몰아의 경지에서 써내려가곤 했을 겁니다. 이 복잡한 이야기들 중에서 역시 뇌리에 오래 남아 있는 이야기와 인물이 있습니다. 주인공 부부가 알고 지내던 한 노인의 유품을 전해주러 온 마미야 도쿠타가 그런 인물입니다. 일본 제국주의 시대에 육군 중위로 근무한 그의 경험이 삶과 죽음의 본질을 보여주고 있습니다. 저의 경우에는 노인이 된 마미야 중위의 긴 이야기가 이 소설에서 가장 인상적이었습니다.

마미야 중위는 민간인으로 위장한 일본의 첩보장교와 중국과 러시아의 국경지대인 적지에서 비밀 작전을 수행하던 중 소련군에게 체포되어 엄청난 일을 당합니다. 소련군 장교의 수하인 몽골군이 정보를 캐내기 위해 첩보장교를 고문한 것입니다.

그것은 온몸의 피부를 양파 껍질 벗기듯 벗겨버리는 고문이었습니다. 세상의 누구라도 이런 고문을 견딜 수는 없을 겁니다. 하지만 첩보장교는 자신의 안구와 고환까지 다 도려내는데도 한마디도 하지 않고 죽어갑니다. 참 대단한 군인입니다. 소련군 장교는 나머지 포로에게 정보를 얻을 것이 없다고 판단하고 마미야 중위를 사막의 한 마른 우물에 던져넣고 살 수 있으면 살아서 나가라고 하지요. 이건 또 다른 처형방식입니다. 하지만 마미야 중위는 몰래 현장을 빠져나간 전우의 도움으로 살아납니다. 그가 공포에 떨면서 사막의 마른 우물에 있는 모습, 어떻습니까? 우리의 주인공이 이웃집의 마른 우물에 갇힌 모습과 겹쳐집니다. 마미야 중위는 이런 말을 합니다. "나는 그 자세로 아픔을 참고 있었소, 나도 모르게 눈물이 볼을 타고 흘렀소. 그것은 아픔에서 오는 것이며, 또한 그 이상의 절망에서 오는 것이었소. 세계의 끝에 있는 사막 한가운데의 깊은 우물 바닥에 덩그러니 혼자 남겨지고, 그 깜깜한 어둠 속에서 깊은 우물 바닥에 덩그러니 혼자 남겨지고, 그 깜깜한 어둠 속에서 심한 통증이 엄습한다는 게 어떤 것인지 도저히 이해하지 못할 거요. 나는 내가 그 하사관에게 깨끗이 사살되어버리지 않았던 것을 후회하기조차 했소. 내가 만약 누군가에서 총을 맞아 죽었다면, 적어도 내 죽음은 그들과 관련된 것이오. 그러나 여기에서 내가 죽는다고 한다면, 그것은 정말로 혼자만의 죽음이오. 그것은 아무도 관련되지 않은 소리 없는 죽음인 거요."

이처럼 마미야 중위의 모습은 오카다 도루의 모습과 연결되어 있습니다. 서로 상관없어 보이는 것들이 서로 연결되어 있고, 그 연결망에 걸려드는 의미들이 별이나 햇빛처럼 반짝이지요. 완벽한 타인이라고 생각했던 사람들이 사실은 나의 분신이고 고통이고 희망이 되는 겁니다. 거미 한 마리가 허공에 거미줄을 쳐놓고 걸려든 먹이를 잡아먹듯, 하루키는 이 작품을 통해 세상을 움직이는 비밀들을 잡아채고 있습니다.

또한 오카다는 꿈과 현실을 사이를 오가는 비현실적인 경험을 하게 되는데, 주인공의 '꿈'과 '현실'을 연결하는 것은 오작교의 까마귀가 아니라, 그의 주위에 등장하는 인물들입니다. 그 인물들이 초감각적이고 몽환적인 꿈의 세계를 우리 곁의 현실로 구체화시킵니다. 오카다는 우물에서 이런 생각을 합니다. '날이 새기 전에 우물 바닥에서 꿈을 꾸었다. 그런데 그것은 꿈이 아니었다. 꿈이라는 형태를 지닌 무엇이었다.'

마미야 중위는 사막의 우물에서 살아남아 결국 소련군 포로수용소로 가는데요. 그곳에서 죄인으로 수감되어 있는 소련군

장교를 다시 만납니다. 그는 '가죽 벗기는 보리스'라고 불리면서 수용소의 권력을 공포로 장악합니다. 최악의 상황에서 만난 두 사람은 협상을 합니다.

마미야 중위는 그의 재산을 관리해주면서 수용소에서 살아남습니다. 하지만 그를 죽일 기회를 엿봅니다. 어느 날, 기회를 잡아 그의 권총으로 원수를 향해 겨누는데요. 보리스가 이미 권총의 탄환을 제거한 상태입니다. 보리스는 절망하고 있는 그에게 탄환 두 개를 던져주고 자신을 죽일 기회를 줍니다. 단, 두 발을 쏘고도 자신을 죽이지 못하면 자신과 있었던 모든 이야기를 죽을 때까지 비밀로 하라는 조건을 걸지요.

마미야 중위는 비교적 근거리에서 그를 향해 사격을 하는데, 두 발 다 아슬아슬하게 빗나가고 맙니다. 낙담하고 있는 마미야 중위에게 보리스는 말합니다. '내가 죽이지 못한다고 하지 않았나? 자네의 사격 솜씨가 서툴렀던 건 아니야. 단지 자네는 나를 죽일 수가 없는 거지. 자네에게는 그럴 자격이 없네.' 그는 냉혈한이면서 잔혹한, 한마디로 참 징글징글한 놈입니다. 애당초 마미야 중위따위는 염두에 두지 않고 자신의 일을 하는 사람입니다.

보리스는 계속 말합니다. 앞으로 너는 앞으로 고향으로 돌아가 장수할 것이다. 하지만 어디에 있더라도 행복해질 수가 없다. 앞으로 남을 사랑하는 일도 없고, 남에게 사랑받는 일도 없을 것이다. 그것이 자신이 주는 저주라는 말을 마치 축복처럼 내려줍니다. 그의 예언대로 본국으로 돌아온 마미야 중위는 단 한 사람도 사랑하지 못하고, 껍데기처럼 살다가 오카다 도루에게 모든 이야기를 털어놓습니다. 이제 살 날이 얼마 남지 않았기에 보리스와 한 약속을 깨버려도 되겠지요.

이들의 이야기를 듣고 나면 우리 주위에 있는 독거노인을 비롯한 가여운 타인의 인생에 어떤 비밀이 있을 것이라는 생각을 하게 됩니다. 생각보다 우리 주위에는 가여운 인생들이 많이 있으니까요. 아니, 저 자신부터가 그런 상태인지도 모르지요. 하루키가 우리에게 제시하고 싶은 것 중에는 타인에 대한 연민이나 사랑의 마음도 있을 겁니다. 하루키가 노벨문학상 수상자로 거론되는 이유는 바로 삶을 바라보는 작가의 진정성에 바탕을 두고 있을 겁니다. 거기에서 그의 문체가 나오는 것이겠지요.

'가죽 벗기는 보리스' 이야기를 비롯해서 아내 구미코를 비롯한 주위 사람들의 이야기들은 깊은 사유를 원하는 이야기들입니다. 어느 하나 가벼운 것이 없습니다. 독립적인 구조로 따로 떼어놓고 읽고 싶은 이야기도 있을 겁니다.

하루키는 사람들의 삶과 죽음이 어떻게 연결되는지 궁금했을 겁니다. 아무리 사소한 일이라도 복잡한 인과관계가 얽혀 있습니다. 오카다 도루는 어느 순간 '나는 도망갈 수 없으며 도망가서는 안 된다. 그것이 내가 얻은 결론이었다. 설사 어디에 가더라도 그것은 반드시 나를 따라올 것이다. 어디까지라도'라는 각성을 하고 기어이 아내를 찾아내고 모든 비밀을 알게 됩니다. 그것은 가슴 아픈 상처였습니다. 아내는 그 상처를 품고 인생을 견디면서 살다가 절망해버린 것이지요.

무라카미 하루키는 말합니다.

"여기는 피비린내 나는 폭력적인 세계입니다. 강해지지 않고는 살아남을 수가 없지요. 그러나 그것과 동시에 어떤 작은 소리도 흘려보내지 않도록 조용히 귀를 기울이는 것이 매우 중요합니다. 거기에서는 누군가가 누군가를 부르고 있다. 누군가가 누군가를 찾고 있다. 소리가 되지 않는 소리로, 말이 되지 않는 말로"라고요. 하루키는 눈에 잘 보이지 않는 사소한 일상에 주목합니다. 이런 식으로 다양한 인물들이 서로의 내면에 깊숙이 관여해서 겉으로 보이는 자신의 모습을 찾아갑니다.

좋은 뉴스는 작은 목소리로 들려온다고 합니다. 하루키는 우리에게 좀 더 다감하게 세상을 바라보고 주위 사람들과 관계 맺으라고 권하고 있습니다. 이 소설은 어떤 설교도 교훈도 던지지 않지만 우리의 마음을 움직이게 하는 치명적인 감동이 있습니다. 우리에게 어떤 '공감대'를 느끼게 합니다. 동시대를 살고 있는 독자들의 마른 우물에 생명수를 채워주고 있는 것이지요.

4.

소설에서 주인공은 어떤 여성과 하룻밤을 보내게 되는데요. 그녀가 오카다에게 '충전이 필요해요. 날 꼭 안아주세요'라고 말합니다. 충전이 필요하다는 여자의 부탁에 주인공은 섹스가 아닌 포옹을 합니다. 하루키의 소설은 어떤 의미에서 우리에게 충전을 해주는 따뜻한 품과도 같다는 생각이 듭니다. 물론 그 힘은 이야기를 만들어내는, 작가로서의 뛰어난 역량일 것입니다.

하루키가 이 소설에서 보여주는 이야기들은 참으로 절묘한 연결고리를 가지고 있어 읽으면 읽을수록 다음 이야기가 궁금해집니다. 그렇게 네 권을 다 읽고 나면 결국 한 줄의 시를 읽은 듯 심플한 느낌으로 책을 덮게 됩니다. 그리고 다음 이야기가 없을까? 하루키라면 더 쓸 수 있지 않았을까? 하고 생각합니다. 소설의 중심인, 주인공 주위에서 들려오는 '태엽 감는 새'의 울음소리와 마른 우물……. 여기에 죽음과 삶이 이야기를 이루는 기둥과 줄기가 됩니다. 그리고 우뚝하고 깊은 사유가 뿌리내리고 있지요. 동시에 나뭇잎 같은 삽화들이 서로 긴밀하게 연결되어 있는데요, 내 손바닥에 난 손금처럼 한손에 쏙 들어오는 사건들 간의 개연성이 압권입니다. 서로 다르다고 생각되는 이야기들을 어떻게 저토록 절묘하게 엮어내고 거대한 덩어리가 되게 하는가. 작가의 역량이 부러울 따름입니다.

미국 하버드 대학교에서 문학 공부를 하고 온 선배 편집자가 이런 말을 했습니다. '무라카미 하루키는 우리나라에서 알고 있는 정도의 작가가 아니다. 그는 분명 노벨문학상을 받을 것이며, 아시아의 테두리를 벗어난 진정한 세계 작가이다.' 미국에서도 그에 대한 평가가 대단한 모양입니다. 모르긴 해도 그의 모든 작품이 우리나라에 번역되어 있을 겁니다.

그는 《태엽 감는 새》의 한국어판에서 우리에게 이런 부탁을 하고 있습니다. '이 소설을 읽고 난 감상을 편지로 써서 보내준다면 더 이상의 기쁨이 없을 겁니다. 독자와의 정신적인 교감, 특히 젊은 한국인 여러분의 느낌을 나는 퍽이나 알고 싶습니다.' 하루키가 독자를 대하는 태도, 아니 사람을 대하는 태도가 잘 보이는 편지입니다. 그의 소설이 '좋은' 이유는 바로 여기에 있지 않을까요. 독자와의 정신적인 교감, 특히 젊은이들의 느낌을 알고 싶어 하는 작가의 태도 말입니다.

과연 우리를 둘러싼 세상은 어떻게 움직이고 있는 걸까요? 태엽을 감아 움직이던 물건들이 모조리 사라져버린 이 세계를 태엽 감는 새 따위가 움직일 수 있을까요. 저는 골동품이 되어버린 태엽 감는 시계의 태엽을 돌리고 있습니다. 끝까지 돌려 더 돌아가지 않을 때까지……. 그리고 오르골의 태엽도 돌려봅니다. 예쁜 발레리나 미니어처가 중앙에 달려 있습니다. 그것도 끝까지 돌려놓고 바라봅니다. 단단히 감은 태엽이 풀리면서 시계의 초침과 분침이 움직입니다. 딩동댕동 음악소리가 들려옵니다. 아, 이렇게 세상이 돌아가는구나. 좋은 뉴스가 들려오는구나 싶습니다. 이 소설을 읽고 나면 느슨하게 풀어져 있는 우리 삶의 태엽도 한번 단단히 감아보게 되지 않을까 싶습니다. 이제 자리에서 일어나 내 몸의 태엽을 감고 조금 더 나가봅시다. 우리가 바라는 것들이 바로 앞에 있을 겁니다.

추신

이 소설의 주제곡처럼 여겨지는 음악이 로시니의 오페라 '도둑까치 서곡'입니다. 서곡으로 주로 연주되는 이 음악은 비제의 오페라 〈진주 조개잡이〉의 아리아 '귀에 익은 그대 음성'과 더불어 연주회의 레퍼토리로 유명한 곡입니다. 오페라 〈도둑까치〉의 내용과 소설은 서로 연결되는 부분이 있지요. 여주인공인 니네타는 사랑하는 남자의 어머니로부터 은접시를 훔쳤다는 오해를 받고 고통스러워하는데요, 자신의 아버지가 연루된 어떤 사건 때문에 결백을 주장하기도 힘들어집니다. 그때 까치가 은접시를 물고 갔다는 사실이 밝혀지면서 해피엔딩으로 막을 내립니다. 까치가 태엽 감는 새처럼 세상의 비밀을 밝히는 매개체로 등장하지요. 이 소설의 주제와 잘 어울리는, 매우 적절한 선곡이었다는 생각이 듭니다.

무라카미 하루키의 소설에서 음악은 매우 중요한 장치로 등장합니다. 《1Q84》는 바흐의 '평균율 클라비어곡집' 구성을 염두에 두고 소설의 틀을 잡아 집필했고, 야나체크의 '신포니에타'가 거론됩니다. 《색채가 없는 다자키 쓰쿠루와 그가 순례를 떠난 해》에서는 리스트의 '순례의 해'를, 그의 초기 대표작인 《노르웨이의 숲》에서는 텔로니어스 멍크, 마일스 데이비스, 비틀즈, 버트 바카락 등의 재즈와 팝이 등장합니다.

하루키 소설이 매력적인 이유 중 하나가 음악 작품에 대한 절묘한 해석과 이야기와의 개연성에 있습니다. 독일의 작가 토마스 만 역시 음악을 중요한 문학적 장치로 등장시키지요. 그의 소설에서 음악은 단순한 요소가 아니라, 이야기 구조 전체에 영향을 미칩니다. 그의 단편소설 〈신동〉은 천재 소년 피아니스트의 한 장면을 다루고 있고, 단편 〈키 작은 프레데만 씨〉에서 사랑을 연주하지 못하는 그의 사랑이 시작되는 장소도 바그너의 오페라 〈로엔그린〉이 상영되는 극장 안입니다. 토마스 만은 서양 음악을 알지 못하면 소설을 이해하기가 힘들 정도로 음악을 사랑한 작가이기도 했지요.

이러한 점은 무라카미 하루키도 마찬가지입니다. 그의 초기

작인《노르웨이의 숲》에 토마스 만의《마의 산》을 읽는 주인공
의 모습이 등장하는데요, 토마스 만에게 작가로서 받은 영향을
그 장면을 통해 보여주는 듯합니다. 그의 소설은 들려오는 음
악처럼 독자를 편안하게 해줍니다. 더불어 모델하우스처럼 세
련된, 주인공의 의상과 향수와 자동차에 이르기까지, 사물에 대
한 디테일한 묘사는 가벼운 자세로 무거운 주제를 소화하는 하
루키만의 특징이지요.

　'도둑까치 서곡'은 도입부를 지닌 소나타 형식으로 이루어져
있습니다. 스네어 드럼의 힘찬 연주로 시작하는데요. 행진곡 같
은 느낌을 주면서 오페라 1막에서 펼쳐질 자네토의 제대를 축
하하는 분위기와 연결됩니다. 이어서 현악기들이 연주하는 제
1주제가 흐릅니다. 이 멜로디는 오페라의 2막에서 감옥에 갇힌
니네타가 피포와 만나는 장면에도 등장합니다.

　제2주제는 오보에와 플루트, 피콜로, 클라리넷 등 목관악기
가 주도합니다. 오보에가 익살맞게 까불면서 연주되면 플루트
가 낮은 음으로 이를 받지요. 이렇게 경쾌하게 선율이 전개되
다가 '로시니 크레셴도'로 끝을 맺습니다.

　'로시니 크레셴도'는 로시니가 특별히 고안한 음악 기법입
니다. '크레셴도'는 '점점 크게'라는 의미이지만, '로시니 크레
셴도'는 소리만 커지는 것이 아니라, 멜로디와 화성, 리듬의 변
화가 역동적인 음역과 악기의 조합을 통해 악상이 확대되면서
청중을 감정적으로 고양시킵니다.

　로시니는 음악에 어떤 악기를 써야 가장 효과적인지를 잘 알
고 있는, 뛰어난 직관의 소유자입니다. 하나의 음역에서 원하는

기법을 최대한 구사한 후 다른 음역으로 옮겨가면서 더 높은 음역에서 앞에 나온 과정을 반복하지요. 로시니가 몇 개의 패턴을 가지고도 관중들을 흥분시킨 비법이기도 합니다. 이 기법을 하루키는 이야기를 다루는 소설에서 참 잘 씁니다.

조아키노 안토니오 로시니(1792-1868)는 19세기 이탈리아 오페라의 대표적인 작곡가입니다. 어렸을 때부터 극장음악에 친숙하게 성장해서인지 풍부한 감수성과 직감으로 많은 걸작 오페라를 남깁니다. 특히 가벼운 내용을 다룬 '오페라 부파'에서 재능을 발휘하여 이 분야에 있어서는 탁월한 존재로 음악사에 각인되어 있지요. 그의 오페라들은 19세기가 되던 1811년에서부터 1830년까지 20년 동안 39편이 작곡되었습니다. 이 전성기가 이 작곡가의 전부입니다. 그 덕분에 그는 일찍 유명세를 타고 부와 명성을 한손에 거머쥐게 되지요. 당시 최고의 작곡가로 대접을 받았지만, 곡을 더 쓰지 않고 죽을 때까지 대식가로 살았습니다. 술과 여자도 함께했겠지요.

예술가의 고통이 창작의 에너지가 된다는 법칙이 거꾸로 적용된 경우군요. 그는 오페라로 부와 명성을 얻었지만 더 나아가는 모습을 보여주지는 않았습니다. 로시니의 오페라들 중에서 자주 연주되는 유명한 작품으로 〈세비야의 이발사〉가 있습니다. 〈윌리엄 텔〉, 〈도둑까치〉를 비롯한 나머지 오페라들은 주로 서곡만 연주됩니다. '도둑까치 서곡'은 세르지오 레오네 감독의 영화 〈원스 어폰 어 타임 인 아메리카〉에서도 악당들이 경찰서장의 아이를 바꿔치기 하는 재미있는 장면에 삽입되어 인상적인 곡으로 남아 있습니다.

사랑하는 사람과 같이 늙고,
이별하는 법

《질과의 하루》
디아너 브룩호번(2001년)

"눈은 밖에 있고,
안은 따뜻해요."

1.

눈이 내리면 세상이 따뜻해지는 경험들 하셨지요. 함박눈이 펑펑 쏟아지는 심야에는 북극의 오로라처럼 환상이 보이기도 합니다. 그것은 춥고 무서운 세상에 잠시 우리가 품었던 희망에 대한 하늘의 응답이라는 생각도 드는군요.

그날 밤은 눈이 많이 내렸습니다. 밤하늘이 유난스럽게 아름다워 보이더군요. 별들이 가까이 내려오는 것처럼 보이기도 했습니다. 내일은 좋은 일이 일어난다고 누군가 곁에서 속삭이는 것만 같았습니다. 하지만 새벽에 급한 전화를 받고 아버지에게 달려가는 길에는 무너져내린 마음처럼 내린 눈만 수북했습니다. 아버지는 그렇게 우리 곁을 떠나셨습니다, 오 년이나 지난 일이지만 가끔 가슴이 미어지는 슬픔이 몰려옵니다.

한동안은 몸에 가시를 품고 있는 물고기처럼 살았습니다. 가시가 마음을 찔러대면 잠시 아무 일도 하지 못했습니다. 그때 아버지는 작은 아이처럼 웅크리고 있었습니다. 병아리처럼 눈꺼풀을 내리깔고, 태아처럼 웅크린 아버지는 어린 시절 내가 보았던 크고 강한 사람이 아니었지요. 넓은 어깨는 앙상한 겨울나무의 가지처럼 보였고, 가는 종아리에 말라버린 혈관들은 만지면 부스러질 것 같았습니다. 멍하니 아버지가 누워 있는 이부자리를 바라보고 있는데, 도대체가 현실을 받아들일 수가 없었습니다.

아버지에게 죄송스러운 일이 너무나 많았습니다. 가난한 살림살이를 버티기 힘든 중년의 사내인 저는 아버지의 부재를 받아들일 수가 없었지요. 눈물도 나지 않았고, 뭔가 억울한 감정이 치솟아 벽이라도 치고 싶었습니다. 상조회사 직원들이 나와 아버지의 시신을 수습하고- 구부린 다리를 펴는데 우두둑 소리가 나더군요- 고인이 주무시다 가셨으니 고통이 없었을 거라고 저를 위로해주었습니다. 상조회사 차량에 실려 장례식장으로 가고 사망확인서를 발급하고, 장례 절차를 밟고 몇몇 조문객이 썰렁한 식장에 다녀갔습니다. 그렇게 사흘이 지나자 아버지는 벽제 화장터에 가서 분말처럼 고운 한 줌 재로 남았습니다. 국가유공자인 아버지의 재를 유골함에 담아 흑석동 국립현충원에 모시고 집으로 돌아왔습니다.

저는 돌아가신 아버지와 한마디 대화도 하지 못하고 이 사회에서 요구하는 장례 절차를 마치고 다시 일상을 시작했습니다. 그런데, 그것이 상처였습니다. 저는 아버지를 아직도 보내드리지 못한 것인지도 모르겠습니다.

우리는 사랑하는 사람과 어떻게 헤어져야 할까, 《쥘과의 하루》를 읽고 사람이 사람을 보내는 방법을 생각합니다. 이 소설을 읽고 나서 서재의 불을 끄고 한참을 소리 죽여 울었습니다. 소설의 주인공들이 아버지에게 투사되어 걷잡을 수 없는 회환의 감정이 휘몰아친 것이지요. 한동안 난 왜 아버지와 한마디 말도 못하고…… 보낸 것인지, 서러움에 시달렸지요.

여러분, 사랑하는 사람을 보낼 준비가 되신 분이 있나요? 그것은 하늘에서 문득 내리는 눈처럼 갑자기 옵니다. 금방 와서는 휙 사라져버리지요. 사랑하던 연인이라면 그 따뜻했던 몸이 차갑게 굳어 당황할 겁니다. 그것은 그 사람을 담았던 '껍데기'이기 때문이지요. 껍데기 안에 있던 모든 것들은 사라지고 없습니다(소설의 원제가 '껍데기'입니다). 작가는 주인공을 통해 우리에게 사랑하는 사람과 헤어지는 법을 조용히 이야기하고 있습니다.

사실 우리는 사람의 죽음을 받아들일 준비를 할 수는 없습니다. 삶은 그렇게 여유로운 것이 아니니까요. 하루를 살아내기에도 바쁩니다. 하지만 그러다보면 어느 날 갑자기 다가오는 상실감을 감당하기 힘들어집니다. 여기에 등장하는 노부부의 이별은 우리가 어떻게 죽음을 받아들여야 하는지 보여주는데요,

결국 어떻게 상처 없이 혹은 덜 상처받으면서 살아야 하는지에 대해서입니다. 오늘은 그걸 이야기하고 싶군요.

2.

이 소설은 '안'이 따뜻한 소설입니다. 그곳은 우리의 내면입니다. 밖에는 비바람이 치거나 폭설이 내리고 있습니다. 기상 악화로 시내가 마비되기도 하지요. 인생에 그러한 순간이 찾아오면 창문을 바라보면서 안락의자에 앉아 이 소설을 읽기를 권합니다. 이 소설은 또한 '휘묻이' 소설입니다. 휘묻이란, 식물의 가지를 휘어 그 한끝을 땅에 묻어 뿌리를 내리게 하는 인공 번식법이지요. 소설을 읽고 난 후 내 마음의 한 가지를 당겨 땅에 묻어봅니다. 거기에서 또 뿌리를 내리는 경험을 하게 됩니다.

'쥘'은 죽은 노인입니다. 임대주택 9층에 살고 있는 평범한 노부부의 자상한 남편이었지요. 그는 항상 아내보다 일찍 일어나 아침 식사를 준비합니다. 남편이 식사를 준비하는 30분 동안 아내는 침대에서 꼼지락거리면서 행복감을 만끽하지요. 여자들은 침대에서 연인이 차려주는 밥상을 받는 걸 좋아하지요. 지난밤에 사랑을 나눈 여인이나 아내의 따뜻한 몸을 위해 남자들은 그 고마움을 식사로 대접하기도 합니다. 하지만 이들은 노인들입니다. 젊고 건강한 육체는 사라졌습니다. 그녀의 가슴은 갈비뼈에 겨우 매달려 있는 작은 살점일 뿐이지요.

어느 날처럼 알리스는 커피 한잔과 함께하는 아침식사를 기대하며 부엌으로 가는데요. 남편이 소파에 앉아 창을 바라보고 있습니다. 한가하게 내리는 눈을 감상하는 모습입니다. 곁에 다가가 남편의 어깨를 만져보니…… 차갑게 굳어 있습니다. 남편이 숨을 거두기 직전에 타이머를 올린 커피머신이 탁자 한가운데에 놓여 있고, 유리 주전자 안에는 남은 커피가 들어 있지요. 잼과 마요네즈 병은 뚜껑이 열려 있고, 칼에는 버터 찌꺼기가 달라붙어 있는데, 아마도 식사준비를 하다 잠시 현기증을 느껴 소파에 앉아 그대로 세상을 떠난 듯합니다.

알리스는 그가 눈 내리는 바깥 풍경을 감상하고 있는 거라고 믿고 싶지만, 현실이 어디 그런가요. 냉정하고 차갑지요. 당황한 그녀는 남편의 죽음을 받아들이지 못합니다. 당연합니다. 유언 한마디 없이, 사랑했다는 한마디의 말도 없이 아침 식사를 준비하다 먼저 가버렸으니 이 얼마나 황당합니까.

남편은 소파에 앉은 채 대리석처럼 굳었고, 몸에 들어 있던 것들이 모조리 빠져나간 상태입니다. 그녀는 아들에게 전화를 할까 합니다. 그러면 장의사, 공증인, 목사 등이 와서 슬픔을 위로하겠지요. 그들은 서둘러 의식을 치를 겁니다. 그녀는 그런 상황을 만들지 않았습니다. 그녀는 쥘과 진정한 '이별'을 하고 싶었습니다. 그래야 그를 보낼 수 있기 때문이지요. 이 세상에서 단둘이 할 '이야기'가 있습니다. 그녀는 남편에게 꼭 해야 하는데 하지 못한 이야기를 해야 했지요.

그녀는 남편에게 평생 숨겨온 비밀을 먼저 이야기합니다. 우선 남편이 젊은 시절에 바람을 피웠던 유부녀의 이야기입니다. 그가 바람을 피우는 것을 알았지만 참아야 했던 자신의 심경, 같이 여행한 호텔 방에서 자신과 뜨거운 사랑을 나누고도 그녀에게 편지를 쓰던 남편, 그녀는 편지지의 받침으로 사용한 잡지에 눌린 글자들을 보고 편지를 읽은 것입니다. 다른 여인에게 보내는 연서를 읽는 부인의 심경을 상상해보십시오. 참 답답하지요.

'올가'라는 여자의 이름. 당신과 휴가를 가고 싶다. 당신만큼 사랑한 여인은 없다는 문장이 비밀스럽게 형체를 드러냅니다. 남편에 대한 엄청난 배신감이 몰려오는데, 그녀는 더 뜨겁게 그와의 섹스에 몰입합니다. 쥘은 이 시기에 뜨거운 두 여자 사이를 오가면서 참 힘들었을 겁니다. 그리고 정력이 좋은 사내라는 걸 짐작하게 하지요. 남성으로서 그 체력만큼은 조금 부럽기도 합니다.

그녀는 갈등하다가 결국 불륜녀 올가의 남편 연락처를 알아내고 그에게 모든 사실을 이야기합니다. 올가와 뜨거운 여행을 갈 계획을 꾸몄던 남편은 어느 날 밤 신경질을 부리면서 돌아와 아들에게 손찌검까지 합니다. 그녀가 '우리 사이를 남편에게 들켰다. 이제 우린 못 만난다'고 했겠지요. 그는 달콤하고 탐스러운 사랑을 잃어버립니다. 불륜이 참으로 달콤했던 모양입니다. 그녀는 담담하게 과거의 일들을 이야기합니다. 그땐 미안했다고 사과도 하지요. 남편에게 화가 났느냐고 물어봅니다. 그런데 쥘은 그저 소파에 앉아 눈 내리는 바깥을 보고 있네요. 영혼이 빠져나간 몸은 점점 차갑게 굳어갑니다.

그리고 신혼 시절에 유산한 자신의 딸을 생각합니다. 그 아이가 태어나 성장했다면 얼마나 좋았을까? 이런 이야기를 나누다가 결국 알리스는 자신의 유년 시절까지 거슬러 올라갑니다. 그녀는 고이 간직하고 있던 꽃병을 쥘에게 보여줍니다. 그녀가 어린 소녀였을 때 어머니에게 선물한 작은 꽃병입니다. "이 꽃병을 보세요. 당신의 손을 보니 이 꽃병과 함께한 기억이 나네요." 그녀는 자신의 유년 시절까지 남편에게 이야기하고서야 사랑하는 사람을 보낼 수 있었습니다. 하루를 꼬박 보내고 나서야 말입니다. '쥘과의 하루'는 그녀에게 사랑하는 사람의 죽음을 받아들이게 하는 긴 터널이었습니다. 그 터널을 통과하자 여생을 살아갈 힘과 용기가 생긴 것이지요.

3.

이 소설에 등장하는 천사가 있습니다. 임대주택 6층에 살고 있는 '다비드'입니다. 이 꼬마가 노부부 사이에 천사처럼 등장합니다. 알리스가 남편의 죽음에 대해 당황하고 있을 때 나타난 자폐증이 있는 아이. 겨울방학 동안 쥘과 아침 10시에 체스를 두는 꼬마 친구입니다. 자폐아이기 때문에 말을 잘 하지 않습니다.

굳게 입을 다물고 생활에 필요한 말만 하지요. 어떤 질문에도 단답형으로 대답하는 폐쇄적인 아이입니다. 아이 엄마의 갑작스러운 외출로 다비드는 알리스와 함께하게 됩니다. 아이는 쥘이 죽었다는 걸 알지만 자신의 엄마에게 할아버지의 사망 소식을 절대 전하지 않습니다. 아마도 물어보지 않아서 그럴 겁니다. 비밀을 말하지 않는 아이가 알리스에게는 천사처럼 느껴집니다. 비밀을 지켜 자신에게 소중한 '하루'의 시간을 선물하는 아이이기도 하지요. 다비드는 쥘이 죽었다는 사실을 발견하고 알리스에게 이렇게 말합니다.

"쥘 할아버지는 가셨어요. 이건 쥘 할아버지의 껍데기예요."
"눈은 밖에 있고, 안은 따뜻해요."
소년이 말했다. 그 말이 마치 시처럼 울렸다.
"밤이에요. 이제 자야겠어요."
다비드가 자신의 시에 한 줄을 더 보탰다.

알리스가 다비드의 말을 따라하면서 소설은 막을 내립니다.
"눈은 밖에 있고, 안은 따뜻해요."

아이가 한 말을 소리 내어 말하자 소리 없이 눈물이 흐릅니다. 그리고 '오래지 않아 따뜻한 터널이 그녀를 받아들였고, 그녀는 잠들었다'라고 씁니다. 다음엔 이 소설의 마지막 단락이 환하게 밝아옵니다. 알리스는 '새 날의 향기'를 남편이 준비했던 커피향과 함께 느끼곤 남편 없는 자리에서 일어납니다. 그녀의 여생은 그리 불편하지 않을 겁니다. 평생을 사랑했던 사람을 잘 보냈으니까요. 그리고 그 고독한 자리에서 자신이 살아갈 힘을 얻었습니다. 그리고 당신은 참 따뜻한 사람이라는 위안을 받을 수 있을 겁니다.

우리는 이별하기 위해 태어난 사람들입니다. 만남은 이별의 전주곡이고, 이별은 또 다른 만남의 연결고리입니다. 분명한 건

이별은 고통이라는 겁니다. 고독한 자리라는 것이지요. 이 순간을 잘 넘기지 못하면 평생 고통에 시달리게 됩니다. 하지만 어떻게 이별의 순간을 잘 넘어갈 수 있을까요. 좋은 이별을 위해 우리는 먼저 잘 살아가야 합니다.

작가 디아너 브룩호번은 1946년 벨기에의 항구도시 안트베르펜에서 태어났습니다. 주로 기자로 활동하며 다수의 청소년 책을 통하여 벨기에 안트베르펜 문학상을 수상합니다. 그리고 《쥘과의 하루》가 네덜란드와 독일에서 베스트셀러가 되면서 유럽의 주요 작가로 떠올랐습니다.

우리 삶에
문학이 필요한 순간

《파이 이야기》

얀 마텔(2001년)

"어느 이야기가 더 마음에 드나요?
어느 쪽이 더 나은가요?"

1.

벌써 오래전의 일인데도 지워지지 않는 추억이 있습니다. 일
년간 우리나라의 등대를 찾아다닌 일입니다. 바다에서 등대를
향해 항해한 경험은 가끔 꿈에도 나타납니다. 태풍이 몰아치는
밤바다에 내가 구명정을 타고 있고, 저 멀리서 등대 불빛이 반
짝입니다. 거기로 가야 되는데 구명정이 조류에 밀려 자꾸 멀
어지고 있지요. 소리를 지르려고 해도 가위에 눌린 것처럼 고
통스럽기만 하다가 깨곤 합니다.

한밤중의 바다는 고요하고 어둡습니다. 뱃전에 나가면 출렁

이는 바닷물이 괴물의 시커먼 아가리처럼 보이면서도 하늘엔 무수한 별들이 반짝이지요. 등대 여행을 하면서 주로 당일로 등대가 있는 섬을 찾아다니곤 했는데, 한 번은 남해의 무인등대를 찾아 삼일 밤낮을 바다 위에서 지낸 적이 있습니다.

해운 항만청 직원들이 무인등대의 장비를 점검하는 일에 동행하게 된 것이지요. 무인도는 사람이 살지 않기에 접안시설을 비롯한 모든 것이 열악합니다. 무인도에 배를 대고 타고 내리는 일도 위험합니다. 자칫 실족했다가는 부상을 입을 수도 있으니까요. 그런 무인도의 등대 불빛을 바라보면 고독한 존재가 홀로 바다를 지키고 있다는 생각이 듭니다. 바다에서 제일 외로운 장소가 무인등대입니다.

선원들과 함께 고단한 일과를 마치고 바다 위에서 바라본 육지는 꼭 신기루 같습니다. 뱃사람들은 거칠고 힘든 일을 하고 죽음과 항상 가까이 있기에 육지에서는 느낄 수 없는 불안한 정서가 있습니다. 배 위에서 어떤 일이 벌어져도 육지에서는 알 수 없습니다. 바다에서 그들과 함께 지내면서, 내가 만일 바다에서 홀로 표류한다면 어떻게 견딜 수 있을까, 얼마나 견딜 수 있을까 하는 생각을 하곤 했지요. 생각만 해도 끔찍한 일이었습니다. 물론, 나는 선장을 비롯한 전문가들의 보호를 받으면서 삼시 세끼를 잘 먹으면서 며칠을 떠다녔습니다. 그리고 육지에 내리자마자 이렇게 생각했지요.

'다시는 이런 짓 안 하겠다.'

오늘은 이런 상상을 하면서 이야기를 들어보시기 바랍니다. 우선 내가 태평양 한가운데에서 난파된 선박에서 살아남아 구명보트에 홀로 있다. 거기엔 호랑이 한 마리가 같이 타고 있었다. 생수와 비상식량도 별로 없다. 살아남아야 할까? 그만 죽어버릴까? 하지만 당신은 꼭 살아야 합니다. 살고 싶은 욕망이 강한 사람입니다. 굶주린 호랑이가 당신을 잡아먹으려고 다가옵니다. 날카로운 이빨이 번득이는 아가리가 저승의 입구 같습니다. 그 안엔 검은 악마가 도사리고 있습니다. 주위에는 깊이를 알 수 없는 검푸른 바다가 출렁이고 있습니다.

2.

인도 소년이 태평양 한가운데서 조난을 당해 약 8개월 동안 구명정을 타고 표류해 살아남습니다. 소년의 구명보트에는 굶주린 호랑이 한 마리가 동승하고 있었습니다. 오월동주보다 더 긴박한 상황이지요. 이러한 역경의 파도를 넘어서 소년은 살아남았습니다. 소년은 선박회사에서 나온 사고 조사원들에게 그가 겪은 이야기를 두 가지 버전으로 말합니다. 호랑이와 함께한 한 가지 이야기와 선원들과 함께한, 사람이 나오는 이야기입니다. 이 두 가지 이야기를 들려주고 조사원들에게 어느 이야기가 마음에 드느냐고 물어보는데요. 왜 소년은 이런 질문을 어른들에게 하는지, 그것에 대해 이야기하겠습니다. 이 문제는 과연 '우리에게 문학이 필요한가'에 대한 대답이기도 합니다.

인도에서 동물원을 운영하던 가족이 탄 대형 화물선 '침춤호'가 태평양 한가운데에서 침몰하는 사고가 발생합니다. 극적

으로 살아난 열여섯 살 파이가 구명보트에 올라탑니다. 보트
에는 하이에나 한 마리, 오랑우탄 한 마리, 다리가 부러진 얼룩
말 한 마리가 있습니다. 그리고 벵골산 호랑이 한 마리가 있습
니다.

소년은 '오, 신이시여!'라고 절규하면서 이슬람교, 불교, 기독
교 등 세상 모든 신의 이름으로 구원받고자 합니다. 하지만 신
은 구명보트 하나만 달랑 던져주고 한번 살아보라고 합니다.
그것도 자신의 위대한 창조물 호랑이와 함께 말입니다. 소년은
과연 살 수 있을까요?

구명보트에서는 끔찍한 일이 벌어집니다. 며칠 굶주린 하이
에나가 부상 당한 얼룩말의 다리를 물어뜯어 먹고, 오랑우탄까
지 먹어치웁니다. 그 하이에나를 호랑이가 물어 죽입니다. 이
모든 상황을 보고 있는, 공포에 질린 소년은 호랑이와 단 둘이
태평양에 남게 됩니다. 소년은 호랑이를 '리처드 파커'라고 부
르면서 함께 살아가고자 합니다. 그에게 이름을 붙여주고 함께
생활하기를 각오합니다. 일단 이것이 대단한 일입니다. 우리가
사물에 명명을 하는 순간 자신의 존재가 타인과 연결되기 때문
입니다. 거기에서 힘이 나옵니다. 소년은 자신의 힘으로 호랑이
를 몰아낼 수 없는 상황이기에 호랑이에게 이름을 부여합니다.
소년은 동물원에 있던 호랑이를 길들이기 위해 노력하고, 호랑
이가 배가 고플 만하면 물고기를 잡아 던져주면서 구조선을 기
다리지요. 고통과 함께해야 희망이 보입니다.

이 소년의 독백을 들어보겠습니다.

나는 태평양 한가운데에 홀로 떠 있었다. 앞에는 호랑이, 밑에는 상어가 다니고, 폭풍우가 쏟아졌다. 호랑이보다 태평양이 더 두려웠다. 절망은 호랑이보다 훨씬 무서운 것이 아닌가.

시간이 흐를수록 호랑이는 소년의 생명 끈을 이어주는 동물로 변화합니다. 결국 호랑이가 있어서 소년은 227일간을 태평양에서 견디고 멕시코의 한 해안에 도착합니다. 믿어지지 않는 이야기입니다. 하지만 소년과 호랑이의 이야기를 듣다 보면 우리 인생의 위기의 순간들이 중첩되면서 그래 이게 사는 거야, 하면서 공감하게 하지요.

인도 소년의 태평양 표류기는 험한 인생의 알레고리로 보입니다. 호랑이 한 마리는 인간이 무너지려는 순간 그를 일으켜 세우는 삶의 에너지처럼 느껴지기도 하지요. 고통스러운 순간을 견디기 위해 호랑이는 항상 등장합니다. 소년이 구사일생으로 육지에 도착하자, 구명보트에서 훌쩍 뛰어내린 리처드 파커가 숲으로 사라지는 장면이 인상적입니다.

내가 쳐다본 순간, 리처드 파커는 내 몸 위로 뛰어올랐다. 말할 수 없이 활기찬 그의 몸이 내 머리 위로 쭉 뻗은 모습은, 털 달린 무지개가 날아가는 것 같았다. 그는 물속에 떨어졌다. 뒷다리를 벌리고 꼬리를 꼿꼿이 세운 채, 물속에서 몇 걸음 뛰어 해안에 닿았다. 그는 왼쪽으로 가서 젖은 모래를 앞발로 파다가 곧 마음을 바꾸어 몸을 휙 돌렸다. 그는 오른쪽에 있는 내 앞으로 똑바로 지나갔다. 나를 바라보지 않았다. 몇 미터쯤 해안을 뛰더니 방향을 돌렸다. 균형을 잡지 못해 뒤뚱뒤뚱 걸었다. 리처드 파커는 몇 차례 넘어졌다. 밀림이 시작되는 곳에서 그는 걸음을 멈추었다. 나는 그가 내 쪽으로 방향을 틀 거라고 확신했다. 날 쳐다보겠지. 귀를 납작하게 젖히겠지. 으르렁대겠지. 그렇게 우리 관계를 매듭지을 거야. 그는 그런 행동은 하지 않았다. 밀림만 똑바로 응시할 뿐이었다. 그러더니 고통스럽고, 끔찍하고 무서운 일을 함께 겪으면서 날 살게 했던 리처드 파커는 앞으로 나아갔다. 그렇게 내 삶에서 영원히 사라져버렸다.

소년 파이는 리처드 파크가 사라지는 모습을 봅니다. 해안가에 사람들이 달려와 소년을 구조하고 그는 병원에 입원합니다. 병상에서 소년은 자신을 살게 한 것이 바로 호랑이였음을 알게 됩니다. 이것이 파이가 들려주는, 호랑이와 함께한 태평양 표류기입니다.

파이의 이야기를 들은 일본 운수성 소속 해양부의 오카모토 도모히로와 그의 조수 아쓰로 지바는 뭔가 석연치 않습니다. 호랑이를 비롯한 동물들과 함께 소년이 구명정에서 생활했다는 이야기가 현실적이지 않은 것이지요. 그들은 "이자가 우릴 바보로 아나 보군"이라면서 파이가 알아들을 수 없는 일본말로 서로 이야기합니다. 결국 파이가 한 이야기를 믿지 못하겠다는 것이지요.

하긴 회사의 재산이 크게 손실되어 엄정하게 사고 경위를 밝혀야 하는 조사관의 입장에서는 소년이 들려주는 공포소설 같은 이야기가 설득력이 떨어지기도 할 겁니다. 그들은 집요하게 파이에게 질문합니다. 파이는 결국 동물이 안 나오는 이야기를 해줍니다.

파이가 그들에게 들려준 '동물이 안 나오는 이야기'의 내용은 이렇습니다.

구명보트에는 선박의 요리사와 파이의 어머니 그리고 다리를 다친 어린 선원이 있었습니다. 요리사는 비상식량이 떨어져 가자 어린 선원의 다리를 잘라 물고기 미끼로 쓰려고 했습니다. 인간의 다리를 잘라 미끼로 쓰다니! 인도의 귀부인인 파이의 어머니는 경악합니다. 보다 못한 파이의 어머니가 요리사와 심하게 다투고, 어머니는 파이를 살리기 위해 바다에 밀어버립니다. 그 와중에 요리사는 어머니를 죽입니다. 잔혹하게 어머니의 머리를 잘라 바다 위에 떠있는 파이에게 던져줍니다. 소년은 다시 구명정으로 올라옵니다. 어느 날 파이는 요리사의 칼로 그를 살해하고 그의 심장을 꺼내 맛있게 먹어버립니다. 일말의 죄책감도 없이……. 그리고 고독이 시작되었고, 살아남았다고 진술합니다.

파이의 '동물이 안 나오는 이야기'가 끝나자 긴 침묵이 이어지고 두 사람은 고민합니다. 그들은 하이에나가 요리사이고, 오랑우탄이 어머니, 다리 다친 얼룩말이 어린 선원임을 알게 됩니다. 그렇다면 리처드 파크는…… 바로 소년 파이였습니다.

두 사람은 이 끔찍한 식인 이야기에서 벗어나고 싶어 사고 선박에 대한 기계적인 결함과 같은, 소년이 잘 모르는 형식적인 질문을 하지요. 그들은 파이가 탄 침춤 호가 1977년 7월 2일에 침몰했으며, 침춤 호의 유일한 인간 생존자 파이는 1978년

2월 14일에 멕시코 해안에 도착했다는 결론에 주목합니다. 나머지 이야기는 이제 중요한 것이 아니라는 판단을 내리려고 합니다.

그때 파이가 질문합니다. 당신들이 나에게서 들은 두 이야기는 어떤 것이 사실인지 절대 증명할 수가 없다. 동물이건 인간이건 거기엔 나밖에 없었으니까, 그럼 어떤 이야기가 더 마음에 드는가? 어느 쪽이 더 나은가? 동물이냐 사람이냐? 하고 말입니다. 두 사람은 동물이 나오는 쪽을 선택합니다. 그러자 파이가 고맙다고 하면서 흐느껴 웁니다. 소설에 문장으로 적혀 있는 그의 울음소리가 아직도 살아 있는 음성으로 제 귀에 머물러 있습니다. 지금까지 파이의 이야기를 제가 들려드렸습니다. 여러분은 두 가지 이야기 중에서 어느 쪽을 선택하시겠습니까? 사람입니까, 동물입니까.

4.

이 소설은 광활한 태평양과 작은 구명정이 이루는 대비가 시종일관 긴장감을 만들어냅니다. 마치 드넓은 광장과 밀실처럼 두 장소가 한 인간을 품고 서로 어울리기도 하고 밀어내기도 하면서 인생을 기록하고 있습니다. 때론 망망대해에 떠 있는 우리의 심리적 상태를 나타내기도 하고, 우리가 살아가야 할 인생의 '항해일지'로도 읽히는 소설입니다.

파이가 꼼꼼하게 기록한 이야기들은 인도를 떠난 배가 침몰하자 한 소년이 구명보트를 타고 멕시코 해안까지 도착하는 모험담이고, 무인등대 하나 없는 바다에서 벌어진 일들의 기록입니다. 꼭 태평양이 아니더라도 우리는 무서운 현실과 마주해 무서운 세상에 살고 있습니다.

문학은 우리 인생을 바다와 항해에 비유하곤 합니다. 이 전통은 그리스 로마의 신화부터 시작됩니다. 불교에서도 세상을 고해라고 합지요. 사람이 사람을 만나는 인연을 바다에 떠 있는 구멍 뚫린 널빤지에 거북이가 숨을 쉬러 고개를 내밀 때, 그 구멍에 쏙 들어가는 일이라고도 하더군요. 그리스 신화에 등장하는 오디세우스의 항해와 중세의 제바스티안 브란트의《바보배》를 비롯한 라틴 문학의 전통은 영어권으로 넘어와《로빈슨 크루소》,《걸리버 여행기》,《모비딕》 등으로 도도하게 이어지고 있지요. 여기에《파이 이야기》가 이어집니다. 이 작품은 21세의 클래식으로 우리 곁에 오래 남아 있을 겁니다. 이미 고전의 반열에 오른 작품들과 비교해도 좋은 작품입니다.

지금 제 책상 주위로 호랑이 한 마리가 어슬렁거리면서 지나갑니다. 녀석이 나를 노려보면서 등을 활처럼 굽힙니다. 내가 글쓰기를 멈추는 순간 언제든지 달려들 태세입니다. 녀석을 정면에서 똑바로 응시하고 생각합니다. 파이가 본 리처드 파크라는 호랑이는 과연 어디로 갔을까? 작가인 얀 마텔은 알고 있을까? 그가 소설가로 살아가는 동안 이 호랑이는 사라지지 않을 겁니다.

우리는 모두 침몰해가는 화물선에 탑승한 승객들입니다. 우리 인생을 실은 화물선들이 제주도로 가건 진도로 가건 간에 그 선박에는 안전장치가 없습니다. 소설보다 더 끔찍한 일이 근해에서 일어나는 세상입니다. 책을 읽고 나서 소설《파이 이야기》가 과연 실화일까 궁금하기도 했는데, '세월호 참사'를 보고 그런 의문은 감쪽같이 사라져버렸습니다. 이 이야기가 실화인지 아닌지는 궁금하지 않았습니다. 그런 일이 일어나는 세상이 두려울 뿐입니다.

밤바다에서 등대를 바라보는 심경을 아시는지요? 먼 육지에서 깜빡거리면서 불빛으로 신호를 보내오는 등대는 구명보트에서 구조를 기다리는 사람들에게 구원의 빛으로 반짝거립니다. 밤하늘의 별들도 마찬가지입니다. 호랑이가 비무장 상태로 있는 나를 향해 다가오는 고통스러운 순간, 우리는 어떻게 살아야 할까요? 파이의 이야기를 통하여 우리는 여러 가지 생각을 합니다. 심지어 인간 그 자체에 대한 생각을 하게 하는 이 소설은 끔찍하고 무서운 현실을 견디는 힘을 줍니다. 파이의 이야기를 들으면 신을 믿게 될 것이라고 작가는 말합니다. 그런 마음이 드시는지요?

추신

이안 감독의 영화 〈라이프 오브 파이〉는 텍스트와 영상의 차이를 잘 보여주는 작품이었습니다. 이 작품을 영화로 만든다는 외신을 보고 기다리고 있었지요. 개봉하자마자 한달음에 달려가 객석에 앉았습니다. 소설의 상상력을 영상으로 펼치는 감독의 감각적인 솜씨와 호랑이 리처드 파커와 태평양에서 구명보트에 홀로 있는 파이의 모습은 상당히 인상적이었습니다. 언어로는 표현할 수 없는 걸 해낸 영화는 걸작이었습니다. 스틸 컷으로만 보아도 좋을 정도로 뛰어난 영상미와 바다와 호랑이는 잊지 못할 그림처럼 기억 속에 남았습니다.

사랑하는 사람을 보내는
삶의 자세

《D에게 보낸 편지》
앙드레 고르(2006년)

"세상은 텅 비었고, 나는 더 살지 않으려네.
우리는 둘 다,
한 사람이 죽고 나서 혼자 살아가는 일이 없기를."

1.

통증에 시달리는 아내와 동반 자살한 남편의 이야기가 우리
에게 충격을 준 적이 있습니다. 행복전도사 최윤희 선생 부부
셨지요. 그분들의 따님이 제가 근무했던 회사의 후배여서, 우리
는 같이 식사를 하면서 즐거운 시간도 가졌고 가끔 안부 전화
도 드리곤 했습니다. 최윤희 선생은 방송과 저술활동으로 대중
들의 사랑을 받고 있는 작가이기도 했습니다. 환하게 웃고 있
는 최윤희 선생과 점잖게 부인을 바라보던 선생의 부군, 그리
고 활달하고 예쁜 후배가 지금도 가끔씩 생각나곤 합니다. 그

분들의 동반 자살 소식을 알린 뉴스는 정말 슬픈 일이었습니다. 그때 얼마나 힘드셨으면 그런 결정을 하셨을까…… 지금도 가슴 아픈 일로 남아 있습니다.

우리는 반드시 이별합니다. 모든 이별은 견디기 힘든 통증을 유발합니다. 그 상대가 누구냐에 따라 감도는 다르겠지요. 그중에서도 사랑하는 배우자와의 이별은 가장 큰 스트레스라고 합니다. 오늘은 결혼과 사랑에 대해서 생각해보겠습니다. 행복한 부부는 문학에서 그리 잘 다루는 소재가 아니지요. 남녀가 사랑에 빠져 결혼을 해서 부부가 되고 건강한 자식을 낳고 잘 살다 죽었다, 하는 것은 문학의 거리가 되지 못합니다. 대신 부부의 갈등이나 불륜, 패륜 등은 주요한 문학적 소재이고 이 소재로 세계적인 걸작들도 탄생합니다.

세상에는 행복하게 사는 부부들이 많습니다. 물론 겉으로는 행복하게 보이지만 참고 사는 부부들도 많지요. 우리 사회의 이혼율이 점점 증가하고 있어, 언젠가는 '백년해로' 하는 부부 또한 드물어지겠지요. 그런 세상이 된다면 사랑이나 결혼에 대한 가치관도 많이 바뀔 겁니다.

평생을 함께한 사랑하는 사람이 내 곁을 떠나면 어떻게 살아갈까? 우리는 이런 생각을 하곤 하지요. 저도 가끔 그런 생각을 합니다. 연인에 대한 생각이 간절할수록 절망적인 상황이 연상됩니다. 오늘은 타인의 경험을 통하여 어려운 일을 당했을 때의 우리 모습을 투사해봅니다. 자, 여기 당신이 사랑하는 사람이 병상에 누워 죽어가고 있습니다. 당신은 어떻게 그 죽음을 받아들일까요. 아마도, 그건 당신이 살아온 삶의 자세와 닮아 있을 겁니다.

2.

저는 지금 아바도가 지휘한 '슈베르트 교향곡 9번 2악장'을 듣고 있습니다. 1악장을 듣고 잠시 생각에 잠기니 어느새 2악장의 선율이 흐릅니다. 생각의 배경음악으로 슈베르트가 울려 퍼진다는 건 참 멋진 일입니다. 이 곡은 오늘 우리가 이야기할 주인공이 편지에 적어놓은 음악이기도 합니다. 병원의 열린 창문으로 들려온 음악이라고 하는데요. 그 부분을 읽고 음반을 걸어보았습니다.

그는 평생을 함께한 늙고 병든 아내에게 편지를 보냅니다. 사르트르가 '유럽에서 가장 날카로운 지성'이라고 평가한 사상가이자 언론인인 앙드레 고르입니다. 이 편지는 앙드레 고르가 편지형식으로 쓴 자전소설로 읽히기도 합니다. 제목이 《D에게 보낸 편지》인데, D는 주인공의 아내인 '도린'의 이니셜입니다.

우선, 고르는 자신이 젊은 시절에 쓴 소설 《배신자》에서 아내에 대한 이야기를 너무 소홀히 했다고 자책합니다. 왜 그때는 아내의 진짜를 몰랐는지 후회하면서 말이죠. 인생의 팔십 고개를 넘어선 늙은 철학자가 병든 아내를 바라보면서 자신의 인생을 반추하고 있습니다. 그 애절한 육성이 사랑고백으로 흘러나옵니다.

세상에는 사랑 이야기가 많습니다. 어떤 사람은 여러 번의 사랑을 했다고 착각하지요. 과연 그럴까요. 세 번 결혼하고 이혼한 친구가 이런 이야기를 하더군요. 자기는 한 번도 사랑을 하지 못했다고요. 결혼이 꼭 사랑이라는 법칙은 없다 하더라도 사랑이 바탕은 된다고 생각합니다. 결혼은 둘의 사랑을 신뢰의 끈으로 엮는 제도이기 때문입니다. 그런데 이 친구는 한 번도 사랑을 한 적이 없다고 하네요.

섹스 심벌인 마릴린 먼로도 자신은 정말 사랑한 남자가 없었다는 고백을 하지요. 결국 살면서 사랑 한 번 하기도 무척 귀한 일입니다. 이 사랑이 어떻게 다가오고 가는지를 통해 인격이 파탄되기도 하고 완성되기도 하지요. 이 문제를 앙드레 고르는 철학자의 눈으로 이야기합니다. 뒤돌아보니 결국 '도린'에 대한 사랑이 집필을 하게 했고, 자신을 철학자로 살게 했다는 겁니다.

우선 이들의 함께 찍은 사진 두 장을 봅니다. 젊고 아름다운 청년과 숙녀가 춤을 추고 있습니다. 행복에 겨운 남녀입니다. 그리고 늙고 병든 몸으로 서로를 안고 있는 노인들의 모습입니다. 책의 표지와 마지막 페이지를 장식하고 있는 사진입니다. 한 그루의 나무에서 움이 트고, 신록에서 녹음지고, 낙엽으로 떨어지는 모습입니다.

두 사람은 1947년 가을, 스위스 로잔의 어느 카드게임장에서 우연히 만납니다. 그는 그녀를 처음 보았을 땐 감히 자신이 다가가기 힘든 아름다운 여자였다고 고백합니다. 에리히 프롬의 말대로 남녀의 사랑은 고독과 외로움이 깊을수록 더 뜨겁게 불타오릅니다. 전후 황폐한 세계에서 고르는 무척 고독했을 겁니다. 그때 그녀를 발견한 그는 첫눈에 반하게 됩니다.

하지만, 영국에서 건너온 이 매력적인 아가씨 주위에는 멋진 남자들이 서성거렸고, 자신은 그녀 곁에 설 엄두를 못냈다고 하지요. 그런 어느 날 우연히 길거리에서 그녀를 보았고, 용기를 내서 춤을 추러 가자고 합니다. 그녀는 좋다고 하지요. 이미 두 사람 사이에 보이지 않는 연결망이 형성되었던지 서너 번의 데이트를 하고 동침을 합니다. 그때 고르는 큰 발견을 합니다. 섹스의 쾌락에 대한 깨달음이라고나 할까요, 철학자다운 그의 면모가 돋보입니다.

쾌락은 가져오는 것이 아니라고 합니다. '쾌락은 자신을 내어주면서 또 상대가 자신을 내어주게 만드는 것'이라고 하는데요. 돈으로 쾌락을 살 수 있다고 믿는 사람들은 곰곰이 생각해 볼 문제입니다. 가져오려고만 하는 사람들은 대부분 중독증에 걸리거나 공황장애에 빠지기 마련입니다.

쾌락은(적어도 사랑을 바탕으로 하는 쾌락은) 자신을 아낌없이 내어주는, 계산되지 않은 행동이기에 즐거운 것이지요. 욕구와 고독을 견디기 힘들어 창녀와 관계한 후 찾아오는 허무감은 자신을 내어주지 못해서, 즉 비어 있지 않은 곳에 뭔가를 채우려고 하기에 찾아오는 감정입니다. 비유하자면 돌멩이가 가득 찬 항아리에 바위를 얹는 모양새입니다. 물론 짧은 시간에 비교적 간편하게 욕구를 해결할 순 있겠지요. 하지만 사랑의 쾌락이 주는 충만감은 아무리 많은 돈으로도 가져올 수 없는 것입니다.

미국의 정신분석학자 에리히 프롬은 《사랑의 기술》에서 성에 대해 이렇게 말합니다.

남성의 성기능의 절정은 준다는 데 있다. 남성은 자기 자신을, 자신의 성기를 여자에게 준다. 오르가슴의 순간에 남자는 정액을 여자에게 준다. 그는 능력이 있는 한, 정액을 주지 않고는 견디지 못한다. 만일 줄 수 없다면 그는 성적 불구자이다.

여자의 경우, 비록 약간 더 복잡하기는 하지만, 사정은 다르지 않다. 여자도 자기 자신을 준다. 여자는 그녀의 여성으로서 중심을 향해 문을 열어준다. 받아들이는 행위에서 그녀는 주고 있는 것이다. 만일 그녀가 받기만 한다면, 그녀는 불감증이다. 여자의 경우, 준다는 행위는 애인으로서의 기능뿐 아니라 어머니로서의 기능에서도 나타난다. 여자는 그녀 안에서 자라나고 있는 어린애에게 자기 자신을 주고 어린애에게 그녀의 젖과 그녀의 체온을 준다. 주지 않으면 오히려 고통스러운 것이다.

두 사람은 함께하기를 원하고 있습니다. 그런데 큰 걸림돌이 있네요. 바로 사랑 그 자체에 대한 철학자의 성찰입니다. 고르는 철학적으로 사랑을 설명할 수 없었습니다. 자신에게 다가온 이 사랑의 정체를 논리적으로 풀어내지 못하고 고민합니다.

앙드레 고르는 글을 통해서는 로미오와 줄리엣, 트리스탄과 이졸데를 비롯한 사랑의 역사를 줄줄 엮어낼 수 있지만, 정작 자신에게 찾아온 사랑과 결혼의 문턱에서 망설입니다. 보이지 않은 사랑의 정체에 대해 그는 두려워하고 있습니다. 하지만 '도린'은 달랐습니다. 사랑에 대해 조금의 망설임도 없었지만, 그가 혼란스러워하니까 결별을 생각하면서 잠시 떨어져 있자고 하지요. 두 사람의 사랑이 위험합니다. 이건 아주 멋진 사랑의 플롯입니다. 사랑에 대해서 고민하는 남녀의 모습에서 극적인 긴장감이 넘칩니다.

3.

'우리는 왜 사랑을 하고, 우리가 사랑하는 그 사람의 사랑을 받고 싶어 하는지, 왜 다른 사람은 그게 안 되는지 그것을 철학적으로 설명할 수 없었기 때문입니다.'

이 글을 보면 우선 이런 생각이 듭니다. '사랑하는 데 무슨 철학이야. 그냥 사랑하라고, 이 인간아!' 그래요. 이 단순한 진리를 그는 깊은 사색을 통해서 '발견'합니다. 하긴 그게 철학이기도 하지요. 문학이 아주 쉽게 이야기하는 걸, 철학은 너무나 심각하게 고민합니다. 거기에 인간으로서의 가치가 있어 보이기도 하고요. 하여간, 그는 이런 결론에 이릅니다.

우리 육체(내가 언급하고 있는 육체는 사르트르와 메를로 퐁티가 말한 '영혼이 육체이다'라는 것을 가리키는 말입니다)의 맛이란 늘 약속되어 있으면서 또 늘 스러지는 것인데, 그 맛에 괴롭고도 달콤하게 사로잡힌다는 사실이 어린 시절에 뿌리를 둔 근본적인 경험들과 연관되어 있다는 것도 발견하지 못했습니다. 우리에게 영원히 이상적인 기본 유형으로 남을 어떤 목소리, 향기, 피부색, 존재하고 행동하는 방식이 내 안에 들어와 울리던 느낌을 처음으로, 그리고 근원적으로 발견한 경험 말입니다. 사랑의 열정이란 바로 그런 것이지요. 타인과 공감에 이르게 되는 한 방식입니다. 영혼과 육체를 통해 이 공감에 이르는 길은 육체와 함께하기도 하고 영혼만으로도 가능한 일입니다. 우리는 철학 안에 그리고 철학 밖에 있는 것이지요.

결국 고르는 사랑에 대한 문제는 자기 자신의 체험 속에 이미 존재하고 있고, 사랑하면서 찾아야 된다고 각성하지요. 세상살이를 하면서 타인과 공감하는 한 방식입니다. 그리고 바로 그 사랑이 '도린'이라는 확신입니다. 이제는 더 이상 망설일 수가 없다. 만약 그녀가 없다면 나는 살 수가 없다고 고르는 판단합니다. 앙드레 고르는 자신의 길을 찾기 위해서는 그녀가 꼭 있어야 한다고 절감합니다. 훗날 그는 '나'를 '나'로 만들어준 사람이 바로 그녀임을 알게 됩니다. 이젠 오직 그녀밖에 사랑할 수 없다. 사랑하는 사람들이 결혼을 앞두고 생각하는 보편 심리입니다. 다만 이런 마음이 어느 정도 유지되느냐가 현실적인 문제이지요. 그녀는 사랑의 미래를 걱정하는 고르에게 살아가면서 서로 대화하고 하나하나 해결해나가자고 합니다.

두 사람은 '결혼'을 합니다. 부부가 된 두 사람은 생활고에 시달리기도 하지만 열심히 일하면서 당대 지성들과의 교류를 통하여 서로 성장해나갑니다. 부부간의 위기에 순간이 찾아오면 서로 대화하고 서로의 일을 충실히 하면서 결혼 생활을 이어갑니다. '가난하지만 누추하지는 않았던' 시절이었습니다.

두 사람의 연애와 결혼은 아름다운 협주곡이었습니다. 피아노와 첼로처럼 서로 어울려 연주하는 명곡과도 같았죠. 결혼은 사랑하는 사람이 함께하는 긴 '역사'입니다. 결혼생활을 통하여 앙드레 고르는 철학서적 출판과 언론인으로 명성을 쌓아갑니다. 또한 유럽의 날카로운 지성으로 생태주의자의 길을 걸어갑니다.

하지만 철학자 '앙드레 고르'는 역경을 통해 완성되었습니다. 1983년, 도린에게 심각한 일이 발생합니다. 척추 디스크 수술 때 엑스레이 촬영을 위해 투여한 혈관 조영제의 부작용으로 거미막염이라는 치료법 없는 질병에 걸린 것입니다. 그녀는 눕지도 못할 만큼 극심한 고통에 시달립니다. 고르는 그녀의 고통을 함께할 수 없다는 사실에 절망합니다. 둘이 모든 것을 공유한다고 믿고 있었는데, 아무것도 할 수 없는 자신을 발견하고 공포와 연민을 느끼는 것이지요.

도린은 현대 의학적 치료를 거부하고 요가 등을 통하여 자신에게 다가오는 죽음을 길들이고 있습니다. 매우 성숙한 여인의 모습입니다. 이때 그는 모든 사회생활을 접고 아내를 간병하기 위해 시골 생활을 시작합니다. 의사는 암환자가 된 그녀에게 5년 정도 살 수 있다고 시한부 판정을 내립니다. 병원이라는 법정에서 벗어난 두 사람은 이 판정 이후 23년간을 함께하면서 팔순의 나이가 됩니다. 고르는 아내의 고통과 함께하며 날카로운 유럽의 지성 '앙드레 고르'로 거듭납니다. 그가 연구하는 생태주의 철학은 이렇게 숙성되었습니다. 고르의 성찰이 빛나는 문장을 소개합니다.

늙어간다는 것의 마지막에는 나 자신에게 권고하는 이런 구절이

나옵니다. "끝났음을 받아들여야 한다. 즉 여기에 있음으로써 다른 아무 곳에도 없음을. 이것을 함으로써 다른 것을 하지 않음을 받아들여야 한다. '지금'이지 '결코'나 '항상'이 아님을 받아들여 한다. (중략) 오직 이 생밖에 없음을 받아들여야 한다."

불교에서는 인간의 삶을 전행, 현생, 내생으로 구분하기도 하지요. 전생의 인연이 현생을 만들고, 현생의 인연이 내생을 만든다는 겁니다. 이러한 가르침 역시 현생을 중요시하라는 의미이기도 합니다. 모든 것이 지금 이 순간에서 비롯되기 때문입니다.

영화 〈죽은 시인의 사회〉의 '카르페디엠'을 비롯해 우리는 다양한 경로를 통해 지금을 소중히 여기라는 메시지를 받으며 살아갑니다. 이러한 의식이 발달해 '오직 이 생밖에 없음'을 받아들이는 삶의 자세가 성숙한 자아를 만듭니다. 그리고 그 성숙한 자아가 타인을 배려하고, '사랑'합니다.

4.

두 사람이 시골생활을 통해서 서로 사랑하고 일하는 모습들은 감동적입니다. 고르의 시골집을 방문한 친구인 이반 일리치는 도린에게 '다른 세상을 보고 오셨군요'라고 말합니다. 타인을 바라보는 그녀의 눈길이 남달랐던 모양입니다. 앙드레 고르는 자신의 아내를 '한 번 가면 아무도 못 돌아오는 나라에서 돌아온 사람'이라고 설명하지요. 그녀는 죽음의 문턱에서 삶을 보았습니다. 두 사람은 존 러스킨의 '삶이 없는 한 풍요도 없다'라는 잠언을 공감합니다. 그리고 진짜 인생을 살기로 결정하지요. 바로 '오늘'과 '삶'을 풍요롭게 하는 방법입니다. 이러한 삶이 우리가 추구해야 할 사랑의 본질이 아닐까요?

고르의 말대로 '본질적인 것에 집중하기 위해 포기해야만 하는 비본질적인 것은 과연 무엇인가'를 자문해봅니다. 고르는 '아주 심각하게' 이 문제를 고민합니다. 자신에게 본질적인 것은 부부로서 그녀와 함께하는 것이었습니다. 생태주의 철학이나 자본주의 비판이나, 작가로서의 글쓰기는 거기에서 발현되고 있었습니다. 그는 아내의 병수발을 하면서 시골에서 함께한 23년간(1983년부터 2006년까지) 여섯 권의 책과 수백 편의 논문, 수십 차례의 인터뷰를 합니다. 그는 점차 진짜 되고 싶었던 '나'의 모습으로 변화합니다.

이제 우리는 알 수 있습니다. 그녀가 왜 그의 길이었는지, 그녀가 없으면 안 되는 이유를 알 수 있습니다. 유럽의 한 철학자가 사랑과 결혼을 통하여 자신을 완성합니다. 그리고 죽어가는 아내와 함께 동반 자살합니다. 두 사람이 침상에 나란히 누워 손을 잡고 '다른 세상'으로 가는 모습은 이 책의 마침표입니다. 그의 마지막 시는 이렇게 흘러나옵니다.

세상은 텅 비었고, 나는 더 살지 않으려네.
우리는 둘 다,
한 사람이 죽고 나서 혼자 살아가는 일이 없기를.

5.

이제 이 책의 첫 단락을 봅니다.

당신은 곧 여든두 살이 됩니다. 키는 예전보다 6센티미터 줄었고, 몸무게는 겨우 45킬로그램입니다. 그래도 당신은 여전히 탐스럽고 우아하고 아름답습니다. 함께 살아온 지 쉰여덟 해가 되었지만, 그 어느 때보다도 나는 당신을 사랑합니다.

아무런 설명 없이 이 이야기를 듣는다면 참 별난 노인이라고도 생각할 수 있습니다. 우리는 팔순 노인의 육체를 탐스럽다고 생각하지 않기 때문입니다. 하지만 고르와 도린의 사랑 이야기를 듣고 나면 이 문장이 절실하게 다가옵니다.

고르는 지금 과거의 도린이 아니라, 죽어가고 있는 그녀를 보고 말합니다. 과장이나 은유가 아닙니다. 그에게 그녀는 그런 존재이기 때문입니다. 초콜릿을 맛보지 못한 사람에게 그 맛을 정확하게 설명할 수는 없습니다. 고르의 이 문장은 사랑하는 사람이 '타인'을 어떻게 보고 있는지를 잘 보여주고 있습니다.

한 사람이 태어나서 사랑을 만나, '나'와 '너'의 관계가 '부부'로 변화하고, 그 생활을 통하여 내가 완성되어가는 과정. 그때 발견한 진정한 '자아'는 그를 따르는 후배들에게 길이 됩니다. 고르라는 인간의 길은 이렇게 탄생합니다.

앙드레 고르는 이 편지를 통하여 자신의 전 생애를 돌아보고, 그가 생각하고 행동하고 지향하는 세계관을 비교적 쉽게 설명해줍니다. 인상적인 대목은 우리가 살고 있는 자본주의 세상에 대한 비판입니다. 그는 부가 빈곤을 낳고 있다고 보고 있습니다.

우리에게 소비를 줄이고 생산을 줄이고 노동자들의 근로시간을 줄여서 좋은 세상으로 가야 한다고 합니다. 자본주의는 공룡처럼 멸망할 것이기에 정치적 생태학을 추구하고 있지요. 또한 사회주의와 공산주의에 대해서, 그에게 사고의 도구를 제공한 프랑스의 지성인 사르트르를 비롯한 지성과의 교류를 통하여 20세기 지성사의 한 단면을 펼쳐보입니다. 바로, 그녀에 대한 사랑 고백을 통해서 말입니다.

그가 철학자로 살아온 삶의 중심, 그의 말대로 '본질적인 것'은 바로 도린에 대한 사랑이었고, 그녀가 죽고 나면 본질적인 것이 사라진 세상에서는 더 살 수 없기에 동반 자살을 선택합니다. 84년을 살다간 노 철학자의 선택에 우리가 감동을 받는 것은 타인을 돌보지 않는 황무지에 살고 있는 우리에게 사랑하라고 노래하기 때문입니다. 그게 진정으로 사는 것입니다. 오늘 우리가 읽고 있는 노 철학자의 마지막 한마디는 이 세상에서 가장 아름다운 '엔딩워드'입니다. 우리 인생을 굴리는 두 바퀴인 사랑과 죽음에 대해 중요한 메시지를 전달하고 있습니다. 문학과 철학에서 이보다 더 본질적인 것이 무엇일까요?

앙드레 고르(본명은 게르하르트 히르쉬)는 1923년 오스트리아 빈에서 태어나 16세에 독일군 징집을 피하기 위하여 스위스 로잔으로 갑니다. 로잔 대학교 화학공학과를 졸업하고 1946년 사르트르를 만나 실존주의와 현상학에 관심을 갖고 1968년까지 지적인 교류를 나누었다고 합니다. 1949년 도린과 결혼을 하고 프랑스로 건너가 1954년 '앙드레 고르'라는 이름으로 프랑스 국적을 취득합니다.

이후 그는 파리 프레스를 비롯한 언론사에서 경제 전문기자이자 탐사취재기자로 명성을 높입니다. 특히 1960년대 이후부터는 신좌파의 주요 이론가로 활동하면서 68혁명에 큰 영향을 끼칩니다. 그는 일자리 나누기와 최저임금제의 필요성을 역설한 노동이론가이자 생태주의를 정립한 초기 이론가 중 한 명으로 평가받고 있습니다.

앙드레 고르는 20세기 후반 생태정치론과 문화사회론의 선구자입니다. 그의 첫 저서는 실존주의적 자서전인 《배반자》이고, 이후 《생태학과 정치》, 《생태학과 자유》, 《프롤레타리아여 안녕》, 《노동의 변모, 의미의 추구》 등 다수의 저서와 논문을 발표합니다. 그의 마지막 저서가 바로 《D에게 보낸 편지》입니다. 활기찬 인생을 살았고, 가난한 사람들을 사랑했으며, 격동하는 20세기를 온몸으로 살다 간 앙드레 고르. 그러나 정작 그는 자신의 모든 것은 아내 도린에게서 나왔다고 고백합니다.

추신

이 책의 마지막에 실린 앙드레 고르와 도린의 노년기의 사진에 다시 주목해봅니다. 참 단아하고 우아한 흑백사진입니다. 더불어 캐슬린 페리어의 노래와 '슈베르트 교향곡 9번'을 감상하시길 권합니다. 앙드레 고르의 마지막 편지는 작곡가의 9번 교향곡과도 같은 구조를 가지고 있습니다. 슈베르트의 마지막 교향곡처럼 이 책도 그의 마지막을 장식합니다. 이 음악에 대해서는 자세한 설명을 생략하겠습니다. 대신에 전문가의 도움을 받아 되도록 좋은 음반으로 감상하시길 권합니다.

저는 문학수의 〈더 클래식〉을 권합니다. 같은 곡이라도 누가 지휘를 하느냐에 따라 달리 들립니다. 마치 이들의 사랑처럼 말입니다. 부부의 사랑이 어쩌면 이렇게 절실할까요. 그래요. 어쩌면 그건 우리의 사랑과는 다른 모습 때문입니다. 앙드레 고르가 함께한 음악을 들으면 이들의 사랑 이야기가 더 간절하게 가슴에 스며들 것입니다. 이들의 사랑을 음반에 비유한다면 분명 세기에 남을 명반일 것입니다.

더불어 사상가 칼 마르크스가 남긴 사랑에 대한 문장을 읽어보겠습니다. 《D에게 보낸 편지》에서 일관적으로 흐르는 사상과 느낌이 있는 글입니다. 앙드레 고르에게 막대한 영향을 미쳤던 마르크스, 인류를 사랑한 위대한 공산주의자가 노래하는 다감하고 따뜻한 러브송입니다.

'인간을 인간으로서' 생각하고 인간과 세계의 관계를 인간적 관계로 생각하라. 그러면 당신은 사랑에는 사랑으로만, 신뢰에는 신뢰로만 교환하게 될 것이다. 예술을 감상하려고 한다면 당신은 예술적 훈련을 받은 사람이 되어야 한다. 다른 사람들에 대해 영향력을 갖고 싶다면, 당신은 실제로 다른 사람을 격려하고 발전시키는 사람이 되어야 한다. 인간과 자연에 대한 당신의 모든 관계가 당신의 의지에 대상에 대응하는, 당신의 '현실적이고 개별적인' 생명의 분명한 표현이 되어야 한다. 만일 당신이 사랑을 일깨우지 못하는 사랑을 한다면, 곧 당신의 사랑이 사랑을 일으키지 못한다면, 만일 사랑하는 사람으로서의 '생명의 표현'에 의해서 당신 자신을 '사랑받는 자'로 만들지 못한다면, 당신의 사랑은 무능한 사랑이고 불행이 아닐 수 없다.

에리히 프롬의 《사랑의 기술》에서 재인용.

네버 엔딩 스토리:
바쁜 것이 게으른 것이다

지금까지 가슴속에 담아둔 이야기에 대한 이야기를 했습니다. 그러고 나니 마치 긴 항해를 마치고 등대 불빛을 바라보며 항구에 돌아온 기분입니다. 출판사에 원고를 넘기기 전, 제법 긴 분량의 글들을 퇴고하느라 머리가 무거워져서 서재를 이리저리 둘러보니《아라비안나이트》의 셰에라자드가 생각났습니다.

저는 지금 리처드 버턴의《아라비안나이트》를 손에 들고 있습니다. 옆에는 앙투안 갈랑이 엮은《천일야화》가 있는데, 리처드 버턴 판을 즐겨 보는 편입니다. 이유는 여러 가지가 있지만 리처드 버턴 판이 더 재미있고 내용이 풍부하기 때문입니다.

디즈니 애니메이션과 여러 동화를 통하여《아라비안나이트》는 지금까지도 다양한 방식으로 이야기되고 있지요. 이 이야기는 밤에 듣는 이야기입니다. 하루 일과를 끝내고 피곤한 몸으로 듣는 이야기가 어렵거나 지루하다면 아무도 들으려 하지 않겠죠. 이야기를 들려주는 사람은 왕국 대재상의 큰딸 셰에라자드입니다. 그녀는 왕비의 부정으로 분노한 왕의 마음을 돌리기 위해 이야기를 시작했습니다. 이렇듯 분명한 목적이 있는 이야기이지만, 우리는 어느새 목적 따위는 잊고 그녀의 이야기 속으로 빠지게 됩니다. 하지만 그녀가 왜 이야기를 하는 것인지 이유를 알면 더 흥미로울 겁니다.

옛날 페르시아 사산 왕조의 샤리아 왕은 정숙하다고 믿었던 아름다운 아내가 자신이 궁을 비운 사이 '검둥이'와 뒹구는 것을 목격한 후, 역시 같은 일을 당한 동생과 함께 여행을 떠나기로 합니다. 세상에 부러울 것 없는 페르시아의 왕이 여인에 대한 환멸을 느낀 것이지요. 그들은 세상과 결별하고 다시는 여자를 가까이 하지 않겠다고 다짐합니다.

하지만 왕은 여행길에서 마신과 한 여자를 만난 후 마음을 바꾸어 다시 왕궁으로 돌아갑니다. 여자는 결혼식 전날 마신에게 납치되어 열쇠가 있어야만 밖으로 나올 수 있는 함 속에 갇혀 지내는 신세였습니다. '함'은 마신이 그녀에게 채운 일종의 거대한 정조대인 셈입니다. 세상 어떤 남자도 그녀에게 접근할수 없지요.

하지만 그녀는 마신이 잠들자 나무 위에 숨어 두려움에 떨고 있는 샤리아와 동생 샤즈난을 불러 두 사람과 정사를 나누고자 합니다. 마신이 옆에서 코를 골면서 자고 있기에 두려운 마음에 주저하는 사내이지요. 아무리 여자가 유혹한들 그런 짓을 할 수 있겠습니까. 들키면 그 자리에서 처참하게 죽는 겁니다. 하지만 그녀는 자신이 시키는 대로 하지 않으면 마신을 깨워서 죽여버리겠다고 합니다. 순수해 보이는 절세의 미녀는 욕망의 화신이었습니다. 그리고 그녀는 정사의 징표로 두 사람에게 반지를 달라고 합니다. 이미 570개의 반지를 가지고 있는 것으로 보아 570명의 남자와 정사를 나눈 셈이지요. 그녀는 형제와 나란히 정사를 나누고는 두 개의 반지를 더 얻어서 기뻐하고 있었습니다. 천하의 무시무시한 마신이 일곱 개의 강철 자물쇠로 처녀를 함에 가두었건만, 여자는 자신이 원하면 뭐든지 하는 존재였습니다.

분노에 휩싸인 샤리아 왕은 자신의 왕궁으로 돌아가서는 처녀를 신부로 맞아 하룻밤을 보내고 다음날 아침, 바로 참수형에 처했습니다. 왕은 이러한 짓을 3년이나 계속하였고, 왕궁에 처녀가 남아나지 않을 지경이 되자 셰에라자드가 자청해 신부가 되고 매일 밤 이야기를 들려주면서 하루하루를 연명합니다. 그녀의 이야기는 천 일 하고도 하룻밤 동안 이어집니다. 모두 280편의 경이로운 이야기들이 흥미롭게 펼쳐지는데, '세계 설화문학의 최고봉'이라는 평가가 부족할 지경이지요. 화려하고 아름다운 이슬람 문화의 정수이기도 합니다. 이야기는 첫 장면부터 독자의 궁금증을 유발시켜서 다음 이야기를 듣지 않으면 궁금해서 미칠 지경이 됩니다.

그녀는 이야기를 마치고 나서 이런 말을 합니다.

"이 이야기는 다음 이야기만큼은 재미없습니다."

과연 이런 일이 가능할까 싶을 정도로 흥미로운 그녀의 이야기에는 에로티시즘과 환상 마법, 절세의 미녀와 멋진 왕자들이 등장합니다. 왕은 그녀의 이야기를 듣느라 날이 새는 줄 모르지요. 완전히 이야기에 빠져버린 것입니다. 이것이 바로 이야기의 힘입니다. 천 일이 지나자 왕은 그녀를 정식으로 왕비로 맞아 더는 어리석은 행동을 하지 않았고, 왕국은 다시 태평천하를 누리게 됩니다. 세상에 환멸을 느끼고 타인을 모조리 부정하던 절대권력자가 이야기를 통해서 인간에 대한 불신을 해소하고, 새로운 삶에 대한 희망을 보게 된 것이지요.

우리는 이야기 듣기를 즐깁니다. 심지어 좋은 음악은 이야기처럼 들리기도 합니다. 그림도 마찬가지입니다. 베토벤의 9번 교향곡과 그것에 모티브를 얻어 그렸다는 구스타프 클림트의 '베토벤 프리즈'라는 대작은 어떤 이야기를 우리에게 전해주고 있습니다.

우리가 작품을 통하여 감동을 받는다는 것은, 그 작품이 들려주는 이야기에 빠졌다는 것이기도 합니다. 한 작품이 완성되는 순간, 작가는 사라지고 독자가 그것을 재해석하여 자신의 것으로 만들어버립니다. 보르헤스의 소설에도 잘 나오는 이야기이지요. 하여간 우리는 작품을 읽는 순간 우리에게 유용한 것으로 만들어버립니다. 의식하든 하지 않든, 한 작품을 읽고 나면 그만큼의 나이테가 내면에 생깁니다. 생물학적 나이와는 달리 독서의 나이테는 사람을 더 젊고 건강하게 해줍니다.

세상에 생명이 있는 한 이야기는 절대 끝나지 않습니다. 인류가 이 세상에 존재하는 동안, 아니 그 이후에도 이야기는 존재할 겁니다. 그것이 어떤 형태일지는 알 수 없지만요. 왜냐하면 이야기는 우주의 생명이기 때문입니다. 우리가 읽을 수 있는 이야기와 우리가 읽어야 할 이야기로 우주는 광활하게 펼쳐져 있습니다.

저는 지금 다음 이야기를 하고 싶어 마음이 근질근질합니다. 토마스 만, 알렉상드르 뒤마, 빅토르 위고, 보르헤스, 밀란 쿤데라, 보들레르, 마르셀 프루스트, 미시마 유키오, 허균…… 불멸의 작가들의 이야기들이 서재에서 침묵하고 있습니다. 손을 뻗어 명작을 잡는 순간 에너지가 발생하고, 글을 쓰거나 생각할 힘을 줍니다. 이것은 독자들에게 인생의 기쁨이 되기도 할 겁니다. 이 글을 마치면서 문학이 우리에게 선사한 고마운 힘에게 감사하다는 인사를 전합니다.

우리는 흔히 바빠서 책을 못 읽는다고 말하기도 합니다. 저역시 그런 말을 하곤 금방 후회합니다. 만해 한용운 선생의 시한 구절을 인용하면서 막을 내립니다.

에그, 등불을 켜랴다가 초를 거꾸로 꽂았습니다그려.

저를 어쩌나, 저 사람들이 숭보겠네.

님이여, 나는 이렇게 바쁩니다. 님은 나를 게으르다고 꾸짖습니다. 에그 저것 좀 보아. '바쁜 것이 게으른 것이다.' 하시네.